Y CYLCH CYFRIN

Y Cylch Cyfrin

Derfel F. Williams

Carreg Gwalch

Argraffiad cyntaf: 2025
ⓗ testun: Derfel F. Williams 2025

Cedwir pob hawl.
Ni chaniateir atgynhyrchu unrhyw ran o'r cyhoeddiad hwn,
na'i gadw mewn cyfundrefn adferadwy, na'i drosglwyddo
mewn unrhyw ddull na thrwy unrhyw gyfrwng, electronig, electrostatig,
tâp magnetig, mecanyddol, ffotogopïo, recordio, nac fel arall,
heb ganiatâd ymlaen llaw gan y cyhoeddwyr, Gwasg Carreg Gwalch,
12 Iard yr Orsaf, Llanrwst, Dyffryn Conwy, Cymru LL26 0EH.

ISBN clawr meddal: 978-1-84527-967-7

CYNGOR LLYFRAU CYMRU

Cyhoeddwyd gyda chymorth Cyngor Llyfrau Cymru

Darluniau: Leri Tecwyn
Dylunio: Eleri Owen

Cyhoeddwyd gan Wasg Carreg Gwalch,
12 Iard yr Orsaf, Llanrwst, Dyffryn Conwy, Cymru LL26 0EH.
Ffôn: 01492 642031
e-bost: llyfrau@carreg-gwalch.cymru
lle ar y we: www.carreg-gwalch.cymru

Argraffwyd a chyhoeddwyd yng Nghymru

I'm chwaer, Nan,
ac er cof am fy rhieni, Hugh a Menna,
a'm brawd a chwaer, Gareth a Gwen.

Diolch i Giles am wrando pan o'n i'n swnian fod y stori ddim yn llifo, a diolch i Nia, Carreg Gwalch, am roi trefn ar bethau pan oedd y stori'n gorlifo!

Diolch hefyd i'r holl berfformwyr syrcas sydd wedi fy ysbrydoli a 'niddanu dros y blynyddoedd, a hanner can mlynedd yn ddiweddarach mae'r wefr yn parhau.

Cymeriadau

DANIEL DAVIES – sefydlydd Syrcas y Brodyr Davies
WILHELM VOGEL – tad Daniel
FRIDA VOGEL – mam Daniel
WALTER – brawd Daniel
GERDA – chwaer Daniel
HORST – brawd Daniel
KLAUS – brawd Daniel
INGRID – chwaer Daniel

URSULA BRUMBACH – chwaer Frida, modryb Daniel
GUNTHER BRUMBACH – gŵr Ursula, ewythr Daniel

MATI DAVIES – gwraig Daniel
ISLWYN DAVIES – tad Mati
ELERI DAVIES – mam Mati
SULWEN – gwraig Walter, mam Elwyn
ELWYN – mab Walter, cefnder Daniel

DAN DAVIES – mab Daniel a Mati
CONSUELA ESPERANZA DAVIES (CONI) – gwraig Dan
FRANCESCA ESPERANZA GARCIA (FRAN) – chwaer fawr Coni, modryb Danny a Sila
GUIDO ESPERANZA – tad Coni a Fran
DANNY DAVIES – mab Dan a Coni
PRISCILLA DAVIES (SILA) – merch Dan a Coni, chwaer Danny
CHRIS – gŵr Sila

SASHA ROUDIER – partner Danny

SANDRINE ROUDIER – chwaer Sasha
BABETTE ROUDIER – chwaer arall Sasha
ARLETTE – mam Sasha
SERGE ROUDIER – tad Sasha
NORA a SYLVIE – cyn wragedd Serge, ffrindiau Arlette
HENRI – hyfforddwr a chariad Arlette

NED PRICE – gweithio i Daniel a Dan, gofalu am yr eliffantod; mab Doli Delight
GWENDOLYN "DOLI DELIGHT" PRICE – merch leol, ffrind Mati a mam Ned
BLODWEN PRICE – cogydd yn nhŷ Islwyn, mam Doli
LENA PRITCHARD – howscipar Islwyn Davies
MADAM MILDRED DAVIES – chwaer Lena ac athrawes biano Mati
HERBERT DAVIES – gŵr Mildred, yr ymgymerwr lleol
EDITH – morwyn
IFAN JOHN – rheolwr fferm Plas Ffriddoedd
TREBOR – cefnder Doli
MEI CAE CANOL – cariad cyntaf Doli

Cast Syrcas y Brodyr Davies:
NORMAN – drymiwr
GLYN – organydd
JOCK – tentfeistr a chlown
OLI – mab Jock a chlown
NERYS – gwraig Oli, dangos act gŵn
SIÔN – *ringmaster* a rheolwr busnes
TATIANA – gwraig Siôn, perfformio ar y trapîs
GABI – meistr y stablau
DOUG – perfformiwr *high wire*, partner Chris a chariad Danny
LISA – chwaer Doug
ANGIE – gweithiwr efo'r anifeiliaid

BERTIE BARTLETT – rheolwr Syrcas y Tŵr, Blackpool
ALISON, MONA (JONES) A HELEN – dawnswyr yn Syrcas y Tŵr
NEVILLE BLUNDELL – *ringmaster* Syrcas y Tŵr
PEDRO GARCIA – gŵr Fran
LOUIS GARCIA – mab Fran
RITA RIVOLI – un o'r Chwiorydd Rivoli (efo Rena a Riba) a pherchennog Syrcas Rivoli
BETI BLU – partner Rita
ERNST BLUMENFELD – tad Beti
NINO, JUAN A RAOUL – tri brawd sy'n gweithio ar Syrcas Rivoli

* * *

Geirfa

Tober: y safle y mae'r syrcas yn cael ei gosod arno
Josser: gweithiwr / artist nad ydyn nhw'n aelod o deulu syrcas
Flatties: pobol gyffredin
Cupola: cromen ar ben y babell
Slanging buffers: cŵn perfformio
Slang: term syrcas am sioe
Rossers: yr heddlu

Coeden y Teulu Vogel / Davies

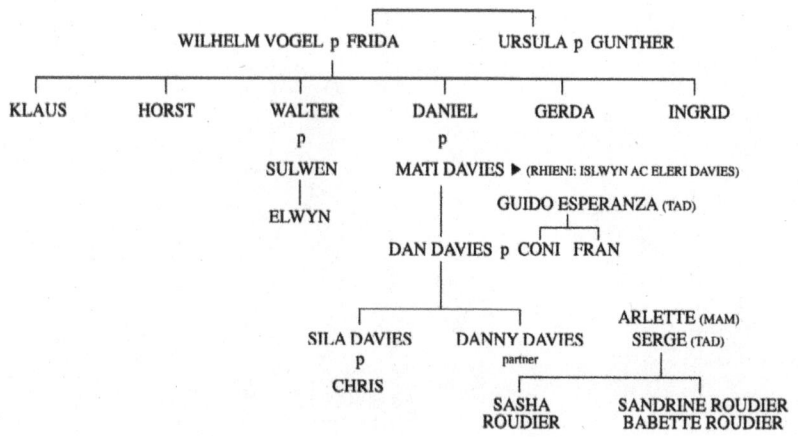

DILYS
2019

Ma' hi 'di bod yn reit brysur bora 'ma – rhesi o bobol yn pasio ers peth cynta, ac ew, mae'n neis eu gweld nhw. Ma' rhywun yn sbriwsio drwyddo pan fydd 'na gwmni o gwmpas y lle, felly dwi'n ffeindio. Prin dwi 'di teimlo'r hen gric'mala 'na yn fy mhen-glin heddiw, heblaw am dwinj o bryd i'w gilydd, ond dim byd gwerth sôn amdano. Yn yr oed yma ma' rhywun yn bownd o gael twinjis yn yr hinjis am wn i. Dwi'n meddwl bod ambell un o'r fisitors 'ma yn dal i 'nghofio i, ond i fod yn onast, dim dod i 'ngweld i ma' nhw go iawn. Ma' pobol yn anghofio'n reit sydyn pan nad oes stori yn y papur newydd neu lun ar y dudalen flaen i'w hatgoffa. Cofiwch, mi oedd 'na dipyn o ffys ar y dechrau, o oedd, a phawb isio 'ngweld i bryd hynny. Wel, mi o'n i'n dipyn o seléb, doeddwn, a phan gyhoeddwyd mai yn fama fyswn i wedi fy ymddeoliad, mi oedd pawb isio dŵad yma i 'ngweld i.

'Rioed 'di gweld ffasiwn fisitors,' medda rhai. Mi oedd 'na luniau yn y papurau newydd, camerâu teledu a ballu'n drwch, a hyd yn oed Gerallt Pennant yma'n gwneud darn byw ar gyfer *Heno*. Mi o'n i 'di bod yn seren ers blynyddoedd lawer, ond y tro yma mi o'n i'n cael sylw am y rhesymau anghywir. Ond mi ddaeth y cyfan i ben yr un mor sydyn, a dwi'm yn seren erbyn hyn, dim ond hen hogan oedd yn arfer bod yn rhywun.

Dwi wedi bod yma am jyst i flwyddyn rŵan a does neb wedi synnu mwy na fi 'mod i wedi setlo cystal. Roedd y flwyddyn olaf 'na adra yn straen ac yn anodd i bawb – un peth ar ôl y llall – a dwi'n gwybod bod Dan a Coni wedi gwneud eu gorau i 'nghadw fi efo nhw, ond doedd o ddim yn bosib, nagoedd? Dydi pobol ddim yn gwirioni 'run fath y dyddia yma, nac'dyn? Ro'n i wedi'i deimlo fo cyn pawb arall, dwi'n meddwl. Erbyn y blynyddoedd olaf 'na, ro'n i'n ymwybodol 'mod i ddim yn cael yr un ymateb gan y cyhoedd. Roedd yr ebychiadau o edmygedd ro'n i'n arfer eu cael pan fyddai'r gynulleidfa'n fy ngweld wedi troi'n sibrydion llawn piti, a do'n i ddim yn lecio hynny o gwbwl. Y camgymeriad mwya oedd gadael i rywun o'r tu allan ddod i mewn i helpu i ofalu amdana i. Dyna pryd aeth bob dim ar chwâl. Mae'n rhyfedd sut y gall un penderfyniad gafodd ei wneud er mwyn gwneud petha'n haws, neu allan o garedigrwydd, achosi gymaint o boen, gymaint o ddifrod. Ymddiried yn y person anghywir, dyna wnaethon nhw. Ro'n i'n gwybod bod 'na fwy iddi nag oedd i'w weld ar yr wyneb, ac mi wnes fy ngorau i ddeud wrth Dan ... er mwyn iddo ynta edrych yn iawn arni a'i hadnabod, fel y gwnes i. Ond am unwaith, wnaeth o ddim gwrando. Doedd petha ddim yr un fath wedyn, iddyn nhw nac i mi. Ond sut fedran nhw fod? 'Na fo, felly ma' petha, a dwi'n trio atgoffa fy hun 'mod i'n lwcus i gael bod yma o gwbwl.

Mae'r staff i gyd yn gwneud eu gorau glas yma, ond er mor ffeind ydyn nhw, dwi'n dal i gael pylia o hiraeth bob hyn a hyn. Ma'r petha rhyfedda yn gallu atgoffa rywun. Ogla, cân ar y radio, llais un o'r fisitors. Un wiff bach sydyn o ogla Shalimar oddi ar un o'r fisitors, a dwi'n ôl ym Mharis efo'r genod, neu yn Blackpool neu yn rwla arall. Miwsig ydi'r peth gwaetha am godi hiraeth. Mae gen i goblyn o set radio dda yma, un o'r petha ddaeth Dan efo fo pan ges i fy symud yma, ac ma' Audrey'n ei rhoi mlaen i mi pan mae hi'n cyrraedd bob dydd. Un o'r gofalwyr ydi Audrey, un o'r rhai sy'n dod yma yn y bora i wneud yn siŵr nad ydw i wedi cicio'r bwcad yn ystod y nos, 'mod i 'di codi'n iawn ac wedi cael fy mrecwast, a dwi'n meddwl y byd ohoni. Ma' hi'n gallu bod chydig yn ryff, cofiwch – ddylsach chi glywed sut ma' hi'n siarad efo'r hogia weithia – ond ma'i chalon hi yn y lle iawn. Ma' hi'n hogan nobl efo mop o wallt cyrls brown a danheddiad reit anffodus, ac fel arfer dwi'n ei chlywed hi'n dod ymhell cyn iddi gyrraedd y drws am fod ganddi fwnsiad enfawr o oriada rownd ei gwddw sy'n janglo ac yn bownsio ar ei brestia wrth iddi gerdded. Weithia mi fydda i'n cymryd arnaf 'mod i'n dal i gysgu pan ma' hi'n cyrraedd, ac wedyn mi fydd hi'n gweiddi wrth y drws, 'Dilys, cod o'r gwely 'na'r slebog diog,' ac mi fydda inna wedyn yn codi, wrth wenu i mi fy hun. Ymlaen wedyn efo'r radio, ac ambell ddiwrnod mi ddeith 'na diwn ymlaen a 'na fo, dwi 'di mynd. Mynd yn ôl i'r oes a fu, yn ôl i'r dyddia pan oedd pobol yn fy nabod, pan oedd pobol yn talu pres da i ddod i 'ngweld i.

* * *

Anghofia i fyth y diwrnod y cyrhaeddis i yma. Mae 'na ambell un 'di deud ers hynny 'mod i 'di cyrraedd fel brenhines, yr holl ffys oedd yn cael ei wneud. Mi fu Dan a Coni wrthi am wythnosa'n trio dod o hyd i rwla addas, ond wrth gwrs mi oedd yn rhaid iddyn nhw wrando ar yr awdurdodau, yn doedd? Yn y pen draw, y dieithriaid 'ma oedd yn penderfynu be oedd orau i mi, nid y bobol oedd wedi gofalu amdana i am ddegawdau – fy nheulu. Ond er hynny mi wnaeth Dan a Coni eu gorau i gael rwla neis i mi, gan deithio milltiroedd lawer i sbio ar lefydd, ond doedd nunlla'n plesio. Yn rhyfedd iawn, fan hyn oedd un o'r llefydd cyntaf iddyn nhw edrych arno fo. Ond a deud y gwir, dwi'n ama wyrach mai'r broblem oedd eu bod nhw'n gyndyn o dderbyn y penderfyniad eu hunain, ddim isio gadael i mi fynd o gwbwl. Ro'n i'n gwybod bod newid mawr ar droed, ac mi o'n i 'di gweld y cymylau'n hel ers tro. Mi allwn ddeud ar lais Dan ei fod o'n poeni, ac er bod lot o bobol yn meddwl ei fod o'n claddu'i ben yn y tywod, mi oedd o'n gwybod yn iawn be oedd yn digwydd. Doedd y wên ddim i'w chlywed yn ei eiriau, a weithia 'sa fo'n crafu'i wddw wrth siarad, a rhwbio cefn ei law ar draws ei wyneb, yn union fel y bydda fo'n wneud pan oedd o'n hogyn bach, pan oedd dagrau'n bygwth chwalu ei ddelwedd wydn. Dach chi'n gweld, dwi'n nabod Dan yn well na neb. Plentyn oedd o pan ymunais i efo'r teulu, ac mi fydda'i dad o, Mr Daniel, yn dod â fo i 'ngweld i bob dydd. 'Dwêd "bore da" wrth y genod, Dan,' fydda fo'n ddeud wrth gyrraedd, gan godi Dan i'w freichiau er mwyn i'r plentyn allu edrych i fyw fy llygaid. Doedd gan y genod eraill fawr o ddiddordeb yn y plentyn, er y bysan nhw'n gwneud y sŵn iawn er mwyn plesio Mr Daniel. Ond mi o'n i'n ei garu o'r dechra. Mi fydda fo'n ymestyn draw o freichiau Mr Dan er mwyn gallu fy nghyffwrdd, ei ddwylo bach tew, pinc, yn rhwbio fy nghroen sych, llychlyd. Byth ers hynny, 'di o'm bwys be oedd yn ei boeni o, mi fysa Dan yn dod i'w drafod efo fi. Wrth gwrs, do'n i'm yn deud lot yn ôl, ond mi oedd o'n gwybod 'mod i'n gwrando ac mi oedd o'n gwybod 'mod i'n un dda am gadw cyfrinachau. 'Ma' Dilys fel banc o ddiogel' – dyna fydda Mr Daniel yn ddeud. ''Dan ni i gyd wedi buddsoddi lot fawr o'n cyfrinacha yn y Roial Banc of Dilys dros y blynyddoedd, yn do, 'rhen hogan?' gan estyn afal ffres allan o'i boced a'i daflu ataf. 'Sa'r genod eraill wedyn yn symud draw, a chymryd diddordeb mawr yn y plentyn mwya sydyn, a 'sa Mr Daniel yn chwerthin, gan estyn afal bob un iddyn nhwytha hefyd. Dwi 'di gwylio Dan yn tyfu i fyny, yr arogl yn newid o lefrith babïaidd i chwys yr arddegau, ac i arogl melys sent Kouros i ddenu'r merchaid. Dwi 'di bod yn glust dda, yn gwrando'n dawel. Cofiwch, 'di o'm 'di bod yn angel, a dyn a ŵyr, dwi 'di bod isio rhoi chwip din iawn iddo fo ar adegau, ond drwy'r cwbwl ro'n i'n gwybod bod ei galon yn y lle iawn.

Tynnu ar ôl ei dad mae Dan yn hynny o beth ... mae o'n llathan o'r un brethyn. Pan oedd petha'n mynd ar chwâl mi fydda Mr Daniel yn dod i siarad efo fi hefyd, ac o bryd i'w gilydd mi fydda Mrs Mati yn dangos ei gwyneb, ond doedd hi ddim mor barod i ymddiried. Cadw'i phroblemau a'i gofidiau iddi hi'i hun fydda Mati'n wneud, a wnaeth hynny rioed ddaioni i neb. Weithiau mi fyddwn yn edrych arni, a bron na allwn glywed ei hansicrwydd a'i hamheuon yn corddi y tu mewn iddi, fel gwenwyn yn berwi yn ei pherfedd.

Anghofia i fyth y tro cynta i mi weld Mr Daniel, yn sefyll wrth gefn drws y lorri, yn uniongsyth fel styllen a'i wallt tywyll, hir wedi'i glymu mewn cynffon slic efo llinyn lledr. Mi ges i orchymyn i sefyll efo'r genod eraill mewn rhes, a dwi'n cofio 'nghoesau'n crynu mewn ofn. Lle ydw i? Pwy ydi'r bobol ddiarth 'ma? Cerddodd Mr Dan yn araf ar hyd y rhes gan edrych arnon ni fesul un. Roedd wyth ohonan ni'n sefyll wrth gefn y lorri fawr y bore hwnnw, a cherddodd o'n cwmpas ni i gyd gan edrych ar bob manylyn. Gofynnodd ambell gwestiwn i yrrwr y lorri cyn symud mlaen at y nesa. Yn raddol, daeth yn amlwg ei fod yn gwneud ei ddewis, yn penderfynu pa rai ohonan ni roedd o am eu cadw. Sylwais ei fod wedi cyffwrdd â dwy o'r genod wrth fynd heibio, a thynnwyd y rheiny allan o'r rhes. Fi oedd yr olaf ond un, a theimlais ei lygaid gleision yn crwydro drostaf cyn oedi am funud hir i syllu i fyw fy llygaid. Gwenodd yn araf, a gwelais ei wyneb yn goleuo, yn union fel tasa rhywun wedi cynnau matsian tu ôl i'w lygaid pefriog, ac am y tro cyntaf, teimlais ei law yn cyffwrdd fy nghnawd, ei gynhesrwydd yn saethu drwydda i. Mi o'n innau wedi cael fy newis i fod yn un o genod Daniel Davies.

Ymhen dim daeth y tair ohonan ni'n gyfeillion. Neu yn gyfeillgar, o leia. Jên oedd yr hynaf, Magi oedd y fenga, a finna yn y canol. Wrth edrych yn ôl drwy sbectol amser, ac er ein bod ni wedi byw a gweithio efo'n gilydd am flynyddoedd lawer, dwi'm yn meddwl i ni erioed ddod yn ffrindia go iawn. Roedd 'na lawer yn meddwl ein bod ni'n chwiorydd, ond doeddan ni ddim. Ffawd a Daniel Davies oedd yn gyfrifol am ddod â ni at ein gilydd. Mae gen i chwiorydd go iawn yn rwla, ond nid yn fan hyn. Fydda i'n trio peidio meddwl am hynny, am deulu ac am adra, yn rhy aml, a dwi 'di dysgu ers talwm ei bod hi'n well anghofio rhai atgofion. Mi ddeallais yn handi iawn i beidio ymddiried yn Magi ac i beidio â dilyn esiampl Jên. Ond er hynny, mae'n chwith meddwl bod y ddwy arall wedi hen fynd erbyn hyn: Jên tua tair blynedd yn ôl a Magi ... wel, welwyd mohoni ar ôl y drafferth honno efo'r boi o Morocco. Mi wyddwn yn iawn y bysa Magi'n cael ei hun i drwbwl. Weithia, mi faswn i'n taeru 'mod i'n clywed y ddwy arall yn symud neu'n grwgnach, yn eu harogli hyd yn oed, ond na, ma' nhw wedi mynd. Dim ond fi sydd ar ôl. Yr olaf o'r genod.

* * *

Ers i mi ddod i fama i fyw, un o'r petha dwi'n 'i weld yn rhyfedd ydi bod petha byth yn newid yma. Mae bob dim yr un fath, ddydd ar ôl dydd. Yr un olygfa dwi'n ei gweld drwy'r ffenast 'na bob dydd. Ydyn, ma'r fistors yn newid ond ma' bob dim arall yn aros yr un fath. Mae'r olygfa'n ddigon dymunol, ond yr un cae sy'n fy wynebu bob dydd, yr un tai yn y pellter. Dyna oedd yn neis ers talwm, doeddwn i byth yn nunlla'n ddigon hir i syrffedu ar yr olygfa, ac os oedd yr olygfa'n un sâl, mi o'n i'n gwybod mai dim ond chydig ddyddia y baswn i yno, ac y bysa 'na olygfa newydd i edrych arni ymhen dim. Ond dydi hynny ddim yn digwydd rŵan. Mi fydda i'n meddwl weithia, tybed wela i gastell eto? Neu'r môr. Wela i'r môr eto, 'dwch? Dwi'n cofio un tro, flynyddoedd lawer yn ôl, mi fues i'n gweithio yn Blackpool am yr haf, ac ew, mi oedd hi'n braf yno. Lojins cyfforddus a thripiau rheolaidd i'r traeth. Dwi'n gallu teimlo 'nhraed yn suddo yn y tywod cynnes rŵan, a'r genod a finna am y cynta i gyrraedd y dŵr. Mewn dim 'sa 'na growd wedi hel, a 'sa Dan yn cyhoeddi bob dydd nad oedd tair o genod mor siapus erioed wedi'u gweld ar draethau Blackpool o'r blaen. Mi oedd Jên yn un dda am nofio, gwell o lawer na fi, ac yn aml roedd Dan yn cael trafferth i'w chael hi i ddod allan o'r dŵr, yn tuchan ac yn cwyno, ei drowsus yn gwlychu er ei fod wedi rowlio'r coesau at ei bengliniau. 'Ty'd yma'r sguthan,' oedd o'n weiddi, ac roedd Jên yn sbio'n ôl yn ddireidus arno fo, gan nofio allan ymhellach cyn troi am y lan yn araf, yn ei hamser ei hun. Mi oedd yr haf hwnnw'n un arbennig am sawl rheswm, pawb i'w gweld yn cael eu hudo gan y tywydd braf, yr hufen iâ a danteithion nwydus y Golden Mile. Bob nos Iau byddai'r Casino ger y pier yn aros ar agor yn hwyr, a phawb yn hel at ei gilydd yno. Y perfformwyr i gyd o bob theatr, yr wynebau cyfarwydd oedd i'w gweld ar bosteri o amgylch y dre – Cilla Black, Mike Yarwood, Bernie Winters a Danny La Rue – yn cymysgu efo'r dawnswyr, y consurwyr, yr acrobats a'r clowns i fwyta, i yfed ac i gymdeithasu ... ac ambell dro, roedd petha'n mynd ymhellach. Mi o'n i wrth fy modd pan fydda Dan yn rhannu'r straeon efo Ned y bore wedyn, a finna'n gwrando'n dawel, yn cymryd y cwbwl i mewn.

Dwi'n ffeindio'n hun yn gwneud lot o hel atgofion y dyddia yma. Does 'na'm llawer o ddim arall i'w wneud yma. Weithia bydd oriau'n mynd heibio a finna'n sylweddoli 'mod i wedi'u treulio nhw'n gwneud dim ond synfyfyrio. Ma' rhai yn deud nad ydi hel atgofion yn beth iach. Sbio mlaen sydd ora, meddan nhw, dim sbio'n ôl. Ond erbyn hyn llwybr byr sydd o 'mlaen i, ac mae'r llwybr sydd eisoes wedi'i droedio'n hirach o lawer. Felly dyna dwi 'di penderfynu'i wneud: ailgrwydro'r llwybr hir hwnnw. Ail-fyw y dyddiau da, pan oedd bob dim yn gyffrous, yn lliw i gyd. A be os ydw i'n edrych drwy glamp o sbectol binc? Mi oedd 'na amser pan o'n i'n ifanc ac yn gryf. Yn osgeiddig ac yn ysgafndroed, er 'mod i'n hogan lond fy nghroen. Yn seren. Dwi'n lwcus, dwi'n cofio pob manylyn. Ma' gen i gof da. Wel, cof fel eliffant.

From: Hari_84@fastmail.co.uk
To: Gafyn.Hughes@animalsfirst.co.uk

Helô Gafyn,

Dwi ddim yn siŵr fyddwch chi'n fy nghofio, ond fe wnaethon ni gwrdd ddydd Sadwrn dwetha yn y rali yn Aberystwyth ... cawsom sgwrs sydyn ar y diwedd ac fe awgrymoch fy mod yn cysylltu ar e-bost?

Fel y dwedais, dwi wedi bod yn teimlo'n angerddol am dranc anifeiliaid caeth ers blynyddoedd, erioed, a dweud y gwir, ond yn ddiweddar dwi'n teimlo fy mod wedi cyrraedd rhyw fath o groesffordd mewn bywyd. Dwi wedi sylweddoli fod yn rhaid gweithredu os ydi pethau am newid, a bod angen dysgu gwers i rai pobol.

Mae llawer wedi manteisio ar ddiniweidrwydd yr anifeiliaid, ond mae'n amser i hynny ddod i ben, ac mae'n amser i'r bobol yma ddeall fod yn rhaid talu'r pris.

Er iddi gymryd blynyddoedd i mi deimlo'n ddigon cryf i weithredu, dwi'n barod iawn erbyn hyn i ymgymryd ag unrhyw weithgaredd fuasai'n helpu'r achos.

Edrychaf ymlaen at glywed gennych yn fuan.

Hari Jones (Ms)

From: Gafyn.Hughes@animalsfirst.co.uk
To: Hari_84@fastmail.co.uk

Haia Hari,

Grêt clywed gen ti – wrth gwrs dwi'n cofio chdi. Mi o'n i'n gwybod yn syth 'sa ni'n clywed gen ti cyn hir. Dwi wastad yn gallu sbotio'r bobol 'na sy'n teimlo petha go iawn.

Dwi'n rîli falch fod chdi isio helpu'r achos. Mae 'na gymaint sydd angen ei neud i helpu'r anifeiliaid sy'n methu neud dim i helpu eu hunain. Dwi a lot o'r aelodau eraill union yr un fath, a dyna pam da ni'n fodlon gwneud unrhyw beth i'w hachub.

Hefyd dwi'n falch o weld bo chdi ddim ofn herio'r awdurdodau pan fo rhaid – dwi ddim yn credu mewn torri'r gyfraith fel arfer, wrth gwrs, ond weithiau, does 'na ddim dewis, nagoes? 'Sna wnawn ni sefyll i fyny a brwydro drostyn nhw, pwy sy'n mynd i wneud? Ac fel ti'n dweud, mae'r dioddef wedi mynd ymlaen yn rhy hir o lawer.

Mae 'na lot o betha cyffrous yn mynd i fod yn digwydd dros y misoedd nesa, felly dwi'n siŵr y bydd 'na gyfle i ti helpu ni a helpu'r anifeiliaid. Da ni'n mynd i fod yn cychwyn ymgyrch newydd, hollol wahanol i be da ni di'i neud o'r blaen, ac mi fyddwn ni angen gwyneba newydd sydd ddim ofn cwffio. Fedra i ddim deud gormod rŵan, ond mi fydda i'n siŵr o gadw mewn cysylltiad efo chdi.

Diolch eto am ymestyn allan, ond cofia, yn anffodus nid ydi pawb o'n cwmpas yn cytuno efo'n hymdrechion, felly mae'n well cadw unrhyw drefniadau rhyngddon ni.

Gawn ni air eto'n fuan.

Hwyl,

Gaf

DANIEL
1933

'Cariadon ers oedden ni'n bedair ar ddeg' – dyna fyddai Wilhelm, tad Daniel, yn hoffi ei ddweud wrth bawb oedd yn fodlon gwrando, ac ambell un oedd ddim. Roedd stori garu Wilhelm a Frida Vogel yn chwedlonol, bron, yn gariadon bore oes tan y diwedd. Hoffai Wilhelm ddweud eu bod wedi cyfarfod pan oedden nhw'n blant deg oed yn syrcas ei daid a deithiai o amgylch y pentrefi bychan yng nghyffiniau dinas Sacsonaidd Dresden, a'i fod wedi bod yn llygadu'r ferch fach byth ers hynny, cyn dwyn y gusan gyntaf y tu ôl i'r seddi yn y babell fawr pan oedden nhw'n bedair ar ddeg. Dim ond gwenu fyddai Frida pan glywai Wilhelm yn dechrau ar yr un hen stori, a sylwodd na fyddai byth yn cydnabod bod Frida'n gyfnither iddo, ei thaid hi a'i nain yntau'n frawd a chwaer ... nid bod priodas o fewn yr un teulu yn beth dieithr ym myd y syrcas. Roedd y teulu'n perthyn i genedl y Sinti, a doedd Wilhelm ddim yn cydnabod hynny'n aml chwaith, ond roedd y gwallt du trwchus a'r wawr dywyll oedd i'w crwyn yn adleisio gwreiddiau oedd yn bellach o lawer na fforestydd yr Almaen.

Pan gyfarfu Frida â Wilhelm am y tro cyntaf, yn ferch ddeg oed, marchogaeth ceffylau oedd ei byd, ac yn sicr doedd ganddi ddim diddordeb yn ei chefnder bach tew fyddai'n ei dilyn o gwmpas fel ci rhech. Ond yn raddol, a bron heb iddi sylwi, diflannodd y bloneg a'r trwyn budr a sylweddolodd fod ei 'chefnder o bell', fel yr oedd yn dechrau meddwl amdano, yn tyfu i fod yn fachgen golygus dros ben. Roedd ei wallt du trwchus bellach yn gynffon hir wedi'i chlymu â llinyn lledr, a'i gorff cyhyrog wedi'i siapio'n naturiol gan waith caled. Dechreuodd y ddau dreulio mwy o amser efo'i gilydd yn ymarfer a datblygu sgiliau newydd ar gyfer y sioe, pan oedd y teithio a'r gwaith yn caniatáu. Roedd Wilhelm yn jyglwr o fri a Frida'n farchogwraig wych, yn neidio ac yn sgipio'n ysgafndroed wrth i'r hen geffyl garlamu o amgylch y cylch, ond fel pob plentyn a fagwyd yn y cylch llwch llif, roedd y ddau wedi'u prentisio ym mhob math o sgiliau. Gwersi tymblo, gwersi jyglo, gwersi ar y trapîs a gwersi cerdded gwifren. Ar y dyddiau prin hynny pan nad oedd y syrcas yn symud, byddai'r plant i gyd am y gorau i ddysgu sgiliau newydd, y cefndryd a'r cyfnitherod yn dysgu wrth draed yr oedolion. Yn araf daeth Frida a Wilhelm yn ffrindiau pennaf, a rhywsut daeth y ddau i wybod mai efo'i gilydd yr oeddynt i fod. Dechreuodd Frida fwynhau gwrando ar Wilhelm yn trafod ei gynlluniau a sôn am ei freuddwydion, y ddau'n gorwedd yn y glaswellt, yn ddigon pell o garafán ei rhieni, yn syllu i fyny i dywyllwch y nos. Ei freuddwyd oedd bod yn berchen ar ei syrcas ei hun ryw ddydd: syrcas fawr, grand fyddai'n cyflogi'r sêr enwocaf ac yn denu cynulleidfaoedd enfawr i bob perfformiad. Yn raddol daeth Frida yn rhan o'i gynlluniau, ac addawodd Wilhelm lond stabl o'r ceffylau Arabaidd gorau iddi, ynghyd â charafán fawr, smart yn llawn plant hyfryd. Pan benliniodd Wilhelm o'i blaen un noson o haf a gofyn iddi ei briodi, nid oedd yn syndod i Frida pan glywodd ei hun yn derbyn. Daeth y tymor i ben, a phriodwyd y ddau yn un ar bymtheg oed.

Ddeng mis yn ddiweddarach ganwyd Daniel, a deunaw mis ar ei ôl daeth Walter. Wrth i'r teulu dyfu daeth yn amlwg nad oedd digon o arian i gynnal pawb, a phenderfynodd Wilhelm ei bod yn amser iddyn nhw gymryd y cam nesaf yn ei gynllun mawr. Felly, ar ddiwedd y tymor hwnnw, a gydag ychydig geiniogau yn eu pocedi, ffarweliodd Frida a Wilhelm â gweddill y teulu, i sefydlu eu syrcas eu hunain.

Bu'r tymor cyntaf hwnnw'n un caled, gyda dim ond Frida, Wilhelm, clown cloff o'r enw Fred, dau geffyl, a Benji, y mwnci blin, yn gwneud y cyfan. Perfformio yn yr awyr agored oedden nhw, a Frida a Fred yn mynd o gwmpas y gynulleidfa gyda het i gasglu'r arian wrth i Wilhelm lwytho'r offer i gyd ar hen wagan fawr, yn barod ar gyfer y siwrne nesaf, y ceffylau'n tynnu'r wagenni yn ogystal â pherfformio yn y sioe. Pan fyddai'r gwaith wedi ei gwblhau am y diwrnod, y bechgyn wedi'u bwydo a'r ddau yn cysgu'n braf mewn drôr bob un gan nad oedd lle i ddau grud yn y garafán fach, byddai Frida'n eistedd wrth y bwrdd yn cyfri'r arian a Wilhelm yn parhau â'r cynllunio a'r trafod. Yn araf bach, dechreuodd y coffrau lenwi. Yn dilyn blynyddoedd llwm y Rhyfel Mawr, roedd pentrefwyr gwledig yr Almaen yn awchu am adloniant ac yn croesawu'r syrcas i'w mysg, gan wledda ar y lliw a meddwi ar y miri. Yn ei gwely bob nos, byddai Frida'n diolch i Dduw am anfon y cynulleidfaoedd draw, ac erbyn diwedd y tymor roedd ganddynt ddigon o arian i brynu pabell ail-law gan gefnder i dad Frida.

Er mai pabell ail-law oedd hi, roedd y wên ar wyneb Wilhelm y bore cyntaf iddyn nhw ei chodi yn werth ei gweld.

'Edrycha arni, Frida,' meddai wrth edrych ar y babell siabi, a lleithder yn disgleirio yn ei lygaid. 'Pabell ein breuddwydion, yntê, cariad?'

Gwenodd Frida arno.

Cyn hir roedd Gerda wedi cyrraedd i gymryd lle Daniel yn y

drôr uchaf, ac erbyn diwedd eu trydydd tymor roedd Klaus, pwdin o fabi, wedi hawlio'i le yn y drôr isaf. Doedd o ddim yno'n hir cyn i'r efeilliaid, Ingrid a Horst, gyrraedd, eu pennau'n llawn cyrls du a'u llygaid yn pefrio. Er mawr syndod i bawb, roedd gan Ingrid lygaid glas hardd, ond roedd un o lygaid Horst yn dywyll a gloyw fel darn o lo, a'r llall yn llonydd ac yn las fel y môr.

'Fydd dim angen cyflogi artistiaid cyn hir,' meddai Wilhelm wrth Frida un diwrnod, wrth edrych ar y plant, 'mi fyddwn ni'n gallu gwneud y cyfan ein hunain unwaith bydd y rhain yn ddigon hen i weithio!'

Ond gyda chwech o gegau yn galw am gynhaliaeth, roedd elw'r tymor yn diflannu'n sydyn pan oedd y tywydd oer yn cadw cynulleidfaoedd draw. Felly, pan ddaeth llythyr oddi wrth Ursula, chwaer Frida, yn cynnig tri mis o waith iddyn nhw gyda syrcas fawr y teulu Althoff ym Merlin, roedd yn gynnig rhy dda i'w wrthod. Roedd Ursula a'i gŵr, Gunther, wedi bod yn gweithio i'r Althoffs am flynyddoedd – Ursula yn gyfrifol am y gwisgoedd a Gunther yn hyfforddi'r eliffantod – ac roedd eu hanesion yn chwedlau i Daniel a gweddill y plant.

Roedd hi'n dechrau nosi pan gyrhaeddodd y Vogels y tober ym Merlin, a chafodd Daniel ei olwg gyntaf ar y sioe fawr. Roedd cannoedd o fylbiau lliw yn fflachio ble bynnag yr edrychai. Syllodd yn gegrwth ar y babell enfawr ac ar y wagenni di-ri oedd wedi'u gosod yn rhengoedd twt wrth ei hochr. Dyma oedd pabell breuddwydion, meddyliodd. O flaen y babell fawr roedd mynedfa anferthol wedi'i hadeiladu, yn dyrau ecsotig fel un o blastai'r Maharaja yn India, ac am y tro cyntaf erioed teimlodd gywilydd wrth i garafán garpiog ei deulu gael ei gosod ym mhen pellaf un o'r rhesi, tu ôl i babell yr eliffantod. Wrth gwrs, roedd Daniel wedi gweld sawl syrcas arall pan oedd yn teithio o gwmpas y wlad, ond nid oedd erioed wedi gweld unrhyw beth tebyg i syrcas y teulu Althoff. Edmygodd y *chandeliers* crisial hyfryd oedd yn goleuo'r gofod mawr, degau ohonynt yn hongian ym mhob cwr o'r babell, a sylwodd ar y gerddorfa oedd yn eistedd uwchben mynedfa'r artistiaid, i gyd mewn lifrai smart. Tynhaodd ei stumog wrth i'r gerddoriaeth ddechrau. Ceisiodd gyfri'r ceffylau ond roedd gormod ohonynt yn ymddangos, a theimlodd ei hun yn ymfalchïo pan ddaeth Gunther i mewn i'r cylch wedi'i wisgo mewn côt hir las a thyrban aur ar ei ben, yn arwain dwsin o eliffantod mawr. Acrobatiaid, perfformwyr trapîs, dawnswyr tlws mewn gwisgoedd plu a'r clowns doniolaf a welodd erioed, i gyd yn dilyn ei gilydd ar chwibaniad meistr y cylch, yn garnifal godidog, hudolus.

Y bore canlynol, cafodd Daniel helpu Gunther yn y babell eliffantod, ac er ei fod yn nerfus ac ychydig yn ofnus, edrychodd i fyw llygaid bychan y bwystfilod anferth. Am y tro cyntaf, teimlodd eu crwyn caled a rhychiog dan ei law.

'Genod bach ifanc ydi'r rhain ti'n gweld, Daniel,' eglurodd Gunther gan ddefnyddio fforch fawr i gasglu'r gwair budr oedd wedi hel o amgylch traed yr eliffantod. 'Mi wnaeth Herr Althoff eu prynu nhw'n syth oddi ar y cwch o India, ac felly dim ond efo fi maen nhw wedi bod erioed. Doedden nhw'n deall dim pan ddaethon nhw ata i gynta, cofia, ond yn fuan iawn mi ddaethon nhw i wybod fod gen i stoc go lew o fara a ffrwythau ar gyfer genod da.' Wrth siarad, rhoddodd ei fforch o'r neilltu a thynnu afal tolciog allan o sach gyfagos, a'i daflu'n syth i geg yr eliffant agosaf. 'Ond be sy'n rhaid i ti ei gofio efo eliffantod ydi bod angen i ti drin pob un yr un fath, felly os ydi un yn cael afal, mae'n well i ti wneud yn siŵr fod y lleill i gyd yn cael afal hefyd, neu mi fyddan nhw'n wenwynllyd. Y peth dwytha ti isio ydi creu ffafriaeth ymysg y genod, coelia di fi, felly well i ti roi afal i bob un rŵan.'

Gyda'i galon yn curo'n wyllt a'i ddwylo'n crynu, gafaelodd Daniel yn y sach a thynnu tri afal allan ohoni. Cerddodd yn araf tuag at yr eliffant nesaf.

'Dyna chdi. Nepal ydi enw hon. Gad iddi weld be sgin ti, ac

mi agorith ei cheg i ti. Paid â'i daflu'n rhy galed rhag ofn iddi dagu.'

Fel roedd Gunther yn siarad, agorodd Nepal ei cheg yn llydan a thaflodd Daniel yr afal yn ofalus ar ei chlustog binc, wlyb o dafod. Erbyn iddo gyrraedd Bengal, y pedwerydd eliffant yn y rhes, roedd y bachgen yn dipyn mwy hyderus, a sylwodd fod gweddill y fflyd yn syllu arno'n eiddgar, yn edrych ymlaen at dderbyn ei roddion.

'Ma' nhw'n greaduriad clyfar 'sti, Daniel. Sbia rŵan, ma' nhw i gyd yn deall bod gen ti afalau. Dyna un o'r rhesymau pam mae'n well gen i eliffantod na 'run anifail arall. Mae ganddyn nhw ymennydd mwy na 'run creadur arall, heblaw morfilod, ac felly ma' nhw'n glyfrach na bron bob anifail arall. Mae'n sefyll i reswm, tydi? Ac mae dynion ac eliffantod wedi bod yn fêts ers canrifoedd 'sti, yn ymladd mewn byddinoedd ochr yn ochr ers tair mil o flynyddoedd, heb sôn am weithio yn y fforestydd efo'i gilydd. Felly ti'n gweld, Daniel, mae'r berthynas rhwng dyn ac eliffant yn un arbennig iawn, yn sbesial.'

Wedi'r diwrnod hwnnw, treuliodd Daniel bob munud o bob dydd yn gysgod i Gunther, yn carthu, glanhau a bwydo'r eliffantod a hyd yn oed yn marchogaeth Nepal wrth iddynt symud o'r babell stabl i'r babell fawr ar gyfer ymarfer a hyfforddiant bob bore. Gwyliodd sut y byddai Gunther yn hyfforddi'r genod, yn gwneud yr un peth drosodd a throsodd yn amyneddgar, gan eu gwobrwyo'n aml.

'Ara deg a phob yn dipyn ydi hi pan ti'n hyfforddi unrhyw anifail,' eglurodd. 'Unwaith ma' nhw'n deall mai chdi 'di'r bòs, gei di gymaint gwell canlyniad ... os oes gen ti ddigon o amynedd, a digon o wobrwyon. Fel hyn, does dim rhaid i ti fod yn llawdrwm nac yn frwnt. Cofia drin pob anifail efo parch, a naw gwaith allan o ddeg, mi fyddan nhw'n gwrando arnat ti,' pwysleisiodd Gunther. 'A pheth arall, petai Herr Althoff yn meddwl 'mod i'n cam-drin ei anifeiliaid, 'swn i wedi cael fy nghardia ers tro,' ychwanegodd, gan rwbio trwnc Ruby, yr eliffant lleiaf, wrth iddi chwilio'i bocedi am afal.

Dyna pryd y penderfynodd Daniel ei fod am weithio gydag eliffantod. Ddywedodd o ddim wrth neb, ond un diwrnod, pan oedd Gunther wedi picio i'r garafán i nôl ei faco, sylwodd Daniel fod tri o fechgyn lleol wedi codi ochr pabell yr eliffantod ac yn gorwedd yno'n syllu ar y cewri llwyd.

Gwelodd Daniel ei gyfle i ddangos ei hun, ac aeth ati i daflu ffrwythau i gegau'r genod. Erbyn iddo gyrraedd Ruby roedd pen Daniel wedi chwyddo cryn dipyn, wrth i'w gynulleidfa edmygu ei ddewrder, a safodd wrth ochr Ruby gan ddal yr afal olaf yn demtasiwn o'i blaen. Trodd yn bwysig i gyd i edrych ar y bechgyn, ond cyn iddo allu dweud dim, teimlodd ei hun yn hedfan drwy'r awyr, cyn syrthio'n bendramwnwgl i ganol y gwellt budr, llawn piso eliffant, oedd wedi'i gasglu yng nghornel y babell. Clywodd y bechgyn yn chwerthin ac edrychodd yn ôl yn sydyn, gan deimlo'i fochau'n gwrido. Safai Ruby y tu ôl iddo, a sylwodd fod ei thrwnc yn siglo'n ôl ac ymlaen wrth iddi edrych arno gyda boddhad, y direidi'n danbaid yn ei llygaid. Gwyddai Ruby'n iawn fod Daniel yn dangos ei hun i'r bechgyn, ac roedd hi wedi penderfynu ei roi yn ei le. Tyngodd Daniel bryd hynny, ei fochau'n goch a'i drowsus yn drewi o biso, na fyddai 'run eliffant yn gwneud ffŵl ohono eto.

Bob gaeaf ar ôl hynny byddai'r teulu'n dychwelyd i syrcas Althoff am ychydig fisoedd, a byddai Daniel yn cysgodi Gunther, oedd erbyn hyn wedi'i benodi'n brif hyfforddwr eliffantod i'r syrcas. Erbyn y trydydd gaeaf roedd Daniel yn hen law efo'r anifeiliaid, oedd yn adnabod ei lais yn syth pan gerddai i mewn i'r stablau er iddo fod i ffwrdd am fisoedd. Treuliai'r tymhorau'n dyheu am y gaeafau, gan ddigalonni wrth edrych ar babell fach Syrcas Vogel, a breuddwydio am gael gadael y cyfan a dychwelyd at Gunther a'r genod a moethusrwydd ysblennydd Syrcas Althoff.

Un bore, pan oedd Daniel yn helpu ei ewythr yn y cylch

hyfforddi, daeth Herr Althoff ei hun draw am sgwrs efo Gunther ac eisteddodd am rai munudau yn gwylio'r bachgen ifanc wrth ei waith. Y bore canlynol, pan oedd Daniel yn helpu Gunther i garthu, dywedodd ei ewythr wrtho fod Herr Althoff wedi'i blesio'n arw gan ei waith, ac yn holi tybed a fyddai gan Daniel ddiddordeb mewn dod i weithio yno am dymor cyfan, yn hytrach na'r gaeaf yn unig.

'Mae'n gyfle da, Daniel bach,' meddai Gunther. 'Mae hon yn un o'r sioeau gorau yn y byd, ac mae'r Althoffs yn gyflogwyr hael a theg.'

Meddyliodd Daniel am ei rieni, a theimlodd ei galon yn rhwygo'n ddwy.

'Fedra i ddim derbyn, Gunther, rydach chi'n gwybod hynny. Mae'r teulu'n dibynnu arna i. Dim ond Dad a fi sy'n gallu gyrru'r ddwy lorri, felly mi fysa'n anodd iawn iddyn nhw gario mlaen hebdda i.'

Gwenodd Gunther arno'n drist. 'Dwi'n deall yn iawn, 'ngwas i. Mae dy rieni yn lwcus iawn ohonat ti.'

* * *

Pam fod traed Walter wastad yn drewi o nionod? Dyna oedd yn mynd drwy feddwl Daniel, am y canfed tro, wrth iddo orwedd yn y tywyllwch. Roedd traed drewllyd ei frawd ychydig lathenni o'i wyneb, fel roedden nhw wedi bod bob nos ers bron i ugain mlynedd. Clywodd chwyrnu tawel ei frawd, Klaus, oedd yr ochr arall i Walter, a rhech uchel ddaethai o gyfeiriad Horst, ei frawd ieuengaf oedd ym mhen pellaf y gwely dwbwl. Yn y bync oddi tanynt cysgai ei ddwy chwaer, Gerda ac Ingrid, a thua chwe throedfedd i ffwrdd, y tu ôl i lenni cotwm tenau, cysgai ei fam a'i dad.

Trodd Daniel i wynebu'r wal a chau ei lygaid yn dynn, gan

geisio canolbwyntio ar sŵn y glaw ysgafn yn dawnsio ar do'r garafán, nes i gwsg ei gyrraedd. Y diwrnod canlynol byddai Daniel yn cael ei ben-blwydd yn un ar hugain, ond gwyddai nad oedd diben iddo edrych ymlaen yn ormodol gan na fyddai drannoeth, mwy na thebyg, yn wahanol i unrhyw ddiwrnod arall. Ymhen ychydig oriau, cyn iddi oleuo, byddai ei dad yn chwipio'r llen yn ôl wrth godi o'i wely a gweiddi enwau'r plant i gyd, fel athro'n galw'r gofrestr mewn dosbarth ysgol, 'Daniel, Walter, Gerda, Klaus, Ingrid, Horst! Codwch, y diawliaid diog! Mae 'na ddiwrnod o waith o'n blaenau ni!' Wedyn byddai pawb yn dechrau ar eu tasgau dyddiol, y drefn erbyn hyn yn reddfol iddyn nhw i gyd. Y merched fyddai'n pacio'r garafán a gwneud y fflasgiau llawn te ar gyfer y siwrnai, tra byddai'r bechgyn allan yn gwneud yn siŵr fod popeth wedi'i glymu'n saff i'r wagan cyn rhoi'r cyfrwyau ar y ddau hen geffyl, Gustav a Hanni.

Wrth i'r wawr dorri, cerddodd Daniel i gyfeiriad y ceffylau gan deimlo'r barrug yn clecian dan draed wrth iddo gamu ar y gwellt. Arafodd pan glywodd y tuchan cyfarwydd yn dod o dywyllwch y tarth. Dechreuodd ei lygaid gynefino â golau llwyd y bore bach, a gafaelodd yn y rhaff oedd wedi'i glymu i'r penffrwyn tila oedd am ben Gustav. Datododd y cwlwm, ac arwain yr hen geffyl at gefn y wagan fawr lle safai Horst, yn hanner cysgu. Cerddodd Gustav yn araf a phwyllog, mor gyfarwydd â'r drefn foreol ag unrhyw aelod arall o'r teulu, a sefyll yn ufudd wrth i Horst straffaglu i daflu'r strodur trwm ar ei gefn a chau'r byclau lledr caled. Un bach byr a chrwn oedd Horst, yn ymdebygu i'w daid ar ochr ei dad, yn ôl pob sôn, a gwenodd Daniel wrth glywed ei frawd bach yn tuchan ac yn cwyno. Yr ochr draw i'r cae, clywodd ei dad yn ceisio tanio'r hen lorri Opal, yr injan yn griddfan ac yn tagu, a chyfrodd Daniel y pesychiadau. Fel pob bore arall, ar y pedwerydd pesychiad, atgyfododd yr injan, yn poeri a fflemio wrth gynhesu. Gan adael Walter yn eistedd yn sedd y gyrrwr a'i droed ar y sbardun nes y byddai'r injan wedi twymo, aeth Wilhelm ymlaen at yr ail lorri: yr hen Vomag fawr, solat oedd yn tynnu'r wagan fwyaf. Waeth pa mor oer oedd y boreau byddai'r Vomag yn tanio'n syth, a brysiodd Daniel draw ati. Erbyn hyn roedd Frida a'r merched a'r efeilliaid allan, a Gerda'n mynd o amgylch y garafán gyda'r handlen droi, yn penlinio ym mhob cornel er mwyn weindio'r coesau i fyny, wrth i Ingrid ddatgysylltu'r stepiau wrth y drws ffrynt. Brysiodd Frida o amgylch y cae yn rhannu'r fflasgiau te a'r bara: tafell a fflasg bob un i'r plant ac i Wilhelm, ac afal bob un i Hanni a Gustav. Teimlodd Daniel ei lygaid yn llosgi wrth i'r mwg lifo o gefn y lorri – roedd ei dad bellach yn sedd y gyrrwr ac yn bagio'r lorri'n araf tuag ato. Cododd Daniel y ffrâm haearn drom oedd ar flaen y garafán, ei gyhyrau oer yn cwyno dan y straen, gan anelu'r cylch ar flaen y ffrâm at y ddolen ar gefn y lorri oedd yn agosáu yn araf, fesul modfedd. Ar y funud olaf, pan oedd y cylch yn union uwchben y ddolen, gollyngodd Daniel y ffrâm a chrynodd y garafán wrth i'r lorri wneud y cyffyrddiad cyntaf. Hanner awr ar ôl iddyn nhw godi o'r gwely, roedd syrcas y teulu Vogel yn barod i symud.

Wilhelm oedd yn gyrru'r hen Vomag efo Frida a'r efeilliaid yn y sedd wrth ei ochr. Byddai Gerda a Walter yn dod wedyn, yn marchogaeth Gustav a Hanni, wedyn Daniel y tu ôl i lyw'r Opel, yn tynnu'r hen wagan fawr oedd yn grwgnach ac yn tuchan dan bwysau'r babell a'r geriach i gyd. Wrth ei ochr eisteddai Klaus, oedd wedi dewis cynhesrwydd cynnil y lorri yn hytrach na marchogaeth efo'r ddau arall fel y gwnâi yn ystod misoedd yr haf. Cyn cyrraedd y giât, gwelodd Daniel ei fod eisoes yn pendwmpian, wedi bwyta ei ddarn bara ac yn gafael yn dynn yn ei fflasg o de.

Er mai dim ond cwta wyth milltir oedd y daith bu'n rhaid stopio ddwywaith ar y ffordd er mwyn rhoi dŵr yn injan yr hen Vomag, felly cymerodd dros ddwyawr iddyn nhw gyrraedd y pentref nesaf. Roedd yr haul yn codi wrth i'r fintai flinedig gyrraedd y tir comin. Deffrodd Klaus wrth i'r lorri arafu, a neidiodd allan cyn iddi stopio, yn llawn direidi wedi oriau ychwanegol o gwsg ac yn ysu i ddarganfod beth oedd gan y pentref newydd i'w gynnig. Dilynodd Daniel gyfarwyddiadau ei dad, oedd yn amneidio ato o ganol y cae, ei sigarét yng nghornel ei geg a'i gap wedi'i wthio'n ôl ar ei ben, a pharciodd y wagan yn barod ar gyfer codi'r babell. Neidiodd allan o'r cab gan gerdded draw at y ceffylau, y morthwyl mawr yn ei law yn barod ar gyfer y dasg o guro'r pegiau haearn i'r ddaear. I'r pegiau hyn roedd y ceffylau'n cael eu clymu nes y buasai'n amser eu haddurno gyda chyfrwyau coch crand a rhubannau amryliw ar gyfer y sioe.

Roedd Gerda'n dal i eistedd ar gefn Gustav, gan bwyso ymlaen a rhwbio'i wddf brown melfedaidd a sisial yn ei glust. Doedd dim dwywaith, meddyliodd Daniel, roedd ei frodyr a'i chwiorydd yn tyfu'n sydyn. Llamodd ei galon wrth i lygedyn o obaith lithro iddi – efallai y câi ledu ei adenydd a gadael y teulu cyn hir, i geisio torri'i gwys ei hun yn y byd. Roedd mwy i fywyd na'r syrcas fach flêr hon, ystyriodd.

'Ty'd 'laen, siapia hi, Gerda! Mae ganddon ni ddwy sioe pnawn 'ma.'

Edrychodd ei chwaer draw arno gan wgu, cyn neidio'n urddasol oddi ar gefn ei cheffyl a dechrau ar y gwaith o dynnu'r cyfrwy.

Erbyn hyn roedd arogl bacwn yn ffrio wedi treiddio i bob rhan o'r tober, ac wedi hanner awr o seibiant ar gyfer llyncu'r brechdanau roedd Frida wedi'u paratoi, aethpwyd ati i godi'r babell fawr. Fel pob diwrnod arall roedd gan bawb ei joban, a gwaith y bechgyn hynaf oedd curo'r pegiau dur i mewn i'r ddaear galed, eu morthwylion yn creu alaw ailadroddus wrth yrru'r pegiau'n ddwfn i'r pridd rhewllyd. Wedyn byddai pawb yn helpu i ddadbacio'r polion, y rhai byrraf ar gyfer ymyl allanol y babell, wedyn y polion chwarter oedd yn cadw nenfwd y babell yn dynn, ac yn olaf y ddau bolyn mawr, y *king poles*. Dyma'r polion oedd yn cynnal pwysau'r babell i gyd a byddai angen nerth bôn braich pob aelod o'r teulu i'w cario oddi ar y wagan a'u gosod yn eu llefydd. Tasg Wilhelm wedyn fyddai cysylltu'r rhaffau a'r pwlis, gan wneud yn siŵr fod pob un wedi'i gloi yn dynn a baneri'r Almaen wedi'u clymu i ben y polion, cyn clymu'r rhaff fawr i gyfrwy Gustav a gadael i nerth yr hen geffyl godi'r polion nes bod y baneri'n cyhwfan yn y gwynt.

Tra oedd y teulu'n gweithio roedd giang fach o blant lleol wedi ymgynnull i wylio'r cyfan, wedi'u syfrdanu gan y pentref lliwgar oedd wedi ymddangos ar y comin dros nos. Gwnâi ambell un o'r plant hynaf eu gorau i helpu efo'r gwaith, a byddai Wilhelm yn eu gwobrwyo ar ddiwedd y dydd â thocyn arbennig i weld y sioe am ddim. Dadbacio'r bwndeli canfas mawr oedd nesaf, cyn eu hagor a chysylltu pob darn efo'r careiau rhaff gwydn. O'r diwedd, roedd y cyfan yn barod i'w godi i ben y polion.

Safodd Wilhelm a Daniel wrth waelod un polyn, a Walter a Klaus wrth y llall, yn pwmpio'r winsh bron fel cystadleuaeth wrth i Frida wylio'r cyfan yn codi o'r llawr, fel cawr yn atgyfodi'n araf, er mwyn gwneud yn siŵr nad oedd un ochr yn uwch na'r llall. Unwaith roedd y polion chwarter wedi'u gosod roedd cyfle am baned arall, cyn mynd ati i osod y seddi a'r cylch rhwng y ddau brif bolyn. Gwaith Frida a Gerda oedd gosod y cylch yn ei le a llenwi'r cylch â llwch llif ffres, ac erbyn hanner dydd roedd y cyfan wedi'i orffen, yn barod am y gynulleidfa.

* * *

'Dal y bwced yn uwch!' gwaeddodd Walter wrth i Daniel, oedd yn sefyll ar ysgol, arllwys dŵr dros ei frawd bach a safai oddi tano yn ei drôns. Wedi iddo wlychu'n iawn aeth Walter ati i ymolchi'i hun, gan rwbio'i groen efo'r darn sebon prin.

'Paid â defnyddio gormod o sebon,' rhybuddiodd Daniel. 'Cofia fod pawb arall angen ei ddefnyddio fo. Ond gwna'n siŵr dy fod ti'n golchi'r traed drewllyd 'na'n iawn tra ti wrthi.'

Cymerodd Walter arno nad oedd wedi'i glywed, gan gau ei lygaid yn dynn rhag y sebon a chwifio'i fawd yn yr awyr fel arwydd i Daniel wagio gweddill y bwced drosto er mwyn cael gwared o'r sebon.

Er bod diwedd y tymor yn agosáu a'r hydref i'w weld yn y coed o'u cwmpas, roedd rhywfaint o wres yn yr haul o hyd. Sychodd Walter ei hun yn sydyn ac ail-lenwi'r bwced, ac aeth Daniel ati i ddiosg ei ddillad gwaith wrth i Walter gamu'n araf i ben yr ysgol. Roedd y babell wedi'i chodi, y gwaith wedi'i wneud a chydig o oriau cyn y sioe. Yn y garafán roedd Frida'n gwneud ei gorau i roi gwersi darllen i Klaus tra oedd Ingrid a Horst yn cysgu. Roedd Wilhelm wrthi'n brysur o dan fonet yr hen Opal, yn rhegi ac yn rhwygo wrth wneud yn siŵr fod digon o olew ynddi ar gyfer y siwrnai nesaf. A draw yn y pellter, roedd Gerda'n hapus yn brwsio'r ceffylau.

Ers dechrau'r tymor roedd Walter wedi bod yn dysgu gyrru'r lorri fawr, ac yn manteisio ar bob cyfle posib i swnian ar Daniel i eistedd efo fo yn y cab wrth iddo yrru'n araf o amgylch y ffyrdd gwledig. Ers pan oedd o'n ddim o beth, roedd Walter wrth ei fodd â cherbydau o bob math, ac yn eistedd am oriau yn y lorri fawr yn troi'r llyw o un ochr i'r llall, yn gyrru milltiroedd lawer ar hyd ffyrdd ei ddychymyg heb symud modfedd. Felly, pan gyrhaeddodd ei ben-blwydd yn bymtheg oed, llwyddodd i ddwyn perswâd ar ei dad i adael iddo ddysgu gyrru go iawn.

'Cei,' meddai Wilhelm, 'gei di ddysgu ar bob cyfrif, ond gofyn i dy frawd mawr am wersi. Mae ganddo fo lot mwy o amynedd na fi. Os fedrith o a Gunther ddysgu un o eliffantod Althoff i sefyll ar ei goesau blaen, dwi'n siŵr y gall o dy ddysgu di i yrru lorri.'

Ac felly y bu hi. Daeth gyrru'n naturiol i Walter, a'r prynhawn hwnnw, ar ôl y gawod o ddŵr oer o'r bwced, bu'r ddau yn gyrru o amgylch y pentref yn cyfuno gwers yrru â'r cyfle i ddangos eu hunain i'r merched lleol. Ond pan ddychwelodd y ddau i'r tober ryw awr cyn amser y sioe, roedd eu rhieni yn aros amdanynt â golwg ddifrifol ar eu hwynebau.

'Rydan ni newydd gael telegram,' meddai Wilhelm, a sylwodd Daniel fod dagrau wedi dechrau cronni yn llygaid du ei fam. 'Gan Anti Ursula. Mae Gunther wedi cael damwain, ac wedi torri'i goes yn ddrwg. Maen nhw'n holi tybed ei di, Daniel, yno i weithio'r eliffantod. Yn ôl pob sôn, ma' Herr Althoff yn gwybod amdanat ti ac yn fodlon derbyn gair Gunther dy fod yn ddigon o foi i wneud y job.' Teimlodd Daniel guriad ei galon yn cyflymu. 'Mi fydd Gunther yno efo chdi, wrth gwrs, ond fedrith o ddim cyflwyno eliffantod ac yntau ar faglau, felly mae dy fam a finna wedi bod yn trafod ... 'dan ni'n meddwl y dylet ti fynd. Wedi'r cwbwl, ma' Ursula a Gunther wedi bod yn dda efo ni dros y blynyddoedd, ac mae hwn yn gyfle i ni dalu'n ôl iddyn nhw.'

Cliriodd Frida ei gwddw. 'Paid â phoeni,' ychwanegodd, 'mi fydd Gunther yn well mewn chydig wythnosau, ac erbyn hynny mi fyddwn ni wedi cyrraedd Berlin. Dim ond tair wythnos o'r tymor sydd ar ôl, ac mi all Walter yrru'r lorri tra byddi di i ffwrdd.'

Roedd Daniel mewn sioc, ond nodiodd yn araf gan edrych ar ei rieni, o un i'r llall, ac ar ei frawd. Gwelodd fod Walter yn wên o glust i glust am ei fod, o'r diwedd, yn mynd i gael gyrru'r lorri. Dechreuodd cynrhon bach ddawnsio yn ei fol – roedd o wedi bod yn ysu am y cyfle hwn ers blynyddoedd, ac roedd ei freuddwyd ar fin cael ei gwireddu.

Y noson honno, ni sylwodd Daniel ar draed drewllyd ei frawd wrth orwedd yn ei wely, gan fod ei feddwl ar y dyfodol. Sut fuasai'r genod yn gweithio iddo, tybed? Fyddai Herr Althoff yn hapus? Oedd o, mewn gwirionedd, yn ddigon o foi i ysgwyddo'r ffasiwn gyfrifoldeb? Gyda chwestiynau ac amheuon yn gwahardd cwsg, trodd unwaith eto at y wal, gan gau ei lygaid yn dynn. O'r diwedd, lapiodd cwsg o'i amgylch, a llanwyd ei freuddwydion â goleuadau llachar, eliffantod a sŵn band y syrcas yn atseinio'n uchel, yn ddigon uchel i foddi sŵn y crio tawel ddeuai o'r tu draw i'r llenni cotwm tenau ym mhen arall y garafán.

DANNY
2018

A hithau bron yn hanner awr wedi hanner dydd, cerddodd Danny draw at y ffenest ffrynt – ffenest fawr hir oedd yn ymestyn bron i'r nenfwd. Trodd yr handlen a chafodd ei daro'n syth gan don o sŵn ac oerni wrth i'r gwynt main godi'r dwndwr o'r palmant islaw a thynnu dagrau i'w lygaid. Edrychodd i lawr ar yr olygfa gyfarwydd. Bob dydd, ar union yr un amser, byddai Danny'n edrych draw ar y caffi bychan oedd dros y ffordd, a phob dydd, beth bynnag fo'r tywydd, gwelai Madame Blodyn yn eistedd wrth un o'r byrddau bach y tu allan yn yfed espresso ac yn tanio sigarét. Rhoddodd Danny yr enw Madame Blodyn iddi am fod blodyn mawr plastig wedi'i binio i'w chôt neu ei het, yn ddibynnol ar y tywydd, a phob dydd byddai'n sodro'i hun yn yr un gadair wrth yr un bwrdd, gan edrych i fyny ar fflat Danny. Fel rhan o'r ddefod ddyddiol, byddai Danny'n camu allan ar y balconi bach ac yn syllu'n ôl arni hithau, gan feddwl bob tro tybed a oedd Madame Blodyn yn ei weld o gwbwl. Hwyrach fod ganddi gataracts, ac yn methu gweld yn bellach na blaen ei thrwyn, ystyriodd eto fyth wrth gamu'n ôl i mewn i'r fflat a chau'r drws. Wrth iddo dynnu'r llenni dros y ffenest clywodd dinc ei ffôn symudol, a gwyddai'n iawn, heb edrych ar y sgrin, mai ei fam oedd wedi ffonio, ac wedi gadael neges. Rywsut, roedd ei fam wastad yn llwyddo i ffonio ar yr adegau mwyaf anghyfleus, pan fyddai sgwrs yn amhosib, felly gwnaeth addewid iddo'i hun y byddai'n ei ffonio ar ôl ei waith, mewn da bryd i ddymuno'n dda iddyn nhw ar eu noson gyntaf. Gwyddai Danny fod ei fam yn poeni am y dyfodol, a gwyddai hefyd y byddai disgwyl iddo ymweld â'i rieni cyn hir. Daeth pwl o dristwch drosto am eiliad wrth feddwl am hynny, cyn i euogrwydd gymryd ei le.

Cychwynnodd am ei waith, gan gamu drwy ddrws ffrynt y fflat a chloi'r drws ar ei ôl. Unwaith eto, yn ystod ei daith ddyddiol ar hyd y coridorau, ystyriodd Danny pa mor rhyfedd oedd cychwyn am y gwaith heb roi côt amdano, yn arbennig a hithau'n ddiwedd Chwefror. Safodd y tu allan i'w ddrws ffrynt, gan glywed y murmur yn y pellter, y murmur a dreiddiai drwy'r lloriau oddi tano ac a ddeuai'n fwy clir wrth iddo agosáu. Newidiai'r aroglau, hyd yn oed, wrth iddo gerdded ar hyd y coridorau cyfarwydd. Arogl sent cryf a godai gyfog arno wrth iddo basio drws ffrynt Sandrine, arogl caws a henaint wrth iddo basio drws Madame Rosa, a sŵn byddarol ei theledu i'w glywed yn glir. Roedd yr hen wreigan wedi byw yn y fflat ers bron i 70 mlynedd ac anaml y byddai'n mentro allan erbyn hyn. Yn hytrach, byddai'n eistedd o flaen y teledu drwy'r dydd yn aros i un o'r teulu alw heibio gyda'r newyddion diweddaraf, ei dyddiau gorau'n melynu mewn fframiau o'i hamgylch, wynebau bythol-ifanc ei chyfoedion yn ei gwylio'n heneiddio i gyfeiliant byddarol, diddiwedd y bocs.

Gwthiodd Danny drwy'r drysau dwbwl trwm a cherdded i lawr y grisiau gan ofalu nad oedd yn baglu ar y carped coch, pŵl oedd wedi gwisgo'n dyllau mewn rhai mannau. Cyn hir byddai pethau'n newid wrth i'r murmur droi'n sŵn, ac wrth i'r sŵn droi'n gerddoriaeth, a byddai'r teimlad dan ei draed yn newid wrth iddo gamu oddi ar y carped carpiog ar rywbeth meddal, trwchus lliw gwin. Gafaelodd yn y canllaw haearn oer gan deimlo'r tyllau lle roedd dwylo'r degawdau wedi rhwbio'r paent aur i ffwrdd, ond gwyddai y byddai'r dur oer yn troi'n aur disglair unwaith eto ymhen tua munud a hanner, wrth iddo agosáu at waelod y grisiau ac at y drysau dwbwl olaf. Erbyn hyn roedd y murmur wedi troi'n gymysgedd o gerddoriaeth a sisial cyffrous y cyhoedd, ac wrth i Danny agor y drws olaf, teimlai'r don arferol o wres a chyffro yn ei daro. Oedodd am eiliad wrth y drws, gan syllu ar yr olygfa o'i flaen. Ciw hir o drigolion Paris yn manteisio ar y cyfle olaf i weld y sioe cyn i'r drysau gau am y tro olaf am eleni, cymysgedd o blant eiddgar a rhieni chwyslyd yn trio tynnu'u cotiau, eu sgarffiau a'u hetiau a dod o hyd i'w tocynnau ar yr un pryd. Safai sawl tywysydd wrth y brif fynedfa, y botymau aur yn disgleirio ar eu lifrai coch wrth iddynt rannu'r dorf yn dri ciw ar wahân: pobol oedd eisoes â thocynnau, pobol oedd angen casglu tocynnau, a'r olaf ar gyfer y rheiny oedd eisiau prynu tocynnau. Yn aros i gasglu'r arian y tu ôl i ddwy ffenest, eisteddai'r chwiorydd Sandrine a Babette. Cododd Danny ei law arnynt wrth basio a chafodd y gwg arferol yn ôl gan Babette a gwên siriol gan Sandrine. Roedd y ddwy yn gwisgo sbectol ar gyfer y gwaith hwn – syniad Babette, yn ôl pob sôn, gan ei bod yn teimlo fod y sbecs yn gwneud iddyn nhw edrych yn fwy galluog ac yn fwy fel pobol fusnes, er mai dim ond gwydr plaen oedd yn y lensys. Gwisgai'r ddwy siwtiau du a blowsys gwyn smart, eu gwalltiau hir du wedi'i dynnu'n ôl yn dynn, a dim ond y colur du, trwm o amgylch eu llygaid a'r minlliw coch trwchus oedd yn awgrymu fod rhywbeth mwy ecsotig a thrawiadol yn llechu o dan y cyfan.

Gwthiodd Danny yn raddol drwy'r dorf ar hyd y coridor llydan oedd yn amgylchynu'r syrcas, gan osgoi'r plant oedd yn rhedeg i bob cyfeiriad ac yn rhythu ar y gwerthwyr candi fflos a phopcorn. Gwenodd ar ambell un o'r tywyswyr wrth basio, ac oedodd am funud, fel y gwnâi bob dydd, wrth un o'r drysau er mwyn edrych ar yr olygfa ogoneddus o'i flaen: yr awditoriwm yn ei holl ogoniant. Doedd dim amheuaeth mai hwn oedd un o adeiladau syrcas harddaf a mwyaf hanesyddol y byd, wedi'i adeiladu yn 1852 fel roedd Babette yn hoffi'i atgoffa ar bob cyfle. Gwyliodd y gynulleidfa'n dechrau setlo yn eu seddi, gan edrych mewn syndod o'u cwmpas ar y goleuadau crisial yn disgleirio yn erbyn y nenfwd, oedd wedi'i addurno'n gelfydd mewn lliwiau cyfoethog – coch tywyll, gwyrddlas, hufen ac aur – a'r llathenni di-ri o ddefnydd melfed coch oedd yn syrthio'n foethus i guddio'r plastr oedd wedi cracio a'r corneli llychlyd.

Llanwyd Danny â'r un hen deimlad cyfarwydd wrth edrych ar y cylch, cymysgedd o nerfusrwydd a chyffro, a diolchodd am hynny. Er iddo gael ei eni ym myd y syrcas, roedd y cynnwrf hwn ym mhwll ei stumog yn ei atgoffa pam ei fod o yno, ac yn dyst i'r ffaith ei fod yn dal i gael gwefr wrth berfformio, wrth gamu drwy'r llenni melfed coch i gysur cyhoeddus y cylch. Weithiau byddai'n meddwl y dylai deimlo rhyw euogrwydd neu dristwch wrth gamu ar draws y cylch lle bu ei nain yn gorwedd yn farw, ei chorff ifanc wedi'i falu, ond doedd teimlad o'r fath erioed wedi ei daro. Roedd ei fam ac Anti Fran wastad wedi gwrthod pob cynnig i berfformio yno, ond wnaeth hynny fawr o ddaioni iddyn nhw yn y diwedd, meddyliodd, wrth atgoffa'i hun eto i ffonio'i fam ar ôl y perfformiad. Tybed ai hwn fyddai tymor olaf ei fam a'i dad? Teimlodd ei galon yn suddo wrth feddwl am styfnigrwydd ei dad, ac am ei fam druan yn hydref ei hoes yn byw mewn hen garafán laith, oer a'r dorf giaidd yn ymgasglu o'i chwmpas, eu negeseuon mewn paent tanbaid ar eu baneri a'u bysedd yn pwyntio'n ddidrugaredd at ei rieni. Trodd Danny ei gefn ar y cylch ac ailgychwyn ar ei daith, gan addo iddo'i hun y byddai'n ymweld â'i rieni unwaith y byddai'r tymor ym Mharis drosodd. O'r diwedd, camodd dros y rhaff oedd yn gwahanu cefn y llwyfan oddi wrth yr ardal gyhoeddus, ac unwaith eto teimlodd y carped yn teneuo dan ei draed wrth i bersawr melys, myglyd y candi fflos a'r popcorn gymysgu â chwys dynol a baw anifeiliaid.

Er bod hanner awr arall cyn i berfformiad y prynhawn ddechrau roedd prysurdeb cartrefol y tu ôl i'r llwyfan. Mewn un cornel clywodd Danny regfeydd y jyglwr wrth i'r peli syrthio'n gawod o'i ddwylo oer. Y drws nesaf iddo eisteddai'r ddwy chwaer o Sbaen, un yn plethu gwallt y llall yn ofalus gan wybod y byddai bywydau'r ddwy yn dibynnu ar gryfder y plethiad pan fydden nhw'n hongian o'r nenfwd ysblennydd gerfydd eu gwalltiau ymhen rhyw dri chwarter awr. Gwenodd Danny'n serchus arnynt wrth iddo gerdded heibio – wedi'r cyfan roedd o'n un o'r teulu, yn un o'r bosys.

Jyst dros bedwar munud ar ôl iddo gau drws ffrynt y fflat, cyrhaeddodd Danny ddrws y stafell wisgo roedd o'n ei rhannu efo'i ŵr, Sasha, ac wrth iddo afael yn y ddolen clywodd chwerthin distaw yn dod o gyfeiriad y criw o acrobatiaid Rwsiaidd gerllaw. Trodd Danny i edrych arnynt, ond troi i ffwrdd wnaeth y bechgyn gan geisio cuddio'r chwerthin a'r gwenu. Agorodd Danny'r drws a daeth y rheswm am chwerthin sbeitlyd yr acrobatiaid yn amlwg iddo. Roedd Sasha yn eistedd ar y gadair ger y drych mawr, ei draed i fyny ar y bwrdd gwisgo a'i lygaid duon wedi'u hoelio ar gorff llyfn y bachgen oedd ar y llawr o'i flaen, yr ieuengaf o'r acrobatiaid Rwsiaidd. Winciodd Sasha ar Danny wrth i'r bachgen blygu'n osgeiddig, yn gwbwl ymwybodol fod ei drowsus llac wedi llithro i lawr rywfaint, a sylwodd Danny ar lygaid Sasha'n crwydro tuag at y blew euraidd oedd yn tyfu o rych tin y bachgen. Caeodd Danny'r drws yn glep a neidiodd y llanc, gan godi'n sydyn ac edrych yn ofnus o un i'r llall. Aros yn ei unfan wnaeth Sasha, gan wenu'n llydan. Agorodd Danny'r drws i wneud yn amlwg fod angen i'r bachgen adael y stafell, a gwelodd hwnnw ei gyfle i redeg allan i ailymuno â'r criw tu allan oedd yn cadw llygad barcud ar bopeth. Teimlodd Danny y gwrid ar ei fochau wrth i'r criw ddechrau chwerthin unwaith eto, a chaeodd y drws.

Cerddodd draw at y rac gwisgoedd yn y gornel. Pan oedd ganddo ddigon o ffydd yn ei lais i siarad, gofynnodd yn sych, 'Ti 'di cysgu efo fo eto?'

Chwarddodd Sasha'n uchel gan godi'n araf o'r gadair a throi i edrych arno'i hun yn y drych mawr.

'O, Danny, ddim hyn eto? Naddo siŵr. Ti'n meddwl o ddifri fod gen i ddiddordeb mewn rwbath fel'na?'

Gafaelodd Danny yn ei wisg a'i thynnu oddi ar y rac.

'Wel, mi oedd yn edrych yn debyg i ddiddordeb i mi,' meddai, gan geisio swnio'n ddidaro.

Trodd Sasha i edrych arno gan wenu. 'Taswn i isio acrobat bach camp sy'n desbret am gontract, 'swn i'n gallu cael un gwahanol bob dydd o'r wythnos a dau ar ddydd Sadwrn, felly paid â phoeni. Dwi'm 'di cyffwrdd bys ynddo fo, ond wedi deud hynny, os ydi o isio dod yma i neud ei *physical jerks*, dwi'm yn mynd i droi fy nghefn arno, nac'dw?' Cerddodd draw at Danny, gan godi'i law i anwesu'i foch. 'Callia wir, Danny ... a chofia, dwi ddim fel fy nhad, mwy nag wyt ti fel dy dad ditha. Rŵan, gwna dy hun yn barod, ma' hi jyst yn amser dechra.' Gan gymryd un cip arall arno'i hun yn y drych, trodd Sasha a brasgamu allan o'r stafell, gan adael Danny'n fud wrth y bwrdd gwisgo.

'Paid â gwneud hyn i ti dy hun eto,' meddai wrtho'i hun, ond y gwir oedd bod sefyllfaoedd fel hyn yn llwyddo i'w gorddi bob tro, ac roedd hynny'n ei wylltio'n fwy na dim. Hyd yn oed ar ôl bron i bymtheng mlynedd roedd yn parhau i gwestiynu eu perthynas, er nad oedd Sasha wedi gwneud dim i haeddu'r fath amheuaeth. Ond yn yr un modd, ar ôl pymtheng mlynedd roedd Sasha hefyd yn gallu ei gynhyrfu, ei gysuro, ei ddiddanu, ei blesio a chodi ei galon. Edrychodd Danny ar y bwrdd o'i flaen, ar y colur, y brwsh gwallt a'r geriach i gyd, a theimlai fel eu taflu ar draws y stafell. Dyna fyddai'n digwydd rŵan mewn opera sebon, meddyliodd. Ond yn hytrach, eisteddodd o flaen y drych yn dawel er mwyn dechrau ymbincio. Yn raddol, diflannodd y gwrid ar ei fochau dan haen drwchus o golur brown golau. Ychwanegodd ychydig o bensel ddu o amgylch ei lygaid a thynnu'i fochau i mewn er mwyn taro brwsh y blyshyr ar hyd yr asgwrn. A dyna fo, ei wyneb sioe yn barod.

* * *

Edrychodd Danny'n ddiolchgar ar y ceffyl yn cachu – fyddai o ddim angen gwneud hynny yn y cylch rŵan. Safai rhwng y ddau gyrten, yn aros am ei giw i gamu drwy'r llenni melfed coch. Wrth ei ochr safai wyth o geffylau Arabaidd, pob un yn smart yn ei harnais coch a gwyn, eu llygaid yn neidio o un lle i'r llall a'u clustiau'n plycio, yn barod am y sioe. Roedd tri o'r gweision stabl gerllaw: un yn cadw llygad barcud ar y ceffylau, un yn delio efo'r cachu a'r llall yn cerdded o flaen y ceffylau efo rhaw yn llawn tail ffres, gan fod yr arogl yn annog y ceffylau i basio mwy cyn mynd i mewn i'r cylch mawr. O'r diwedd, clywodd Danny y cylch-feistr yn dechrau ar ei gyflwyniad, a thaflodd ei ddresin-gown o'r neilltu. Sythodd ei siaced a'i dei bo, ac wrth i'r gerddorfa daro'r nodyn cyntaf, rhoddodd yr arwydd i'r bachgen agor y llenni. Teimlodd y cyffro cyfarwydd wrth i'r goleuadau cryfion ddod o hyd iddo, a gwenodd wrth gerdded i ganol y cylch a chydnabod y gynulleidfa. Trodd i weld y ceffylau'n cael eu harwain i mewn, a dechreuodd y drefn arferol. Cefnder i Sasha oedd perchennog y ceffylau ac i fod yn hollol onest, doedden nhw 'mo'r gorau. Dyna'r drwg, ystyriodd Danny, wrth geisio cadw llygad barcud ar y trydydd ceffyl gan fod hwnnw'n dipyn o gur pen ers dechrau'r tymor, wrth logi anifeiliaid gan rywun arall – doedden nhw byth cystal â'r rhai roedd o wedi'u hyfforddi ei hun. Roedd teulu Sasha wedi cael gwared o'u hanifeiliaid eu hunain ers tro, a gan fod yn rhaid newid rhaglen y Cirque de Paris yn flynyddol roedd yn haws llogi anifeiliaid o syrcasau eraill. O ganlyniad, roedd Danny wedi dod i arfer cyflwyno pob math o greaduriaid, rhai wedi'u hyfforddi'n dda ac eraill, fel y grŵp hwn o geffylau, ddim cystal. Gan fod Danny'n hen law, byddai nifer o'r anifeiliaid yn gweithio'n well ar ôl tymor efo fo nag yr oedden nhw cynt. Cododd ei chwip yn araf, a throdd pedwar o'r ceffylau i redeg i gyfeiriad gwahanol gan basio rhwng y pedwar arall, tric oedd wastad yn plesio'r gynulleidfa, a gwenodd Danny ei ddiolchgarwch wrth iddo glywed y gymeradwyaeth yn treiddio drwy'r gerddoriaeth. Wedi i'r ceffylau ail-wneud yr un tric dair gwaith, galwodd arnynt i sefyll yn eu hunfan, a chamodd o'u blaenau er mwyn derbyn y gymeradwyaeth. Gwelodd Sasha'n sefyll ym mlaen y gynulleidfa, yn pwyso'n erbyn y seddi ffrynt gan wenu a chymeradwyo'n galed. Gwylltiodd Danny efo fo'i hun wrth deimlo'r balchder a'r wefr o wybod bod Sasha'n ei wylio, a throdd yn sydyn at y ceffylau ar gyfer ail hanner yr act.

Ar ôl yr act, ac wedi iddo fynd â'r ceffylau'n ôl i'r stablau, dychwelodd Danny i'r stafell wisgo. Tynnodd ei wisg a'i hongian yn ofalus, a thynnu'r dresin-gown yn dynn amdano wrth eistedd ar yr hen soffa flêr yng nghornel y stafell. Roedd ganddo awr cyn y byddai angen iddo wisgo eto ar gyfer ei ymddangosiad yn y finale. Caeodd ei lygaid a gorffwys ei ben ar gefn y soffa i wrando ar gerddoriaeth y sioe. Roedd y tymor bron â dod i ben a phawb yn dechrau meddwl am y joban nesaf, am y daith i ba bynnag wlad y bydden nhw'n perfformio ynddi, a'r cynulleidfaoedd newydd fyddai'n aros amdanyn nhw. Yn groes i'r rhan fwyaf o syrcasau, misoedd y gaeaf oedd tymor y Cirque de Paris, felly roedd tipyn o gystadleuaeth ymysg y perfformwyr am gytundeb yno. Roedd yr adeilad wedi bod ym meddiant teulu Sasha, y teulu Roudier, ers bron i ganrif, yn gyntaf dan reolaeth taid Sasha a'i frodyr, wedyn ei dad a'i frodyr, a bellach, Sasha a'i gyfoedion oedd wrth y llyw.

Ers i'w dad ymddeol a symud i fyw i Monte Carlo efo dawnswraig ifanc hanner ei oed, Sasha oedd yn gyfrifol am ddewis y perfformwyr ac am gynhyrchu'r sioe, a'i ddwy chwaer, Sandrine a Babette, yn edrych ar ôl y swyddfa docynnau. Ei gefnder, Robby, oedd yn gyfrifol am y goleuo a'r agweddau technegol, a'i gyfnither, Marie, yn rhedeg y swyddfa weinyddol. Gweithiai'r cyfan yn reit llyfn gan nad oedd neb yn sathru ar draed y lleill.

Roedd Babette yn mynnu cael perfformio ym mhob cynhyrchiad er nad oedd ganddi act fel y cyfryw, ac er ei bod wedi magu cryn dipyn o bwysau. Bob blwyddyn byddai Sasha druan yn gorfod dod o hyd i act y byddai Babette yn gallu ei dangos. Act hyfryd gyda cholomennod oedd ganddi eleni, a chriw o bŵdls du y llynedd. Camelod dro arall, geifr y flwyddyn cyn hynny.

Roedd pethau wedi bod yn dra gwahanol pan oedd Sasha a Sandrine yn blant bach, a chyn i Babette gael ei geni. Fel plant syrcasau ledled y byd roedd disgwyl iddyn nhw ddysgu perfformio er mwyn cyfrannu i'r sioe a thynnu'u pwysau, felly dysgodd Sandrine jyglo gyda'i thraed gan ddod yn antipodiste o fri, a datblygodd Sasha ei act cerddwr gwifren, y ddau yn perfformio gyda steil arbennig a thechneg o safon uchel. Cawsant gytundebau efo'r syrcasau mawr i gyd: Krone yn yr Almaen, Knie yn y Swistir, Ringlings yn America a Billy Smart ym Mhrydain, ond gan ddychwelyd i Baris bob gaeaf. Erbyn i Babette gael ei geni roedd y syrcas yn gwneud elw da, a chan fod priodas eu rhieni wedi dechrau chwalu cafodd y cyw melyn olaf ei sbwylio. Pan ddaeth yr amser, roedd Sasha a Sandrine wedi derbyn eu bod yn rhy hen i berfformio, gan gamu o'r cylch yn hapus ac i swyddi gwahanol – Sasha yn cynhyrchu a Sandrine yn edrych ar ôl yr ochr ariannol – ond yn anffodus doedd Babette ddim cweit mor hawdd i'w pherswadio. Felly, bob gaeaf, roedd cynllunydd gwisgoedd drudfawr yn cael ei ddewis ar gyfer y sialens ddiddiolch o greu gwisg newydd ar ei chyfer.

Doedd neb wedi disgwyl i briodas Serge ac Arlette Roudier bara'n hir, a phan welwyd Serge yn llechu yng nghorneli tywyll y Moulin Rouge yn llygadu'r dawnswyr, ni fu'n hir cyn i Arlette ei adael. Er bod Serge yn dad i'w phlant roedd hunan-barch yn bwysicach iddi, felly cyflogodd gyfreithiwr clyfar a gadael y briodas gyda llond trol o arian a syrcas newydd sbon yn ei henw'i hun. Dau ysgariad arall yn ddiweddarach, diflannodd Serge i Monte Carlo yng nghwmni dawnswraig ugain oed o Belarus, gan ymddangos unwaith y flwyddyn i wylio perfformiad agoriadol y Cirque de Paris – Serge un ochr i'r brif fynedfa, ac Arlette yr ochr arall. Felly, pan oedd tymor y Cirque de Paris yn dod i ben, roedd tymor Cirque Arlette yn cychwyn. Sioe fach oedd hi, a safai'n barhaol mewn parc hyfryd yn un o ardaloedd mwyaf ecsgliwsif Paris, ac roedd popeth fel pìn mewn papur. Pabell newydd fodern, cerddorfa fechan o gerddorion talentog a system oleuo fyddai'n gwneud i sawl theatr genfigennu. Byddai'n dewis ei rhaglen yn ofalus, pob act a pherfformiwr yn ddeniadol, a chydweithiai â rhai o enwau mawr y byd ffasiwn ar y gwisgoedd er mwyn creu delwedd oedd yn fodern ond hefyd yn chwaethus. Dechreuodd Sasha weithio efo'i fam hefyd, i gynhyrchu sioeau anhygoel Cirque Arlette.

Ym Munich ddaru Danny a Sasha gyfarfod am y tro cyntaf, pan oedd y ddau yn perfformio yn syrcas enwog y teulu Krone. Roedd Sasha yno'n perfformio'i act ar y wifren, a Danny'n dangos ceffylau Arabaidd o sioe ei deulu ei hun, Syrcas y Brodyr Davies. Wrth gwrs, roedd y ddau yn gwybod am ei gilydd ymhell cyn iddynt gwrdd – wedi'r cyfan, mae'n dipyn o bwnc trafod pan mae meibion dau o deuluoedd syrcas mwyaf blaenllaw Ewrop yn dod allan yn hoyw. Pan glywodd Danny fod Sasha hefyd wedi'i gytundebu ar gyfer y gaeaf ym Munich, penderfynodd gadw'n ddigon pell oddi wrtho. Er ei fod yn gwybod bod Sasha'n olygus dros ben, gwyddai hefyd fod Sasha'n fab i'r ci drain enwog Serge

Roudier, felly jyst rhag ofn fod Sasha'n debyg i'w dad, cadw hyd braich fyddai orau. Y peth olaf roedd o'i angen oedd cyboli efo dyn fel'na. Wedi'r cyfan, roedd Danny'n gwybod yn well na neb sut effaith roedd syrthio mewn cariad â dyn o'r fath yn ei gael. Ar ôl profi cecru diddiwedd ei rieni, tyngodd Danny lw iddo'i hun yn ifanc iawn na fuasai'n syrthio i'r un trap, ac ers i'r syrcas agor, ac yn yr ymarferion cyn hynny, dim ond rhyw 'helô' digon oeraidd oedd wedi'i rannu rhwng y ddau.

Hanner awr wedi saith y bore tan hanner awr wedi wyth oedd awr ymarfer Danny yn adeilad Circus Krone, ac wrth iddo ymarfer y ceffylau ddeuddydd wedi i'r sioe agor, daeth Sasha i mewn. Cerddodd yn araf o amgylch y cylch cyn eistedd yn dawel yn nhywyllwch y seddi. Cymerodd Danny arno nad oedd wedi sylwi, er ei fod yn ymwybodol iawn o bresenoldeb y Ffrancwr, a cheisio canolbwyntio ar yr ymarfer. Pan ddaeth ei awr i ben oedodd yn y cylch, gan adael i'r gweision arwain y ceffylau'n ôl i'r stablau.

'Ma' nhw'n gweithio'n dda i ti. Llongyfarchiadau,' meddai'r llais o'r tywyllwch, yr acen Ffrengig yn dripian oddi ar bob gair. 'A ti'n cŵl iawn efo nhw. Dwi 'di sylwi ar hynny, ti'n cŵl iawn bob amser,' ychwanegodd.

Gwenodd Danny cyn ateb yn dawel. 'Diolch i ti. Ma' nhw'n geffylau da, ac wrth beidio cyffroi'n ormodol mae rywun yn cael gwell canlyniadau. Ti'm yn cytuno?' Gwridodd fymryn wrth sylwi ei fod yn fflyrtio, a gwenodd y Ffrancwr yntau wrth gerdded heibio.

'Mae'n dibynnu'n llwyr ar y sefyllfa, yn fy marn i. Weithiau mae angen chydig o gyffro.' Oedodd am eiliad i syllu i fyw llygaid Danny cyn cerdded yn ei flaen gan chwibanu.

A dyna'r dechreuad. Cyn diwedd y mis roedd y ddau yn gwpwl, a phan ddywedodd Danny wrth ei fam am y berthynas, ysgydwodd honno'i phen yn araf.

'Bydda'n ofalus, cariad bach. Mae o'n gyw o frid, cofia. Ti'n gwybod sut un ydi'i dad o – ar ôl bob dim mewn sgert.'

Chwarddodd Danny'n uchel. 'Wel, dwi'n gwybod yn bendant,' meddai'n smala, 'nad ydi Sash ar ôl unrhyw beth mewn sgert!' Doedd ei fam ddim yn chwerthin. 'A pheth arall,' ychwanegodd, 'mi fysa pobol yn gallu deud 'mod inna'n gyw o frid, o ystyried pwy 'di 'nhad i.'

'Poeni am dy les di ydw i,' atebodd Coni. 'Y peth dwytha dwi isio ydi dy weld di'n cael dy frifo, a'n brifo ni mae dynion fel'na'n wneud yn y diwedd, 'di o'm bwys faint wyt ti'n eu caru nhw. Ar y dechra 'dan ni i gyd yn meddwl fod cariad yn ddigon, y gallwn ni eu newid nhw, na fyddan nhw awydd crwydro pan fyddan nhw efo ni, ond crwydro ma' nhw, a waeth faint wyt ti'n gwadu'r gwirionedd, mae o'n brifo. Jyst bydd yn ofalus, a gofala am dy galon.'

Wrth eistedd ar y soffa flêr ym Mharis, meddyliodd Danny am eiriau ei fam, ac atgoffodd ei hun nad oedd ganddo unrhyw reswm i amau Sasha. Cododd, a mynd i eistedd o flaen y drych. Mwy o bowdwr, meddyliodd, i guddio'r craciau.

D2 – EBOST 2

From: Gafyn.Hughes@animalsfirst.co.uk
To: Hari_84@fastmail.co.uk

Helô Hari!
Sut mae'r hwyl? Dim ond gair sydyn i ddeud diolch eto am dy holl ymdrechion yn y brotest ddoe, ac i ddeud bod pawb yno wedi'u synnu ac yn edmygu dy ddewrder yn torri mewn i'r labordy, yn arbennig ar ôl i'r moch gyrraedd. Mae'r mudiad yn dibynnu'n llwyr ar ymroddiad pobol fel ti er mwyn sicrhau bod y frwydr yn parhau. Gobeithio na chest ti dy anafu pan gest ti dy daflu i gefn y fan ganddyn nhw, ond mae'r cyfan gen i ar fideo, ac mi fydd yn siŵr o fod o gymorth mawr pan fyddwn ni angen dod ag achos yn eu herbyn.

Mae'r anifeiliaid yn ffodus iawn i gael pobol fel ti i ymladd drostyn nhw, a gobeithio y gallwn ni alw arnat eto pan fydd angen? Mae cynlluniau cyffrous ar y gweill ar gyfer mis Mawrth, ond fedra i ddim dweud mwy am hynny ar hyn o bryd. Diolch eto ar ran y mudiad ac ar ran yr anifeiliaid.

Gafyn x

From: Hari_84@fastmail.co.uk
To: Gafyn.Hughes@animalsfirst.co.uk

Haia Gaf,
Dim problem siŵr, wnes i fwynhau yn y diwedd, ac er bod gen i gleisiau di-ri heddiw, mae'n werth y boen. Wedi'r cyfan, dydi hynny'n ddim o'i gymharu efo sut mae'r anifeiliaid yn dioddef.

Wrth gwrs mi allwch ddibynnu arnaf yn y dyfodol, a dwi'n edrych ymlaen at gael clywed mwy am eich cynlluniau.
Cofion,
Hari

FRAN
2018

Cododd Fran y cwilt i fyny at ei gên a symud ei phen er mwyn chwilio am ddarn oer o'r gobennydd. Cafodd ei deffro o drwmgwsg, a phan edrychodd ar y cloc bach ar erchwyn y gwely gwelodd ei bod yn chwech o'r gloch y bore. Bore cynta'r tymor teithio newydd.

Sŵn y glaw ar do'r garafán oedd wedi ei deffro ... dim bod ots ganddi ddeffro'n gynnar, hyd yn oed yn y gaeaf fel hyn, ac roedd sŵn glaw wedi bod yn gysur iddi erioed, yn gwneud iddi deimlo'n ddiogel. Roedd to'r garafán hon yn reit onest, yn wahanol i rai o'r carafannau eraill a fu'n gartref iddi dros y blynyddoedd oedd â thoeau celwyddog, yn gwneud i gawod ysgafn o law swnio fel storm, neu i genlli swnio'n ysgafn a thyner. Cofiodd am y to a ddiflannodd mewn mwg a fflamau. Yn reddfol, symudodd ei dwylo o dan y cwilt i deimlo caledwch a phlygiadau ei chroen pletiog. Rhedodd ei bysedd dros y creithiau cyfarwydd, ac am eiliad teimlai'r gwres unwaith eto, a'r dwylo bach yn gafael yn dynn, cyn i unigrwydd ac oerni'r presennol ei chofleidio.

Yn y pellter clywodd Jock yn cychwyn ar ei rownds. Roedd

Jock a'i wraig, Cathy, wedi bod efo Dan a Coni ers blynyddoedd lawer, ac felly bron yn rhan o'r teulu. Bron, ond ddim cweit. Jock oedd meistr y babell, ac felly'n gyfrifol am godi'r babell fawr. Rhan o'i swydd oedd curo ar ddrws pob carafán hanner awr cyn amser gweithio, er mwyn rhoi cyfle i'r dynion ddeffro a chael paned cyn mentro allan. Ni fyddai Jock yn curo ar ei drws hi, wrth gwrs, am ddau reswm: yn gyntaf am ei bod yn ferch, ac yn ail am ei bod yn aelod o'r teulu. Doedd dim disgwyl i aelodau'r teulu weithio ar y babell ond roedd yn ddyletswydd ar bawb arall i helpu, ac yn hwyrach yn y bore, pan fyddai'r dynion wedi codi'r babell ar ei thraed, byddai Cathy'n arwain y merched wrth iddynt osod y cylch perfformio yn ei le a chario'r cadeiriau o gefn y lorri, i'w gosod yn dwt mewn tair rhes o amgylch y cylch. Albanwr gwydn oedd Jock, ac er bod bob yn ail gair ganddo'n reg, roedd pawb yn reit ffond ohono. Dywedai Dan yn aml nad oedd neb yn deall pebyll cystal â fo – roedd yn gyfarwydd â phob rhaffan a pholyn, ac yn adnabod cwynfanau'r plastig trwchus pan fyddai'n gwegian ar noson stormus. Pan fyddai'r gwynt yn chwyrlïo a'r babell yn griddfan dan straen, byddai Jock yn ennill ei gyflog.

Cododd Fran yn araf o'r gwely gan wthio'i thraed i'w slipars ac estyn am hen gardigan cyn camu o gynhesrwydd y cwilt. Er gwaethaf oerni'r bore, agorodd hanner uchaf drws y garafán gan edrych allan ar y tober, lleoliad cynta'r flwyddyn. Roedd y babell ar y trelar yng nghanol y maes, yn barod ar gyfer ei chodi, a'r ochr draw iddi roedd rhes o garafannau a cherbydau, y rhan fwyaf ohonynt yn ddieithr iddi gan nad oedd wedi cael amser i ddod i adnabod yr artistiaid newydd eto. Ond cyn hir byddai'r olygfa'n un gyfarwydd, ystyriodd, a hithau'n gwybod pwy oedd yn byw ym mhob carafán. Nid oedd y rhes arall, lle roedd carafán Fran, yn newid bron ddim o un flwyddyn i'r llall, wrth gwrs, gan mai hon oedd ochr y teulu a'r rheolwyr. Y gyntaf yn y rhes oedd hen garafán enfawr Dan a Coni, wedyn Fran, a'r drws nesa iddi hi roedd Siôn, y 'rheolwr busnes' fel yr oedd yn hoffi galw'i hun, a'i wraig, Tatiana. Ym mhen y rhes roedd Jock a Cathy. Ni fyddai'r drefn yn newid am weddill y tymor, er bod rhes y teulu dipyn byrrach ers i Danny a Sila adael syrcas y teulu. Yn y rhes gefn roedd y gweithwyr: wyth o fechgyn 'tebol o Rwmania, i gyd yn byw mewn dwy garafán hen a blêr, a'r ochr draw iddyn nhw roedd y gweision stabl mewn dwy garafán arall. Hefyd wedi'u parcio mewn rhesi twt roedd y lorïau mawr a gariai weddill yr offer, i gyd wedi'u peintio yn y coch a'r melyn cyfarwydd, lliwiau traddodiadol Syrcas y Brodyr Davies.

Clywodd Fran sŵn ochneidio trwm yn dod o'r lorri fawr oedd wedi'i pharcio agosaf at y teulu, a gwelodd drwnc busneslyd yn ymwthio allan o'r twll gwynt. Roedd Dilys wedi deffro.

'Morning, you all right, darlin?' meddai Jock wrth ei phasio ar ei ffordd yn ôl i'w garafán, ei sigarét rôli yn hongian yn ufudd oddi ar ei wefus isaf. Roedd ganddo allu arbennig i gadw'r sigarét dila i hongian oddi ar ei wefus, a phob hyn a hyn byddai'n ei fflipio i'w geg a thynnu'n galed arni, cyn gadael iddi hongian drachefn. Byddai Cathy wedi codi erbyn hyn ac wedi gwneud paned iddo, ac fel bob bore arall byddai Jock yn eistedd ar stepen ei garafán i smocio ac i yfed ei de wrth ystyried gwaith y dydd. Roedd codi'r babell am y tro cyntaf efo criw newydd wastad yn sialens, ond o fewn cwta dair wythnos byddai pawb wedi dod i ddeall y drefn – erbyn hynny byddai'r cyfan yn cael ei wneud mewn tua phedair awr, ond heddiw byddai'n siŵr o gymryd diwrnod cyfan.

'Shall I light the fire for you, hen?' gofynnodd Jock iddi, fel y byddai'n gofyn bob bore, chwarae teg iddo, a chamodd Fran allan o'r garafán er mwyn gwneud lle iddo. Teimlodd y barrug oer yn gwlychu'i slipars, ond mewn ychydig eiliadau roedd Jock allan drachefn.

'There ye go, love,' meddai, 'it'll soon be warm and snug in there for ya,' ac i ffwrdd â fo gan godi'i law yn siriol. Wrth gau'r drws gwnaeth Fran ei gorau i beidio â gadael i ogla'r nwy godi cyfog arni, a llithrodd ei llaw i lawr i rwbio'r creithiau ar ei stumog unwaith eto.

* * *

Safai Dan wrth y ffenest, yn edrych allan ar y tober, a gwelodd Fran yn camu allan o'i charafán a Jock yn mynd i mewn. Bob bore yr un fath, meddyliodd Dan. Pe na byddai Jock o gwmpas, byddai'n well gan Fran eistedd yn y garafán wedi'i lapio fel nionyn yn rhynnu, yn hytrach na chynnau fflam y tân nwy ei hun. Pan fyddai'r jeni'n cael ei gynnau gallai ddefnyddio'r tegell trydan, ond tan hynny byddai'n rhaid iddi aros.

Torrwyd ar draws ei fyfyrdodau gan sŵn cefn lorri yn cael ei hagor, a gwelodd fod Ned wedi dechrau ar ei waith. Y joban gyntaf iddo fo a'r gweithwyr heddiw fyddai codi pabell yr anifeiliaid, er mwyn gallu gwagio'r stoc byw i gyd o gefn y lorris. Er mai siwrnai fer oedd hi neithiwr o'r fferm i'r tober cyntaf, roedd Dan yn casáu gadael yr anifeiliaid yn y lorris yn rhy hir. Gorau po gyntaf iddyn nhw godi'r babell. Erbyn hyn roedd Ned wedi agor y drysau bach ar hyd ochr lorri'r ceffylau, a gwelodd Dan drwynau melfedaidd yr anifeiliaid yn anadlu'r oerni. Roedd Danny a Sila wedi bod yn ceisio'i berswadio i gwtogi ar nifer yr anifeiliaid yn y sioe ers blynyddoedd bellach, ond allai o ddim. I Dan Davies, doedd syrcas heb anifeiliaid ddim yn syrcas o gwbwl. Pan oedd ei dad a'i ewythr yn rhedeg y sioe, roedd gorymdaith o anifeiliaid o bob math yn cyhoeddi fod y syrcas wedi cyrraedd – y dyddiau hynny, byddai'r anifeiliaid i gyd yn cael eu cludo o dref i dref mewn trên arbennig, a'r cyhoeddusrwydd gorau i'r sioe oedd yr orymdaith wedyn o'r orsaf i'r tober. Pump ar hugain o geffylau o bob lliw a llun, camelod, sebras, eirth, llewod, teigrod, cŵn ac, wrth gwrs, y tair eliffant, sêr y sioe, yn arwain yr orymdaith. Byddai plant y dref yn heidio i'w gweld ac yn aml yn dilyn yr orymdaith draw i'r tober. Ond roedd y dyddiau hynny wedi hen fynd, meddyliodd Dan, a bellach dim ond hanner dwsin o geffylau, dau gamel a Dilys, yr eliffant olaf, oedd ganddo. Er gwaethaf hyn roedd y gwrthwynebwyr yn gwneud bywyd yn anodd drwy brotestio ble bynnag y byddai'r syrcas yn perfformio, gan guddio tu ôl i fygydau wrth y giât, yn gweiddi'n fygythiol ar y gynulleidfa a chodi ofn ar y plant a'u rhieni. Yn ddiweddar roedden nhw'n trio mynnu na ddylai Dilys fod yn teithio o gwbwl. Sut allen nhw ddweud y ffasiwn beth, a chanddyn nhw ddim syniad am fywyd y syrcas? Roedd Dilys wedi bod yn rhan o deulu Dan ers iddi gyrraedd Prydain, felly sut allen nhw honni y buasai Dilys yn hapusach ei byd mewn sw neu barc saffari? Roedd yn rhaid i Dan gyfaddef, serch hynny, ei fod yn poeni amdani ar ôl iddyn nhw golli'r genod eraill – mae'n siŵr ei bod hi'n unig ar adegau – ond dyma'r unig fywyd roedd hi'n ei adnabod. Petai hi'n gadael y syrcas byddai Dilys druan dan y dywarchen o fewn blwyddyn ... fel fyntau, ystyriodd. Teimlodd y chwys yn hel ar ei dalcen wrth feddwl am y peth, ei bwysedd gwaed yn codi wrth i annhegwch y sefyllfa gorddi yn ei berfedd.

Roedd pethau'n go debyg ar y cyfandir hefyd, yn ôl Danny, a fyddai hi ddim yn hir cyn i bob syrcas yn y byd gael eu gorfodi i hepgor eu hanifeiliaid. Er ei fod o'n casáu cyfaddef hynny, hyd yn oed iddo'i hun, efallai fod Chris, ei fab yng nghyfraith, yn iawn wedi'r cwbwl. Dywedodd Chris flynyddoedd yn ôl fod angen i'r syrcas newid: anghofio'r traddodiadol a chynnig rhywbeth modern, ffres. Pigodd y dagrau yn llygaid Dan wrth iddo feddwl am y diwrnod hwnnw y gadawodd Sila y sioe. Ar Dan roedd y bai, doedd dim dwywaith – er gwaethaf rhybuddion di-ri Coni, un o'i gamgymeriadau mwyaf oedd peidio â gwrando ar y genhedlaeth nesaf a gwneud i'w ferch ddewis rhwng ei theulu a'i chariad. Er gwaethaf amharodrwydd Dan i wrando, roedd Chris a Sila wedi llwyddo i greu math gwahanol o syrcas, syrcas oedd yn apelio at haen wahanol o'r gymdeithas, er bod Dan yn methu'n llwyr â gweld apêl dawnswyr a beiciau modur. Roedd syrcas i fod yn unigryw – lle arall allai pobol weld genod del mewn bicinis bach sgleiniog yn marchogaeth eliffantod?

Tarfwyd ar ei synfyfyrio gan sŵn y tu ôl iddo. Roedd Coni wedi codi. Edrychodd ar ei wraig wrth iddi lenwi'r tegell a thanio'r stof nwy. Er bod ei gwallt du bellach yn frith roedd ei chorff yn dal yn dyst i flynyddoedd ar y trapîs: ei gwasg yn gul, ei choesau'n gryf a'i breichiau'n dal yn gyhyrog, er iddi roi'r gorau i berfformio flynyddoedd yn ôl, ar ei phen-blwydd yn hanner cant. Gwenodd Dan wrth gofio'r tro cyntaf erioed iddo daro llygaid ar Coni. Roedd Dan a'r 'genod' wedi cael cytundeb i ymddangos mewn cynhyrchiad arbennig o syrcas Billy Smart ar gyfer y Teulu Brenhinol. Wrth gwrs, roedd Dan wedi clywed am Coni a Fran cyn iddo'u cyfarfod y diwrnod hwnnw – wedi'r cyfan, roedd y Chwiorydd Esperanza yn enwog ym myd y syrcas am eu hact ar y trapîs. Cymerai pawb yn ganiataol bellach mai Coni oedd y chwaer hynaf, ond roedd pethau'n dra gwahanol ar y dechrau. Roedd Fran ddeng mis yn hŷn na Coni, a bryd hynny hi oedd yn gwneud y penderfyniadau i gyd a threfnu'r gwaith. Roedd eu tad, Guido, yn teithio efo nhw ond erbyn i Dan ddod ar eu traws roedd y chwiorydd yn mynnu gosod eu rigin eu hunain. Wedi'r cyfan, roedd eu bywydau yn dibynnu ar yr offer, felly pam ymddiried yn rhywun arall i'w osod yn ddiogel? Dyna oedd y ddwy chwaer yn ei wneud pan gerddodd Dan i mewn i'r babell – roedd Fran yn nenfwd y babell yn gosod yr offer a Coni'n sefyll oddi tani, yn gafael yng ngwaelod y rhaff ddringo, yn barod i basio'r darn nesaf o offer i'w chwaer. Hyd yn oed yn ei dillad ymarfer roedd Coni'n ferch drawiadol. Syrthiai ei gwallt du, hir, yn ysgafn dros ei hysgwyddau cryf, ac wrth iddo agosáu at y cylch cafodd llygaid Dan ei ddenu at y fodfedd neu ddwy o gnawd euraidd oedd i'w weld rhwng top ei throwsus ymarfer tynn a'r flows oedd wedi'i chlymu dan ei brest. Galwai'r ddwy ar ei gilydd yn Sbaeneg, a bu Dan yn syllu ar Coni am hir cyn iddi ddod yn ymwybodol o'i bresenoldeb. O'r diwedd, edrychodd draw a gwenodd arno, ei hwyneb yn goleuo a'i llygaid tywyll yn pefrio.

'Hello,' meddai, ac er bod ei Saesneg yn loyw roedd yr acen yn gref. 'I am Consuela Esperanza, and that is my sister Francesca,' meddai gan bwyntio i fyny at ei chwaer. Synnwyd Dan gan groen caled ei llaw, ac mae'n rhaid bod hynny'n amlwg gan iddi fachu'i llaw yn ôl yn sydyn gan chwerthin. 'My hands are like the hands of a potato farmer,' meddai. 'That is what comes of performing on the trapeze since the age of six.' Gwthiodd ei dwylo i'w phocedi. 'I think that you are the famous Dan Davies, yes? You have a very good act with the elephants, no?'

Cliriodd Dan ei wddw'n nerfus. 'Well, no ... I mean, yes, I am Dan Davies and yes, I do have an act with elephants, I'm just surprised that you know who I am. I'm very pleased to meet you,' meddai, gan deimlo'i hun yn baglu dros ei eiriau ac yn gwrido. Ty'd laen, meddai wrtho'i hun, dim ond hogan ydi hi, a tydi Dan Davies erioed wedi cael trafferth efo'r merched.

Chwarddodd Coni'n braf eto. 'Don't worry, nothing I hear about you is so bad, Mr Davies, and anyway, I like to find out for myself.'

Cyn i Dan allu ymateb, glaniodd Fran rhyngddynt, wedi dringo i lawr o'r nenfwd. Dywedodd rhywbeth mewn Sbaeneg wrth ei chwaer gan wgu, a throi at Dan.

'Who are you and why are you talking to my little sister? Can you not see that we are very busy?'

Cyflwynodd Dan ei hun, ond cerddodd Fran heibio iddo'n surbwch gan gasglu gweddillion yr offer, a mynnu bod Coni'n ei dilyn. Ymddiheurodd Coni'n sydyn dan ei gwynt a rhedeg ar ôl ei chwaer allan o'r babell, ond oedodd am eiliad i edrych dros ei hysgwydd a gwenu ar Dan, oedd yn sefyll yn syn yng nghanol y cylch.

'Bore da, Mr Davies!' Gwthiodd Coni baned o goffi du cryf i'w law. 'Paid ag edrych mor boenus, cariad,' meddai, gan gyffwrdd ei foch yn ysgafn, 'a phaid â gadael i'r blwmin protestwyr 'na dy boeni di. 'Dan ni 'di dod drwy betha gwaeth dros y blynyddoedd, ac mi ddown ni drwy hyn hefyd. Rŵan, dos â dy baned efo chdi a dos allan i ddeud bore da wrth dy fistres – mae ei thrwnc hi'n pwyntio'r ffordd yma. 'Swn i'n taeru bod honna'n gallu arogli coffi.'

Gwenodd Dan ar ei wraig ac ufuddhaodd iddi, gan dynnu'i gôt amdano a gwneud ei orau i beidio â cholli'i goffi ar lawr wrth gamu allan o ddrws ei garafán.

* * *

Cododd Fran y pot coffi bach arian oddi ar y tân a thywallt ei phaned ohono cyn ychwanegu llwyaid o siwgr brown. Edrychodd drwy'r ffenest wrth droi'r hylif – roedd Dan yn camu allan o'i garafán, yn straffaglu i wisgo'i gôt heb dywallt ei goffi ar lawr. Cerddodd draw at lorri Dilys, a chlywodd Fran ei lais yn galw'r un cyfarchiad â phob bore arall.

'Bore da, Dilys Davies, a sut dach chi heddiw, madam?'

Roedd Dan wedi pesgi, meddyliodd Fran wrth edrych ar ei brawd yng nghyfraith, ond roedd o'n ddigon tal i gario'r pwysau ychwanegol – ac yn lwcus, er ei fod yn agosáu at oed yr addewid, fod ganddo lond pen da o wallt.

Y gwallt du oedd un o'r pethau cyntaf y gwnaeth Fran sylwi arno pan welodd hi Dan am y tro cyntaf, wrth iddi edrych i lawr arno o entrychion pabell fawr syrcas Billy Smart bron i hanner can mlynedd yn ôl. Fel arfer, roedd Fran wrthi'n gosod y rigin, gan ofalu bod pob weiren, rhaff a gefyn yn gryf a chadarn. Wedi'r cyfan, roedd ei bywydau hi a'i chwaer yn dibynnu ar yr offer, felly mynnai Fran wneud y gwaith ei hun bob tro, a gwirio'r cyfan ddwywaith. Er bod gwyntoedd oer yr hydref yn hyrddio o amgylch y babell roedd hi'n gynnes yn y nenfwd, a stopiodd Fran am eiliad i sychu'r chwys oddi ar ei thalcen, gan sefyll ar far sigledig ei thrapîs. Y cyfan oedd ganddi i'w wneud bellach oedd ailedrych ar drapîs Coni ac mi fyddai'r gwaith wedi ei wneud, gan adael dwyawr cyn y sesiwn ymarfer gyntaf ar gyfer y sioe.

Edrychodd i lawr pan glywodd ei chwaer yn chwerthin, a chraffu er mwyn ceisio gweld pwy oedd efo hi. Wrth gwrs, meddyliodd. Dan Davies. Pan welodd Fran a'i thad fod Dan Davies a'i eliffantod ar y rhaglen, cytunodd y ddau y byddai'n rhaid iddyn nhw gadw llygad ar Coni. Roedd gan Dan enw yn y busnes fel dipyn o dderyn, a doedd Guido na Fran am i enw Coni gael ei ychwanegu at restr llwyddiannau Dan Dau Goc, fel roedd o'n cael ei alw. Gwelodd Dan yn ysgwyd llaw Coni, a chlywodd ei chwaer yn chwerthin yn ferchetaidd. Ar ôl gwirio popeth eto'n sydyn, gwthiodd Fran ei sbaner i'w gwregys a llithro i lawr y rhaff.

Er mai dim ond deng mis oedd rhwng y ddwy chwaer, byth ers i'w mam farw roedd Fran wedi teimlo'n gyfrifol am ei chwaer fach. Doedd eu tad, Guido, erioed wedi dod dros y golled, na dod dros y sioc o weld ei wraig, yr unig ferch iddo'i charu, yn syrthio oddi ar y trapîs y diwrnod hwnnw ym Mharis. Ni fyddai'n crybwyll y ddamwain, ond gwyddai Fran fod y cyfan yn chwarae fel ffilm y tu ôl i'w amrannau bob tro y caeai ei lygaid: y wên sicr yn diflannu wrth iddi deimlo bar y trapîs yn llithro o'i gafael, amser yn stopio'n stond wrth iddo'i gwylio'n syrthio. Rhedodd ar draws y cylch i geisio'i dal gan alw ar i Dduw ei harbed, ond roedd yn rhy hwyr, a wnâi o byth anghofio sŵn swrth ei chorff yn taro'r llawr. Daeth ei fyd i ben wrth iddo syllu ar ei chorff bychan, fel doli glwt ddisglair ar lawr y cylch, y llwch llif yn troi'n goch wrth i'r gwaed lifo o gornel ei cheg, yn llinell danbaid ar ei chroen gwyn. Bu farw'n syth, yn y fan a'r lle, a dywedodd meddyg oedd yn digwydd bod yn y gynulleidfa y prynhawn hwnnw nad oedd hi wedi dioddef. Ond doedd hynny ddim yn gysur i Guido wrth iddo wynebu dyfodol di-gymar, diobaith. Mewn munud creulon roedd o wedi dod yn fam ac yn dad i ddwy o enethod ar drothwy bywyd.

Dyna pryd y camodd Fran i'r adwy. Hwyrach mai dyna'i ffordd hi o ddelio efo'r golled, ond cofiai'r teimlad o groesawu'r baich a'i wisgo'n gyfforddus ar ei hysgwyddau, wrth baratoi siwt Guido ar gyfer yr angladd a gwneud yn siŵr fod gan Coni a hithau ffrogiau du parchus a hetiau oedd yn cyd-fynd â nhw. Dechreuodd wneud y gwaith tŷ gan gadw'r garafán yn union fel yr oedd hi pan oedd ei mam yn fyw. Byddai'n coginio'r un prydau y bu iddi wylio'i mam yn eu paratoi, a hi fyddai'n taflu'r botel wag bob bore ar ôl i Guido dreulio'r noson cynt yn crio i mewn i'w wisgi. Hi fyddai'n golchi'r cynfasau pan fyddai Coni yn eu gwlychu. Cawsant waith efo syrcas fechan eu hewythr: Guido'n perfformio fel clown a Fran a Coni yn gwneud beth bynnag oedd ei angen, o werthu popcorn i garthu'r ceffylau, ond gwnaeth Fran yn siŵr fod amser yn cael ei neilltuo ar gyfer ymarfer. Roedd eu mam eisoes wedi dechrau ei hyfforddi hi a Coni ar gyfer perfformio ar y trapîs – eu dysgu i berfformio'r un act ag yr oedd hithau wedi'i dysgu gan ei mam ei hun, a gyda'r nos, ar ôl y perfformiad, pan fyddai Guido'n ceisio lleddfu'i golled yn nyfnderoedd y botel, byddai'r ddwy yn ymarfer yn dawel yn y babell fawr. Oddi ar gefn y seddi oedd y trapîs yn hongian i ddechrau, a byddai Coni'n gwrando'n astud ar Fran yn ailadrodd geiriau eu mam, ei llais yn atseinio o amgylch tywyllwch y babell. 'Cofia, cadwa dy fawd o gwmpas y bar bob amser, paid byth â brysio allan o un symudiad i'r llall, a beth bynnag sy'n digwydd, cofia wenu.' Ar ôl tymor cyfan o ymarfer teimlai Fran eu bod yn barod i berfformio o flaen y cyhoedd, ac wedi iddi ddwyn perswâd ar eu hewythr i roi cyfle i'r act newydd, ac er gwaethaf pryderon Guido, cawsant eu cyfle. Camodd y Chwiorydd Esperanza allan o'r cysgodion, eu nerfusrwydd a'u hanaeddfedrwydd wedi'u cuddio o dan haen drwchus o golur a secwins.

Ymhen dim roedd yr act yn llwyddiant a phob syrcas gwerth ei halen yn awyddus i gynnig cytundebau i'r chwiorydd. Yn naturiol, Fran oedd yn delio efo'r busnes, yn trafod ag asiantau ac yn sicrhau'r pris uchaf a'r telerau gorau. Cawsant wahoddiad i berfformio o flaen sawl aelod o deuluoedd brenhinol Ewrop ac o flaen y Pab yn Rhufain. Ble bynnag yr oedden nhw'n perfformio roedd cryfder a harddwch y chwiorydd yn hudo pob cynulleidfa, ond pan fyddai goleuadau llachar y babell fawr yn cael eu diffodd, byddai cysgod eu colled yn dychwelyd. Doedd Guido erioed wedi gallu gwylio ei ddwy ferch yn y cylch, ac roedd pob perfformiad yn hunllef iddo. Eisteddai yn y garafán a'i lygaid ynghau, yn gwrando ar y gerddoriaeth gyfarwydd ac yn gweld y cyfan ar sgrin ei gof, yn dyheu am glywed drws y garafán yn agor a'r ddwy yn dychwelyd yn holliach ... yn trio'i orau i beidio â gweld y ddoli glwt ddisglair, lipa. Ond methu fyddai gan amlaf, a bryd hynny dim ond rhwyd ddiogel y botel wisgi fyddai'n ei achub yntau rhag syrthio i ddyfnderoedd galar.

Gorffennodd Fran ei choffi, ac wrth roi ei chwpan yn y sinc yn barod i'w golchi, clywodd grwndi cyfarwydd y jeni'n cael ei danio. Daeth y lamp wrth ymyl ei gwely ymlaen, a chlywodd blîp cyfarwydd y ffôn yn gwefru wrth iddi lenwi'r tegell trydan er mwyn ymolchi. Estynnodd ddillad glân o'r cwpwrdd cul – y siwmper lac llewys hir a'r sgert ddu laes oedd bron fel lifrai iddi erbyn hyn. Gwelodd gip ar ei hadlewyrchiad yn y drych hir wrth dynnu'i choban, a throdd ei chefn yn sydyn. Cofiodd am y dyddiau pan fyddai Coni a hithau'n sefyll o flaen y drych am oriau, yn edmygu'u hunain mewn gwisgoedd newydd, ffansi, ac yn chwerthin wrth feddwl am ymateb y dynion yn y gynulleidfa i'w cyrff cyhyrog wrth iddynt gamu drwy'r llenni mewn gwisgoedd rhywiol oedd yn awgrymu cymaint. Edrychodd Fran yn syth yn ei blaen wrth olchi'i chorff, ond teimlodd galedwch brwnt ei chroen drwy feddalwch swigod y sebon ar y cadach. Y rhychau oedd weithiau'n dendar o hyd, hyd yn oed ar ôl blynyddoedd maith, y croen rhychiog coch oedd yn gorchuddio un ochr i'w stumog, y fron oedd yn glustog gignoeth lipa heblaw am y darn bychan o groen o amgylch y deth, oedd yn dal yn binc. Y fodfedd honno o gnawd oedd wedi'i orchuddio gan wefusau bychan, yn sugno am eu bywyd eiliadau cyn marw, y geg fechan na wenodd wedyn. Llifodd y dagrau i lawr ei hwyneb i'r dŵr molchi gwyn, ac estynnodd am liain i sychu'i hun.

Ar ôl gwisgo, edrychodd Fran allan eto ar y tober wrth i waith y dydd ddechrau. Clywodd Jock yn gweiddi cyfarwyddiadau ar y fyddin ffres o weithwyr oedd yn dechrau codi'r babell fawr, ac wrth i Ned ddal drws mwyaf y lorri'n agored, camodd Dilys allan yn araf, ei thrwnc yn arogli'r glaswellt newydd, gwlyb. Cerddodd yr eliffant yn araf tuag at y babell oedd erbyn hyn wedi'i chodi ar ei chyfer, ac wrth ei hochr, fel arfer, cerddai Dan, yn gwylio'n ofalus nad oedd 'run o'r gweithwyr newydd yn dod yn rhy agos ati a'i dychryn. Fel arfer, ar ddechrau tymor fel hyn, byddai Fran yn dal i deimlo'r cyffro, hyd yn oed ar ôl oes gyfan yn y syrcas. Byddai'n edrych ymlaen at yr hyn oedd i ddod dros y misoedd nesaf – y trefi a'r dinasoedd newydd, y perfformwyr anghyfarwydd a fyddai fel arfer yn troi'n gyfeillion agos ymhen ychydig wythnosau, a'r cynulleidfaoedd eiddgar fyddai'n heidio at y babell fawr. Ond eleni, ni theimlai ddim o'r fath. Heddiw, wrth edrych ar Dan a Dilys, teimlai dristwch ac ofn. Teimlai fel gweiddi ar Jock i beidio â rhoi'r babell i fyny, i'w llwytho'n ôl ar y trelar yn reit handi er mwyn iddyn nhw gael dychwelyd i ddiogelwch y fferm. Y tro hwn, ofnai y byddai pabell eu breuddwydion yn troi'n hunllef. Teimlodd ei bochau'n wlyb a sylweddoli fod y dagrau wedi ailddechrau llifo, a'i bod, y tro hwn, yn wylo am fywyd oedd ar fin diflannu yn hytrach na bywydau a gollwyd flynyddoedd ynghynt.

SILA
2018

Agorodd Sila ddrws y swyddfa a chamu allan i'r iard, gan gau'r drws yn dynn ar ei hôl. Wrth frysio i droi'r allwedd yn y drws clywodd y bîp bîp bîp cyfarwydd, a throdd y golau ar y bocs uwch ei phen o las i wyrdd i ddangos fod y larwm wedi'i osod. Er ei bod wedi gosod y larwm ddegau o weithiau, roedd Sila wastad yn fwy gwyliadwrus pan oedd Chris i ffwrdd. Wrth gerdded ar draws yr iard, a gwadnau coch ei Louboutins uchel yn crensian ar y cerrig mân, edrychai ymlaen at noson dawel – dim ond hi a Macs y milgi, bàth poeth a gwydraid o Cava oer. Pasiodd y rhesi o loriau lliw hufen, y logo cyfarwydd mewn porffor ar ddrws pob un, fel rheng o filwyr yn aros am yr alwad i gychwyn gorymdaith arall. Sylwodd fod y brodyr Nino a Juan yn eistedd ar y patio o flaen tŷ Nino, a chododd ei llaw arnynt wrth basio. Nino a Juan oedd eu partneriaid yn y sioe, a theimlodd Sila frath cenfigen o weld y ddau yn mwynhau cwmni'i gilydd ar ôl diwrnod o waith. Chwarddodd Juan wrth i Nino arllwys rhagor o win i'w wydr. Cyn hir byddai eu gwragedd a'r plant yn cyrraedd adref, a'r car unwaith eto yn llawn bagiau a nwyddau crand o siopau dillad gorau Seville.

Lai na munud yn ddiweddarach, camodd Sila drwy ddrws y tŷ a rhedodd Macs o'r gegin i'w chroesawu, yn goesau i gyd a'i gynffon denau'n siglo'n gyffrous. Ciciodd Sila ei hesgidiau i ffwrdd a phlygu i lawr i anwesu'r ci, ac wrth edrych i mewn i'w lygaid hapus teimlodd Sila'r cariad yn llifo drwyddi. Oedd hi'n iach i deimlo'r fath gariad tuag at anifail? Byddai Chris wastad yn dweud mai ar ei magwraeth oedd y bai, a bod gan y teulu Davies fwy o angerdd a chariad tuag at anifeiliaid na phobol. Roedd yn rhaid i Sila gyfaddef fod ganddo bwynt.

Trawodd y switsh ymlaen wrth gerdded i mewn i'r gegin, a boddwyd y stafell fawr eang mewn golau cryf a wnâi i'r cypyrddau gwyn a'r topiau carreg du ddisgleirio. Agorodd ddrws y ffrij – oedd bron gymaint â'i charafán gyntaf – a tharo golwg ar y silffoedd noeth. Brest cyw iâr wedi'i choginio, hanner afocado a thwb bach o hwmws. Am wledd, meddyliodd. Gadawodd y cymun bwyd ar y silff a chydio yn y botel win, cyn tynnu gwydr mawr allan o'r cwpwrdd. Llenwodd tua thri chwarter y gwydryn a rhoi'r botel yn ôl yn y ffrij, cyn cydio yn y darn cyw iâr, ei dorri'n ddarnau a'i roi ym mhowlen Macs. Ychwanegodd fisgedi o'r bag mawr oedd yn y stafell olchi i gwblhau'r arlwy.

Tra oedd Macs yn claddu'i fwyd, cerddodd Sila tuag at y grisiau a sylwi bod golau coch y peiriant ateb yn fflachio. Doedd fawr neb yn cysylltu drwy ffôn y tŷ y dyddiau yma, ystyriodd, cyn cofio ei bod wedi distewi ei ffôn symudol pan oedd yn ceisio canolbwyntio ar waith papur yn y swyddfa. Tyrchodd yn ei bag llaw amdano. Roedd ei mam wedi ffonio bum gwaith a gadael neges, a chofiodd Sila mai heddiw oedd diwrnod cynta'r tymor iddyn nhw. Nid am y tro cyntaf, meddyliodd y buasai'n gymaint haws petai ei rhieni'n ymddeol, fel y rhan fwyaf o bobol yr un oed â nhw, ond gwyddai na fyddai hynny fyth yn digwydd. Teimlodd yn euog am ychydig funudau nad oedd wedi ffonio i ddymuno'n dda iddyn nhw, ond yn hytrach na ffonio'i mam yn ôl yn syth, cymerodd gegaid arall o'r Cava oer. Penderfynodd ddychwelyd yr alwad yn hwyrach y noson honno, ar ôl iddi gael bàth a chyfle i ymlacio.

I Sila, un o bleserau mawr byw mewn tŷ oedd y bàth. Byddai'n dechrau'r dydd a'i orffen yn y bàth, yn aml yn gorwedd yno am amser maith, yn ychwanegu dŵr poeth fel bo'r angen, gan ymgolli ym mhersawr y swigod. Ond ddim heno. Roedd galwadau ffôn ei mam wedi gwneud iddi deimlo'n anghyffordddus, ac er iddi ddefnyddio'i hoff sebon swigod, ac er iddi gymryd sawl cegaid o'r Cava, parhau wnaeth y teimlad. Caeodd ei llygaid a cheisio ymlacio, gan adael i'r ewyn cynnes anwesu ei chorff. Roedd Nina Simone yn canu'n dawel yn y cefndir a goleuodd hanner dwsin o ganhwyllau, ond doedd dim yn helpu. Roedd Sila wedi gadael iddi'i hun feddwl am adref, am ei theulu, ac am y bywyd roedd hi wedi'i adael ar ôl, ac unwaith roedd y drws hwnnw wedi'i agor, doedd dim i gadw'r atgofion draw.

* * *

Yn un ar bymtheg oed, roedd Sila wedi diflasu. Wedi diflasu ar bob dim – ar ei charafán, ar ei dillad, ar ei hwyneb, hyd yn oed. Syllodd yn y drych gydag atgasedd wrth weld ei hwyneb hir, ei gwefusau bach a'i llygaid gwyrdd. A'r gwallt? Wel, gwae neb a grybwyllai ei gwallt. Pam oedd hi wedi gorfod etifeddu mop cyrliog du ei thad? Nid ei wallt yn unig roedd hi wedi'i etifeddu. Roedd hi hefyd yr un siâp yn union â'r teulu Davies: tal a llydan ac yn dueddol o gario gormod o bwysau. Y cyfuniad gwaethaf ar gyfer perfformio ar y trapîs, meddyliodd, gan deimlo'i chyhyrau'n brifo wrth feddwl am y perfformiad nesaf. Danny oedd yn tynnu ar ôl ochr eu mam o'r teulu – fo gafodd y gwallt du, syth, y llygaid glas a'r croen lliw olewydd ... ac yn waeth na dim, fel eu mam, gallai Danny fwyta unrhyw beth heb roi owns ymlaen. Ond gwyddai Sila'n iawn mai hi oedd ffefryn ei thad, jyst fel yr oedd Danny'n ymwybodol mai fo oedd ffefryn ei fam. Clywodd ei mam yn dweud sawl gwaith, gyda gwên wantan, ei bod hi wedi'i gwthio i gefn y ciw o ran cariad Dan, y tu ôl i Sila a Dilys. Wrth gwrs, o edrych yn ôl gyda doethineb amser, gwelai Sila fod y ciw wedi bod yn llawer hirach na hynny, a bod ei mam druan wedi bod yn llawer pellach i lawr y lein.

Ymestynnodd Sila ymlaen yn y bàth er mwyn gwagio rhywfaint o'r dŵr oedd wedi dechrau oeri, ac agor y tap dŵr poeth. Teimlodd y cynhesrwydd yn lledaenu drwy'r dŵr o'i thraed i fyny ei choesau, a llyncodd y gegaid olaf o'r gwin cyn gorwedd yn ôl unwaith eto a chau ei llygaid.

Un o atgofion cyntaf Sila oedd edrych i mewn i lygaid Dilys a theimlo'i hanadl boeth ar ei boch wrth i'r eliffant ymestyn ei thrwnc yn ysgafn tuag at y pram. Bob bore, cyn brecwast, byddai ei thad yn mynd draw i weld Dilys a'r genod, a gan amlaf byddai Sila'n mynd hefyd, un ai yn ei freichiau, ar ei ysgwyddau neu'n carlamu wrth ei ochr. Clywodd Sila ei thad yn sgwrsio efo Dilys, ac yn ara deg dechreuodd hithau ei efelychu – sgwrsio heb eiriau i ddechrau, ond wrth iddi dyfu, daeth Dilys yn ffrind, yn gyfaill oedd wastad yn barod i wrando, ac yn bwysicach fyth, yn gyfaill na fyddai'n barnu. Dywedodd wrthi drwy ddagrau am bob cam a ddaeth i'w rhan, rhannodd y cyffro pan fyddai bachgen golygus yn mynd â'i bryd, a byddai'n glust enfawr a chysurus pan fyddai'r bachgen yn torri'i chalon. Dilys oedd y gyntaf i gael clywed am Chris.

O'r cyfarfyddiad cyntaf gwyddai Sila mai Chris oedd y dyn iddi hi. Mi oedd rhywbeth yn wahanol iawn amdano o'r dechrau. Doedd y ffaith fod Sila'n ferch i'r bòs yn poeni dim arno – os rhywbeth, bu'n rhaid i Sila wneud y rhedeg i gyd. Roedd Chris chydig flynyddoedd yn hŷn na hi, yn dal, yn gyhyrog, yn berchen ar fwng o wallt euraidd, hir ac yn aelod o act *highwire* o Dde Affrica. Dau o fechgyn oedd yn yr act: Chris a boi o'r enw Doug, a daeth yr act i weithio efo Syrcas y Brodyr Davies ar ddechrau'r tymor hwnnw pan oedd Sila wedi diflasu ar bopeth. Cafodd Sila gip arno ar y bore cyntaf, yn helpu i gario'r offer draw i'r babell, wedi'i lapio mewn côt fawr drwchus a chap gwlân wedi'i dynnu dros ei wyneb. Gwyliodd Sila yr act yn y perfformiad cyntaf, a chafodd ei synnu pan welodd y gwallt a'r cyhyrau, a'i natur ffwrdd-â-hi, er gwaethaf uchder y wifren. Gwnâi i bopeth edrych yn hawdd, yn neidio a sgipio ar draws y wifren a wincio'n chwareus ar y gynulleidfa oddi tano gyda hyder diymdrech, braf. Roedd yr un mor hyderus y tu allan i'r cylch hefyd, ac er mawr siom i Sila, ychydig iawn o sylw roddodd iddi pan fyddai'n ei gweld. Gwên a 'helô' sydyn a dyna'r cyfan, er i Sila wneud ei gorau i ddenu'i sylw. Am dri mis cyntaf y tymor dechreuodd nodi faint o'r gloch, i'r eiliad, y byddai Chris yn cychwyn draw am ddrysau'r cylch – yr ardal y tu ôl i'r llenni – a gwnaeth yn siŵr fod ganddi reswm da dros fod yno ar yr un pryd â fo. Bob dydd, bron, byddai'n cerdded i mewn i'r babell gan gymryd arni nad oedd wedi sylwi arno, ond ar yr un pryd byddai ei pherfedd yn crynu â nerfusrwydd. Weithiau byddai'n ei chyfarch yn barchus a gyda gwên, a byddai Sila druan yn cochi at ei chlustiau gan faglu dros ei geiriau wrth drio ymddangos yn cŵl. Treuliodd bob munud o bob awr yn meddwl amdano, yn ei wylio o bell ac yn dychmygu ei freichiau cyhyrog yn cau amdani, ei dwylo'n anwesu'r gwallt euraidd a'i wefusau llawn yn ei chusanu. Byddai'n gwneud yn siŵr ei bod yn gwylio'i act ym mhob perfformiad, gan symud i ran wahanol o'r babell bob tro rhag i neb sylwi ar hynny. Wrth gwrs, er gwaetha'i hymdrechion i gadw'i diddordeb ynddo'n gyfrinachol, roedd ei brawd, Danny, wedi sylwi. Byddai'n chwerthin ar ei phen pan fyddai'n cochi, ac yn dweud pethau i godi cywilydd arni pan fyddai Chris gerllaw. Dim ond gwenu'n cŵl fyddai Chris, wrth gerdded i ffwrdd.

Y tymor hwnnw, roedd y syrcas yn teithio o amgylch deorllewin Lloegr yn ystod yr haf, gan gynnwys mis yn Torquay ar ddechrau gwyliau'r ysgolion. Roedd y tober yno'n un braf, yn wyrdd a llyfn a dim ond dau gan llath o'r môr, ac yn bwysicach fyth, yn agos at holl dafarnau a chlybiau nos y dref. Cawsant dywydd braf, ond ddim yn rhy braf, ac er bod perfformiadau'r prynhawniau braidd yn dawel wrth i'r fisitors heidio am y traeth, roedd bron pob perfformiad nos yn llawn, a phawb yn mwynhau'r sioe. Dechreuodd staff y syrcas ymlacio, gan wybod na fyddai'n rhaid codi pac am fis cyfan, a setlodd pawb i ryw fath o drefn. I Sila golygai hyn ymarfer y trapîs bob bore rhwng naw a deg, wedyn helpu ei modryb Fran efo'r stwff ar gyfer y siop. Awr yn y swyddfa docynnau wedyn tra byddai'r ferch oedd yno fel arfer yn cael ei hawr ginio. Un bore, a hithau'n brysur yn helpu Fran i wagio cefn y fan ar ôl y trip dyddiol i'r Cash & Carry – yn laddar o chwys wrth wthio'r bocsys creision a'r caniau diod allan o'r cerbyd cyfyng, ei gruddiau'n goch a'i gwallt yn fop chwyslyd ar ei phen – daeth Chris ati. Roedd Sila eisoes wedi sylwi arno'n cerdded draw, ac er iddi wneud ei gorau i guddio yng nghefn y fan, roedd Chris wedi'i gweld. Doedd ganddi ddim dewis ond dweud helô, a phan lwyddodd i faglu allan o'r fan, teimlodd ei law gadarn yn ei rhwystro rhag syrthio. Tynnodd ei braich yn ôl yn sydyn, gan wthio cudyn gwlyb o wallt y tu ôl i'w chlust.

'Dwi'n cael parti,' meddai Chris, 'parti pen-blwydd, nos Wener nesa ar ôl y sioe. 'Sa'n neis 'sat ti'n gallu dod.'

Cyn iddi fentro ateb, trodd Chris a cherdded i ffwrdd, gan adael Sila'n syllu ar ei ysgwyddau cyhyrog a'i ben ôl perffaith. Roedd hi'n anodd canolbwyntio ar gyfri'r caniau diod a glanhau'r peiriant candi-fflos stici ar ôl hynny, a rhoddodd ormod o newid i un cwsmer oedd yn prynu tocynnau, a dim digon i un arall. Parti.

Chris. Parti. Chris. Dyna'r cyfan oedd ar ei meddwl, fel hogan ysgol. Pwy fyddai yn y parti, tybed? Oedd yr artistiaid i gyd wedi cael gwahoddiad? Fyddai Chris yn ei chydnabod neu yn ei hanwybyddu, ac yn bwysicach fyth, beth oedd hi'n mynd i'w wisgo? Pan ddaeth ei hawr o werthu tocynnau i ben, rhedodd yn ôl i'w charafán er mwyn chwilota yn ei chwpwrdd dillad am rywbeth fyddai'n addas ar gyfer parti, ond ddim yn awgrymu ei bod wedi gwneud ymdrech. Doedd dim byd yn plesio, ond wedi hir ystyried a thrio cant a mil o gyfuniadau o ddillad gwahanol, penderfynodd gadw'r cyfan yn syml a setlo ar ei jîns newydd tyn, sandalau fflat a blows wen oedd yn ffitio'n dda, gan amlygu'r lliw haul roedd hi wedi'i gael yn ddiweddar.

O'r diwedd daeth dydd Gwener, a gwnaeth ei gorau i anwybyddu'r corddi oedd yn ei stumog drwy'r dydd. Ar ôl y perfformiad olaf golchodd golur trwm y sioe i ffwrdd, gan roi ychydig o finlliw ysgafn yn ei le, a gadawodd i'w gwallt ddisgyn yn donnau rhydd dros ei hysgwyddau. Wedi hir bendroni, roedd hi wedi penderfynu mynd â photel neis o win a bocs o gwrw efo hi fel anrheg. Wrth agosáu at garafán y bechgyn clywodd y gerddoriaeth a'r sŵn siarad, ac unwaith eto teimlodd ei stumog yn troi.

Hen garafán Americanaidd reit siabi oedd gan y bechgyn, ac ar gyfer y parti roedd adlen wedi ei chodi ar hyd ei hochr, gyda bwrdd papuro hir ar gyfer y poteli a'r caniau, a sawl llinyn o oleuadau bychan, lliwgar yn crogi ar draws y nenfwd. Roedd peiriant chwarae casetiau wedi'i osod y tu mewn i'r ffenest agored, a baner bapur efo 'pen-blwydd hapus' arni wedi'i sticio ar wal yr adlen. Daeth Doug draw at Sila i'w chroesawu a derbyniodd yr anrhegion yn ddiolchgar ar ran ei gyfaill, gan roi'r cwrw a'r gwin ar y bwrdd oedd eisoes yn gwegian dan bwysau poteli a chaniau di-ri. Roedd ei rhieni wedi anfon bocs mawr o gwrw a sawl potel draw, fel roedden nhw wastad yn wneud pan fyddai parti, a sylwodd Sila fod yr acrobatiaid o Hwngari wedi ymgynnull yn agos at y bwrdd ac eisoes wedi gwneud tolc sylweddol yn yr arlwy. Typical, meddyliodd, prin roedden nhw'n siarad â neb arall o ddydd i ddydd, ond pan fyddai sôn am barti gyda diodydd neu fwyd am ddim, nhw oedd ar flaen y ciw. Cododd un neu ddau eu dwylo arni gan wenu'n swil – wedi'r cyfan, roedd Sila'n ferch i'r bòs – ond roedd Sila'n falch o weld ei brawd yn cyrraedd, fel nad oedd yn rhaid iddi fynd draw atyn nhw.

'Lle ma' lyfyr boi, 'ta?' holodd Danny'n syth, gan nodio a chyfarch hwn a'r llall. 'Paid â deud 'i fod o'n osgoi ei barti'i hun?'

Gwridodd Sila, gan ateb yn rhy sydyn o lawer.

'Os mai am Chris ti'n sôn, dwi 'di hen golli diddordeb. Mae o'n actio'n rhy cŵl o lawer i mi.'

Wrth i'r geiriau adael ei gwefusau, camodd Chris allan o'r garafán, gan edrych tuag ati pan glywodd ei enw. Chwarddodd Danny'n uchel, a theimlodd Sila ei bochau'n llosgi. Nodiodd Chris i'w cyfeiriad cyn mynd draw i eistedd efo dwy o genod o Rwmania.

'Ha, dyna amseru gwael, Sila bach,' meddai Danny cyn troi at Doug, oedd newydd ddod â diod iddo.

Awr a hanner yn ddiweddarach, ar ôl tri gwydraid o win a sawl sgwrs, roedd Sila'n teimlo'n gysglyd, a dechreuodd ddyheu am lonyddwch ei charafán. Wedi'r cwbwl, roedd yn amlwg fod gan Chris fwy o ddiddordeb yn y ddwy o Rwmania nag ynddi hi, er iddi ei ddal yn edrych arni ddwywaith neu dair yn ystod y parti. Cyd-ddigwyddiad, meddyliodd, gan benderfynu gadael yr adlen yn ddistaw. Aeth i chwilio am Doug er mwyn dweud nos da, a gwelodd drwy ddrws y garafán ei fod o a Danny erbyn hyn yn eistedd y tu mewn gyda photel o win coch ar y bwrdd o'u blaenau: Danny wrthi'n dweud stori a Doug yn chwerthin yn braf. Felly, heb ddweud dim wrth neb, sleifiodd allan.

Yn hytrach na mynd yn syth i'w charafán penderfynodd Sila fynd y ffordd hir yn ôl, o gwmpas ffrynt pabell y sioe, er mwyn cael awyr iach. Teimlai braidd yn benysgafn a chofiodd nad oedd hi wedi bwyta ers cyn y sioe – dim rhyfedd felly fod y gwin wedi mynd i'w phen yn syth, ystyriodd, wrth gerdded yn ofalus o amgylch y babell fawr, y goleuadau amryliw oedd ar wifrau'r babell yn siglo'n araf uwch ei phen.

'Ti'n gadael cyn i mi allu diolch i ti am y gwin?' meddai llais y tu ôl iddi, a throdd i weld Chris yn cerdded tuag ati.

'Ydw. Newydd gofio na ches i swper, a dwi'm yn meddwl fod llond llaw o grisps yn mynd i socian y gwin 'na i gyd,' atebodd Sila, gan droi i gerdded yn ei blaen.

'Ond dim ffor'ma ma' dy garafán di!' gwaeddodd Chris, gan gyflymu ar ei hôl.

'Na, ond dwi isio dipyn o awyr y môr cyn setlo ... nid 'i fod o'n ddim o dy fusnes di, wrth gwrs. 'Sa'n well i ti frysio'n ôl i'r parti, rhag ofn i Tweedle Dum a Tweedle Dee dy golli di,' gwaeddodd Sila, ychydig yn fwy siarp nag yr oedd wedi'i fwriadu.

Chwarddodd Chris yn ysgafn. 'Na, dwi 'di cael digon ohonyn nhw am un noson. 'Sa'n well gen i siarad efo chdi ... os wyt ti isio cwmni, hynny ydi?'

Arafodd Sila wrth i'w chalon gyflymu. 'Wel, mae hi'n wlad rydd, am wn i,' meddai'n surbwch, gan groesi'r ffordd fawr i gyfeiriad y promenâd. Er ei bod bron yn hanner nos roedd ambell gwpwl yn cerdded law yn llaw ar hyd y prom, ac yn y pellter gwelodd Sila griw o fechgyn meddw yn chwarae ar y traeth, a phennau cochion eu sigaréts yn dawnsio fel gwybed tanllyd yn y tywyllwch. Edrychodd Sila yn syth yn ei blaen, ond gallai deimlo Chris wrth ei hochr, a gallai arogli ei arogl cynnes, melys.

'Mae 'na fainc yn fama, yli ... be am i ni eistedd?' gofynnodd Chris. 'Os wyt ti isio eistedd efo fi, wrth gwrs. Dwi'n cael yr argraff 'mod i 'di pechu rywsut.'

Ochneidiodd Sila wrth eistedd ar y fainc, gan gadw ychydig lathenni oddi wrtho.

'Na. Pam fysat ti 'di pechu? Jyst ei weld o'n rhyfedd dwi,' meddai Sila, gan edrych yn syth ymlaen, ei llygaid ar y gorwel tywyll, 'dy fod ti 'di penderfynu siarad efo fi heno, mwya sydyn. Be sydd mor sbesial am heno? Prin ti 'di sbio arna i ers dechra'r daith,' ychwanegodd, gan ddifaru'r munud y poerodd y geiriau allan.

'Wow, wow ... ara deg, Miss Davies,' meddai Chris, gan godi'i ddwylo fel petai'n amddiffyn ei hun. 'I ti gael gwybod, mae gen i reol ers dechra fy ngyrfa nad ydw i byth yn mela efo merch y bòs, achos yn fy mhrofiad i, dydi hynny byth yn syniad da.'

Tro Sila oedd hi i chwerthin. 'Wel, am ben mawr! Pwy ddiawl wyt ti'n feddwl wyt ti? Be sy'n gwneud i ti feddwl fod hyn yn "syniad da" 'ta, a be sy'n gwneud i ti feddwl 'mod i isio "mela" efo chdi?' gofynnodd, gan droi i edrych arno fel bod goleuadau lliwgar y syrcas yn disgleirio yn ei llygaid. 'Dwi'n dal yn ferch i'r bòs heno, fel pob diwrnod arall.'

Edrychodd Chris arni a gwenu'n dyner, ond nid y wên cŵl arferol oedd hi.

'Dwi'n gwybod,' meddai, 'ond weithiau mae'n werth torri'r rheolau. Heno, yn y parti, roeddat ti'n edrych yn ... ym, yn edrych yn fach, fel plentyn ar goll, a'r cwbwl o'n i isio'i wneud oedd gofalu amdanat ti, gwneud yn siŵr dy fod ti'n iawn. Fel arfer ti'n llawn hyder, yn gwybod yn iawn fod yr hogia i gyd isio chdi, a bod y genod i gyd isio bod 'run fath â chdi. Ond heno, mi oeddat ti fel tasat ti ar goll, fel cath fach ofn ei chysgod.'

Am ryw reswm teimlodd Sila ddagrau'n cronni yn ei llygaid, ac edrychodd i ffwrdd unwaith eto gan obeithio nad oedd y cryndod yn ei llais yn rhy amlwg.

'A dyma chdi, fy arwr, yn gwneud yn siŵr fod merch y bòs yn gallu croesi'r lôn yn saff! Wel, diolch yn fawr i ti. Mi fydda i'n sicr o ddeud wrth Dad ffasiwn ŵr bonheddig wyt ti. Felly ffwrdd â chdi. Dos i achub rhywun arall ... Duw a ŵyr, mae 'na olwg isio'i hachub ar ambell un oedd yn y parti 'na heno.'

Symudodd Chris yn nes ati ar y fainc a theimlodd Sila ei fraich yn ymestyn y tu ôl i'w hysgwyddau. Pan drodd i geisio protestio, cusanodd Chris hi'n araf, ei wefusau'n feddal ac yn gynnes. Cynhesodd Sila drwyddi. Caeodd ei llygaid yn dynn ac anadlu'n ddwfn, yr arogl cynnes, melys, yn boddi hallter y môr, a gwyddai – yr eiliad honno, ar y fainc ger y môr yn Torquay – na fyddai ei bywyd yn ddiflas eto.

* * *

Cododd Sila ei thraed o'r bàth wrth glywed Macs yn cwyno ar y landing – roedd ei chroen wedi gwsno yn y dŵr, a thynnodd dywel trwchus gwyn amdani. Sychodd ei gwallt yn frysiog gyda thywel arall, a'i lapio'n dyrban o amgylch ei phen cyn agor drws y stafell molchi a mwytho'r ci.

Suddodd ei thraed rhinclyd i garped trwchus ei stafell wely wrth iddi sefyll o flaen y drych hir. Gadawodd i'r tywel syrthio i'r llawr, ac edrychodd ar ei hadlewyrchiad gan symud er mwyn edrych ar bob ongl. O ystyried ei bod wedi rhoi'r gorau i'r trapîs wyth mlynedd yn ôl, ar ei phen-blwydd yn ddeugain, roedd Sila'n ymfalchïo ei bod mewn cystal siâp – ychydig o ymarfer corff yn y gampfa roedd Chris wedi'i hadeiladu yn un o'r siediau, a gwylio beth roedd hi'n fwyta, ac roedd hi'n llwyddo i gadw'r glorian yn hapus. Roedd hi wedi bod ar 'ddeiet' ers pan oedd yn bedair ar ddeg oed – petai'n gallu torri i lawr ar y gwin, gallai edrych yn well fyth, ystyriodd, wrth estyn pyjamas gwyn, glân allan o'r drôr. Un arall o bleserau mawr bywyd, meddyliodd Sila, oedd pyjamas glân a chynfasau ffres ar ei gwely bob nos. Wedi'r cyfan, nid hi oedd yn gorfod eu golchi. Edrychodd ar y cloc bychan oedd wrth ochr ei gwely. Roedd ganddi ddeng munud cyn y byddai Chris yn ffonio – jyst digon o amser i adael i Macs fynd allan i'r ardd i bi-pi, ac i wagio gweddill y gwin o'r botel i'w gwydr. Er ei bod yn deall fod yn rhaid i Chris deithio dramor yn aml, un ai i weld perfformwyr newydd neu i gynhyrchu sioeau, roedd Sila wastad yn hiraethu amdano ar ôl diwrnod neu ddau ar ei phen ei hun.

Clywodd ei ffôn symudol yn canu yn y pellter a brysiodd yn ôl i fyny'r grisiau, gan ofalu peidio â cholli tropyn o'r gwin, a phan edrychodd ar y sgrin gwelodd ei bod wedi colli galwad arall gan ei mam. O, wel, meddyliodd, byddai'n rhaid i Coni aros nes y byddai Chris wedi ffonio. Llyncodd gegaid dda o'r gwin.

Ar ôl ei pherfformiad olaf ar y trapîs, rhoddodd ei gwisg yn y bocs efo'r gweddill a chau'r caead yn glep, a wnaeth hi erioed agor y bocs wedyn. Dychmygodd y satin drud, amryliw yn llwydo ac yn pydru, y secwins disglair yn cymylu ac yn pylu, a'r *diamanté* llachar yn troi'n gerrig du. Dwrdiodd ei hun am adael i'r hen atgofion godi a'i hanesmwytho. Roedd hel atgofion fel pigo crachen, yn arwain at ragor o waedu wrth i'r briw ailagor. Weithiau mae'n well peidio agor y caead, meddyliodd, wrth i'w ffôn ddechrau canu eto, a gyda rhyddhad gwelodd enw Chris ar y sgrin. Gwasgodd wên i'w gwefusau a phwysodd y botwm.

CONI
2018

Roedd Coni wedi deffro'n anniddig y bore hwnnw. Y noson cynt roedd hi a Dan wedi gadael y fferm a theithio i'r dref gyntaf ar y daith, yn union fel y gwnaethon nhw ddegau o weithiau o'r blaen, ond y tro hwn roedd Coni'n poeni. Fel arfer, byddai'n teimlo rhyw gyffro, yn edrych ymlaen at y tymor newydd, hyd yn oed ar ôl yr holl flynyddoedd. Ond ddim eleni. Eleni, roedd hi wedi blino cyn cychwyn.

Ers wythnosau roedd hi wedi ceisio peidio â meddwl am ddechrau'r tymor, gan wybod y byddai'r protestwyr hawliau anifeiliaid wrthi eto eleni, yn trio'u gorau i wneud bywyd yn anodd iddyn nhw. Gallai Dan gladdu'i ben yn y tywod a pherswadio'i hun fod popeth yn iawn, ond doedd Coni ddim mor ffodus. Hi fyddai'n gorfod wynebu cwestiynau haerllug y wasg bron yn wythnosol, pob un yn holi am Dilys. 'Ydi hi'n dderbyniol i wneud i eliffant berfformio?' 'Ydi o'n wir fod Dan Davies yn curo Dilys efo ffon haearn er mwyn ei gorfodi i wneud triciau?' Waeth faint y byddai Coni'n ceisio egluro bod yr hyfforddi i gyd yn cael ei wneud drwy garedigrwydd, ychydig o ymarfer rheolaidd a llawer iawn o wobrwyo, gwyddai'n iawn fod y newyddiadurwyr eisoes wedi penderfynu ar bennawd y stori. Ac yn anffodus, doedd straeon am garedigrwydd a chariad tuag at anifail ddim yn gwerthu papurau newydd.

Tra oedden nhw'n paratoi ar gyfer y daith yn ystod misoedd y gaeaf a cheisio trefnu lleoliadau ar gyfer y sioe, cawsant eu gwrthod dro ar ôl tro wrth i ragor o gynghorau lleol wahardd syrcasau oedd yn defnyddio anifeiliaid gwyllt rhag perfformio ar eu tir. Awgrymodd Coni sawl gwaith wrth Dan y byddai'n well iddyn nhw adael Dilys ar y fferm a chyflogi rhywun i ofalu amdani yno, ond wrth gwrs doedd Dan ddim yn fodlon ystyried y fath beth. Ei ddadl oedd bod cynulleidfaoedd yn disgwyl gweld anifeiliaid ecsotig mewn syrcas, a heb Dilys fyddai'r sioe ddim gwerth ei gweld. Cyfeiriodd Coni at yr holl syrcasau eraill oedd yn gwneud bywoliaeth reit neis heb anifeiliaid o gwbwl, ond waeth iddi heb. Doedd Dan ddim yn sylweddoli y buasai bywyd heb Dilys yn haws o lawer. Dim cwestiynau cas gan y wasg, dim biliau echrydus gan filfeddygon bob tro y byddai Dilys yn rhechan, a dim gorfod perfformio ar ddarnau diffaith o dir ar gyrion pob tref, filltiroedd o bob man. Heb Dilys buasai'r syrcas yn cael perfformio ar barciau gwyrdd hyfryd yng nghanol trefi, lle buasai pawb yn gallu gweld fod y syrcas wedi cyrraedd, ac yn ddigon agos i'r gynulleidfa allu cerdded i'r sioe. Ond na. I Dan, roedd agor Syrcas y Brodyr Davies heb Dilys yn amhosib, ac nid am y tro cyntaf meddyliodd Coni y buasai Dan yn llawer mwy parod i agor y sioe hebddi hi na heb Dilys. Cofiodd eiriau Chris, ei mab yng nghyfraith, cyn i Sila ac yntau adael y sioe. 'Os na wnewch chi newid petha a derbyn bod yr hyn mae cynulleidfaoedd isio'i weld wedi newid, mi gewch chi'ch gadael ar ôl. Dydi pobol ddim isio gweld eliffantod yn dawnsio y dyddia yma – mae syrcas fel'na'n perthyn i'r oes o'r blaen – felly peidiwch â gweld bai arna i am fod isio dyfodol gwell i Sila a finna. Os gariwch chi mlaen fel hyn, fydd ganddoch chi ddim dyfodol o gwbwl a dwi ddim yn bwriadu suddo i'r baw efo chi.' Er bod pob gair yn ergyd oedd wedi'i brifo i'r byw, roedd o yn llygad ei le.

Dan oedd yn arwain y fflyd, fel arfer, yn y Scania efo Dilys yn y cefn a Ned wrth ei ochr, a hithau'n ei ddilyn yn gyrru'r lorri arall a'u carafán y tu ôl iddi. Meddyliodd Coni, fel yr oedd wedi meddwl sawl gwaith, fod Dilys yn dal i lwyddo i ddod rhyngddyn nhw. Y tu ôl iddi yn y gadwyn o gerbydau roedd ei chwaer, Fran, efo'i lorri a'i charafán – wastad yn gysgod iddi lle bynnag yr âi Coni – ac wedyn Jock, yn dreifio'r DAF oedd yn tynnu'r babell ar drelar, gyda'i wraig, Cathy, yn ei ddilyn yntau. Y tu ôl iddyn nhw roedd y gweithwyr, a'r artistiaid mewn pob math o loriau, carafannau a cheir, yn gadwyn amryliw fel iard sgrap symudol oedd yn siŵr o godi pwysedd gwaed unrhyw yrrwr cyffredin fyddai'n ddigon anffodus i gael ei ddal y tu ôl i'r orymdaith.

Dyna oedd y drefn wedi bod ers blynyddoedd, a Duw a helpo unrhyw un oedd yn ddigon hurt i geisio newid pethau. Roedd yr hen Mr Daniel, ei thad yng nghyfraith, yn arfer arwain y fflyd, a phan fuodd o farw, cafodd Dan gymryd ei le. Pan ddaeth Coni a Fran i ymuno efo Syrcas y Brodyr Davies am y tro cyntaf, yr holl flynyddoedd yn ôl, roedd y ddwy yn meddwl fod y drefn yn chwerthinllyd, ac ar yr ail siwrnai rhoddodd Fran ei throed i lawr ar y sbardun pan oedd Mr Daniel yn arbennig o araf a'i basio, gan godi llaw yn annwyl ar ei chyflogwr a'i fab. Fran oedd wastad yn gyrru bryd hynny, efo Coni wrth ei hochr yn gyfrifol am ddarllen y cyfarwyddiadau a thynnu'r papur oddi ar y taffi triog oedd yn gynhaliaeth hanfodol ar bob taith yn y fan. Roedd y Fran ifanc yn barod i herio pob rheol, ei llygaid du yn llawn direidi, a chwarddodd yn uchel pan welodd Mr Daniel yn gwgu arni ac yn rhuo yn ei lorri. Er hynny, Coni gafodd y ffrae pan gyrhaeddodd Dan a Mr Daniel y safle nesa.

'Gwranda, 'mach i,' meddai Mr Daniel drwy ffenest y lorri, ei wyneb yn goch o hyd a'r chwys yn casglu ar ei wefus uchaf, 'os wyt ti'n bwriadu bod yn rhan o'r teulu yma, mae'n well i ti ddysgu dangos parch a dilyn y rheolau. Fi sy'n arwain y fflyd, dim chdi. Cofia hynny,' meddai, gan saethu'r geiriau olaf tuag ati. Edrychodd Coni ar Dan, gan ddisgwyl iddo gamu i mewn i'w hamddiffyn, ond ysgydwodd hwnnw'i ben mewn anobaith a rhedeg ar ôl ei dad fel ci bach yn rhedeg ar ôl ei feistr.

Siwrnai fer oedd hi o'r fferm yn Nhanffriddoedd i'r tober cyntaf yn Wrecsam, ond er hynny teimlodd Coni ei choesau'n dechrau cyffio wrth i Dan arafu, y goleuadau coch erbyn hyn yn dawnsio ar gefn y lorri. Agorodd drws ochr teithiwr y Scania a daeth Ned allan yn araf, ei fol mawr a'i goesau byrion yn ei rwystro rhag codi sbid, a chamodd yn drwsgl i ganol y ffordd, gyda'r bwriad o stopio unrhyw geir oedd yn dod heibio er mwyn i'r Scania gael croesi'r ffordd i mewn i'r cae. Er bod y cae tua dwy filltir y tu allan i ganol Wrecsam, sylwodd Coni fod y protestwyr eisoes wedi bod wrthi, gyda geiriau hyll du fel 'cruel circus' a 'save Dilys, the last circus elephant' yn sgrechian oddi ar y posteri lliwgar wrth y giât. Ochneidiodd Coni, a chododd tarth anobaith o'i hamgylch unwaith eto wrth iddi yrru eu hen garafán i mewn drwy'r giât. Arhosodd yn y lorri nes i Dan wneud yn siŵr fod y garafán yn ei lle, ac wrth iddi gamu allan teimlodd y boen gyfarwydd yn saethu o'i chlun i lawr i'w phen-glin. Suddodd ei thraed i'r mwd oer. Gallai ddweud yn syth fod angen rhoi blociau pren o dan yr olwynion er mwyn ei lefelu, a chwiliodd yn ei bag am y sbirit-lefel bach a gadwai wrth law bob amser. Rhoddodd y teclyn ar y mat tu mewn i ddrws y garafán, ac fel yr oedd Coni wedi amau, symudodd y swigen fach i'r dde yn syth. Wrth i Dan ddychwelyd at y lorri gan duchan a gweiddi ar Ned druan i nôl y blociau pren, sylwodd Coni fod Dan yn cymryd dipyn mwy o amser nag o'r blaen i ddringo i mewn i'r cab. Pan oedd Dan yn barod, ac ar air Ned, symudodd y lorri yn ei blaen tua hanner llathen ar ben y blociau roedd Ned wedi'u gosod o flaen yr olwyn. Clywodd Coni'r garafán yn griddfan wrth setlo, fel hen wraig heglog yn gollwng ei hun i gadair freichiau. Doedd y swigen fach ddim cweit yn y canol o hyd, ond gwnâi'r tro.

Ymhen cwta hanner awr, roedd Coni'n eistedd wrth y ffenest, wedi ailosod yr ornaments a'r teclynnau cegin, y jeni yn hymian yn y pellter. Edrychodd ar y goleuadau coch olaf yn diffodd wrth i weddill y lorïau setlo – ym mha bynnag drefn y gosodwyd y carafannau heno, dyna fyddai'r drefn am weddill y tymor. Gwelodd ei gŵr yn cerdded yn herciog o'r tywyllwch tuag ati, ei dortsh yn ysgwyd wrth iddo gerdded a'i gôt hi-vis yn chwythu o'i gwmpas. Camodd i mewn i'r garafán, a thra oedd yn straffaglu i dynnu ei si-bŵts, edrychodd draw at Coni.

'Wyddost ti be, Coni, ma' gin i deimlad da am y tymor yma 'sti. Dwi'n 'i deimlo fo ym mêr fy esgyrn. 'Dan ni'n mynd i gael tymor da.'

Gwenodd Coni arno, y wên oedd wedi hen arfer cuddio'r gwirionedd, ac edrychodd allan i'r tywyllwch oer.

* * *

Pan gododd Coni y bore canlynol roedd Dan eisoes ar ei draed ac wedi gwisgo i fynd allan er mwyn gwneud yn siŵr fod Dilys yn iawn, ac i ofalu fod Jock wedi deffro'r gweithwyr. Edrychodd arno'n sefyll wrth y ffenest, ei wallt gwyllt wedi britho, ei grys yn dynn a'i fol yn hongian dros ei drowsus. Ei fŵts cowboi oedd yr unig adlais o'r llanc ifanc yr oedd wedi'i gyfarfod yr holl flynyddoedd yn ôl. Aeth ati i baratoi'r coffi bron yn reddfol, heb sylwi ar y craciau yn fformica cypyrddau'r gegin a'r darn lastig trwchus oedd yn cadw drws y ffrij ar gau. 'Mi awn ni i chwilio am wagan newydd y gaea nesa' – dyna oedd Dan wedi'i addo tua chwe blynedd ynghynt, ond wrth gwrs, ddigwyddodd hynny ddim. Yn hytrach, cafwyd darn newydd o lastig. Breuddwydiai Coni'n aml am fyw mewn carafán Americanaidd foethus fel y rhan fwyaf o gyfarwyddwyr syrcasau mawr y byd, ond gwyddai'n iawn fod hynny'n annhebygol o ddigwydd. Mr Daniel a Mrs Mati oedd wedi prynu'r garafán iddyn nhw yn bresant priodas. Ar y pryd roedd hi'n werth ei gweld: y fformica lliw hufen, y crôm yn sgleinio a'r paneli pren mahogani ar waliau'r lolfa yn ddigon o sioe. Ond roedd hynny dros ddeugain mlynedd yn ôl. Erbyn hyn doedd y crôm ddim yn sgleinio waeth faint roedd Coni'n ei rwbio, ac mi oedd y mahogani bellach yn hen ffasiwn ac yn drwm. Ond gwyddai fod carafán newydd yn reit isel ar y rhestr siopa, yn bendant yn dipyn is na Big Top newydd, a gwyddai y byddai mwy a mwy o dyllau yn y babell fawr eleni, a mwy a mwy o'r gynulleidfa yn cwyno am wlychu wrth wylio'r sioe ar ddyddiau glawog.

Wrth roi paned o goffi i'w gŵr, edrychodd Coni allan ar olygfa oedd yn newid bron yn wythnosol, ond a oedd hefyd yn union yr un fath ers blynyddoedd. Gwelodd fod Dilys wedi gwthio'i thrwnc allan o ddrws ochr y lorri, yn sniffian yr awyr, a bod Fran yn sefyll y tu allan i'w charafán a'i llygaid du yn llwm, ei gwallt hir llwyd yn chwythu yn yr awel a'i chardigan wedi'i lapio'n dynn amdani. Daeth Jock allan o'i charafán, yn amlwg wedi bod yn tanio'r nwy iddi. Chwarae teg iddo, meddyliodd. Gwnaeth ei gorau i beidio â meddwl gormod am Fran rhag i'r hen euogrwydd godi'i ben, er ei bod yn gwybod yn iawn nad oedd ganddi ddim i deimlo'n euog amdano. Nid hi oedd wedi achosi'r ddamwain, ac oni bai ei bod hi a Dan yn ei chyflogi dymor ar ôl tymor, Duw a ŵyr beth fyddai wedi digwydd iddi. Gwenodd Coni'n drist. Pwy fyddai wedi gallu dyfalu tynged y Chwiorydd Esperanza? Un efo darn o lastig yn cadw drws y ffrij ar gau, a'r llall ofn cynnau fflam.

Roedd pymtheng mlynedd, bron, ers y tro diwethaf i Coni berfformio ar y trapîs. Ar ei phen-blwydd yn hanner cant, dringodd y rhaff am y tro olaf. Roedd hi'n gwybod ers misoedd mai hwn fyddai ei pherfformiad olaf, ond nid oedd wedi sôn wrth unrhyw un arall. Petai hi wedi dweud, gwyddai y byddai Dan a sawl un arall wedi ceisio'i pherswadio i gario mlaen, ond roedd Coni wedi penderfynu.

Byddai ambell un wedi dweud bod ganddi 'flynyddoedd ar ôl ynddi', ac eraill yn mynnu ei bod yn edrych cystal ag erioed. Gwyddai Coni ei bod yn dal i edrych yn dda ac oedd, mi oedd yr act gystal ag erioed, ond iddi hi, roedd hynny'n fwy o reswm i roi'r gorau iddi. Stopio cyn dechrau dirywio. Doedd dim byd gwaeth na pherfformiwr yn gwrthod derbyn fod ei amser ar ben, ac roedd Coni wedi addo iddi'i hun na fyddai'n un o'r rheiny, yn amharod i gamu allan o'r cylch llwch llif. Meddyliodd am yr holl droeon y bu'n gwylio syrcas geiniog a dimai yn rhywle ac yn cywilyddio wrth weld perfformiwr oedd wedi gweld dyddiau gwell yn straffaglu drwy'r un hen act, y triciau anodd i gyd wedi mynd a'r gynulleidfa'n sbeitio neu'n tosturio. Roedd wedi sylwi ar y newid ynddi'i hun ers tro ... y dirywiad anochel a ddeuai gyda threigl amser. Arwyddion bychan i ddechrau – ei chorff yn brifo am wythnosau ar ddechrau tymor, y croen y tu ôl i'w phengliniau yn friwiau agored ar ôl pob perfformiad wrth i'r trapîs ei rhwbio, a'r angen am fwy a mwy o golur i guddio'r rhychau. Diflannu wnaeth y bicinis bach sgimpi, ac aeth ati i greu gwisgoedd oedd yn cyfleu mwy ond yn dangos llai. Erbyn hyn roedd hi'n cuddio mwy nag yr oedd yn ei ddatgelu o'r corff yr oedd wedi bod mor falch o'i arddangos ers talwm. Dechreuodd wisgo penwisgoedd ysblennydd o blu a gleiniau disglair oedd yn caniatáu iddi dynnu'i gwallt yn gynffon tyn ar ei chorun, gan fod hynny'n helpu i lyfnhau rhychau ei hwyneb; a'r tric pwysicaf oll: dau bâr o deits bob amser i helpu i amsugno'r gwaed o'i chnawd amrwd, ac i guddio'r croen pantiog oedd wedi dechrau ymddangos ar ei chluniau. O bell, ac ym mhelydrau twyllodrus y goleuadau llachar, oedd, roedd hi'n edrych cystal ag erioed, fel merch yn ei hugeiniau yn wincio'n ddireidus o ddiogelwch sigledig y trapîs. Ond pan oedd y cyfan yn cael ei ddiosg, y gleiniau a'r plu, y leicra a'r ffishnets, y cyfan wedi'i bilio'n araf i ffwrdd, un haen o dwyll ar y tro, a'u cadw'n ofalus yn y cwpwrdd, byddai ei breichiau yn parhau i frifo, ei thraed yn gwaedu'n hirach a'r croen y tu ôl i'w phengliniau'n gignoeth. Dyna, felly, pam y rhoddodd Consuela Esperanza ei pherfformiad olaf y diwrnod hwnnw.

Cariodd Coni ei chwpan draw at y bwrdd gan eistedd a dechrau meddwl am yr hyn oedd i'w wneud y diwrnod hwnnw. Buasai codi'r Big Top yn siŵr o gymryd y diwrnod cyfan gyda chriw newydd o weithwyr, a dim ond bryd hynny y deuai i'r amlwg faint o dyllau fyddai wedi ymddangos yn y plastig coch pŵl dros y gaeaf. Byddai Jock wedyn yn mynd ati efo'i weldar i drio llenwi'r tyllau eto fyth, gan ychwanegu at y cannoedd o batshys oedd eisoes yn addurno nenfwd y babell. Wedyn fory, gyda lwc, byddai'r ymarferion yn gallu dechrau. Yn yr hen ddyddiau byddai angen wythnos gyfan o ymarfer er mwyn gwneud yn siŵr fod y gerddorfa, y dawnswyr a'r artistiaid i gyd yn gwybod yn union beth oedd angen iddyn nhw ei wneud. Gallai Coni glywed Mrs Mati Davies, ei mam yng nghyfraith, yn cwyno o'i sedd ym mlaen y cylch fod y dawnswyr yn araf neu fod y bechgyn yn cymryd gormod o amser i osod yr offer ar gyfer yr act nesaf, cyn colli'i limpin yn llwyr efo'r gerddorfa. Bryd hynny, byddai'n rhedeg ar draws y cylch a dringo'r ysgol i'r bandstand fel colomen fach wyllt, ei dwylo'n chwifio yn yr awyr wrth geisio egluro i'r arweinydd beth oedd ei angen. Gwenodd Coni wrth feddwl tybed be fuasai gan Mati i'w ddweud petai'n gweld y sioe heddiw. Mewn gwirionedd doedd dim angen dau ddiwrnod, hyd yn oed, i ymarfer erbyn hyn gan mai dim ond Glyn a Norman oedd ar ôl yn y bandstand: Glyn ar yr allweddellau a Norman ar y drymiau. Ers blynyddoedd bellach roedd pob act yn defnyddio cerddoriaeth wedi'i recordio, efo Glyn a Norm yn ychwanegu at hynny. Gwnâi Glyn ei orau i gadw i fyny â'r tâp, a cheid *drum roll* crynedig gan Norm pan fyddai rhywbeth go ddramatig ar fin digwydd. Dipyn rhatach na cherddorfa lawn, ond dipyn llai effeithiol hefyd, ystyriodd Coni. Yn ôl pob sôn doedd y ddau ddim wedi siarad gair efo'i gilydd ers haf poeth 1976 a wyddai neb pam, er eu bod yn eistedd droedfeddi oddi wrth ei gilydd am oriau bob dydd. Roedd Glyn yn aros am glun newydd a Norm yn cael trafferth efo'i galon, ac o ganlyniad roedd dringo'r ysgol gul i fyny i'r bandstand yn dipyn o ymdrech. Felly arhosai'r ddau yno o ddechrau sioe gyntaf y dydd tan ddiwedd y sioe olaf gyda'r nos, gydag un yn gyfrifol am y botel jin a'r llall yn gofalu am y botel bi-pi. Yn aml iawn byddai'r ddau yn rhy feddw i chwarae erbyn diwedd yr ail sioe, a sawl tro bu'n rhaid i Dan fynd i fyny i'w deffro ar ddiwedd y perfformiad a gwneud yn siŵr fod y ddau yn cyrraedd yn ôl i lawr yn saff, un â'r botel lawn a'r llall â'r botel wag.

Doedd dim dawnswyr erbyn hyn chwaith, dim ers blynyddoedd, ond cytunodd dwy o'r genod oedd yn gwerthu tocynnau ac yn gweithio ar y stondin hot dogs i sefyll yng nghefn y cylch yn ystod y finale yn gwisgo penwisgoedd plu. Wrth gwrs, roedd arogl nionod diawledig ar y plu erbyn diwedd y tymor ond dyna fo, roedd yn werth yr aberth er mwyn cael ychydig o *glamour* yn y sioe. Wel, dyna ddwedai Dan, beth bynnag. O leiaf, ystyriodd Coni, roedd 'na well siâp ar ddwy eleni na'r ddwy heffar roedd Dan wedi'u ffeindio llynedd. Dim ond hyn a hyn o bechodau allai secwins a phlu eu cuddio, wedi'r cwbwl.

Roedd y rhaglen eleni'n eithaf, meddyliodd wrth edrych allan unwaith eto ar y rhesi o garafannau ar ochr bellaf y cae. Sylwodd ar rai o'r acrobatiaid Du o Tanzania yn cario'r polion mawr ar gyfer codi'r babell. Roedden nhw'n argoeli i fod yn griw handi gan eu bod yn gwneud dwy act, yn dod â blas ecsotig i'r sioe ac yn weithwyr da hefyd, yn help mawr efo'r babell. Gwnaeth nodyn yn ei llyfr nodiadau i'w hatgoffa i fynd draw i'r farchnad i chwilio am ddefnydd ffwr ffug, patrwm croen llewpart, i wneud gwisgoedd bychan iddyn nhw ar gyfer y parêd agoriadol. Yr unig ddrwg efo'r hogia ecsotig 'ma, ystyriodd, oedd y byddai degau o genod yn siŵr o heidio ar eu holau ym mhob tref, yn cael eu denu gan hud a lledrith y syrcas, ac roedd gan Coni ddigon ar ei phlât heb orfod wynebu tadau candryll yn chwilio am eu merched diniwed. Ond roedd hi wedi hen arfer rhoi ram-dam iawn i'w pherfformwyr ifanc, a'u rhybuddio i gadw'u hud a'u lledrith yn saff yn y ffwr ffug.

Roedd y jyglwr o'r Eidal wedi cyrraedd yn hwyr y noson cynt, ac er i Coni weld tâp fideo o'i act cyn ei gytundebu am y tymor, wrth ei wylio'n cerdded ar draws y tober cafodd y teimlad un ai bod y recordiad yn hen neu bod y jyglwr wedi bod yn ei gor-wneud hi ar basta a pizza dros fisoedd y gaeaf. Gwnaeth nodyn i ddweud wrth ei asiant fod angen iddo fynd ar ddeiet yn syth. Fyddai neb isio gweld roli poli'n jyglo, wedi'r cyfan.

Jock a'i fab, Oli, oedd y clowns fel arfer, ac roedd Nerys, gwraig Oli, yn dangos act efo chwech o gŵn bach del. Fel un o ferched Stad Glanrafon, Tanffriddoedd, doedd gan Nerys druan ddim llawer o steil ond roedd hi'n mynnu cael gwneud rhywbeth yn y sioe. Roedd yn werth gadael iddi gael ei ffordd er mwyn cadw Oli a Jock yn hapus – ac wrth gwrs, roedd y plantos wastad wrth eu boddau efo'r slanging buffers. Tatiana, gwraig Siôn, y rheolwr, oedd yn perfformio ar y trapîs, ac er ei bod yn brolio iddi gael ei hyfforddi gan Ysgol y Wladwriaeth ym Moscow, roedd Coni'n amau bod y flwyddyn honno'n un reit hesb i'r ysgol hyfforddi fyd-enwog.

Yn yr hen ddyddiau, pan ddaeth Coni a Fran i weithio i'r syrcas am y tro cyntaf, yr anifeiliaid oedd sêr y sioe, a'r Brodyr Davies yn enwog am eu harch Noa o anifeiliaid ecsotig. Byddai pebyll a chewyll di-ri yn gartrefi i gast enfawr o anifeiliaid: eirth, teigrod, llewod ac ambell lewpart, camelod, sebras, lamas a mwncïod, heb sôn am dros ddeg ar hugain o geffylau, ac wrth gwrs, y sêr go iawn, Dilys, Jên a Magi. Ond yn raddol, gwagio wnaeth y cewyll a'r pebyll. Y llewod a'r teigrod aeth gyntaf, wedyn yn ribidirês diflannodd y gweddill. Eleni, dim ond Dilys a chwe cheffyl oedd ar ôl. Dadl Dan bob amser oedd bod cael gwared o'r anifeiliaid yn amddifadu'r plant o'r cyfle i weld creaduriaid ecsotig. 'Lle arall mae plant bach Llangefni yn mynd i weld llewpart go iawn?' oedd ei dôn gron, ond allai dadl Dan ddim cystadlu ag uchelseinydd y protestwyr. Roedd yr un peth yn digwydd ar y cyfandir, yn ôl Danny, a ddywedodd ar y ffôn y noson o'r blaen fod y protestwyr yn mynd o nerth i nerth yn Ffrainc, gyda phrotestiadau rheolaidd o flaen yr adeilad ym Mharis. Yn ôl pob golwg, byddai pob syrcas yn y byd wedi gwaredu'r anifeiliaid cyn hir. Pob syrcas heblaw un. Byddai un syrcas yn gwrthryfela, a seren y sioe fyddai Dilys, yr eliffant olaf.

Meddyliodd Coni eto am Danny a'r sioe ym Mharis. Roedd y tymor yno ar fin dod i ben, felly gyda lwc, byddai Danny'n gallu dod i ymweld â nhw cyn hir. Roedd yn rhyfedd meddwl amdano yn y syrcas arbennig honno, yn camu'n ddyddiol i'r cylch lle collodd ei nain ei bywyd. Pan oedd Coni'n blentyn, dywedodd rhywun creulon wrthi un tro fod olion gwaed ei mam i'w weld o hyd ar lawr pren y Cirque de Paris o dan y llwch llif, ac er i Coni gael sawl gwahoddiad dros y blynyddoedd gan y teulu Roudier i berfformio yno, allai hi byth dderbyn. Sut allai hi berfformio yno ddwywaith y dydd, yn wincio a gwenu ar y gynulleidfa, yn gwybod yn iawn fod ei mam wedi gorwedd yn deilchion ar y llawr oddi tani?

Torrwyd ar draws myfyrdod Coni gan sŵn cymeradwyaeth, ac edrychodd allan i weld y polion mawr, y *king poles*, yn cael eu codi. Oddi ar y pedwar polyn yma y byddai'r babell fawr yn cael ei chrogi, ac ar ben pob polyn byddai'r ddraig goch yn chwifio'n falch. Synnwyd Coni pan deimlodd ei bochau'n wlyb.

7.

DAN
2018

Wrth adael y fferm, ochneidiodd Dan ei ryddhad, a theimlodd ei hun yn gwenu wrth eistedd yn y lorri yn aros i Ned gau'r giât. Byddai'n cael yr un teimlad bob tro wrth adael y fferm ar ddechrau tymor newydd: ei stumog yn ffrwtian gyda'r gymysgedd gyfarwydd o gyffro a nerfusrwydd. Cyffro wrth edrych ymlaen at dymor newydd a thaith hir, nerfusrwydd wrth boeni tybed a fyddai'r artistiaid yn cyrraedd y tober cyntaf heb achosi trafferth, a phryder na fyddai'r Scania'n cyrraedd pen ei thaith heb dorri i lawr. O'r diwedd, dringodd Ned i fyny i'r cab gan duchan a chwyno, a llanwyd y gofod cyfyng â'i bersawr arferol unigryw o gachu a phiso eliffant, ac ymgais i'w foddi dan drochiad dda o sent Lynx.

Sathrodd Dan y clytsh ddwywaith er mwyn cael yr hen Scania i mewn i'r gêr cyntaf. Cododd y brêc llaw a rhoi ei droed ar y sbardun yn araf ac yn ofalus, rhag i Dilys druan gael braw. Er mawr syndod iddo roedd yr hen lorri wedi tanio ar y cynnig cyntaf heddiw er iddi fod yn segur ers bron i bum mis – arwydd o lwc dda ar gyfer y tymor newydd, meddyliodd Dan. Pan ddringodd o'r cab clywodd sŵn trwmpedu cyffrous yn dod o'r sgubor. Roedd Dilys wedi adnabod sŵn yr injan yn syth, yn gwybod fod rhywbeth ar gychwyn, bod tymor newydd ar y gorwel.

Taith fer oedd hi i'r tober cyntaf, cae yn ganol nunlle tua thair milltir y tu allan i Wrecsam, a thra oedd Ned yn agor y giât, edrychodd Dan yn ei ddrych ar Coni'n arafu y tu ôl iddo, yr hen garafán yn siglo'n drwsgl wrth iddi agosáu. Gweddïodd Dan yn dawel y buasai'r hen wagan yn para am dymor arall. Gwyddai'n iawn fod Coni'n dyheu am garafán newydd, ond gwyddai hefyd fod mwy o dyllau yn y babell fawr nag mewn bag te, a doedd ganddo ddim hanner can mil o bunnau i'w sbario. Hwyrach, os byddai eleni'n flwyddyn dda, y byddai ganddo ddigon dros ben i brynu pabell a charafán newydd ... wel, nid rhai newydd sbon, ond yn sicr buasai pabell ail-law yn well na'r rhidyll presennol.

Ned oedd y cyntaf i sylwi fod y protestwyr wedi bod wrthi'n sticio celwyddau dros y posteri, a theimlodd Dan ei galon yn suddo.

'Y bygyrs,' meddai, 'does 'na ddim llonydd i'w gael! Pam ddiawl nad ân nhw i neud ffys am rwbath sy'n greulon go iawn? Mae 'na geffylau yn marw yn Ascot ac ar bob cae ras arall yn y wlad, ond am fod y Cwîn yn licio *flutter* does 'na byth sôn am wahardd rasio ceffyla, o nagoes!' Cyn i Ned gael cyfle i ateb aeth Dan yn ei flaen, y llith arferol yn cael ei chwydu allan. 'Y cwbwl 'dan ni'n drio'i neud ydi ennill bywoliaeth onest, ac ma' nhw'n gwneud eu gora glas i roi stop arnon ni. "Save Dilys" wir – ei hachub o be, yn union? Tasan nhw 'mond yn gwbod 'mod i'n trin yr eliffant 'na fel aelod o'r teulu. Ma' hi 'di bod gen i'n hirach na 'run o'r plant 'cw. Dwi 'di tyfu i fyny efo hi felly pam 'swn i isio'i cham-drin hi? Dydyn nhw ddim isio gwbod nac'dyn? Sawl gwaith 'dan ni 'di gwadd y bobol 'na yma i weld drostyn nhw'u hunain, yn hytrach na mynd o gwmpas yn deud clwydda? Ond na, dydyn nhw ddim isio gwbod a dydi'r blydi heddlu ddim help. Ma' gin yr uffars 'na sy'n hel wrth y giât efo'u placards celwyddog, yn codi ofn ar blant bach, fwy o hawliau na ni. Wel, mi ddeuda i un peth wrthat ti, Ned: tra bydd gen i dwll yn fy nhin, mi fydd 'na anifeiliaid yn perfformio yn Syrcas y Brodyr Davies.'

Gyda rhyddhad, manteisiodd Ned ar y cyfle i ddianc o'r cab i agor y giât, gan adael Dan yn pregethu ym mhulpud y Scania.

Y noson honno gorweddai Dan yn ei wely yn crefu am gwsg ond yn methu â gadael i'w feddwl ymlacio. Gwnaeth ei orau i fod yn llonydd rhag iddo styrbio Coni, oedd wastad yn cysgu'r eiliad y byddai ei phen yn cyffwrdd â'r gobennydd, a chlywodd ei chwyrnu ysgafn wrth ei ochr. Doedd dim llawer o hwyl wedi bod arni dros y dyddiau diwethaf, meddyliodd, ond efallai y byddai'n gwella rŵan eu bod nhw wedi gadael y fferm ac wedi cychwyn teithio. Clywodd sŵn y glaw yn dechrau syrthio ar do'r garafán, ac unwaith eto gweddïodd yn dawel am ddiwrnod sych ar gyfer codi'r babell drannoeth. Roedd y cae yn ddigon meddal ar ôl yr holl stormydd diweddar, felly byddai mwy o ddŵr yn gwneud llanast go iawn. Caeodd ei lygaid a gadael i sisial cyson y glaw a chwyrnu tawel ei wraig ei leddfu, a dechreuodd ei gorff lacio wrth i'w gof grwydro.

Ers y cychwyn cyntaf, roedd Syrcas y Brodyr Davies wedi dechrau pob tymor rywle yng Nghymru. 'Mae Cymru a'i phobol wedi bod yn ffeind efo fi erioed,' dyna fyddai ei dad yn ddweud. 'Pan oedd llawer iawn yn barod i boeri i 'ngwyneb i a 'ngalw i'n bob enw dan haul, mi ges i groeso gan y Cymry, felly mae 'nyled i'n fawr.'

Pan oedd Dan yn blentyn, byddai ei rieni yn gwrthod dweud wrtho pa berfformwyr newydd oedd yn ymuno â'r sioe ar ddechrau pob tymor, gan wneud iddo aros tan y perfformiad cyntaf. Byddai wedyn yn eistedd yn y rhes flaen, ei gefnder, Elwyn, wrth ei ochr, yn crynu gyda'r cyffro a'r edrych ymlaen. Wrth i'r amrywiol berfformwyr ymddangos a pherfformio byddai Dan yn ffurfio barn yn syth, gan benderfynu yn y fan a'r lle pa act oedd ei ffefryn am y tymor, wedyn byddai'n gwneud ei orau i'w gwylio ym mhob perfformiad.

Doedd gan Elwyn 'mo'r un diddordeb, a byddai'n well ganddo aros yn y wagan efo'i fam na dod i helpu yn y babell fawr. Ar ôl y perffformiad cyntaf, anaml roedd Elwyn yn dod yn agos at y sioe am weddill y tymor. 'Tynnu ar ôl ei fam mae o,' dyna fyddai tad Dan yn ddweud bob tro y byddai rhywun yn sôn am Elwyn, 'dyna sy'n digwydd pan ti'n priodi josser – dydi'r plant ddim yn blant syrcas go iawn.' Gan amlaf byddai ei fam yn gwgu, gan ei atgoffa mai josser oedd hithau ac mai arian josser oedd wedi prynu'r sioe.

Ond doedd Elwyn a Dan ddim yr un fath. Anti Sulwen oedd mam Elwyn, oedd wedi cael ei hudo gan Yncl Walter pan oedd y syrcas yn teithio Sir Fôn un haf. Byddai Dan yn aml yn meddwl am hynny, gan fethu bob tro â dychmygu ei Anti Sulwen yn cael ei hudo gan unrhyw un. Ond dyna ddigwyddodd, ac yn ôl ei rieni roedd Walter a Sulwen wedi syrthio mewn cariad yn syth. O fewn ychydig fisoedd roedd Sulwen wedi torri calonnau ei rhieni gan adael ei chartref parchus yn Llangefni i briodi Walter Davies, ac ymuno efo'r syrcas. Roedd disgwyl i Sulwen, fel pawb arall, wneud ei siâr o'r gwaith, a chyn i'r dagrau sychu ar ruddiau ei mam roedd Sulwen mewn leotard aur yn crynu fel jeli y tu ôl i'r llenni melfed coch, ei hwyneb yn llwyd o dan y mwgwd dieithr o golur, yn aros am yr arwydd gan Walter i gamu i mewn i'r goleuadau llachar. Ond er iddi wneud ei gorau, doedd Sulwen ddim yn berfformiwr naturiol, a pharhau i'w phoeni wnaeth y nerfau cyn pob perfformiad. Byddai'n aml yn chwydu cyn ac ar ôl bod yn y cylch, a phan ddarganfu chydig fisoedd yn ddiweddarach fod babi ar y ffordd, roedd ganddi esgus perffaith i gamu allan o'r cylch llwch llif a rhoi'r leotard aur o'r neilltu am byth. Ond a dweud y gwir, nid y perfformio'n unig oedd yn ei phoeni. Ar ôl ychydig wythnosau'n unig o deithio, roedd Sulwen wedi dod i gasáu bron bob agwedd o fywyd syrcas. Doedd byw mewn carafán ddim yn ei siwtio: y pacio bob yn ail ddiwrnod a'r symud parhaol, dim trydan yn ystod y nos, dim nwy pan oedd angen cynhesu potel i Elwyn, gorfod aros i Walter wagio'r bwced cyn y gallai fynd i'r tŷ bach. Yn aml byddai'n eistedd yng ngolau cannwyll gydag Elwyn yn sugno'n dawel ar ei bron, ac yn dyheu am fod yn ôl yng nghartref cyfforddus ei rhieni yn Llangefni.

Roedd Mati, ei chwaer yng nghyfraith, yn wahanol iawn iddi. Er ei bod hithau wedi'i geni yng nghefn gwlad Cymru, ymhell o fyd y syrcas, roedd Mati wrth ei bodd efo'r bywyd. Yr unig agwedd o'r diwydiant a ddeuai ag unrhyw bleser i Sulwen oedd gwerthu'r tocynnau, a daeth yn amlwg i bawb fod gan Sulwen ben busnes da – rhywbeth nad oedd yn gryfder i weddill aelodau'r teulu. O ganlyniad, datblygodd y swyddfa docynnau yn diriogaeth i Anti Sul, a gwae unrhyw un oedd yn ei chroesi. Byddai Mati, hyd yn oed, yn meddwl ddwywaith cyn mentro i'r swyddfa.

Aeth y sioe o nerth i nerth. Daniel oedd yn gofalu am yr anifeiliaid, Walter yn gofalu am y loriau, Sulwen yn y swyddfa docynnau ac yn gwneud y gwaith papur, a Mati'n goruchwylio'r cyfan. Nid Syrcas y Brodyr Davies oedd y syrcas fwyaf ym Mhrydain, ond os oedd Bertram Mills, Billy Smart a'r Chipperfields yn cael eu hystyried yn frenhinoedd y byd syrcas, roedd y Brodyr Davies yn sicr yn dywysogion. Drwy gadw'r sioe yn llai o faint roedden nhw'n gallu cadw allan o ffordd y syrcasau mawr a threfnu teithiau o amgylch y trefi llai a'r pentrefi mawr gan aros ychydig ddyddiau, neu wythnos weithiau, ym mhob lleoliad.

Doedd Dan ddim wedi gweld Elwyn ers blynyddoedd – ers cynhebrwng Anti Sul – er mai dim ond cwta ddeugain milltir oedd rhwng y fferm yng nghefn gwlad Meirionnydd a byngalo Elwyn a'i wraig, Delyth, yn nyfnderoedd Ynys Môn. Efallai mai dim ond ychydig filltiroedd oedd rhyngddyn nhw'n ddaearyddol, ond roedd milltiroedd lawer rhyngddynt ym mhob ystyr arall.

Rhedeg y banc yn Llangefni oedd Elwyn cyn ei ymddeoliad ac erbyn hyn, yn ôl pob sôn, roedd o'n treulio'i ddyddiau un ai ar y cwrs golff neu yng nghyfarfodydd y Cyngor. 'Rwbath i ddianc rhag Delyth,' meddai Coni, ond beth bynnag y rheswm, fyddai 'run o'i draed o'n dod yn agos at y sioe o un flwyddyn i'r llall. Os oedd y sioe yn teithio gogledd Cymru, byddai Elwyn a Delyth yn siŵr o drefnu gwyliau dramor, er mwyn osgoi galw heibio. Byddai ei dad yn troi yn ei fedd petai o'n gwybod, meddyliodd Dan, wrth gofio am ei Yncl Walter.

Sylwodd Dan fod sŵn y glaw wedi stopio, felly ymlaciodd fymryn mwy yn ei wely. Doedd ei dad a Walt ddim yn debyg o gwbwl – ei dad yn berfformiwr, yn ddyn anifeiliaid a wastad ar ras, a Walter yn dawel a phwyllog. Yn wahanol i'w frawd, doedd Walter fawr o berfformiwr chwaith, er i Dan glywed ei dad yn dweud sawl gwaith fod Walter yn acrobat galluog ac yn un da am jyglo pan oedd yn ifanc. Erbyn i Dan gael ei eni roedd Yncl Walt dipyn hapusach pan oedd yn tynnu injan yn ddarnau neu'n newid olew y jeni, ei wyneb a'i ddwylo'n ddu, ac yn anwybyddu dwrdio cyson Sulwen am gario baw i mewn i'r garafán gyda gwên amyneddgar. Anaml fyddai Walt yn lleisio barn ond roedd y brodyr yn deall ei gilydd yn iawn – roedd edrychiad gan un yn dweud cyfrolau wrth y llall – ond yn bwysicach na dim roedd y ddau yn ymddiried yn ei gilydd. Byddai Daniel yn gadael i Walter ofalu am symud y sioe o un lle i'r llall, a byddai Walter yn gadael i Daniel ofalu am yr anifeiliaid a rhoi'r sioe at ei gilydd. Prin y byddai'r ddau yn trafod eu plentyndod, er bod Dan wrth ei fodd yn gwrando arnynt yn hel atgofion am syrcas y teulu'n teithio cefn gwlad yr Almaen ac wedyn eu hanturiaethau ar ôl gadael y teulu yn fechgyn ifanc. Weithiau byddai Dan yn holi ei dad am ei frodyr a'i chwiorydd, a byddai Daniel yn ymfalchïo yn llwyddiant Anti Gerda ac Yncl Klaus yn yr Almaen efo Syrcas Althoff, ond ni fyddai'n dweud gair am weddill y teulu, er bod Dan yn ymwybodol fod gan ei dad frawd a chwaer arall. Byddai ei fam yn ysgwyd ei phen pan fyddai'n ei glywed yn holi, a byddai'r straeon yn tewi, y tristwch yn cymylu llygaid ei dad a'r llen ddu yn dod i lawr. Gwyddai Dan wedyn i beidio â holi mwy, gan ddifaru'n syth ei fod wedi sôn o gwbwl.

Mae'n debyg bod Yncl Walt wedi bod yn anwybyddu'r arwyddion am fisoedd lawer, a phan ddywedodd y meddyg wrtho am y canser roedd yn rhy hwyr ar gyfer triniaeth o unrhyw fath. Unwaith y derbyniodd gadarnhad gan y meddyg, dirywiodd ei gyflwr yn sydyn, ac erbyn iddo adael y sioe a mynd yn ôl i Danffriddoedd, roedd fel sgerbwd o denau a'i groen yn hongian amdano fel papur wedi melynu. Union dri mis wedi iddo gael y diagnosis, bu farw Walter Davies, gyda'i wraig a'i frawd, Daniel, wrth erchwyn y gwely. Roedd ei fab yn y stafell drws nesaf, yn gwylio'r teledu. Ni ddaeth Sulwen nac Elwyn byth yn ôl i'r sioe wedyn. 'Mae'r atgofion yn codi gormod o hiraeth am Walter,' oedd esgus Sulwen, ond gwyddai pawb yn iawn ei bod yn ysu am gyfle i ddianc o fywyd y syrcas, a chyn i gorff Walter oeri yn y bedd roedd Elwyn wedi cael lle yn ysgol Llangefni. Clywodd Dan ei dad yn crio fel babi ym mreichiau Mati y noson wedi'r angladd, wrth iddo alaru am Walter a'r profiadau roedd y ddau wedi'u rhannu.

* * *

Wedi noson o droi a throsi, ei gwsg yn gymysgedd o atgofion a breuddwydion, roedd clywed Jock yn mynd o gwmpas yn deffro'r gweithwyr yn dipyn o ryddhad i Dan, ond suddodd ei galon pan sylweddolodd fod sŵn y glaw wedi dychwelyd. Cododd yn dawel gan wisgo'n sydyn rhag deffro Coni.

Er ei ymdrechion i gadw'n dawel, tra oedd yn rhoi ei gôt amdano, clywodd Coni'n symud y tu ôl iddo. 'Bore da, Con,' meddai. 'Blydi glaw eto. Mi fydd raid i ni roi bordia i lawr ar gyfer y pyntyrs pan fyddwn ni'n agor, 'sna sychith hi'n reit handi. Jyst be 'dan ni angen ar gyfer y stand cynta!' Cyn i Coni gael ateb, aeth yn ei flaen, 'A sbia ar y criw 'na draw fan'cw,' meddai, gan bwyntio drwy'r ffenest at dri neu bedwar o'r acrobatiaid newydd o Rwsia oedd wedi ymgynnull i siarad, eu dwylo'n ddwfn yn eu pocedi neu'n dal sigarét. Roedd eu hwynebau'n llwyd a llwm, yn union fel yr awyr uwch eu pennau. 'Does 'na'm llawer o siâp arnyn nhw, nagoes, a does na'm golwg o'r blydi hogia 'na o Tanzania chwaith. Wel, os na fyddan nhw'n siapio mi gân nhw fynd yn ôl i blydi Tanzania yn reit handi. Fydd raid i Jock gadw llygad ar y bygyrs – dwi'm yn talu iddyn nhw sefyll o gwmpas fel'na!'

Cyn i Coni ei atgoffa ei fod, mewn gwirionedd, yn talu iddyn nhw berfformio dwy act beryglus ar y naw, nid i godi'r babell, camodd Dan allan o'r garafán gan geisio gafael yn ei gwpan goffi a rhoi ei gôt amdano ar yr un pryd. Caeodd y drws yn glep ar ei ôl.

Erbyn hanner awr wedi wyth roedd stabl Dilys wedi'i chodi, a Ned a'r gweision stabl eisoes wedi dechrau adeiladu'r babell hir ar gyfer y ceffylau. Roedd yn dipyn haws ar Ned eleni, ystyriodd Dan, gan fod Angie, yr hogan newydd oedd yn gweithio efo fo, i weld yn reit siarp. Ymddangos yn Nhanffriddoedd un bore yn ystod y gaeaf wnaeth Angie, yn holi am waith, ac roedd yn amlwg o'r dechrau ei bod yn dda efo anifeiliaid. Edrychodd Dan arni'n llusgo dwy rwyd yn llawn gwellt i gyfeiriad stabl Dilys, ei ffrinj du'n llipa yn y glaw ac yn gorchuddio hanner ei hwyneb.

'Dos i gael panad i gnesu, Angie, cyn dechra ar y stablau,' galwodd Dan arni. Edrychodd y ferch arno, yr un llygad oedd i'w weld drwy'r gwallt yn disgleirio.

'Diolch, Mr Dan, ond dwi jyst isio gorffen gwneud hyn er mwyn i Dilys gael dod allan,' meddai, gan gario mlaen efo'i gwaith.

Tybed pa mor frwdfrydig fydd hi ar ôl bod yn teithio am chydig fisoedd, ystyriodd Dan wrth gerdded draw at lorri Dilys. Ers talwm roedd hi'n ddigon hawdd cael staff i weithio yn y syrcas

– dynion gwydn nad oedden nhw ofn gwneud diwrnod da o waith. Cofiodd y dwsinau oedd wedi gweithio i'w dad dros y blynyddoedd, rhai yn aros am dymhorau lawer ac eraill yn diflannu ar ôl chydig wythnosau. Roedd byd byrhoedlog y syrcas wedi cynnig lloches i lawer dros y blynyddoedd, a gallai unrhyw un guddio yn eu mysg i ddianc rhag y byd tu allan. Gwyddai Dan yn well na neb fod y syrcas wedi cynnig noddfa i sawl un, yn gymuned o fewn cymuned ... cymuned lle nad oedd gormod o gwestiynau'n cael eu holi, cyn belled â bod y gwaith yn cael ei wneud. Byddai rhai yn ymuno er mwyn cuddio rhag dyled neu rhag wraig a theulu tra byddai eraill yn dianc rhag gorffennol tywyllach o lawer.

Pan oedd Dan yn blentyn byddai wrth ei fodd yn gwylio'r dynion yn gweithio, a chyn hynny, câi ei suo i gysgu gan guro melodig y morthwylion mawr wrth i'r dynion daro'r pegiau dur i'r ddaear o amgylch godre'r babell. Erbyn hyn, criw o fechgyn o Rwmania oedd yn gweithio ar y babell fawr, wyth ohonynt wedi cyrraedd y fferm tua phythefnos yn ôl, pob un wedi graddio o'r brifysgol yn Bucharest ac eisiau gwaith am flwyddyn cyn setlo i lawr. Iddyn nhw, roedd y cyflog pitw roedd Dan yn ei gynnig yn ddigon, a byddai'r llanciau'n byw ar y nesa peth i ddim am y tymor er mwyn gallu dychwelyd gartref efo digon o arian i'w roi'n flaendal ar fflat a chael swydd go iawn. Yn yr hen ddyddiau, cysgu yn y gwrychoedd a molchi yn yr afon fyddai'r bechgyn, cyn gwario pob dimai o'u cyflogau yn y dafarn leol.

Yn wahanol i'r gweithwyr eraill, un o feibion Tanffriddoedd oedd Ned, a bu'n was ffyddlon i Mr Daniel a Mr Dan ers degawdau. Doli Delight fyddai pawb yn y pentref yn galw ei fam am ei bod, mae'n debyg, yn hael iawn ei ffafrau efo'r dynion lleol; ac wrth gwrs, byddai'n cael ei denu at y fferm gan y stoc parhaol o ddynion newydd. Cafodd sawl un ohonynt ei hudo i brofi doniau Doli, a fyddai'n ymddangos yn wythnosol, bron, wrth y giât fel bwgan brain lliwgar ar goesau tenau fel matsis, ei gwallt euraidd yn gacen ar ei chorun, pob botwm ar ei blows yn brwydro'r bloneg a'r bronnau, a chwmwl o bersawr Lily of the Valley yn ei dilyn i bobman. Doedd neb cweit yn siŵr pwy oedd tad Ned, ond pan oedd yn bymtheg oed daeth Doli â fo at giât y fferm a pherswadio Mr Daniel i'w gyflogi. Roedd o'n dawel a thrwsgl ac, yng ngeiriau ei fam, 'ddim cweit yn llawn llathan'. Er hynny, ei gymryd wnaeth Mr Daniel, er bod Mati'n gandryll efo fo am gyflogi'r ffasiwn labwst. Roedd hynny dros hanner canrif yn ôl, a wnaeth Ned erioed adael. Ar y dechrau byddai'n cysgu tu ôl i'r bêls gwair ym mhabell yr eliffantod, ac er bod ganddo garafán ei hun bellach, yn aml byddai'n dewis cysgu yn y babell yn ystod y misoedd mwynaf. Pan fyddai'r syrcas yn dychwelyd i Danffriddoedd byddai'n mynd adref at Doli a pha bynnag 'yncl' oedd yno ar y pryd. Ond cyn hir dechreuodd yr hen Doli ddirywio, ac roedd y corff a fu'n bleser i gymaint yn boenus ac yn fregus am flynyddoedd olaf ei hoes, pan oedd Doli druan wedi'i chaethiwo i'w gwely am fisoedd ar y tro. 'Wel, dyna fo,' meddai Mati, 'y Bod Mawr sy'n talu'n ôl iddi. Ma' honna wedi achosi gymaint o boendod i bobol y pentra 'ma, a difetha teuluoedd parchus pan oedd hen ddynion gwan yn methu deud "na". Ma' hi 'di byw ei bywyd ar ei chefn yn y gwely 'na felly mae'n addas iawn mai felly y bydd hi'n marw hefyd,' meddai, ei cheg yn llinell dynn. A dyna ddigwyddodd. Bu farw Doli yn ei gwely pan oedd y syrcas ar daith yn yr Alban, a Ned yn ugain oed. Chydig iawn o drigolion y pentref oedd yn y fynwent y bore gwlyb a gwyntog hwnnw i ffarwelio â Doli Delight, ond roedd Ned yno, yn wylo ger y bedd gyda Daniel a Dan Davies wrth ei ochr. Am eiliad, meddyliodd Dan iddo arogli persawr Lily of the Valley wrth i'r arch gyrraedd gwaelod y pydew mwdlyd. Edrychodd ar ei dad yn sydyn, a gwelodd ddagrau yn ei lygaid. Effaith y gwynt, mae'n siŵr.

Roedd Ned ac Angie eisoes wedi bod draw yn agor drws mawr y lorri, ac wrth i Dan agosáu clywodd Dilys yn tuchan. Edrychodd i mewn i'r tywyllwch. Dim ond Dilys oedd yn teithio ynddi bellach, a chafodd Dan ei daro unwaith eto gan golled wrth feddwl am y ddwy arall. Os oedd posib i eliffant edrych yn fach, roedd Dilys druan yn edrych yn eiddil ac yn unig yng nghrombil y tryc oedd wedi'i adeiladu'n arbennig ar gyfer tair.

D 2 – EBOST 3

From: Gafyn.Hughes@animalsfirst.co.uk
To: Hari_84@fastmail.co.uk

Annwyl Hari,
Gobeithio dy fod yn cadw'n iawn?

Fel y soniais, mae'r mudiad wedi bod yn cynllunio'n ofalus dros y misoedd diwethaf ar gyfer ymgyrch fawr newydd, ac o'r diwedd dwi'n gallu dy gynnwys yn y cynllunio, gan obeithio y byddi'n awyddus i gymryd rhan.

Wyt ti'n cofio i ti sôn am dranc anifeiliaid syrcas? Wel, dwi'n falch o ddweud bod y Mudiad wedi penderfynu canolbwyntio ar achub yr eliffant olaf! Er ein bod yn gyffrous iawn am yr ymgyrch, roedd yn rhaid i ni ffeindio strategaeth sy'n addas ar gyfer targedu syrcas deithiol, a dwi'n meddwl ein bod wedi darganfod ffordd y gallwn ddod â'r dioddef i ben i'r eliffant druan, ac mae rhan arbennig i ti yn y cynllun, os wyt ti'n awyddus i helpu?

Os hoffet ti glywed mwy, efallai y cawn ni gyfarfod i drafod y manylion? Cofia, Hari, paid â sôn am hyn wrth neb, mae'r eliffant druan yna'n dibynnu arnon ni rŵan.

Hwyl am y tro,
Gafyn x

From: Hari_84@fastmail.co.uk
To: Gafyn.Hughes@animalsfirst.co.uk

Haia Gafyn,

Dwi mor falch bo chdi wedi cysylltu, ac wrth gwrs, dwi'n awyddus iawn i fod yn rhan o'r ymgyrch newydd. Mae'n anodd credu bod anifeiliaid yn dal i gael eu gorfodi i berfformio er mwyn "adloniant" y dyddiau yma. Mae'r holl beth mor farbaraidd ac mi wna i unrhyw beth i helpu i achub yr eliffant.

    Gadewch i mi wybod pryd a ble dach chi am i ni gwrdd.
    Hwyl,
    Hari x

DILYS
2023

Nid Dilys ydi f'enw i go iawn, a ches i 'mo 'ngeni yng Nghymru. Yn Ceylon ges i fy ngeni, yn 1952. Neu 1953. Neu 1951. A deud y gwir, does neb yn hollol siŵr, ond roedd Mr Daniel yn reit sicr mai hogan fach ifanc o'n i pan ddois i i'r wlad 'ma yn 1955.

O, gyda llaw, rhag ofn bo' chi ddim wedi dallt, eliffant ydw i. Eliffant mawr, tew, llwyd, o Ceylon. Sri Lanka ydi enw'r lle rŵan, meddan nhw, ond Ceylon oedd o yn fy nyddia i, ac fel fy mamwlad, dwinna wedi newid fy enw. A bod yn hollol onast, nid fi ddewisodd yr enw Dilys. Sut fedrwn i? Do'n i ddim yn dallt gair o Gymraeg pan gyrhaeddais i, fi na'r ddwy arall. Felly Mr Daniel a Mrs Mati ddaru benderfynu ar ein henwau. Jên, ar ôl Jên-Ann, nain Mrs Mati. Magi ar ôl Margaret Huws, chwaer hynaf Jên-Ann, a Dilys ar ôl Dilys Elizabeth, y chwaer arall, er mai Lisi oedd pawb yn ei galw. Doeddan nhw ddim isio fy ngalw i'n Lisi na Lisabeth rhag ofn i bobol feddwl 'mod i 'di cael fy enwi ar ôl y Frenhines, a 'sa hynny'n plesio neb yn Nhanffriddoedd nac ym Mhalas Buckingham.

Do'n i ddim cweit yn dair oed pan gollais i Mam. Colli'n gilydd wnaethon ni go iawn, ma' siŵr. Dach chi'n gweld, doeddan nhw ddim isio Mam, gan 'i bod hi'n rhy hen. Doedd neb isio hi dramor na neb isio hi adra, felly mi gafodd ei rhyddid. Heblaw amdana i, hynny ydi. Mi o'n i ei hisio hi. Dwi'n dal isio hi weithia, er 'mod i lawer yn hŷn rŵan nag oedd Mam pan gollis i hi. Dwi yn ei chofio hi. Dyna un fantais o gael cof da – dwi'n cofio Mam. Mae 'na lawer yn meddwl bod cael cof fel eliffant yn beth handi, ac ydi, mae o, yn aml iawn. Dwi'n cofio petha fel tasan nhw wedi digwydd ddoe. Dwi'n cofio lleisiau, wynebau, arogleuon. Dwi'n cofio'r hwyl, y chwerthin a'r cariad. Ond dwi hefyd yn cofio'r ofn ... yr ofn deimlis i pan welis i Mam yn edrych arna i am y tro olaf. Dwi'n cofio'r arogl llosgi, a'r gweiddi a'r crio. Dwi'm yn cofio'r manylion, cofiwch, ac a deud y gwir dwi ddim yn cofio lot am sut roedd Mam yn edrych. Ond dwi'n cofio'r teimlad o'n i'n ei gael pan oedd Mam wrth ymyl, y teimlad 'na o fod yn saff. Do'n i ddim ofn pan oedd Mam o gwmpas. Dros y blynyddoedd dwi 'di creu 'Mam' yn fy meddwl, ac ma' siŵr bod y 'fam' honno wedi newid sawl gwaith wrth i mi dyfu i fyny. Ar y dechrau mi fyddwn yn deud wrtha i fy hun fod Mam yn aros amdana i yn y lle nesa, yn sefyll yr ochr draw i'r gwrych neu ym mhen arall y lorri. Am chydig funudau wedyn mi fyddwn yn teimlo'n saff unwaith eto, fy nychymyg yn fy nhwyllo ond y twyll yn dod â chysur. Wrth gwrs, doedd Mam byth yno. Welis i mohoni byth eto, ond mae dychymyg yn beth braf ar adegau.

Dwi bron yn sicr fod gen i frawd, ac ella chwaer hefyd. Mae gen i gof fod chwech neu saith ohonan ni'n dilyn Mam a'i chwiorydd o gwmpas, ond dwi ddim yn siŵr ai brodyr a chwiorydd i mi oeddan nhw, neu gefndryd a chyfnitherod. Roedd o'n griw bach reit neis beth bynnag: Mam a'i dwy chwaer a ninna'r plant yn dilyn, yn mynd dow-dow bob dydd, yn cerdded milltiroedd mewn wythnos. Uned deuluol oeddan ni erioed, ac ambell dro mi fydda 'na ddwy neu dair arall yn ymuno efo'u plant nhw, yn aros efo ni am chydig wsnosa – misoedd weithia – cyn symud ymlaen neu benderfynu mynd i gyfeiriad arall. Dwi'n cofio y byddwn i'n ypsetio i ddechrau pan oedd un o'r lleill yn penderfynu gadael, rhyw grio a nadu a ballu o gwmpas y lle am ddyddiau, a Mam yn trio egluro mai felly oedd bywyd. Cyfres hir o gyfarch a ffarwelio. Doedd y tadau byth yn aros o gwmpas yn hir. Gwneud be oedd angen a diflannu – dyna oedd y drefn wedi bod erioed, a dwi'n meddwl fod Mam a'm modrybedd yn hapus felly. Ambell dro mi fysa 'na darw yn ymddangos, wedi cymryd ffansi at un ohonyn nhw, gan ein dilyn am chydig ddyddiau, a dyna pryd oedd y merched yn uno ac yn troi ar y tarw, fel un. Duw a helpo unrhyw darw oedd yn bygwth ein teulu ni.

I ni'r plant doedd diwedd y daith ddim yn bwysig – y cyrraedd yno oedd yr hwyl. Roedd pob dydd yn antur wrth i ni redeg o flaen yr oedolion, chwarae yn y mwd pan oedd 'na ddŵr gerllaw, neu guddio yn y coed. Yr oedolion oedd yn arwain y ffordd ond hefyd yn cadw llygad barcud arnon ni'r plant, yn clywed neu'n arogli bygythiad ymhell cyn ei weld, ac yn gwybod yn union be i'w wneud am y gorau. Dyna pam dwi'n methu dallt sut y cawson ni'n dal. Fel arfer roedd Mam neu un o'i chwiorydd yn siŵr o glywed pob smic annisgwyl, gan weiddi rhybudd i ni oedi a chadw'n agos. Ond ddim y tro hwnnw.

Ro'n i wedi tyfu i fyny yn ofni'r helwyr. Yr helwyr oedd y bwgi-bo i ni'r eliffantod ifanc. "Sa'n well i ti ddechra bihafio, 'ngeneth i,' dyna oedd Mam yn ddeud, 'neu at yr helwyr fyddi di'n mynd!' Roedd bygythiadau fel'na i'w clywed bron yn ddyddiol ac yn gwneud i ni'r plant sobri'n syth bob tro, gan gerdded yn ofalus wrth ochr ein mamau am chydig funudau, nes i'r bygythiad gael ei anghofio. Ambell dro, roeddan ni'n dod ar draws olion helwyr ar ein taith. Filltiroedd o flaen llaw, roedd Mam a'i chwiorydd yn gallu eu harogli nhw, ac mi oedd yr awyrgylch o fewn y criw yn newid. Fel arfer roedd y tair yn cerdded yn hamddenol gan siarad bob cam, yn hel clecs a hel atgofion bob yn ail, ond mi newidiai hynny pan oedd yr helwyr o gwmpas. Roedd y tair ar bigau'r drain am filltiroedd, yn ffraeo am ddim byd ac yn troi arnon ni'r plant am y peth lleiaf.

Yr arogl oedd yn ein taro ni gynta, weithiau ymhell cyn cyrraedd y safle. Byddai'r gwynt yn cario drewdod marwolaeth i'n cyfeiriad. Arogl llosgi. Wedyn deuai'r sŵn ... sŵn bythgofiadwy calonnau di-ri yn torri'n deilchion. Mamau'n galaru am y plant oedd wedi'u cipio gan y gelyn. Clywsom straeon tebyg ganddyn nhw i gyd, ac roedd pob stori yn gorffen yr un fath. Roedd Mam yn ein cadw'n agos ati wrth i ni gerdded yn araf drwy'r galar, a dwi'n cofio gwneud fy ngora i beidio edrych i mewn i lygaid y mamau eraill, llygaid oedd yn syllu arna i drwy ddagrau. Dwi'n cofio bod y tristwch yn ddigon i'n tagu ni, fel niwl trwm yn boddi'r bryniau llonydd, llwyd o alar oedd o'n cwmpas.

Mi glywson ni bob math o straeon am yr hyn oedd yn digwydd i'r rhai oedd yn cael eu dal. Straeon am fywydau o waith caled yn y fforestydd ac am fywydau o foethusrwydd yn y plastai brenhinol. Ond hefyd mi glywson ni am rai oedd yn cael eu hanfon i ffwrdd. Yn bell, bell i ffwrdd. Doedd neb yn gwybod be oedd yn digwydd i'r rhai anffodus rheiny, ac mi oedd hynny'n codi mwy o ofn na dim byd arall. Yr unig sicrwydd oedd eu bod nhw'n diflannu am byth ac na fyddai unrhyw un yn eu gweld eto.

Mi oedd y dyddiau nesaf ar ein taith wastad yn rhai hir ac anodd, fel petai Mam yn awyddus i fynd mor bell â phosib oddi wrth waddol yr helwyr. Am oriau ar ôl gadael y mamau di-blant roeddan ni'n cerdded mewn tawelwch, fel tasa pob un ohonan ni angen treulio'n galar cyn dechrau trafod. Ond yn raddol, roedd y sgwrsio'n ailgychwyn, yn araf i ddechrau, ac o fewn diwrnod neu ddau roedd yr hen drefn yn dychwelyd, y sgwrsio a'r chwerthin yn gyfeiliant cysurus i'n bywydau bob dydd.

Felly yn union oedd hi y diwrnod olaf hwnnw. Roeddan ni wedi cerdded heibio helfa chydig ddyddiau ynghynt ac mi oedd y tristwch yn dal yn fyw yng nghof pawb. Yn ardal goediog Panamure oeddan ni – ardal oedd wastad yn gyffrous a'r goedwig drwchus yn cynnig pob math o anturiaethau i ni'r plant. Dwi'n cofio rhwbio fy nghefn yn erbyn y coed wrth gerdded, yn mwynhau'r cyfuniad o boen a phleser wrth i'r rhisgl sych grafu fy nghroen. Roedd Mam hefyd yn hapusach ymysg y coed, yn ffyddiog y byddai'r tyfiant trwchus yn siŵr o fradychu unrhyw heliwr oedd o'n cwmpas. Ond nid felly oedd hi yn y diwedd. Os rwbath, roedd y coed a'r tyfiant yn rhan o'r brad. Roeddan ni wedi bod yn y goedwig ers tridiau felly mi oedd pawb yn ddigon hapus: Mam a'i chwiorydd wedi ymlacio unwaith eto a ninna'r plant wedi treulio'r diwrnod yn chwarae ac yn cadw reiat. Erbyn iddi dywyllu gyda'r nos roedd pawb yn barod am noson dda o gwsg, ond doedd Mam ddim yr orau am gysgu, a hi oedd y gyntaf i glywed eu twrw. Deffrodd drwyddi, a gallai deimlo fod rwbath mawr o'i le. Roedd y tywyllwch yn graddol oleuo pan ddeffris i, yn ymwybodol o'r stŵr o 'nghwmpas. Mi edrychis i fyny ar Mam, a sylwi'n syth ar yr ofn yn ei llygaid. A dyna fo. Y sŵn yn y pellter, sŵn sgwrsio tawel a tap, tap, sŵn pren yn taro pren. Dechreuodd pawb redeg – un o'r chwiorydd ar y blaen, un arall yn y canol a Mam yn olaf, pob un yn gwneud eu gorau glas i'n cadw ni blant yn saff. Er ein bod ni'n symud yn sydyn roedd y sŵn yn agosáu o bob cyfeiriad, y sgwrsio di-baid yn dod yn uwch, a'r sŵn curo pren yn fwy bygythiol. Baglais sawl gwaith ar foncyffion coed wrth redeg, ond doedd dim dianc. Stopiodd Mam redeg am funud er mwyn trio dirnad o ba gyfeiriad roedd y sŵn yn dod, a rhewodd. Roedd y sŵn yn dod o bob man.

Dyna pryd welson ni nhw gyntaf. Ddaethon nhw allan o'r coed yn araf: degau o lygaid pefriog yn dawnsio'n wyllt yng ngolau llwm y bore cynnar, eu dannedd yn wyn wrth iddynt siarad yn ddi-stop, y dôn yn aros yr un fath wrth i'r cylch gau yn dynn o'n cwmpas. Teimlais eu presenoldeb bygythiol yn ein gwthio ymlaen, ac felly y bu hi am weddill y dydd. Gwnaeth Mam a'i chwiorydd eu gorau i beidio â dangos eu pryder, gan drio gwneud y cwbwl yn gêm, ond roeddan ni'n gwybod yn iawn fod rwbath mawr o'i le. Cerddodd ein teulu bach am ddiwrnod cyfan, efo'r corws di-baid o siarad a churo'n atseinio o'n cwmpas. Yr unig lwybr clir oedd y llwybr ymlaen. Gawson ni seibiant dros nos, a dyna pryd y cynhawyd y tanau yn gadwyn o goelcerthi o'n cwmpas, a dyna hefyd pryd ddechreuodd y canu, y pel kavi undonog drwy'r tywyllwch tan doriad gwawr. Dwi'n cofio gweld y dagrau'n powlio o lygaid Mam, a'r fflamau'n dawnsio ynddyn nhw. Ar doriad gwawr, roeddan ni'n cerdded eto, a cherdded wnaethon ni am dri diwrnod a thair noson hir cyn y daeth bob dim i ben. Ers hynny, dwi wedi meddwl ganwaith am y dyddiau olaf rheiny o gerdded. Oedd Mam yn gwybod ei bod yn arwain ei phlant i gaethiwed? Tybed oedd hi'n dallt be oedd ar ddigwydd? Pan fydda i'n cofio'r dagrau, dwi'n sicr ei bod yn dallt yn iawn.

Ar y trydydd diwrnod daeth y lleisiau'n nes, a dwi'n cofio teimlo fod ein llwybr yn culhau, nes bod raid i ni gerdded mewn rhes. Closiodd y dynion atom o bob ochr, mor agos nes 'mod i'n gallu arogli'r chwys oddi ar eu cyrff. Ro'n i ofn edrych i'r ochr felly cadwais fy mhen i lawr, gan wylio coesau ôl Mam yn arwain y ffordd a gobeithio am y gorau. Do'n i ddim isio i Mam fod yn un o'r mamau hynny ro'n i wedi'u gweld gymaint o weithiau o'r blaen, yn galaru am ei phlentyn, yn galaru amdana i.

Yn sydyn daeth y siarad i ben, ac am y tro cyntaf ers dyddiau, bu tawelwch. Stopiodd Mam yn stond o 'mlaen, ac edrychais i fyny. Teimlais wres yr haul ar fy nghroen gan ein bod erbyn hyn wedi gadael cysgod cysurus y coed. Ro'n i mewn carchar – carchar wedi'i wneud o foncyffion coed trwchus oedd wedi'u curo i mewn i'r ddaear. Rhwng y pyst roedd boncyffion eraill wedi'u gosod ar draws, a'u clymu'n dynn. Pan edrychais yn ôl gwelais fod y giât ro'n i wedi cerdded drwyddi heb hyd yn oed sylwi arni ychydig funudau ynghynt, wedi cau. Rhwbiais fy mhen yn erbyn coes flaen Mam, a theimlais ei thrwnc yn cyffwrdd fy mhen yn ysgafn. Aroglais ei phersawr cyfarwydd, ac er ein bod mewn lle newydd, dychrynllyd, roedd ei harogl yr un fath. Am funud teimlais fy hun yn ymlacio rhywfaint, y tensiwn yn gadael fy nghorff wrth i mi gau fy llygaid, a gwthiais fy hun ymhellach o dan ei bol gan obeithio na fyddai'r helwyr yn sylwi arna i.

Chwalwyd fy nghysur byrhoedlog gan sŵn y tu ôl i mi. Roedd y giatiau yn agor unwaith eto, a thrwyddynt daeth pedwar o eliffantod dieithr, pob un yn cael ei arwain gan un o'r helwyr. Roedd coleri lledr enfawr wedi'u rhoi o gwmpas gyddfau'r eliffantod, a rhaff drwchus yn dod o bob coler. Ar ben pob rhaff roedd dolen, a dyna oedd yr helwyr yn eu cario. Edrychais ar yr eliffantod hela wrth iddynt agosáu a gwelais y cywilydd yn cymylu eu llygaid, pob edrychiad yn erfyn am faddeuant. Safodd y pedwar eliffant mewn rhes o'n blaenau, yn aros am orchymyn y prif heliwr. Pan ddwedodd hwnnw'r gair, dechreuodd dau o'r eliffantod gerdded ymlaen tuag aton ni, a dechreuodd Mam grynu. Cododd ei phen yn sydyn gan ddefnyddio'i thrwnc fel ffon i guro'r heliwr ond mi oedd o'n rhy sydyn, a neidiodd allan o'r ffordd gan regi. Digwyddodd bob dim yn chwim wedyn – mam a'i chwiorydd yn gwneud eu gorau i'n hamddiffyn, a ninnau'r plant yn crio ac yn gwichian. Dwi'n meddwl bod fy isymwybod wedi gwneud i mi anghofio lot o'r manylion am yr hyn a ddigwyddodd wedyn, rhag ofn bod yr atgofion yn rhy boenus. Weithiau dwi isio cofio, ond dwi'n methu. 'Swn i'n lecio gallu cofio mwy am Mam, ond hwyrach fod yn well i mi gydio yn yr hyn dwi'n gofio amdani, yn hytrach na'r atgofion olaf hynny.

Y peth nesa dwi'n ei gofio ydi bod mewn tywyllwch swnllyd, poeth, a bod yno am hir iawn. Wrth edrych yn ôl, dwi'n sylweddoli rŵan mai ym mherfedd llong o'n i, ac mai sŵn yr injan oedd i'w chlywed yn fyddarol o uchel a di-stop. Dwi'n cofio meddwl nad oedd Mam yno, a doedd neb i ofalu amdana i. Roedd 'na tua dwsin ohonan ni ar y llong, pob un yn galaru am y teuluoedd roeddan ni wedi'u colli ac yn ofni'r holl brofiadau newydd oedd yn llenwi pob dydd, hyd yn oed yng nghaethiwed y llong. Y bobol ddieithr oedd yn dod i'n gweld, y bwydydd rhyfedd oedd yn cael eu rhoi i ni. Roedd ambell un yn cwffio, yn ymladd yn ôl ac yn dal i geisio dianc, ond doedd 'na ddim pwynt. Yn fuan iawn mi ddalltis i fod anufudd-dod yn golygu poen. Cofiwch, roedd ambell un o'r llongwyr yn ddigon annwyl, yn dod i'n bwydo efo ffrwythau melys bob gyda'r nos, ond mi oedd rhai yn greulon hefyd, wrth eu boddau yn ein pryfocio.

Wedi wythnosau lawer yn nhywyllwch y llong, sylwais un diwrnod fod y teimlad o symud wedi peidio, a phan agorwyd y drws mawr ges i fy nallu gan y golau. Ymhen dim ro'n i'n cael fy arwain oddi ar y llong. Anghofia i byth y teimlad braf hwnnw o awyr iach yn fy nharo wrth i ni gael ein harwain ar goesau simsan allan o'r llong, ond yn fuan iawn ddiflannodd y goleuni ac mi gawson ni'n cau eto mewn tywyllwch swnllyd. Y tro yma roedd fy ngharchar yn fwy cyfyng, ac mi oedd yn deimlad gwahanol iawn i symudiad rheolaidd y tonnau. Mewn lorri oeddwn i bellach, fi a saith eliffant arall, a wnes i ddim dychmygu bryd hynny y byswn i'n dod yn gymaint o giamstar ar deithio mewn lorri. Ymhen hir a hwyr agorwyd y drws mawr eto, ac ar ôl i mi ddod i arfer efo'r golau, gwelais sawl wyneb yn edrych arna i.

Tynnwyd yr wyth ohonon ni o gefn y lorri, a dyna pryd ges i fy nghip cyntaf ar wyrddni Tanffriddoedd. Dwi'n cofio teimlo meddalwch y gwellt o dan fy nhraed ac oerni'r gwynt oedd yn chwyrlïo o 'nghwmpas. Dwi'n cofio ofni'r dyrfa oedd wedi hel yno hefyd – wynebau chwilfrydig trigolion Tanffriddoedd oedd wedi clywed y si fod yr eliffantod wedi cyrraedd. Ond yr hyn dwi'n ei gofio fwya ydi cyfarfod Mr Daniel am y tro cyntaf. Safodd o'n blaenau gan edrych arnon ni'n ofalus; symudodd o'n cwmpas, o un i'r llall, er mwyn ein gweld yn iawn. Pan safodd o 'mlaen i, edrychais i fyw ei lygaid a gweld yn syth eu bod nhw'n llawn chwilfrydedd a bywyd, ond mi oedd 'na rwbath arall yn y llygaid hefyd. Ymhen hir a hwyr, llwythwyd pump o'r eliffantod eraill yn ôl i gefn y lorri, ac edrychais ar y ddwy oedd yn sefyll wrth fy ochr. Roedd ofn oedd yn eu llygaid hwythau hefyd.

Y diwrnod wedyn daeth Mr Daniel â phlentyn bach i'n gweld ni. Cododd Mr Daniel y plentyn i'w freichiau iddo gael ein gweld yn iawn, neu er mwyn i ni allu gweld y plentyn yn iawn. Roedd o'n sibrwd yn ysgafn i dawelu'r plentyn, ac er mwyn i ni ddallt nad oedd dim i'w ofni. Dyna pryd y gwnes i sylweddoli mai caredigrwydd oedd yn llenwi llygaid Mr Daniel Davies.

DANIEL
1938

Edrychodd Daniel ar wyneb y ferch oedd yn gorwedd oddi tano a llifodd pob awydd o'i gorff, gan ei adael yn swrth a llipa. Gorweddai'n llonydd a thawel, ei llygaid wedi'u cau yn dynn, a theimlodd Daniel hi'n ymlacio wrth iddo rowlio oddi arni.

'Ti 'di gorffen?' gofynnodd y ferch, wrth agor ei llygaid yn araf.

'Wel, do, dwi'n meddwl,' meddai Daniel, ei lais yn gymysgedd o wylltineb ac embaras.

'O, 'na fo, paid â phoeni,' meddai hithau dan wenu. 'Fedri di ddim disgwyl hitio'r *bullseye* efo pob dart.'

Teimlodd Daniel ei llygaid yn crwydro i lawr ei gorff wrth iddi siarad.

Cododd o'r gwely er mwyn cuddio'i gywilydd, a cherdded draw at y sinc i arllwys rhagor o win coch i'r gwydrau oedd wedi'u gadael yno pan arweiniodd y cusanu brwdfrydig at y profiad llai brwdfrydig yn y gwely. Anwybyddodd y telegram oedd wedi cyrraedd y bore hwnnw gan Herr Althoff, yn gorchymyn bod yn rhaid iddo ddychwelyd i'r Almaen yn syth ar ddiwedd ei gytundeb.

Gwyddai'n iawn fod pethau'n ddrwg yn sgil y sôn am ryfel mawr arall, ac mai dyna pam fod Herr Althoff yn galw ar ei holl berfformwyr oedd yn gweithio dramor i ddychwelyd, ond beth fyddai'n aros amdano, tybed, ac yntau o dras Sinti? Plygodd Daniel i edrych drwy'r ffenest, a gwelodd gysgod y genod yn erbyn canfas y babell eliffantod, yn sypiau cysglyd ar y gwellt trwchus yr oedd o wedi'i wasgaru ar lawr y babell. O leia roedd o'n deall rhai merched, meddyliodd. Yn hapus fod y genod yn ddiogel ac yn cysgu'n dawel, aeth yn ôl at y benbleth o wynebu'r ferch oedd yn ei wely.

Erbyn hyn roedd Rita wedi codi i eistedd, ei phen yn erbyn y gobennydd a'i chorff hufennog yn hyderus yn ei noethni. Cymerodd gegaid awchus o'r gwin yr oedd Daniel newydd ei dywallt iddi. Eisteddodd Daniel wrth ei hochr, a chyn iddo gael cyfle i ddweud dim, rhoddodd Rita ei llaw ar ei glun.

'Paid â phoeni am y peth, Daniel. Dim arnat ti mae'r bai. Dwi wastad yr un fath. Dwi'n gallu swsio a ballu'n iawn, dwi hyd yn oed yn gallu gwneud joban reit dda efo 'nwylo, meddan nhw, ond pan ma' petha'n mynd gam ymhellach, dwi'n dda i ddim. Ma' bob dim yn rhewi. Dwi'n ei deimlo fo'n digwydd bob tro yr un fath, felly paid â phoeni – tydi Daniel Vogel ddim wedi colli'i allu enwog efo'r merched!'

Gwenodd Daniel arni a cheisio'i orau i beidio ag ymddangos yn falch o glywed nad ei berfformiad o oedd ar fai. Wrth iddi siarad, cymerodd ddracht mawr o'r gwin melfedaidd a suddo'n is i'r gwely, ei ben yn erbyn ei hysgwydd a'i bron noeth yn glustog gynnes yn erbyn ei foch.

'Dwi'n gwbod dy fod ti wedi bod efo Riba a Rina yn barod,' meddai Rita, gan gyfeirio at ei chwiorydd, 'a bo' chdi isio'r set, fel petai, er mwyn cael deud wrth dy ffrindia bo' chdi 'di cael "y tair R". Dwi'n gwybod yn iawn sut dach chi hogia'n licio brolio, felly gei di frolio faint fynni di rŵan, yli, a does dim angen i ti ddeud bo' chdi 'di gorfod gorffen cyn dechra efo fi chwaith. 'Sa hynny'm yn gwneud fawr o ddaioni i dy enw da fel carwr naf'sa?' Chwarddodd yn ysgafn er gwaetha'r pryder oedd yn ei llygaid, cyn estyn am y paced smôcs oedd ar erchwyn y gwely. Gosododd y blwch llwch ar ei bol a thanio sigarét, gan sugno'n ddwfn arni cyn ei chynnig i Daniel. Blasodd yntau ei minlliw ar y pen soeglyd, a sylwi bod ewinedd ei thraed wedi'u peintio yn yr un pinc â'i gwefusau.

'Ti'n un da am gadw cyfrinach?' gofynnodd Rita, yn ddifrifol mwya sydyn, gan roi'r blwch llwch yn ofalus o dan fotwm bol Daniel a throi ar ei hochr.

'Ydw, dwi'n meddwl,' atebodd yntau, a chymryd sugniad sydyn o'r sigarét.

'Reit 'ta, dwi am ddeud rwbath wrthat ti rŵan, ond os ddeudi di wrth unrhyw un arall, mi dorra i dy bidlan di i ffwrdd efo cyllell fara, ti'n clywed?' meddai, a gwingodd Daniel cyn ateb yn frysiog.

'Ydw. Ddeuda i ddim gair wrth neb.'

Anadlodd Rita'n ddwfn cyn mynd yn ei blaen yn bwyllog. 'Y gwir ydi,' meddai, 'ma' well gen i genod. 'Na fo, dwi 'di deud rŵan, a dwi rioed 'di deud wrth neb arall. Dwi di trio 'ngora, dwi 'di bod efo bob math o hogia, jyst rhag ofn 'mod i heb ffendio'r teip iawn, ond 'dio'n gwneud dim gwahaniaeth. Dwi jyst ddim yn teimlo unrhyw beth, no offens, 'de, ond dwi jyst ddim yn licio dynion.' Gyda'r datganiad syfrdanol hwnnw, gwagiodd weddill cynnwys y gwydr gwin i'w cheg a'i roi'n ôl ar y bwrdd bach ger y gwely.

'Wow,' meddai Daniel, gan chwythu'r mwg allan o'i geg a gwasgu stwmp y sigarét yn erbyn gwaelod y blwch llwch. Teimlodd y gwres drwy waelod y llestr rhad yn llosgi'r cnawd sensitif ar ei stumog. 'Ti wir ddim wedi deud hyn wrth unrhyw un arall?' gofynnodd, gan osod y blwch llwch ar y cwpwrdd gerllaw a throi ar ei ochr i'w hwynebu. Ysgydwodd Rita ei phen yn araf. 'Felly pam deud wrtha i? Fedri di ddim trafod hyn efo

Riba a Rina? Ma' nhw'n genod digon clên,' holodd Daniel.

Edrychodd Rita i fyw ei lygaid, a gwelodd Daniel fod y pryder a sylwodd arno'n gynharach wedi cilio.

'Na, dwi ddim isio sôn wrth neb. Chdi ydi'r unig un sy'n gwybod, a 'swn i'n licio i betha aros felly. Ydyn, ma' Riba a Rina'n lyfli, a dwi'n gwybod y bysan nhw'n dallt yn iawn yn y pen draw, ond fi 'di'r chwaer fach a dwi'n gwybod y bysan nhw'n teimlo bod rhaid iddyn nhw ddeud wrth Mam a Dad, a dwi'm yn meddwl y bysan nhw'n dallt cweit cystal. A pheth arall, 'dan ni'n cael gwaith da efo'r act rŵan, felly i be wna i ypsetio petha? Cyn hir, dwi'n siŵr y bydd petha'n haws. Mi fydd Rina a Riba yn cyfarfod cariadon ac yn priodi, a ti'n gwybod cystal â finna mai dyna pryd ma' acts teuluol fel ein un ni yn dod i ben. Felly, dwi jyst am gau 'ngheg am chydig eto, gan obeithio am y gora.'

Clywodd Daniel y gofid yn dychwelyd i'w llais, a gwyddai fod Rita yn dweud y gwir. Er nad oedd o'n adnabod ei rhieni'n dda, roedd o wastad wedi cael yr argraff eu bod nhw'n licio cadw trefn ar y merched – byddai datganiad syfrdanol fel hyn gan Rita yn siŵr o achosi trafferth a gofid iddyn nhw. Roedd yn wir hefyd fod y Chwiorydd Rivoli yn boblogaidd iawn ar hyn o bryd. Act yn balansio a cherdded ar beli mawr oedd gan y tair, a gwyddai eu bod, yn syth ar ôl diwedd y tymor hwn, wedi cael cytundeb efo syrcas fyd-enwog Medrano ym Mharis. Cyn belled na fyddai'r rhyfel posib yn achosi gormod o stŵr, roedd sôn am gytundeb yn y Swistir wedyn, felly gallai ddeall pryderon Rita am ddyfodol yr act.

'Ti'n haeddu gwell na hynny,' meddai Daniel yn dawel. 'Dwi 'di clywed am bobol yn aberthu petha er mwyn yr act, ond mae hyn yn hollol wahanol. Ti'n fodlon rhoi hapusrwydd y teulu a llwyddiant yr act o flaen dy deimladau dy hun? Be tasat ti'n cyfarfod yr, ym, y ferch iawn fory nesa? Be fysat ti'n neud wedyn? Coelia di fi, tydi ffendio'r person iawn ddim yn hawdd, felly 'sa'n bechod i ti adael iddi fynd jyst er mwyn cadw'r teulu'n dawel.'

Gwenodd Rita arno, ond roedd ei llygaid yn llawn tristwch erbyn hyn. 'Wel wir! Daniel Vogel, yr hen romantic! Pwy 'sa'n meddwl fod gan y *gigolo* galon feddal? Coelia di fi, pan fydda i'n cyfarfod y ddynas iawn mi fydda i ar ei hôl hi fel shot. Ond tan hynny, geith hon fod yn gyfrinach rhyngthat ti a fi? Dwi'n teimlo gymaint gwell yn barod, wedi cael rhannu hyn efo chdi. Ma'n rhaid i mi ddeud, ti'n un da am wrando, a rŵan 'mod i 'di gweld yr ochr deimladwy 'ma i ti, dwi'n hanner difaru 'mod i'n lesbian! Mi wnei di ŵr da i rywun yn y pen draw, 'sti,' ychwanegodd, gan wenu arno. Teimlodd Daniel ei hun yn gwrido fymryn, a llyncodd y diferyn olaf o'i win. 'Rŵan 'ta, fel o'n i'n deud,' meddai Rita gan ymestyn ei llaw yn araf i lawr ei gorff, ei hewinedd pinc yn cosi'n ysgafn wrth iddyn nhw ddilyn y llinell flewog oedd yn cychwyn o dan ei fotwm bol, 'dwi 'di dysgu tric neu ddau dros y blynyddoedd, felly gad i mi orffen y job yn iawn. Chwara teg, ddim arnat ti mae'r bai fod yn well gen i'r *ladies*,' ychwanegodd, gan fyseddu'n gynnes rhwng ei goesau. Caeodd Daniel ei lygaid a theimlodd yr awydd yn dychwelyd. Byddai ganddo rywbeth i'w ddweud wrth yr hogia, wedi'r cwbwl.

* * *

Wedi noson ddi-gwsg, cododd Daniel y bore canlynol yn hwyrach na'r arfer, gan frysio i wisgo ac i wneud paned sydyn cyn cychwyn allan at y genod. Er iddi adael ers cyn iddi wawrio, roedd arogl persawr Rita yn dal i fod yn y garafán, a gwenodd Daniel wrth feddwl am y noson cynt. Diflannodd y wên pan sylwodd eto ar y telegram.

Brysiodd draw at babell yr eliffantod, a phan oedd o fewn ychydig droedfeddi clywodd y genod yn dechrau ar eu croeso boreol o chwythu a thrwmpedu'n dawel.

'Pnawn da,' gwaeddodd ei frawd, Walter, o ben arall y babell gan chwerthin, a gwnaeth Daniel ei orau i'w anwybyddu, gan gymryd arno ei fod yn siarad efo Bella, yr eliffant cyntaf yn y rhes. 'Dwi'n clywed dy fod di'n haeddu llongyfarchion y bore 'ma, Daniel,' meddai Walter gan foesymgrymu'n wawdlyd o flaen ei frawd. 'Ti'n dipyn o academic fel dwi'n dallt ... wedi pasio arholiad y Tair R dros nos! Wel dyna'r si, beth bynnag. Rhywun 'di gweld Miss Rivoli, y fenga, dwi'n meddwl, yn sleifio allan o dy garafán yng nghanol y nos. 'Dio'n wir, Daniel?'

Teimlodd Daniel ei hun yn gwenu er iddo wneud ei orau i beidio, a throdd yn o handi oddi wrth gwestiynau pryfoclyd ei frawd.

'Mi wyddost ti sut ma' hi, Walt,' meddai dros ei ysgwydd, 'mi fysa'n biti peidio mynd am y set.'

Clywodd ei frawd yn chwerthin. 'Blydi mochyn!'

Roedd Walter wedi bod yn gweithio wrth ei ochr ers dros flwyddyn bellach. Gweithiai weddill y teulu hefyd i Herr Althoff, ac roedd Daniel wedi bod wrth ei fodd pan gafodd gynnig cyflwyno'i act ei hun, efo chwech o eliffantod Althoff, ar gytundeb i Cirque Pinder, un o syrcasau mwyaf Ffrainc. Roedd cymylau du wedi bod yn casglu yn yr Almaen ers blynyddoedd, ac roedd gwybod bod y teulu i gyd yn rhan o un o'r sioeau mwyaf yn y byd yn gysur i Daniel, er ei fod yn ymwybodol fod ei dad yn ei chael yn anodd gweithio i rywun arall. Wilhelm oedd erbyn hyn yn gyfrifol am y peiriannau enfawr oedd yn cynhyrchu trydan i'r sioe, a Frida'n gweithio ochr yn ochr ag Ursula, ei chwaer, yn golchi a thrwsio'r gwisgoedd. Flwyddyn ar ôl i Daniel ymuno efo'r Althoffs, daeth wyth o eliffantod newydd i'r sioe. Gunther oedd yn gyfrifol am eu hyfforddi, felly cafodd Daniel ganolbwyntio ar y chwech eliffant gwreiddiol. Pan ymunodd Walter daeth yntau i weithio efo Daniel, yn gofalu am y lorri fawr ac yn bâr ychwanegol o lygaid pan oedd Daniel yn y cylch mawr efo'r genod.

Yn ôl y llythyrau byrion a dderbyniai'r brodyr gan eu mam, roedd gweddill y teulu'n gwneud yn dda. Roedd Klaus erbyn hyn yn ei arddegau, ac mi oedd Ingrid, Horst ac yntau'n datblygu i fod yn berfformwyr addawol ac yn mwynhau dysgu sgiliau newydd oddi wrth yr artistiaid eraill oedd yn gweithio ar y sioe. Roedd Gerda wedi syrthio dros ei phen a'i chlustiau mewn cariad efo Dieter Althoff, mab ieuengaf Herr Althoff, ac er bod cryn wrthwynebiad wedi bod i'r berthynas gan yr Althoffs yn y dyddiau cynnar, roedd y teulu wedi derbyn Gerda erbyn hyn. Yn y stablau y taniodd y garwriaeth gan fod y ddau yn hurt am geffylau, a bellach roedd y ddau yn caru'n selog ac yn cyd-berfformio yn y sioe efo'r ceffylau.

Ers i'r Natsïaid ddod i rym roedd pethau wedi newid cryn dipyn i bob un oedd o dras y Sinti, a daeth yn haws o lawer gwadu gwreiddiau na phlygu. Dros nos, bron – ar ôl cyhoeddiad y Natsïaid fod y Sinti a'r Roma, fel yr Iddewon, yn perthyn i dras israddol, ac o ganlyniad, ddim yn haeddu byw ymysg trigolion aruchel y Reich – daeth bywyd yn anodd iawn i'r Vogels. Roedd yn rhaid cael trwydded a chaniatâd arbennig i unrhyw un o dras y Sinti deithio o le i le, ac er gwaethaf bywyd crwydrol y syrcas roedd y bygythiad yn eu dilyn o bentref i bentref. Yn hytrach na chael croeso gan gynulleidfaoedd gwledig oedd wedi cael eu hadloniant ganddynt ers blynyddoedd, roedd y Vogels bellach yn perfformio i seddi gweigion. Dyna pam y penderfynodd Wilhelm dderbyn cyflog rheolaidd o boced ddofn Herr Althoff. Gwyddai hefyd y byddai'n haws o lawer i'w deulu ymgolli ymysg y myrdd o berfformwyr a gweithwyr o bob lliw a llun oedd yn rhan o'r syrcas fawr.

I Daniel roedd hwn yn ddatblygiad chwerwfelys. Ar un llaw roedd yn falch fod ei rieni a'i frodyr a'i chwiorydd yn ddiogel, ond ar y llaw arall daeth ei ryddid i ben yn reit handi pan osodwyd carafán ei rieni wrth ochr ei garafán o. Felly, pan gafodd Daniel gynnig gan Herr Althoff i fynd i Ffrainc am dymor cyfan, derbyniodd yn syth gan wybod bod gweddill ei deulu'n iawn. Doedd dim angen llawer o berswâd ar Walter i ymuno â fo. Ond bellach roedd diwedd y tymor yn agosáu, a siomwyd Daniel gan orchymyn Herr Althoff yn y telegram iddo ddychwelyd. Byddai'n rhaid iddo wrando ar y bòs, ond gyda lwc, byddai holl fusnes y rhyfel drosodd mewn chydig fisoedd, a châi pawb eu rhyddid yn ôl. Yr unig ddewis arall oedd gadael y genod a mynd i weithio i gwmni arall, mewn gwlad arall, ond byddai hynny'n torri'i galon. Yr wythnos gynt roedd un o berchnogion Syrcas Bertram Mills ym Mhrydain wedi bod draw i weld y sioe, ac wrth siarad yn y stablau wedyn roedd yn amlwg eu bod yn awyddus i'w gyflogi, gan iddynt sôn fod ganddyn nhw eliffantod ifanc oedd angen eu hyfforddi. 'Mae'r boi Mills 'na'n snwffian o dy gwmpas di, tydi?' meddai Walter ar ôl i'r ymwelwyr adael, 'ac mae ganddyn nhw sioe dda iawn, meddan nhw. Meddylia, Daniel, act newydd sbon i ti ei chynllunio o'r dechrau un. Mae'n gyfle gwych, does na'm dowt ... a dwi wastad wedi ffansïo priodi hogan o Brydain!' ychwanegodd gan chwerthin. Gwenu arno wnaeth Daniel. Roedd Walter yn dweud y gwir, ac roedd cyfleoedd cystal yn brin. Wrth edrych ar y genod y bore hwnnw, teimlodd Daniel dynfa i'r ddau gyfeiriad.

'Ti'n barod i fynd adra, Bella bach?' gofynnodd Daniel yn dawel wrth i drwnc yr eliffant chwilio'i bocedi am afal.

DANNY
1990

Tybed pwy oedd yn gwybod, meddyliodd Danny eto fyth. Ei rieni? Sila? Mae'n debyg eu bod nhw i gyd yn gwybod, neu o leia'n amau. Darllenodd ryw dro yn un o gylchgronau Sila fod mamau wastad yn gwybod, hyd yn oed os nad oedd eu plentyn am gyfaddef y gwir iddyn nhw'u hunain. Oedd, roedd ei fam yn siŵr o fod yn gwybod. Rhyfeddodd at y syniad fod y bobol o'i gwmpas yn gwybod rhywbeth mor fawr, mor bwysig, amdano cyn iddo gydnabod y peth iddo'i hun.

Gwrandawodd ar y glaw yn drymio'n ysgafn ar do'r garafán, fel miwsig cefndirol i'w fyfyrdod. Byddai ei nain wastad yn dweud wrtho, petai unrhyw beth yn ei boeni ac yn ei atal rhag cysgu, am ddychmygu ei fod yn rhoi ei holl ofidiau mewn bocs pren du, ei gloi a'i wthio i gefn y wardrob a'i adael yno tan y bore. 'Ma' bob dim yn edrych yn well yng ngola dydd,' dyna fyddai hi'n ddweud, ac yntau'n fychan ar ei glin, wrth ei fodd yn gwylio'r garreg goch yn dawnsio yn y fodrwy ar ei bys. Byddai wastad yn ychwanegu, gan chwerthin, 'heblaw am dy daid yn ei drôns a'i fest!' Gwenodd

Danny wrth feddwl amdani. Roedd gan Mati Davies dafod brwnt, ac roedd llawer yn ei chasáu, ond roedd Danny'n ei charu'n gyfan gwbwl. Ond golau dydd neu beidio, gwyddai mai ateb dros dro'n unig oedd cuddio'r gwir. Roedd gormod eisoes yn cael ei guddio yng nghefn y wardrob.

'Ma' dy fam yn denu pwffs o bob cyfeiriad.' Dyna ddywedodd ei dad wrth Danny ryw dro, pan oedd Sito, Bunny a Bruce yn eistedd yn y gegin yn yfed te ac yn hel clecs efo'i fam. 'Ma' hi 'di bod fel'na erioed, fel magnet yn eu tynnu nhw ati. Os oes 'na bwff o fewn milltir ma' dy fam yn siŵr o ddod o hyd iddo fo, ac mi elli di fentro mai dim ond mater o amser fydd hi cyn y byddan nhw'n eistedd yn y gegin 'na'n malu awyr efo hi. Weithia mi fydda i'n meddwl bod dy fam yn gallu synhwyro ffrind i Dorothy o bell, a hynny'n aml iawn cyn iddyn nhw hyd yn oed gyfarfod Dorothy!' Bu Danny am hir yn methu deall pwy oedd y Dorothy hon oedd yn ffrindiau efo'r holl ddynion ac yn ffrind i'w fam, ond yn fuan iawn dysgodd mai am ddynion hoyw roedd ei dad yn sôn. Ac oedd, roedd o'n llygad ei le.

Hyd y cofiai Danny, roedd ei fam a Sito yn ffrindiau pennaf. Un o Dde America oedd Sito, yn un o ddeg o blant, a chan fod ei daid yn berchen ar un o syrcasau mwya'r wlad roedd wedi'i drochi mewn sgiliau perfformio ers iddo fedru cerdded. Jyglwr oedd Sito – un o'r jyglwyr gorau yn y byd – a phan drodd ei deulu eu cefnau arno am fod yn hoyw yn un ar bymtheg oed, penderfynodd drio'i lwc yn Ewrop. Cafodd waith efo'r syrcasau gorau i gyd gan fod ei berfformiad yn gymysgedd o sgiliau jyglo gwych, arddull ddramatig a gwisgoedd gogoneddus, a phan oedd yn rhannu cylch Syrcas Knie yn y Swistir efo'r Chwiorydd Esperanza, daeth Sito a Coni'n ffrindiau oes. Roedd bywyd carwriaethol Sito bron mor ddramatig â'i berfformiadau, a sawl gwaith roedd Sito wedi landio ar stepen drws carafán Coni yng nghanol y nos, wedi gadael rhyw syrcas neu sioe am fod ei galon unwaith eto wedi'i thorri, y crio a'r ochneidio dramatig yn atseinio o amgylch y garafán wrth iddo ddweud yr hanes i gyd wrth Coni tra oedd gweddill y teulu'n trio cysgu.

Ymwelwyr rheolaidd eraill drwy gydol plentyndod Danny oedd dau arall o gyfeillion mynwesol Dorothy a'i fam: Bunny a Bruce. Byddai Danny'n edrych ymlaen yn eiddgar at glywed y geiriau 'Agorwch y drwwws, dyma Bunny a Bruuuce!' yn cael eu gweiddi yn llais ffalseto Bruce wrth iddynt agosáu at y garafán. Gwerthu cotiau ffwr a gemwaith oedd y ddau, a byddant yn gwneud cryn argraff wrth gyrraedd pob tober. Hen ambiwlans wedi'i haddasu oedd y siop, a gwnâi'r ddau fywoliaeth reit neis yn mynd o amgylch ffeiriau a sioeau yn gwerthu. Un bach crwn oedd Bunny, a Bruce yn dal ac yn osgeiddig. Bunny oedd yn gyrru'r ambiwlans, a Bruce oedd yn gwerthu. Bunny oedd yn gwneud y gwaith papur, a Bruce oedd yn prynu'r stoc. Byddai Danny, Sila a gweddill plant y sioe yn heidio o amgylch cefn yr ambiwlans y munud iddi gyrraedd y tober, a phan fyddai Bunny'n agor y drysau, byddant i gyd yn syllu'n gegrwth ar y trysorau oddi mewn. Gosodwyd raciau ar hyd y ddwy ochr i'r ambiwlans, lle byddai'r cleifion wedi gorwedd, ac yn hongian oddi arnynt roedd degau o gotiau ffwr o bob math. Reit yn y pen draw, wrth y drws ochr, safai cwpwrdd tal yn llawn modrwyau, cadwyni a breichledi aur, a phan fyddai Bunny'n troi'r goleuadau batri ymlaen byddai cefn yr hen ambiwlans yn debycach i grotto tylwyth teg. Disgleiriai degau o oleuadau bychan gwyn ym mhobman, gan wneud i'r ffwr edrych hyd yn oed yn fwy meddal a chynnes ac i bob rhuddem a diemwnt fflachio yn y cwpwrdd gwydr. Byddai Bruce yn ymddangos o sedd y teithiwr, wastad fel pìn mewn papur, i edrych i lawr ei drwyn ar bawb a phopeth. Os mai gwyrdd oedd ei wisg yna roedd pob dim yn wyrdd, o'i esgidiau sgleiniog i'r crafat o amgylch ei wddf. I gwblhau'r ddelwedd roedd ei fysedd hir tenau yn drwm o fodrwyau disglair, a gwisgai freichledau aur trwm am ei arddyrnau esgyrnog.

Cyn hir byddai merched y sioe yn ymddangos, a byddai'r busnes go iawn yn digwydd. Dechreuai Bruce ar ei berfformiad fel actor ar lwyfan tila'r ambiwlans: 'Dewch i mewn, genod, peidiwch â bod yn swil. Full length mink, sable a rabbit ar y chwith, beaver a racoons tri chwarter ar y dde. Myffs a hetia yn y bocs yn y pen draw ond plis gwnewch yn siŵr fod eich dwylo chi'n lân cyn cyffwrdd y merchandise. Does neb isio myff budr, nagoes genod?' Yr un fyddai'r sgript bob tro, a bob tro, yn ddi-ffael, byddai'r merched i gyd yn chwerthin, yn awchu i deimlo'r ffwr moethus ar eu crwyn. Byddai rhai yn cynilo drwy'r tymor er mwyn gallu prynu rhywbeth o gefn yr ambiwlans, ac wrth i Bruce sgwrsio a herio'r merched, byddai Bunny'n pwyso yn erbyn y bonet yn smocio ac yn siarad efo Dan a rhai o'r dynion eraill.

Wedyn, pan fyddai'r gwerthu drosodd, byddai Coni'n arwain y ddau yn ôl i'r garafán, a dros baneidiau te di-ri i Bunny a gwydrau o win diddiwedd i Bruce, bydda'r hel clecs yn dechrau go iawn. Wrth i'r gwin lacio tafod Bruce byddai'r straeon yn mynd yn fwy ciaidd, er i Bunny wneud ei orau i'w dawelu. Gan deithio o syrcas i syrcas, ac o sioe i sioe, roedd y ddau yn clywed y cyfan, ac yn y dyddiau cyn ffonau symudol a chyfryngau cymdeithasol, byddai sawl stori'n cael ei hailadrodd a chyfrinachau'n cael eu bradychu gan geidwaid y cotiau ffwr. Drwy eistedd yn dawel yn y gornel byddai Danny'n cael clywed y cyfan, ac yn aml byddai'r tri yn anghofio amdano wrth fynd i fanylder am affêr neu dor-priodas mewn syrcas arall. Byddai wrth ei fodd yn gwrando ac yn gwylio Bruce wrth iddo ddweud stori – roedd y cyfan yn berfformiad, ei lygaid mawr yn dawnsio a Bunny'n ysgwyd ei ben yn dawel wrth i'r stori chwyddo gyda phob adroddiad. Chwifiai Bruce ei ddwylo tenau yn yr awyr, y modrwyau'n disgleirio, wrth ddechrau efo'r un geiriau bob tro: 'Coni, dwi'n deud dim ... ond deud ydw i ...' cyn i rywun arall gael ei dynnu'n ddarnau. Ymhen hir a hwyr byddai'r ddau'n ymlwybro'n ôl i'r ambiwlans ac yn cychwyn am adref:

Bruce yn sigledig ac yn aml yn ddagreuol, a Bunny'n ei ddwrdio am aros mor hir yn clebran. Wedi ffarwelio, byddai Coni'n ailadrodd y cyfan wrth Dan, gan chwerthin. 'Deud dim a chlywed y cwbwl, dyna 'di'r gyfrinach.'

* * *

Ar Doug roedd y bai. Doug. Dougie. Douglas. Doedd 'na 'run ffordd o wneud ei enw'n secsi, ond oedd, mi oedd Doug yn secsi, er gwaetha'i enw. Y munud y cyrhaeddodd Doug a Chris y tober cyntaf hwnnw, syrthiodd Danny dros ei ben a'i glustiau mewn cariad efo Doug. Syrthiodd Sila mewn cariad efo Chris yr un pryd yn union. Byddai pethau wedi bod gymaint yn haws petai Danny'n ferch, neu petai Doug yn ferch, a byddai o a Sila wedi gallu rhannu'r profiad o gariad cyntaf, ond na. Roedd yn rhaid i Danny gadw'i deimladau a'i ddyheadau yn gyfrinach – rhywbeth arall i'w wthio i ddyfnderoedd tywyll y wardrob. Wedi'r cyfan, roedd wedi hen arfer gwneud hynny. Bob tro y byddai bachgen newydd yn cymryd ei ffansi, byddai'n gwadu'r teimladau oedd yn mudferwi yn ei ben.

Nid ei ben oedd yr unig broblem. Weithiau byddai ei gorff i gyd yn wenfflam â'r awydd i gyffwrdd a blasu. Chwiw oedd o – dyna fyddai Danny'n ddweud wrtho'i hun – rhywbeth dros dro fel cael pimpls neu gasglu stampiau. Byddai'n pasio cyn hir. Edrychodd Danny yn llyfr mawr meddygol ei nain, ac yn ôl hwnnw roedd llawer o fechgyn yn eu harddegau yn mynd drwy gyfnod o gael teimladau rhywiol tuag at fechgyn eraill, ac fel arfer roedd y cyfnod hwn yn pasio ohono'i hun, heb fod angen na ffisig na thriniaeth. Darllenodd hefyd am lefydd oedd yn codi ofn mawr arno – llefydd oedd yn cynnig triniaethau arbennig i gael gwared o'r cyflwr, triniaethau oedd yn swnio'n ddieflig a chreulon. Na, byddai'n siŵr o basio, meddyliodd Danny.

Ond wnaeth o ddim. Cliriodd ei groen, ac roedd y llyfrau hel stampiau yn casglu llwch dan y gwely, ond os rhywbeth, cryfhau wnaeth yr awydd, nid cilio.

Dywedodd Doug wrtho wedyn ei fod yn gwybod yn syth, y munud y gwelodd o Danny am y tro cyntaf. Roedd Doug dair blynedd yn hŷn na Danny, ac wedi cael mwy o ryddid – wedi byw ac wedi gweld – felly pan ddaeth Danny draw a chyflwyno'i hun iddo'n swil, gan ddal ei law allan yn ffurfiol i'w gyfarch, roedd Doug yn gwybod yn iawn. Ysgydwodd ei law yn serchog gan ddal gafael ynddi fymryn yn hirach nag oedd raid, ei lygaid gwyrdd yn llosgi, a theimlodd Danny wefr yn saethu o'i law drwy weddill ei gorff. Byddai Doug wedyn yn manteisio ar bob esgus i daro sgwrs efo Danny, ac er bod Danny'n mwynhau'r sylw, efallai mai dim ond bod yn gyfeillgar oedd y bachgen newydd. Fel mab i'r perchennog, roedd yn anodd gwybod ai cwrteisi'n unig oedd yn ei ddenu, ac roedd Danny'n ymwybodol iawn ei fod wedi camddarllen arwyddion sawl gwaith yn y gorffennol, pan fyddai bechgyn yn gwneud ffrindiau â fo. Yn aml, roedden nhw'n meddwl y byddai bod yn gyfeillgar â mab y bòs yn arwain at gytundeb arall i'r act. Ond y tro hwn, gwyddai fod pethau'n wahanol. Roedd Doug yn wahanol. Doedd siarad efo Danny ddim i'w weld yn ymdrech iddo, a llifai'r sgwrs yn naturiol nes bod y ddau'n mwynhau cwmni'i gilydd, y swildod wedi hen ddiflannu. Doedd dim i'w weld yn poeni Doug, a byddai'n gwenu'n braf, ei lygaid gwyrdd bron â diflannu wrth iddo chwerthin.

Un diwrnod, ym mhabell yr eliffantod, cafodd ei amheuon eu cadarnhau. Heb na ffys na ffwdan, ar ganol sgwrs, rhoddodd Doug gusan iddo. Cusan hir, gynnes. Y gusan orau i Danny ei phrofi erioed. Cusanodd yntau Doug yn ôl, yn betrusgar ac araf i ddechrau, wedyn gyda mwy o arddeliad, wrth i wythnosau o obeithio a phoeni ddiflannu. Cofleidiodd y ddau, ac anadlodd Danny ei arogl yn ddwfn i'w enaid. Pan agorodd ei lygaid, gwelodd wynebau cyfarwydd y drindod lwyd yn edrych arno a theimlodd gymysgedd o embaras a balchder.

Doedd Sila druan ddim yn cael yr un hwyl efo Chris. Byddai Doug yn mynnu ei fod o a Chris yn wahanol iawn. 'Dwi'n ei nabod o ers pan oeddan ni'n blant deuddeg oed,' medda fo, 'ond mewn sawl ffordd dwi ddim yn ei nabod o gwbwl. Mae 'na ddyfnder iddo fo, ac mae o'n diflannu weithiau i'r llefydd tywyll 'ma yn ei feddwl. Weithiau mae o yno am ddyddiau, a dim ond pan fyddwn ni i fyny ar y wifren mae o'n gwenu.' Dysgodd Danny fod Chris a Doug wedi dod yn ffrindiau pan ymunodd y ddau â dosbarthiadau syrcas cymunedol mewn hen neuadd yn un o ardaloedd mwyaf llwm Cape Town, lle magwyd y ddau. I blant y dosbarth, roedd ymgolli yn eu sgiliau newydd yn cynnig dihangfa o gartrefi tlawd, digysur. I Doug roedd yr uchder yn cynnig lloches ddiogel oddi wrth tymer tanllyd ei dad, ac yn cynnig y cyfle iddo fod yn fo'i hun, i beidio â chuddio'i wir deimladau. I Chris roedd gwefr y wifren yn ei alluogi i anghofio'r anobaith oedd yn llygaid ei fam wrth iddi syllu arno o ddyfnderoedd pydew cocên. Dyn o'r enw Clint Robertson oedd yn gyfrifol am hyfforddi yno, ac ymhen dim roedd criw mawr o blant yn mynychu'n rheolaidd, bechgyn gan fwyaf, i gyd o gartrefi tlawd ac yn mwynhau'r cyfle i wneud rhywbeth gwahanol. Gallai Clint berfformio pob math o gampau, a dysgodd y bechgyn sut i jyglo, reidio beic un olwyn a sgiliau acrobatig, ond arbenigedd Clint oedd y wifren uchel. Dim ond y bechgyn dewraf oedd yn cael y cyfle i ddringo'r ysgol sigledig i nenfwd y neuadd, a rhoi tro arni. Byddai'r bechgyn yn gwrando'n gegrwth wrth i Clint adrodd ei hanes yn perfformio mewn syrcasau ym mhob cwr o'r byd, gan chwerthin ar ei ddisgrifiadau o'r bobol liwgar y daeth ar eu traws, pob un yn gweld eu hunain yn dilyn ei esiampl ac yn camu i'r cylch euraidd. I'r bechgyn i gyd, roedd goleuadau llachar y cylch llwch llif yn cynnig llygedyn o obaith. Dysgu cerdded y wifren yn isel oedd y gamp gyntaf, ac yn raddol câi'r wifren ei chodi, bum troedfedd ar y tro. Fesul un neu ddau, diflannodd y rhes o fechgyn oedd yn awyddus i'w cherdded, ac erbyn i'r wifren gyrraedd uchelfannau'r neuadd, dim ond Chris a Doug oedd ar ôl. Disgrifiodd Doug y wefr o gamu allan ar y wifren uchel am y tro cyntaf heb y gwregys diogelwch, ei droed yn crynu wrth deimlo tensiwn y wifren drwy wadn ei esgid feddal, a'r ochr draw yn ddim ond smotyn bach yn y pellter. Cyn hir roedd perchnogion syrcasau'r byd yn brwydro i sicrhau cytundeb efo'r ddau fachgen dewr oedd wedi cerdded y wifren uchel allan o slymiau De Affrica.

Rhyfedd, meddyliodd Danny, sut roedd y syrcas yn golygu gwahanol bethau i wahanol bobol. I rai fel Doug roedd y byd hwn yn cynnig ffordd allan, yn cynnig dihangfa i ddyfodol newydd. I Danny teimlai fel carchar ar adegau, fel petai ganddo ddim dewis o gwbwl heblaw'r hyn oedd yn ddisgwyliedig ohono. Yn union fel roedd y flatties yn syllu arno fo a'i deulu wrth i'r lorris amryliw gyrraedd eu tref, byddai Danny'n aml yn syllu'n ôl, gan bwyso'i wyneb yn erbyn oerni ffenest y lorri, a dwyn ambell gipolwg i mewn i'r tai wrth basio. Byddai wrth ei fodd yn cerdded o amgylch y strydoedd fin nos, pan fyddai'r goleuadau ymlaen yn y tai ger y tober. Cerddai heibio'n araf gan syllu ar y byd gwahanol hwn, y byd normal oedd mor estron iddo, yn llechu y tu ôl i gyrtens net. Yn y byd hwn roedd plant a'u rhieni yn eistedd wrth fwrdd i fwyta swper, neu ar soffa i wylio'r teledu. Doedd y mamau ddim yn gorfod poeni am y croen yn rhwygo tu ôl i'w pengliniau a doedd y tadau ddim yn gorfod gadael y bwrdd bwyd pan fydden nhw'n clywed trwmpedu eliffantod yn galw arnynt. Doedd y rhieni hyn ddim yn gorfod poeni am y gwynt oedd yn chwyrlïo o amgylch y tŷ nac yn gorfod poeni fod y glaw ar fin troi'r gwellt glas yn fôr o fwd erbyn y bore. Doedd y plant ddim yn gorfod gwneud eu gwaith cartref i gyfeiliant cyfarwydd y sioe a grwgnach parhaol eu rhieni. 'Wel, am gynulleidfa sâl! Llond pabell a neb yn clapio,' fyddai cwyn reolaidd ei fam wrth iddi dynnu'r wig a'r hen hosan oedd oddi tani, ac ysgwyd ei gwallt yn rhydd. ''Swn i'n cael gwell derbyniad taswn i'n perfformio mewn blwmin mynwent!' Neu ei dad yn cwyno wrth gyfri'r arian: '67 oedd i mewn heno. 67. Ma' nhw i gyd yn eistedd yn 'u blydi tai, ma' siŵr, yn rhythu ar blydi *Coronation Street* neu'n trio dyfalu pwy ddiawl saethodd y J.R. gwirion 'na, a ninna'n fama'n llwgu. Waeth i ni fod wedi aros ar y blydi fferm efo darn o gaws a chrystyn sych ddim.' Wedyn byddai'r esgusodion yn dod, a'r rheiny bron mor gyfarwydd. 'Wel, 'na fo. Ddim arnyn nhw ma'r bai. Fedrith rhywun ddim disgwyl i bobol sy'n byw yn y ffasiwn dwll werthfawrogi talent. Mi oeddan nhw ar eu traed ym Madrid, yn Geneva ac ym Mharis, ond yn fama, prin ma' nhw'n gallu codi boch i rechan.' Neu, ar y llaw arall, y gorfoledd pan fyddai'r gynulleidfa wedi cymeradwyo'n arbennig o uchel neu pan oedd y babell dan ei sang. 'Ma' gweithio i gynulleidfa fel'na'n gwneud y cyfan yn werth chweil. Pwy 'sa'n meddwl y bysa pobol sy'n byw yn y ffasiwn dwll yn gallu gwerthfawrogi talent fel fi?' oedd y brolio wedyn, pob chwerwder wedi'i anghofio gan goflaid gynnes y gynulleidfa.

Ond nid magwraeth syrcas oedd yr unig beth a wnâi Danny'n wahanol, ac wrth i'r blynyddoedd basio, pan giliodd y pimpls a'i ddiddordeb mewn casglu stampiau, dwysáu wnaeth y teimlad ei fod yn hoyw. Pan edrychodd ar gorff noeth Doug yn gorwedd wrth ei ochr am y tro cyntaf, gwyddai nad oedd yn bosib iddo guddio am eiliad yn rhagor. Rhedodd ei fys ar hyd cyhyrau tyn stumog Doug, gan deimlo'r awydd cyfarwydd yn dychwelyd unwaith eto. Sut allai rhywbeth oedd yn teimlo mor dda â hyn fod yn ddrwg?

DAN
1988

'Anniolchgar, dyna 'swn i ni'n dy alw di, Dan Davies,' meddai Mati, wrth edrych eto ar y llythyr gan gynhyrchydd Syrcas y Tŵr yn Blackpool. 'Deud wrtho fo, Daniel.'

Cododd Daniel ei ben, ond cyn iddo allu yngan gair, dechreuodd Mati eto. 'Sbia ar y llythyr 'ma, wir Dduw. Ma' nhw bron ar eu gliniau isio chdi a'r genod am y tymor. 'Sa 'na lawer yn fodlon gwerthu'i nain am gynnig fel hwn, a be ti'n neud? Troi dy drwyn!'

Agorodd Dan ei geg i drio dadlau, i geisio amddiffyn ei hun, ond gwyddai ym mêr ei esgyrn nad oedd pwynt dadlau efo'i fam, ddim ynglŷn â'r busnes.

'A phaid â meiddio trio deud wrtha i bo' chdi ddim am fynd! Meddylia, bron i naw mis yn yr un lle. Dim codi'r Big Top yn y glaw a'r gwynt, dim cerdded drwy fwd er mwyn cyrraedd dy garafán, dim symud bob chydig ddyddia, ac mi fydd y genod yn gynnes glyd yn stablau'r Tŵr.'

Edrychodd Dan draw at ei dad, oedd yn eistedd wrth y bwrdd

yng nghegin y garafán, ei ben yn ei bapur newydd, yn trio cadw allan o'r ddadl rhwng ei wraig a'i fab.

'A meddylia'r daioni neith hyn i'n henw ni fel syrcas,' mynnodd Mati. 'Ma' pawb yn mynd i Blackpool i chwilio am acts. Ma'r Tŵr yn ffenast siop ardderchog, a fanno ma' perchnogion pob syrcas gwerth ei halen yn mynd i weld be sy'n werth ei gael, felly pwy a ŵyr i ble neith hyn arwain?' Cododd Mati o'i chadair i ddechrau hel y llestri brecwast budron oddi ar y bwrdd, a manteisiodd Dan ar y cyfle i geisio rhesymu efo'i fam, er ei fod o'n gwybod yn iawn fod dadl ei fam yn un gref.

'Mam, dach chi'n gwybod yn iawn – unrhyw adeg arall 'swn i'n neidio at y cyfle i gael tymor yn y Tŵr. Dwi 'di bod isio perfformio yno ers pan aethoch chi â fi yno pan o'n i'n blentyn ... ond jyst ddim leni.'

Rhoddodd Mati'r llestri i lawr wrth y sinc, a throi i edrych ar ei mab unwaith eto. 'Pam ddim leni? Be sy mor sbesial am leni? Dwi 'di ffonio'r Chipperfields ac ma' ganddyn nhw eliffant sbâr gawn ni ei benthyg am leni, ac mi geith dy dad ei dangos, felly fydd 'na eliffant yn dal i fod yn Syrcas y Brodyr Davies, os mai dyna sy'n dy boeni di.' Fel arfer, roedd Mati wedi meddwl am bopeth, ond torrodd Dan ar ei thraws cyn iddi gael cyfle i barhau efo'i phregeth.

'Y broblem ydi bod Coni wedi derbyn cytundeb gan Circo Medrano yn yr Eidal ac mi o'n i 'di gobeithio gallu mynd draw i'w gweld hi a'r plant o bryd i'w gilydd yn ystod y tymor. Mi fysa Dad yn gallu dangos y genod tra dwi i ffwrdd. Os fydda i yn blydi Blackpool, fydd 'na ddim siawns i mi gael mynd, na fydd?'

Ysgydwodd Mati ei phen yn araf, ei gwefusau'n dynn. 'O, dyna ni, ma' hi, Madam Esperanza, wedi cael cynnig gwell, ydi hi? Ac mi wyt titha fel ci rhech yn mynd i redeg ar ei hôl hi ar draws Ewrop? Ydi hi 'di stopio am eiliad i feddwl amdanat ti ac am Syrcas y Brodyr Davies? Naddo, debyg. 'Di honna'n malio dim am y sioe 'ma, ond ma' hi'n ddigon parod i berfformio yma pan fydd ganddi ddim byd gwell ar y gweill. 'Dan ni'n ddigon da i gyflogi'r chwaer hanner herco 'na sy ganddi, tydan? Dim cartra i wêffs a strês ydi'r sioe 'ma, atgoffa di hi o hynny! Ma'n hen bryd i chdi roi dy droed i lawr a gwneud iddi ddallt bod Syrcas y Brodyr Davies yn dod gynta, o flaen bob dim arall. 'Dan ni i gyd wedi aberthu er mwyn y sioe. Ti'n meddwl y byswn i hyd yn oed yn ystyried mynd i ffwrdd am fisoedd a gadael dy dad? Na faswn siŵr. A dallta di – unwaith y bydda i 'di golchi'r llestri 'ma a rhoi crib drwy 'ngwallt, dwi'n mynd i'r ciosg 'gosa i ffonio'r dyn 'ma yn Blackpool, cyn iddo fo newid ei feddwl a mynd am act arall. Mi wyt ti a'r genod yn mynd i Syrcas y Tŵr leni, a dyna ddiwedd arni. Os wyt ti ormod o gachgi i ddeud hynny wrth dy wraig, dwi'n fwy na pharod i adael iddi wybod. Tydi Consuela Esperanza ddim yn codi ofn arna i.'

Gwyddai Dan yn iawn fod y fargen wedi'i tharo, ac nad oedd pwynt parhau â'r ddadl. Â'i fochau'n gwrido, gadawodd carafán ei rieni a chau'r drws yn glep ar ei ôl, gan adael Mati yng nghanol ei phregeth a'i llestri budron, a'i dad yn dal i guddio y tu ôl i dudalennau'r *Cambrian News*. Y drwg oedd, gwyddai'n iawn fod ei fam yn dweud y gwir. Roedd ei dad wedi bod yn gyndyn o fynd â'r genod i ffwrdd i weithio erioed, gan ddweud o hyd bod y cyhoedd yn disgwyl gweld eliffantod yn Syrcas y Brodyr Davies, felly byddai'r cyfle i berfformio yn Blackpool yn un da – yn ffordd wych o atgoffa perchnogion syrcasau Ewrop am eliffantod Daniel Davies. Yn ariannol hefyd, roedd y cytundeb yn un da. Gwyddai Dan y buasai'r cyflog yn werth ei gael hyd yn oed ar ôl talu'n wythnosol am eliffant y Chipperfields, ond gwyddai hefyd mai chydig iawn o'r cyflog hwnnw fyddai'n cyrraedd ei boced o. Wedi'r cyfan, eiddo ei rieni oedd yr act, felly nhw fyddai'n cael y rhan fwyaf o'r arian, gan dalu cyflog pitw iddo fo. Ond nid dyna'i bryder mwyaf. Roedd o'n nabod ei hun yn ddigon da i wybod bod naw mis heb Coni yn amser hir. Naw mis heb ei fam yn edrych dros ei ysgwydd, a neb arall yno i'w gadw ar y llwybr cul. Naw mis o fynd adref bob nos i wely gwag. Gwyddai'n iawn y byddai'r demtasiwn yn ormod iddo. Teimlodd Dan ei stumog yn troi wrth iddo ddringo'r grisiau i'w garafán ei hun, yn gwybod y byddai Coni wedi'i siomi. Roedd hithau'n ei nabod o'n dda hefyd ... bron cystal ag yr oedd o'n nabod ei hun. Dyna oedd yn ei boeni fwyaf.

* * *

'Fedri di'm gofyn i Medrano ganslo'r cytundeb am leni?' erfyniodd Dan ar Coni. 'Dwi'n siŵr na fysan nhw'n meindio, 'sti, jyst am leni. Fydd o ddim problem flwyddyn nesa, na fydd, a hwyrach y bysan nhw'n licio cael y genod hefyd erbyn hynny? Ma' Mr Medrano yn dod i Blackpool pob tymor, tydi, ac wedi gweld y genod yn fanno mi fydd o'n siŵr o fod isio nhw.'

'Paid â siarad drwy dy het, Dan,' meddai Coni. 'Mae gan Syrcas Medrano chwech o eliffantod eu hunain, does? I be 'san nhw isio chdi a'r genod hefyd, Blackpool neu beidio?' Ochneidiodd Coni, a gafaelodd yn nwylo Dan. 'Yli, dwi'n gwybod yn well na neb pa mor bwysig ydi cytundeb yn Blackpool – dwi 'di gwneud tymor yno fy hun, cofia – ond mi ddaru ni gytuno, cyn i mi adael i ti roi'r fodrwy 'ma ar fy mys i, 'mod i ddim yn bwriadu troi gwaith da i lawr a setlo ar fod yn un o gast parhaol Syrcas y Brodyr Davies. Pan adawodd Fran yr act, mi oedd yn ddigon anodd ailsefydlu fy hun fel act unigol, ond dwi 'di llwyddo, a dwi 'di cael gwaith da. Mi wn i nad ydi dy fam yn dallt, ond os tasa hi'n artist ei hun 'sa'n haws iddi weld petha o fy safbwynt i. Dwi'n gwybod bod dy fam wastad wedi rhoi Syrcas y Brodyr Davies gynta, a dwi'n gwybod ei bod hi, fel ma' hi'n licio fy atgoffa bob cyfle gaiff hi, wedi aberthu bob dim er mwyn y sioe. Mi wn i iddi gefnu ar ei hen fywyd, a 'swn i'n hurt i beidio â chofio mai ei harian hi dalodd am sefydlu'r sioe yn y lle cynta, ond ei dewis hi oedd hynny. Fy newis i ydi peidio. Fydda i ddim yn gallu perfformio am byth, na fyddaf? Felly dwi am neud y mwya o bob cyfle dwi'n ei gael tra medra i. A pheth arall, mi fydd mwy o angen fy nghyflog i leni felly, yn bydd? Mae'n gywilyddus fod dy fam yn gwrthod talu cyflog call i ti, a chditha'n ŵr priod efo dau o blant i'w bwydo. Sut ma' dy fam yn meddwl y bysan ni'n byw os na fyswn i'n perfformio? Mae'n iawn ar dy fam, tydi, efo hanner trigolion Tanffriddoedd yn talu rhent iddi bob mis. Ti'n gweithio fel nafi iddyn nhw, a be ti'n gael am dy drafferth? Pres poced! Ddyla bod dy fam yn falch fod gen ti wraig sy'n gallu ennill cyflog da, neu dyn a ŵyr lle bysan ni arni.'

'Iawn, iawn,' atebodd Dan gan godi ei ddwy law, ei lais erbyn hyn wedi tawelu gan wybod ei fod wedi colli'r frwydr unwaith eto. 'Ond dwi'n poeni y bydd hi'n anodd i ni fod ar wahân am amser mor hir. Mi fydd gen i hiraeth ar d'ôl di a'r plant. Fyddan nhw 'di colli nabod ar eu tad erbyn diwedd y tymor! Roedd y mis 'na pan oeddat ti'n gweithio ym Munich y gaea dwytha yn ddigon anodd, felly mi fydd naw mis yn uffern. Pwy sy'n mynd i ofalu amdanat ti, a helpu efo Danny a Sila pan wyt ti yn y sioe?'

'O, Dan,' ochneidiodd Coni, ond roedd hi'n gwenu. 'Paid â malu cachu – nid babis ydyn nhw! Ma' nhw yn eu harddegau, ac mi wyddost ti'n iawn fod Sila a Danny'n ddigon hen i ofalu amdanyn nhw'u hunain rŵan. Ond mi fydd Fran efo fi. Dwi'n gwybod ei bod hi isio dod, a dwi'm am ei gadael hi yn fama er mwyn i dy fam bigo arni ddydd a nos a'i thrin hi fel morwyn fach. Felly os fedri di ddim bod yno, waeth iddi hi ddod efo fi ddim. Mi fydd hi yno i'r plant os bydd angen, jyst fel mae hi yn fama.' Cymylodd ei llygaid yn sydyn, a diflannodd y wên. 'Ond ar y llaw arall, hwyrach y bysa'n well i mi anfon Fran i Blackpool, i gadw llygad arnat ti. Dwi'n dy nabod di'n ddigon da erbyn hyn, Dan, a ti byth yn mynd i allu para naw mis heb gael dynes yn dy wely ...' Dechreuodd Dan brotestio, ond anwybyddodd Coni ei gŵr. 'Ond ti'n gwybod yn iawn, dwyt, y bydda i'n siŵr o ffendio allan. Felly un ai dwi'n rhoi padloc go styrdi ar dy falog di, neu ti'n dysgu cadw dy hen beth yn dy drowsus tan fydda i'n ôl. Er bod yr Eidal yn bell, mi fydda i'n siŵr o glywed os wyt ti'n chwarae o gwmpas.'

Cerddodd Coni draw at Dan ac edrych yn gariadus i fyw ei lygaid. Teimlodd Dan gynhesrwydd ei chorff wrth iddi bwyso yn ei erbyn, ei llaw yn anwesu ei falog. Sibrydodd yn dawel yn ei glust, gan afael yn dynn ynddo drwy'i drowsus. 'Ma' gin i ffrindiau fydd yn y Tŵr leni, felly watsh owt. Unrhyw sôn am fistimanars a weli di byth 'mo'r plant na finna eto, ac mi gei di egluro hynny i dy blydi fam.'

Parhaodd Dan i syllu i mewn i'w llygaid tywyll nes iddo deimlo'r dagrau'n cronni wrth i'w llaw wasgu'n dynn, cyn rhyddhau'n araf.

Ddeufis yn ddiweddarach roedd Coni, Sila, Danny a Fran wedi cychwyn i'r Eidal a Dan, Ned a'r genod yn brysur yn paratoi ar gyfer Blackpool. Roedd ffarwelio â Coni a'r plant wedi bod yn anodd, ac am ddyddiau wedyn bu Dan yn hiraethu. Teimlai'r garafán yn wag ac yn annaturiol o dawel. Fel arfer roedd yn rhaid iddo weiddi er mwyn cael ei glywed, gan y byddai Coni a Fran yn siarad Sbaeneg bymtheg y dwsin a Sila a Danny un ai'n ffraeo fel ci a chath neu'n cynllwynio rhyw ddrygioni dirgel, felly roedd carafán dawel yn ddieithr i Dan. Ond wrth i'r wythnosau basio, ac i sioe agoriadol y tymor yn Blackpool agosáu, dechreuodd y paratoadau lenwi ei feddwl. Roedd yn ymarfer y genod bob bore i wneud yn siŵr fod y tair yn gweithio'n dda, yn peintio'r props a'r lorri, a dewis cerddoriaeth newydd. Bu Mati wrthi ffwl pelt yn gwneud gwisgoedd newydd iddo. Roedd pobol y Tŵr wedi cytuno y byddai tair o'r dawnswyr oedd yn rhan o'r rhaglen yno yn marchogaeth y genod am y tymor, ac roedd Mati wedi gwneud gwisgoedd iddyn nhw hefyd, fel eu bod yn matshio gwisgoedd newydd Dan, ac roedd yn rhaid iddo gyfaddef ei fod wedi'i blesio. Roedd ei wisgoedd newydd yn lliwgar ac yn wahanol i'r arfer, yn fodern eu steil ac yn gwneud y mwyaf o'i gorff cyhyrog, ac ynghyd â'r dawnswyr a'r gerddoriaeth newydd oedd wedi eu dewis a'u trefnu'n arbennig ar gyfer y tymor, gwyddai Dan y byddai'r act yn edrych yn well nag erioed. Wrth iddo deithio ar hyd y draffordd efo Ned wrth ei ochr, a gweld y Tŵr yn ymddangos yn y pellter, teimlodd y cyffro'n troi yn ei stumog.

* * *

Parciodd Dan y lorri wrth y drws mawr di-nod ar y prom yn Blackpool, a chan ofyn i Ned gadw llygad ar bethau, agorodd ddrws y cab a neidio i lawr. Roedd yn braf cael y cyfle i sefyll a sythu'i goesau wedi bron i bedair awr ar y lôn, a theimlodd wynt hallt y môr yn chwipio drwy ei wallt. Edrychodd ar draws y ffordd ar y tonnau llwyd yn poeri dros y wal isel. Doedd fawr neb yn crwydro o gwmpas, ac yn ôl pob golwg roedd y rhan fwyaf o'r siopau a'r caffis ar gau. Ystyriodd Dan nad oedd nunlle mwy llwm na thref glan y môr cyn i'r tymor gychwyn. Roedd o wedi meddwl yr un peth y diwrnod cynt pan oedd o a'i dad wedi gyrru ar hyd y prom wrth ddod â'r garafán draw, a'i pharcio ar y maes carafannau oedd wedi'i neilltuo ar gyfer perfformwyr y syrcas.

Curodd Dan ar y drws bychan oedd wedi'i osod o fewn y drws mawr, ac ar ôl rhai munudau o bendilio yn yr oerni, agorwyd y drws gan ddyn oedd yn edrych yn debycach i reolwr banc na rheolwr syrcas, yn gwisgo siwt a thei, ei wallt golau tenau wedi'i gribo'n ofalus mewn ymgais ofer i guddio'i foelni.

'Dan Davies! Croeso i Blackpool, Las Vegas y Gogledd!' meddai'n falch. Pan welodd yr amheuaeth yn llygaid Dan, ychwanegodd, 'Peidiwch â gadael i'r tywydd eich dychryn. Dros yr wythnosau nesa bydd y dref yn deffro, ac erbyn y Pasg mi fydd pob man yn edrych yn wahanol iawn. Bydd y Filltir Aur yn disgleirio eto, coeliwch chi fi! Bydd pob B&B yn orlawn a phob caffi a siop jips yn byrlymu efo teuluoedd, a miloedd ar filoedd o blant bach yn heidio i'r sioe orau yn y dre i weld eliffantod enwog y Brodyr Davies!' Gwenodd ar Dan gan ddangos llond ceg o ddannedd melyn.

Edrychodd Dan eto ar y prom llwyd ac ar y llond llaw o bobol ddewr oedd yn brwydro'n erbyn y gwynt, a cheisiodd yn ofer i ddychmygu'r un olygfa yn haul crasboeth yr haf.

'Dewch i mewn o'r oerni,' meddai'r dyn, gan agor y drws ymhellach. 'Mi ddangosa i i chi lle mae'r stablau a stafell y gwas, ac mi gewch chi amser i'w setlo nhw i mewn.' Caeodd y drws yn ofalus, rhag iddo gael ei gipio gan y gwynt, a dal ei law i Dan. 'Bertie Bartlett,' meddai, gan ostwng ei ben yn ddramatig, 'Rheolwr Syrcas y Tŵr.' Ar ôl 'sgydiad byr, chwyslyd, cipiodd ei law yn ôl a throi i gerdded i lawr y ramp a arweiniai o'r drws i ddyfnderoedd tywyll yr adeilad, a Dan yn ei ddilyn. 'Dyma'r unig ffordd i gael yr anifeiliaid i mewn ac allan, Mr Davies,' meddai Bertie heb arafu dim, ' ac os fyddwch chi isio mynd â nhw allan ar y traeth yn ystod yr haf mae croeso i chi wneud, jyst cyn belled â'ch bod chi'n rhoi digon o rybudd er mwyn i mi gael dweud wth y papur newydd lleol. Maen nhw wastad yn barod am lun o'r eliffantod yn y môr, ac fel y gwyddoch chi, mae pob sylw'n help. Cwpwl o flynyddoedd yn ôl, pan oedd Franco Knie yma efo'i eliffantod, ddaru ni drefnu bod Miss Blackpool ar y traeth yn ei bicini ar yr un pryd, ac mi gawson ni luniau ardderchog. *Front page news* wedyn, cofiwch ... er, mi oedd hi bron yn *page three* pan ddaru top bicini Miss Blackpool lacio yn y môr!' Chwarddodd Bertie wrth ddweud y stori, ei lygaid erbyn hyn yn dawnsio wrth iddo gofio'r olygfa. 'Gryduras, do'n i ddim yn gwybod lle i sbio. Ond mi oedd Franco'n neis iawn efo hi ... o, do, mi gymerodd o ofal da ohoni a'i helpu i anghofio'i hembaras, os dach chi'n dallt be sgin i?' Chwarddodd eto, y poer yn swigod melyn rhwng y pytiau dannedd, a sylwodd Dan fod Bertie erbyn hyn yn chwysu, er gwaetha'r oerni. 'Ar ôl hynny roedd Miss Blackpool yn ymwelydd rheolaidd yn y stablau 'ma,' meddai Bertie gan duchan ac arafu, a phwyntio tuag at y gwagle tywyll o'i flaen. 'Dyma ni, Mr Davies. Neu ga i eich galw chi'n "Dan"? Fel y gwelwch chi, mae 'na le i hyd at wyth eliffant yma, felly mi fydd hen ddigon o le i'ch tair chi. Os dilynwch chi fi, dyma stafell y gwas,' meddai, gan agor drws oedd yn arwain i gell fach oer wrth ochr y stablau. Ymbalfalodd am y switsh golau. 'Ac fel y gwelwch chi, mae 'na stof yn y gornel yn fanna, drws nesa i'r sinc, a bathrwm ar ben arall y coridor os 'di'r gwas yn un reit barticlar. Rownd y gornel ochr acw mae stablau'r ceffylau, a fydd 'na wyth o geffylau yn cyrraedd yma fory, yr holl ffordd o Hwngari. Maen nhw wedi cyrraedd Dover bore 'ma, felly mi fyddan nhw yma erbyn amser cinio fory, jyst mewn pryd ar gyfer dechrau'r ymarferion drennydd.'

Roedd yr arogl eisoes yn llosgi ffroenau Dan – amonia blynyddoedd o biso eliffantod yn gymysg ag arogl tail a budreddi llaith. Syllodd o'i gwmpas, gan gymryd y cyfan i mewn, y tsiaeniau rhydlyd oedd wedi'u hangori i'r llawr, y bordiau trymion yr oedd disgwyl i'r eliffantod sefyll neu orwedd arnynt am y naw mis nesaf, y bylbiau tila oedd yn hongian o'r nenfwd gan greu pyllau melyn o oleuni llwm, a'r llygoden fawr oedd yn chwarae'n hapus yn y domen faw oedd wedi cael ei gadael yn y gornel bellaf. Teimlodd ei dymer yn corddi. Yn amlwg, doedd Bertie ddim yn gweld unrhyw beth o'i le, ac aeth yn ei flaen i egluro mwy.

'Wedyn, fel y gwyddoch chi, Dan, mae maes carafannau'r artistiaid tua milltir a hanner y tu allan i'r dre. Bydd bws mini'n dod â chi i mewn awr cyn y sioe gyntaf bob dydd ac yn mynd â chi'n ôl wedi'r sioe olaf, ond os ydach chi isio mynd a dod yn eich car eich hun mae 'na faes parcio *multi storey* rownd y gornel.'

Cyn i Bertie orffen siarad, roedd Dan wedi gwneud ei benderfyniad. Cychwynnodd yn ei ôl i fyny'r ramp gan adael Bertie ar ganol ei araith groeso.

'Dim ffiars o beryg! Dwi ddim am adael y genod na Ned i lawr yn fama am naw mis,' gwaeddodd Dan wrth frasgamu tuag at y drws, efo Bertie, erbyn hyn, yn chwysu mwy byth wrth drotian wrth ei ochr.

'Wel, Mr Davies, mae eliffantod wedi cael eu cadw yn y stablau 'ma ers blynyddoedd lawer, heb unrhyw broblem. Dwi'm yn dallt be sgynnoch chi yn erbyn y lle.'

Stopiodd Dan yn stond a bu bron i Bertie faglu drosto.

'Ylwch, Mr Bartlett, os dach chi'n meddwl 'mod i'n mynd i adael y genod ac un o 'ngweithwyr yn fanna yn y tywyllwch a'r drewdod heb fath o awyr iach na lle i gael chydig o ymarfer corff, o rŵan tan ddiwedd y tymor, 'sa'n well i chi feddwl eto.' Cyn i Bertie gael amser i ymateb, aeth yn ei flaen tuag at y drws. 'Peidiwch â phoeni, mi ffendia i le i'r genod ac i Ned fydd yn siwtio pawb yn well.' Agorodd y drws a chamu allan i'r stryd, gan obeithio y buasai'r gwynt hallt yn chwythu'r arogl amonia ffiaidd yn ddigon pell.

'Mr Davies ... ym, Dan, peidiwch â bod yn fyrbwyll. Mae'r stablau 'na wedi cael eu hadeiladu'n arbennig ar gyfer anifeiliaid o bob math, ac mae pob act fawr dros y ganrif ddwytha wedi bod yma. Mi oedd ein stablau ni yn hen ddigon da ar gyfer hyfforddwyr chwedlonol a byd-enwog fel George Lockhart, Ivor Rosaire, a'r Schumanns, heb sôn am lewod a theigrod Alfred Court a Charly Baumann, felly dwi'n synnu'n arw eich bod chi'n meddwl bod eich anifeiliaid chi'n haeddu gwell.'

Ond erbyn hyn roedd Dan wedi agor drws y lorri a dringo i'r cab, gan anwybyddu Ned, a chau'r drws yn wyneb Bertie. Agorodd y ffenest a phwyso allan ohoni wrth danio'r injan.

'Diolch, Mr Bartlett, ond dim diolch. Gadewch hyn efo fi. Mi ffeindia i le iddyn nhw, ac mi fydd pawb yn hapus.'

Gyda hynny, rhoddodd ei droed ar y sbardun a symudodd y lorri yn ei blaen, gan adael Bertie yn sefyll yng nghanol y ffordd, ei flewiach prin yn cael ei chwythu'n ddidrugaredd gerbron ymwelwyr rhynllyd y Filltir Aur.

* * *

Er gwaetha'r newid trefniadau, aeth bob dim fel watsh yn y diwedd. Wel, roedd bob dim yn iawn ar ôl i Dan gydnabod ei fod wedi chwythu ffiws a siarad cyn meddwl. Ar ôl awr dda o grafu pen bu'n rhaid iddo ffonio Mati ac egluro iddi beth oedd wedi digwydd.

'Rarglwydd mawr, hogyn, fedri di ddim cau dy hen geg am funud, dŵad, a meddwl cyn agor dy drap?' oedd ei hymateb cyntaf, ond wedi i Dan ddisgrifio stablau sodomaidd y Tŵr bu'n rhaid i Mati, hyd yn oed, gytuno fod y genod yn haeddu gwell – er ei bod yn gyndyn o gytuno fod Ned hefyd yn haeddu gwell lojins am yr haf. 'Os ydi o'n rwbath tebyg i'w fam, mi gysgith hwnna yn rwla, efo rhywun,' meddai, cyn siarsio Dan i aros yn ei unfan a'i ffonio hi'n ôl ymhen hanner awr. Cyn pen dim, roedd Mati wedi dod o hyd i hen ffrind oedd yn adnabod teulu o ffermwyr ger Blackpool ac wedi trefnu lle i'r genod a Ned aros am y tymor. Roedd yn fferm fawr, braf, efo sied anferth oedd yn ddelfrydol ar gyfer y genod, a drws mawr un pen iddi oedd yn arwain i gae gwelltog. Ymhen dim roedd Dilys, Magi a Jên wedi setlo, a gyda charafán Ned wedi'i gosod wrth ddrws y sied, aeth Dan i nôl ei garafán ei hun a'i pharcio gerllaw.

Y bore canlynol, dychwelodd i'r syrcas gan egluro'n fanesol i Bertie Bartlett fod y sefyllfa wedi'i datrys, a bod y genod a Ned yn hapus, felly ei fwriad oedd gyrru'r eliffantod i mewn i'r dref bob dydd cyn y sioe, gan barcio'r lorri y tu allan i'r drws mawr, a defnyddio'r stablau ar gyfer amser y sioe yn unig cyn llwytho'r genod eto i'r lorri ar ddiwedd y dydd a'u dychwelyd i'r fferm. Roedd y trefniant hwn yn caniatáu awr neu ddwy bob bore i'r genod gael ymarfer corff ac awyr iach yn y cae, a phan fyddai'r tywydd yn braf a digon o fwlch rhwng y *matinee* a'r sioe nos, câi Dan gyfle i'w harwain ar draws y prom i'r traeth, iddyn nhw gael golchi'u traed yn y môr. 'Ac mae croeso i chi wadd David Bailey a Miss World i ddod draw i ymuno yn yr hwyl,' meddai'n goeglyd.

Yn raddol, cyrhaeddodd yr holl artistiaid, yn barod i ddechrau ymarfer. Gyda'r Ringmaster enwog Neville Blundell yn arwain, dechreuodd y sioe siapio. Clowns o'r Eidal, acrobatiaid o Sbaen, jyglwr o Ffrainc, perfformwyr trapîs o Ddwyrain yr Almaen, a'r ceffylau o Hwngari oedd erbyn hyn wedi setlo yn nhywyllwch diawel y stablau. Ar fore cyntaf yr ymarferion, arweiniodd Dan y genod i lawr y ramp, ac wrth i oleuni'r prom ddiflannu, gwyddai ei fod wedi gwneud y penderfyniad iawn.

Roedd Dan yn y stablau, yn penlinio wrth droed Dilys ac yn cloi'r gadwyn amdani, pan glywodd leisiau'n agosáu.

'Helô, Mr Davies. Alison ydw i, a dyma Helen a Mona. Ni sy'n mynd i fod yn reidio'r eliffantod yn y sioe. Mae Neville wedi deud wrthon ni am ddod draw i gyflwyno'n hunain ac i ddewis eliffant bob un,' meddai'r llais ysgafn, gan chwerthin.

Cododd Dan a cherdded ychydig gamau o gysgodion y stabl er mwyn gallu edrych yn iawn ar y tair oedd o'i flaen.

'Waw, ma' nhw'n fawr, tydyn,' rhyfeddodd Helen. 'Ydyn nhw'n gyfeillgar?'

'Ydyn tad,' atebodd Dan, 'cyn belled â dy fod di'n neis efo nhw.'

'Fatha dynion felly, Hels,' meddai Alison, 'a ti'm yn cael trafferth cadw'r rheiny'n swît, nagwyt?' ychwanegodd, gan giglo ac edrych ar Helen. 'Ond cofia, ma'n ddowt gen os wyt ti, hyd yn oed, wedi bod ar gefn rwbath mor nobl â hyn!'

Gwenodd Helen arni gan geisio edrych yn smala. Sylwodd Dan fod Mona wedi sefyll yn dawel drwy'r cyfan, ychydig gamau oddi wrth y ddwy arall, gan edrych yn annwyl ar y genod. Estynnodd ei llaw yn araf tuag at drwnc Dilys, a'i hanwesu'n dyner.

'Fel ninnau,' meddai Dan, 'mae gan bob anifail bersonoliaeth unigryw. Felly dwi'n meddwl mai Jên 'di'r eliffant i ti, Alison – ma' hi'n ddigywilydd braidd, ac yn licio lot o sylw.'

Edrychodd Alison arno, a gwenu. 'Wel, am *cheeky* dach chi, Mr Davies,' meddai, gan roi winc fach slei iddo, 'a chitha newydd fy nghyfarfod i!'

Ond aeth Dan yn ei flaen. 'Magi 'di'r hogan i Helen, dwi'n meddwl. Ma' Magi'n licio chwarae triciau ac yn mynnu cael ei ffordd ei hun bob amser.'

Rowliodd Helen ei llygaid gan wenu ar Alison.

'Ac wedyn mae Dilys ar ôl. Hogan dawel a swil 'di Dil, ond unwaith dach chi'n dod i'w nabod hi, ma' hi'n gariadus dros ben ac yn licio lot fawr o fwytha.'

Er i Alison a Helen giglo'n uchel, dim ond edrych arno a gwenu mymryn wnaeth Mona, gan wrido. Teimlodd Dan yr hen awydd cyfarwydd yn crynu yn ei berfedd.

FRAN
1973

"Mond tua chwe deg cilometr ydi'r siwrnai bore 'ma, Fran,' meddai Pedro wrthi, gan eistedd ar ochr y gwely a rhoi ei sanau am ei draed. 'Awr a hanner ar y mwya, ac yn ôl Mr Franco mae'r ffyrdd yn eitha, felly gyda lwc mi fyddwn i mewn ac wedi setlo cyn y bydd y bychan isio ffidan arall.'

Edrychodd Fran i lawr ar y pen bach tywyll oedd yn gaeth i'w bron, ac unwaith eto teimlodd y cariad yn ei chynhesu wrth i'w wefusau bach dynhau a llacio ar ei theth.

'Gawn ni weld am hynny,' atebodd Fran, a gwenu er gwaetha'i blinder. 'Nath o'm setlo'n dda neithiwr, naddo, a fu'n rhaid i mi godi ato fo bedair gwaith yn ystod y nos tra oeddat ti'n chwyrnu'n braf. Fydda i'n meddwl weithiau ei fod o'n hel dannedd – sbia ar y foch goch 'na – ond wedi deud hynny mae o 'di mynd yn gythraul am ei lefrith. Mi fydd hwn yn un barus, fatha'i dad,' ychwanegodd gan chwerthin, a thynnodd Pedro ei dafod arni wrth gau botymau ei grys. 'Dwi'n meddwl 'sa'n syniad 'i ddechra fo ar lefrith potel cyn hir, wedyn gei di godi ato fo yn y nos a ga inna gysgu yn lle gwrando arnat ti'n gwneud sŵn fel injan ddyrnu wrth f'ochr i.'

Er ei bygythiad, gwyddai Fran yn iawn y buasai'n deffro petai Louis yn dechrau aflonyddu, a gwyddai hefyd ei bod, mewn gwirionedd, wrth ei bodd yn gwylio'i mab bychan yn bwydo, gan ryfeddu bob tro at ei berffeithrwydd.

'Tara'r teciall ar y tân cyn mynd allan plis, Peds,' meddai Fran, gan dynnu Louis yn ofalus oddi ar ei bron a sychu'r llefrith oddi ar ei weflau pinc, 'ac unwaith y bydd Louis 'di torri gwynt yn hogyn da, mi wna i banad i ni. Mae Mami a Dadi isio rwbath cynnes yn eu bolia hefyd, tydyn washi?' meddai Fran, gan rwbio cefn ei mab bach yn dyner.

Tynnodd Pedro hen siwmper dros ei ben a chychwyn am ddrws y garafán, gan lenwi'r tegell a'i daro ar y stof a chynnau'r fflam ar ei ffordd.

''Na chdi, del. 'Swn i'n deud bod y gas ar fin gorffen, yn ôl yr ogla,' meddai, 'ond paid â phoeni, mae 'na ddigon i ferwi dŵr panad, dwi'n siŵr. Mi ro i'r botel newydd yn sownd ar ôl cyrraedd y pen arall.' Gyda hynny, camodd allan gan gau'r drws yn dawel ar ei ôl.

Ymlaciodd Fran yn y gwely am ychydig funudau, gan wrando ar Pedro yn agor drws cefn y lorri. Torrodd Louis wynt ac ochneidio'n dawel, ei lygaid du'n cau'n araf wrth i fodlonrwydd llond bol o lefrith arwain at gwsg. Pan oedd yn sicr ei fod yn cysgu'n sownd cymerodd y cyfle i'w symud yn araf, gan ei osod yn ofalus ar y gwely rhag ei ddeffro a gosod gobennydd bob ochr iddo i'w rwystro rhag rowlio. Doedd hi byth yn blino edrych arno'n cysgu'n dawel, ei wyneb bach yn berffaith o dan y cyrls du. Pan gafodd Louis ei eni, daeth nyrsys o bob rhan o'r ysbyty i weld y babi bach efo'r mop o wallt, ac er i sawl un ddweud y buasai'n siŵr o'i golli yn reit handi, ni chollodd flewyn.

Gwrthododd Fran y demtasiwn i gysgu, a chododd yn dawel

gan gamu draw at y ffenest ac agor mymryn ar y llen. Roedd y tober eisoes yn brysur – lorïau'n cael eu tanio a charafannau'n cael eu paratoi ar gyfer y siwrnai. Hwyl fawr Geneva a helô Lausanne, meddyliodd Fran, gan ddiolch y bydden nhw, ymhen ychydig oriau, mewn lleoliad newydd, ffres. Roedd Syrcas Knie, y sioe fwyaf ac enwocaf yn y Swistir, wedi bod ar y tober hwn ers dros fis – roedd yn hen bryd iddyn nhw symud, a gadael drewdod a budreddi'r wythnosau blaenorol ar eu holau. Rhedodd ias oer drwyddi ac estynnodd gardigan drwchus o'r wardrob. Cyn hir byddai'n ddiwedd tymor arall, a gyda chytundeb newydd yn eu haros yn Copenhagen dros y Nadolig edrychai Fran ymlaen at ailafael yn y trapîs eto ar ôl misoedd o segurdod pan oedd yn feichiog. Hefyd, edrychai ymlaen at ddychwelyd i Gymru am ychydig wythnosau, a gadael i'w chwaer, Coni, sbwylio dipyn er ei nai bach.

Er bod tair blynedd ers iddyn nhw ddod â'u hact ar y cyd i ben, roedd Fran yn dal i weld eisiau Coni. Ar y dechrau roedd gweithio hebddi'n anodd, ac am amser hir wedyn byddai Fran yn dod allan o dric ar y trapîs gan edrych draw a disgwyl gweld ei chwaer wrth ei hochr, yn dod allan o'r un tric. Doedd y penderfyniad i wahanu ddim yn un hawdd, ond roedd y ddwy chwaer wedi trafod y peth sawl gwaith dros y blynyddoedd, gan wybod y byddai'r amser yn dod ryw ddydd pan fyddai un ohonynt yn cyfarfod rhywun arbennig, ac yn syrthio mewn cariad. Pan gyfarfu Coni â Dan y diwrnod hwnnw yn Syrcas Billy Smart, gwyddai Fran na fyddai'n hir cyn y byddai'n rhaid gwneud y penderfyniad. Yn y diwedd, cynnig gan Syrcas Benneweis yn Denmarc a'u gorfododd i wynebu'r sefyllfa anodd.

'Yli, Fran, dwi ddim am fynd i Denmarc,' meddai Coni un prynhawn wrth iddyn nhw ymbincio o flaen y drych yn y lorri, 'ond ma' raid i ti fynd. Dwi am aros yn fama efo Dan am flwyddyn arall, ond dwi'm yn disgwyl i ti neud yr un peth. Ma'n wahanol i mi – dwi'n caru'r boi, dyna pam dwi 'di'i briodi o – ond taswn i'n mynd i ffwrdd am flwyddyn rŵan mi fysa fo'n dechra ar ei hen driciau'n syth. A pheth arall, 'sa'i blwmin fam o wrth ei bodd yn fy ngweld i'n mynd i ffwrdd. Wedyn, pan fysa *golden boy* yn cael ei ddal yn cambihafio, mi allai hi bwyntio'i bys ata i a mynnu fod y creadur wedi gorfod troi at rywun arall am gysur am 'mod i wedi'i adael o am fisoedd. Mi wn i'n iawn mai dyna 'sa'n digwydd. Synnwn i ddim na fysa Mati'n ffeindio ryw hwran ar ei gyfer o. Dwi'n deud wrthat ti, neith honna rwbath i gael gwared arna i!'

Edrychodd Fran yn syn ar ei chwaer, er ei bod yn ymwybodol fod llawer o wirionedd yn yr hyn roedd hi'n ei ddweud. O'r dechrau un, gwyddai Fran yn iawn fod Coni wedi'i hudo gan Dan Davies, ac er gwaetha'r holl rybuddion, yr holl sibrydion a'r straeon amdano, roedd Coni'n gredinol y gallai ddofi Dan. Fel y gwyddai Fran yn well na neb, pan fyddai Coni'n rhoi ei meddwl ar rywbeth, doedd dim pwynt ceisio'i newid.

O fewn blwyddyn i'w gyfarfod roedd Coni wedi priodi Dan, a byth ers hynny bu'r Chwiorydd Esperanza yn rhan o Syrcas y Brodyr Davies. Daeth cynigion gan y sioeau mawr i gyd – gan Ringlings yn America, gan Knie yn y Swistir a gan Orfei yn yr Eidal – ond doedd Coni ddim am adael. 'Mi awn ni flwyddyn nesa, ia?' oedd ei hymateb bob tro, er y gwyddai Fran yn iawn fod ei chwaer yn cael ei thynnu i ddau gyfeiriad. Ar y naill law, gwyddai fod Coni'n ysu am y cyfle i gael perfformio mewn sioeau eraill, mewn gwledydd dieithr o flaen cynulleidfaoedd newydd ac yn ddigon pell oddi wrth tafod miniog ei mam yng nghyfraith. Ond ar y llaw arall, gwyddai Coni'n iawn y buasai Dan yn siŵr o grwydro petai'n rhoi'r cyfle iddo. Felly, perswadiodd ei hun mai aros efo Syrcas y Brodyr Davies oedd y dewis doeth.

O'r diwedd, dechreuodd y tegell ferwi a throdd Fran y stof i ffwrdd yn reit handi rhag i wich y tegell ddeffro Louis, ac er mwyn cael gwared o'r arogl nwy ffiaidd oedd erbyn hyn wedi llenwi'r garafán. Agorodd fymryn ar hanner ucha'r drws cyn mynd ati i dywallt y dŵr berwedig i ddwy gwpan.

'Fyddwn ni'n barod i gychwyn mewn tua hanner awr,' meddai Pedro wrth gipio'r baned drwy'r drws agored. 'Mi dynna i'r botel nwy, yli, a weindio'r coesau i fyny. Pan wyt ti a Louis yn barod gei di fy helpu fi i fagio'r lorri at y wagan.'

Gwenodd Fran wrth wrando ar ei gŵr yn egluro'r cyfan iddi er ei fod o'n ymwybodol bod y drefn mor gyfarwydd iddi hi ag yr oedd iddo fo. Meddyliai Fran yn aml mai ffawd neu ragluniaeth oedd wedi'i harwain at Pedro, a diolchodd ei bod wedi gwrando ar Coni pan fynnodd y dylai fynd i Ddenmarc ar ei phen ei hun. Roedd gadael Coni am y tro cyntaf erioed, a gadael Syrcas y Brodyr Davies, ymysg y pethau anoddaf iddi orfod eu gwneud, ond gwyddai Fran nad oedd ganddi ddewis. Cyn iddi adael cofleidiodd y ddwy chwaer yn dynn, gan frwydro i rwystro'r dagrau rhag llifo, a safodd Coni yn nrws ei charafán gan godi'i llaw ar ei chwaer wrth i Fran yrru oddi ar y tober. Unwaith yr oedd pabell fawr y Brodyr Davies wedi diflannu o'r drych, stopiodd Fran y lorri a wylo'n uchel am ddeng munud, cyn sychu'i llygaid, chwythu'i thrwyn ac aildanio'r injan. Ymhen tri diwrnod roedd hi wedi rigio'i thrapîs yn nenfwd pabell fawr Syrcas Benneweis, mewn parc hardd yng nghanol dinas Copenhagen, yn barod ar gyfer yr ymarferion, ond roedd yr hiraeth yn llethol. Wrth sefyll yn y cylch am y tro cyntaf, teimlodd wres ei dagrau eto wrth edrych i fyny ar ei thrapîs yn siglo'n unig.

Tarfwyd ar ei meddyliau gan lais wrth ei hochr.

'Miss Esperanza, please don't be sad,' meddai'r dyn mewn Saesneg bratiog, pob gair yn drwch o acen Sbaenaidd. 'My name is Pedro Garcia and my mother was a friend of your mother. She is saying always that your mother was the best trapeze artist ever in the world.'

Poerodd y dyn y geiriau allan yn frysiog, ac er ei thristwch, gwenodd Fran ar y dieithryn gan sylwi'n syth ar y llygaid disglair, llawn caredigrwydd, oedd yn edrych arni o dan llond pen o gyrls du afreolus.

'Please, come,' meddai Pedro, gan afael yn ei braich yn dyner, 'my mother will make you coffee and perhaps make you happy a little, no?'

Ymhen dim roedd Fran yn chwerthin wrth ddilyn Pedro allan o'r babell fawr, ac o fewn wythnosau, roedd Fran a Pedro wedi mopio ar ei gilydd. Bu'r Sbaenwr yn gymorth mawr i lenwi'r bwlch a adawyd gan Coni. Pedro oedd yr ieuengaf o wyth o blant – pedair chwaer a thri brawd – a'r tymor hwnnw efo Benneweis oedd ei dymor cyntaf yntau yn perfformio ar ei ben ei hun. Cyn hynny, roedd o wastad wedi perfformio yn act jyglo ei rieni. Yn ôl Pedro, yn nyddiau cynnar yr act cynyddodd niferoedd y perfformwyr wrth i'r plant dyfu'n ddigon mawr i ymuno, ond dros y blynyddoedd diwethaf digwyddodd y gwrthwyneb, gan i'w frodyr a'i chwiorydd gyfarfod cariadon, priodi a mynd ar eu liwt eu hunain. Erbyn i Pedro gyfarfod Fran roedd Mama a Papa Garcia wedi penderfynu ymddeol o berfformio, gan adael Pedro'n rhydd i ffurfio'i act ei hun. Roedd ei frodyr a'i chwiorydd erbyn hynny'n perfformio mewn sioeau ar draws Ewrop, a bwriad ei rieni oedd teithio o un i'r llall gan dreulio tua mis efo pob un. Felly, yn ôl ei fam, fydden nhw ddim yn aros yn unrhyw le'n ddigon hir i ddechrau ffraeo.

Hanner ffordd drwy'r tymor efo Benneweis, roedd Mama a Papa Garcia wedi hen symud ymlaen a Fran oedd bellach yn helpu Pedro yn yr act, yn dawnsio'n osgeiddig yn y cefndir pan nad oedd yn pasio offer iddo, ac roedd Pedro yntau yno ar waelod y rhaff, yn gwylio pob symudiad, wrth i Fran siglo yn nenfwd y babell fawr. Ar ôl gadael Benneweis aeth Fran i Rufain tra oedd Pedro ym Munich, ond wedi deufis ar wahân cytunodd y ddau fod yr hiraeth yn ormod, ac mai'r ffordd orau i osgoi'r fath artaith yn y dyfodol oedd priodi. Felly, efo Coni'n forwyn, daeth y Chwiorydd Esperanza at ei gilydd eto ar gyfer un perfformiad olaf, a phriodwyd Fran a Pedro yng nghapel bach Tanffriddoedd. Doedd y pentref erioed wedi gweld cymysgedd mor lliwgar o ymwelwyr wrth i'r teuluoedd Garcia, Esperanza a Davies ymgasglu yn eu dillad gorau ar gyfer y diwrnod mawr, pob un fel darn o emwaith drudfawr yn disgleirio'n lliwgar yn erbyn seddi noeth a waliau llwm y capel. Gwenodd Mati iddi'i hun wrth feddwl tybed beth fyddai ymateb ei thad, petai'n fyw, i weld y creaduriaid amryliw yn meddiannu ei addoldy, gan wybod eu bod i gyd yno o'i herwydd hi.

Erbyn i'r gwasanaeth ddod i ben roedd y pentrefwyr i gyd wedi ymgynnull wrth giât y capel i ddymuno'n dda i'r pâr newydd, ac er mwyn syllu'n chwilfrydig ar y carnifal ecsotig. Yn eu mysg, mewn gwisg o sidan melyn tanbaid wedi'i hysbrydoli gan ddawnswyr Fflamenco, safai Doli Delight, ei gwefusau llawn yn drwch o finlliw sgarled a'i hosgo balch yn hawlio sylw llawer, gan gynnwys Daniel, a safodd ar risiau'r capel yn syllu arni nes i Mati sylwi, a gafael yn ei fraich i'w arwain i ffwrdd.

* * *

Cysgodd Louis yn dawel yn ei sedd yn y lorri, yn ddiogel rhwng ei fam a'i dad, ac wrth i adeiladau mawreddog Geneva droi'n stadau o dai di-nod ar gyrion y ddinas, brwydrodd Fran i gadw'n effro.

'Os ti 'di blino, pam na chymri di napan?' gofynnodd Pedro, ei ddwylo ar y llyw a'i lygaid yn neidio o un drych i'r llall wrth iddo lywio'r garafán heibio i res o geir oedd wedi'u parcio ar ochr y ffordd fawr. 'Waeth ti gymryd mantais o'r ffaith fod Louis yn cysgu ddim. Mi wna i dy ddeffro di pan fyddwn ni bron â chyrraedd y tober.'

Ildiodd Fran, a chyn i'r stadau tai droi'n gaeau gwyrdd roedd hi'n cysgu'n drwm. Deffrodd yn sydyn pan glywodd yr ergyd, a theimlodd y lorri'n crynu.

'Blydi hel, ma' un o deiars y garafán di chwythu!' gwaeddodd Pedro, gan roi ei oleuadau argyfwng ymlaen wrth i'r lorri arafu. Parciodd yn ofalus, hanner yn hanner ar y palmant ac ar y ffordd fawr, ac agor drws y lorri'n araf, gan aros am fwlch yn y traffig cyn neidio allan. Arhosodd Fran yn y cab i geisio dadebru, a dechreuodd Louis bach aflonyddu yn ei sedd. Erbyn i Pedro ddychwelyd i egluro y byddai rhaid cael cymorth arbenigol gan fod niwed i'r olwyn, roedd y bychan yn sgrechian. Er i Fran ei siglo a chanu'n dawel iddo, parhau i lifo wnaeth y dagrau i lawr ei fochau bach coch.

'Gwranda, yn ôl yr arwyddion 'dan ni newydd eu pasio, mae 'na le o'r enw Nyon tua hanner cilometr i ffwrdd. Dwi'n meddwl y bydd raid i mi gerdded yno i chwilio am help. Arhosa di a Louis yn fama, ac mi gysyllta i'r botel nwy newydd cyn mynd, fel y cei di rywfaint o wres yn y garafán, a gwneud panad tra dwi'n sortio petha.'

Siglodd y garafán o ochr i ochr wrth i Fran gamu i mewn iddi, a thawelodd Louis yn ei breichiau. Camodd yn ofalus dros y teledu a'r ornaments, oedd wedi'u pacio ar gyfer y daith, i gyrraedd y stof, a chodi'r tegell efo un llaw tra oedd yn cario Louis efo'r llall. Clywodd Pedro'n rhegi wrth dynnu'r botel nwy drom o gefn y lorri, ac yn diawlio'r ceir oedd yn canu corn ac yn rhegi'r lorri a'r garafán oedd yn arafu eu taith. Gwyddai Fran fod ei gŵr yn poeni sut y byddai'n gallu cyrraedd Lausanne heb orfod creu trafferth drwy ofyn am gymorth gan reolwr y sioe.

Edrychodd Fran drwy ffenest fach y gegin – roedd Pedro wedi tynnu'r bibell nwy o ochr y garafán a'i chysylltu.

'Iawn, Fran, panad amdani!' gwaeddodd, gan godi'i fawd arni.

Estynnodd Fran y leitar, ond dechreuodd Louis aflonyddu eto. Yn reddfol, dechreuodd Fran siglo'i mab a chanu iddo'n dawel wrth deimlo gwres ei anadl ar ei boch. Gyda gallu unigryw mam newydd, llwyddodd i agor ei blows efo un llaw a daeth Louis o hyd i'w bron yn syth, a dechrau sugno.

'Duérmete mi niño, duérmete mi amor ...' canodd yn ysgafn, yr hen eiriau cyfarwydd yn gysur i'r bychan yn union fel yr oeddynt i Fran ei hun flynyddoedd ynghynt, a theimlodd fysedd bach tew Louis yn tynnu'n ysgafn ar ei gwallt wrth iddo sugno'n gryf. Cododd y tegell gan obeithio bod digon o ddŵr ynddo i wneud dwy baned, a gwthiodd y nobyn ar ochr y stof gan aros ychydig eiliadau i wrando am y sŵn hisian cyfarwydd cyn tanio'r fflam. Dyna pryd y daeth ei byd i ben.

Teimlodd Fran ei hun yn cael ei gwthio'n ôl gan gorwynt chwilboeth, ac mewn llai nag eiliad roedd yn gorwedd yn erbyn drws llofft y garafán. Roedd wal o fflamau yn ei hwynebu.

'Louis!' sgrechiodd, wrth sylwi nad oedd ei mab yn ei breichiau, a thrwy'r fflamau a'r mwg ceisiodd gropian yn ôl i gyfeiriad y gegin. Ond erbyn hyn doedd dim ar ôl – dim ond fflamau a mwg du gwenwynig oedd yn ei mygu fwyfwy bob eiliad.

Fisoedd yn ddiweddarach byddai darnau bach o atgofion yn dychwelyd, er iddi wneud ei gorau i ddileu'r cyfan. Atgof o'r fflach las a'r gwres annioddefol, atgof o'i llais ei hun yn sgrechian enw Louis, atgof o weld bod wal y garafán wedi'i chwythu i ebargofiant ac atgofion o'r arswyd ar wynebau'r gyrwyr oedd wedi methu peidio ag edrych wrth basio. Atgof o deimlo'i gwallt yn crino yn y gwres, atgof o'i chnawd ei hun yn rhostio a'r arogl yn llenwi ei ffroenau. Yr atgof o wybod fod popeth wedi mynd, a'r atgof o weddïo, yn yr eiliadau hunllefus hynny, am farwolaeth. Ond ni ddaeth marwolaeth. Ddim i Fran.

CONI
1988

'Buongiorno, Coni. Come stai?' meddai Toni gan wenu wrth gerdded heibio'r garafán. 'Buongiorno, Toni,' atebodd Coni wrth agor y drws, a theimlodd wres yr haul yn ei tharo. Anadlodd yn drwm gan gau ei llygaid a blasu'r môr ar ei gwefusau. Roedd y tober yn prysur ddeffro, a'r synau boreol arferol i'w clywed wrth i bentref teithiol Circo Medrano duchan a phesychu wrth ddadebru ar yr ail fore yng nghanol tref glan môr Gabicce Mare.

Yn raddol, agorodd drysau a ffenestri'r dwsinau o garafannau oedd wedi'u gosod yn rhesi taclus o amgylch y babell fawr, gan arllwys ohonynt aroglau coginio i'r byd, ynghyd â sgyrsiau a phytiau o raglenni radio mewn nifer o wahanol ieithoedd. Aeth tri o fechgyn heibio yn gwthio berfa bob un, dan eu sang â phenglogau moch gwaedlyd oedd yn glwstwr disglair o bryfaid duon, cyn stopio o flaen cewyll y llewod a'r teigrod. Roedd yr ochrau eisoes wedi'u codi ar y wagenni, a gwelodd Coni'r cathod mawr yn troedio'n ôl ac ymlaen gan ruo wrth lygadu'r brecwast oedd yn eu haros. Gwthiodd y bechgyn y penglogau amrwd rhwng y bariau.

Gwenodd Coni wrth edrych draw at y stablau – roedd ochrau'r pebyll wedi'u codi er mwyn gadael i awyr iach y bore dreiddio i mewn iddynt, gan arddangos dwsinau o goesau siapus y trigolion. Coesau hir, gosgeiddig y ceffylau Arabaidd, coesau byrion y ceffylau bach styfnig, coesau streipiog y sebras a phengliniau lympiog y camelod. Yn y pen draw roedd rhes o goesau llwyd, trwchus yr eliffantod. Teimlodd gwlwm o hiraeth wrth weld yr eliffantod, a meddyliodd am eiliad am Dan oedd erbyn hyn hanner ffordd drwy ei dymor yn Blackpool.

Ymhen dim trodd yr hiraeth yn siom a digalondid. Y tro diwethaf i Coni lwyddo i gael gafael ar ei gŵr roedd yn cwyno am y tywydd – yr haf gwlypaf yn hanes Blackpool, medda fo – ond golygai hynny fod y syrcas yn mwynhau ei thymor gorau ers blynyddoedd wrth i'r glaw gadw'r ymwelwyr oddi ar y traethau. Holodd Dan amdani hi, am Medrano ac am y plant. Chwydodd straeon di-ri am y 'genod', am weddill yr artistiaid ac am ei rieni, mwy am y glaw ac am fisitors Blackpool, mwy am y sioe a mwy am ei rieni, ond soniodd o 'run gair am y tair merch ifanc oedd yn marchogaeth yr eliffantod.

'Be am y merched sy'n gweithio efo chdi yn yr act?' holodd Coni yn y diwedd, yn methu peidio, ac eto'n ofni ei ymateb.

'O, ym, ma' nhw'n iawn, 'de. Fawr o siâp arnyn nhw,' oedd ei ateb swta, ei lais yn gwneud ei orau i guddio'i euogrwydd a gwadu'i gelwydd, cyn symud ymlaen at stori arall yn reit sydyn. Ond roedd Coni'n ei adnabod yn rhy dda, yn rhy gyfarwydd â'r arwyddion. Suddodd ei chalon, a bu'n rhaid iddi wneud ei gorau glas i gadw'i llais rhag crynu wrth ffarwelio'n sydyn, gan egluro'n frysiog bod ei lira olaf ar fin cael ei lyncu gan y ffôn. Pwysodd ei phen yn erbyn ffenest y ciosg, a theimlo gwres yr haul yn llosgi'i thalcen.

'Reit, Coni, cria rŵan, ond unwaith ti'n agor drws y ciosg 'ma chei di ddim colli deigryn arall dros Dan Davies,' siarsiodd ei hun yn uchel wrth i'r dagrau ddechrau llifo. Ar ôl crio heb gywilydd am funud neu ddau, ymbalfalodd yn ei phoced am hances bapur er mwyn sychu'i hwyneb a chwythu'i thrwyn. Casglodd y domen o arian mân oddi ar y silff yn ôl i'w phwrs, ac agor y drws.

Gwyddai Coni beth oedd yn mynd ymlaen ymhell cyn iddi dderbyn llythyr gan ei chyfaill, Manuela, oedd hefyd yn rhan o Syrcas y Tŵr, yn cadarnhau fod Dan yn cysgu efo un o'r dawnswyr. Doedd y peth fawr o gyfrinach, hyd yn oed, a doedd dim y gallai Coni ei wneud am y peth.

Ond y gwir oedd fod Coni'n gwybod cyn i Dan roi blaen ei droed yn Blackpool y byddai hyn yn digwydd – yn union fel roedd o wedi digwydd o'r blaen efo'r acrobat o Ffrainc, y *contortionist* o Rwsia, y farchogwraig o Sbaen a gormod o ddawnswyr i'w cyfrif. Cawsant i gyd eu dallu gan Dan, eu meddwi ar ei straeon, ei ddireidi a'i awch diflino. Ar y dechrau, ddim yn hir ar ôl iddyn nhw briodi, byddai Coni'n gwylltio, yn sgrechian ac yn bygwth a weithiau, hyd yn oed, yn ymosod ar Dan ac ar y merched, ond gwyddai erbyn hyn nad oedd pwynt. Noson yn unig o'i sylw fyddai ambell un yn ei gael, eraill yn cael wythnosau, weithiau misoedd, cyn iddo ddiflasu a throi yn ôl at Coni gan grio ac addo na fyddai byth yn gwneud yr un peth eto. Byddai ambell un o'r genethod gâi eu gwrthod yn cornelu Coni er mwyn ceisio'i dychryn â manylion ei charwriaeth â Dan, gan feddwl nad oedd Coni'n gwybod yn iawn beth oedd yn mynd ymlaen, ond doedd eu geiriau byth yn ei phoeni. Unwaith iddi galedu i'r siom a'r boen, yr unig beth oedd yn brifo go iawn oedd y cywilydd. Y cywilydd oedd y peth gwaethaf. Nid cywilydd fod pawb yn y syrcas yn gwybod bod ei gŵr yn hen gi ac yn methu cadw'i bidlen yn ei drowsus; nid y cywilydd o deimlo bod pawb yn chwerthin ar ei phen, neu'n meddwl nad oedd hi'n ddigon o ddynes i allu dal ei gafael yn ei gŵr. Na, y cywilydd mwyaf oedd gwybod ei bod yn caniatáu i hyn ddigwydd. Ei bod hi, Coni Esperanza, yn troi ei phen ac yn edrych draw tra oedd Mati Davies a phawb arall yn chwerthin. Roedd pawb wedi'i rhybuddio, dro ar ôl tro cyn iddi ei briodi, ac roedden nhw i gyd yn hollol gywir. Pob un wan jac ohonyn nhw yn llygad ei le ac yn hapus iawn i'w hatgoffa o hynny, gan amlaf. Roedd Coni'n siomedig hefyd, nid gymaint yn Dan gan ei bod bron yn disgwyl iddo ymddwyn fel hyn – na, roedd hi fwyaf siomedig ynddi hi'i hun. A dyma hi, yn gadael i'r un peth ddigwydd eto. Doedd y ffaith ei bod hi yn yr Eidal tra oedd Dan yn cario mlaen efo Miss Kiss Me Quick Blackpool ddim yn gwneud owns o wahaniaeth i'r ffordd roedd hi'n teimlo, ond o leia, y tro yma, doedd y plant ddim yn debygol o ddod i wybod. Dyna oedd yn ei phoeni fwyaf fel arfer. Beth petai rhywun sbeitlyd yn dweud wrth Danny neu Sila fod eu tad yn hen hwrgi budr? Beth bynnag am hynny, doedd dim dwywaith, roedd Dan yn dad da, a'r plant, Sila'n enwedig, yn ei addoli. Ond i Coni roedd peidio â bod yno yn gwylio'r cyfan yn digwydd o dan ei thrwyn yn waeth, gan fod ei dychymyg yn aml yn fwy creulon na'r gwir. Oni ddylai, erbyn hyn, allu troi'r darn perthnasol o'i dychymyg i ffwrdd, diffodd y darluniau a rhoi clo ar y darn amrwd hwnnw o'i chalon, er mwyn arbed ei hun rhag rhagor o loes?

Torrwyd ar ei myfyrdod gan lais cyfarwydd, a throdd i weld Fran yn agor drws ei charafán a chamu allan, gan glymu'r hen ddresin-gown fawr yn dynn am ei chanol er gwaetha'r haul a'r gwres.

'Bore da, Con,' meddai'n dawel. 'Ti'n OK? Plant yn iawn?'

'Ydyn, am wn i. Ma' Danny 'di codi ers oriau, allan yn rwla efo'r hogia, ac mae Sila'n dal yn ei gwely, fel y gelli di fentro,' atebodd Coni gan afael ym mraich ei chwaer a cherdded yn ôl tuag at ei charafán. 'Ty'd efo fi, gawn ni banad gynta, ac wedyn mi wna i ei deffro hi. 'Di o'm yn iach iddi orweddian mor hwyr ar ddiwrnod mor braf, ac mae angen iddi ymarfer cyn iddi fynd yn rhy boeth yn y babell 'na.'

Fel arfer, teimlai Fran awydd i amddiffyn ei nith, er ei bod yn cytuno efo Coni. 'Wel, *teenager* ydi hi cofia, Coni,' atebodd Fran, 'fel'na ma' nhw i gyd dyddia yma. Aros am funud, ma' gen i hanner torth angen ei bwyta yn y garafán – neith hi dost i ni rŵan i frecwast. Mi bicia i i'w nôl hi.'

Gwyliodd Coni ei chwaer yn rhedeg i'w charafán, gan gofio am ddyddiau eu hieuenctid nhw, pan oedd hi a Fran yn eu harddegau, yn breuddwydio am ddyfodol cyffrous, yn malio dim am ddynion a ddim yn cuddio creithiau dan hen ddresin-gown.

Bu Coni'n eistedd wrth erchwyn gwely Fran yn yr ysbyty yn Geneva am bron i bythefnos wedi'r tân. At Mati roedd y telegram wedi mynd, a bu'n eistedd ar y bwrdd yn ei charafán am bron i ddiwrnod cyn iddi gofio ei basio mlaen. Dryslyd iawn oedd y neges gan Syrcas Knie ynglŷn â'r ddamwain. Cychwynnodd Coni i'r maes awyr yn syth, heb wybod beth oedd yn aros amdani ar ben arall y daith.

'Tria ddod yn ôl erbyn sioe nos Fercher, wir Dduw, mae'r Maer yn dod i honno,' oedd unig ymateb Mati wrth wylio Coni'n taflu'i chês i gefn y car. ''Sa'n well 'sa dy hulpan chwaer wirion di wedi aros yn fama efo ni,' ychwanegodd dan ei gwynt cyn troi am ei charafán.

Y daith i Geneva oedd yr hiraf i Coni ei phrofi erioed, ac ar ôl ffarwelio â Dan yn y maes awyr, ceisiodd beidio â meddwl am y ddamwain. Roedd Fran yn fyw pan gyrhaeddodd yr ysbyty, ond dyna'r unig gysur.

Pan welodd Coni ei chwaer am y tro cyntaf bu bron iddi â llewygu. Gorweddai Fran mewn stafell wen, yn gorff gwyn dan gynfas wen, oeraidd. Yr unig liw yno oedd tusw anferth o rosod melyn gafodd eu hanfon gan y teulu Knie, y petalau siriol eisoes yn gwywo, wedi'u mygu gan dristwch y stafell. Dim ond pen Fran oedd i'w weld, ei hwyneb yn berffaith yn erbyn y gobennydd. Roedd hynny o wallt oedd heb losgi yn hongian yn gudynnau llipa, budr, a'i chorff wedi'i orchuddio gan rwymynnau hyd at ei harddyrnau. Cyn gadael iddi fynd i mewn i'r stafell roedd y meddyg wedi ceisio paratoi Coni ar gyfer yr hyn fyddai'n ei hwynebu, gan egluro bod Fran wedi dioddef llosgiadau gradd tri i ran helaeth o'i chorff, ond bod ei hwyneb, ei dwylo a'i thraed, yn ffodus, yn gymharol ddianaf. Eglurodd fod Fran mewn coma o fath, ond bod hynny'n beth positif gan fod ei chorff wedi cael andros o sioc. Byddai'n siŵr o ddeffro, meddai, unwaith y byddai popeth yn dechrau setlo. Eglurodd hefyd y byddai Fran yn sicr o fod yn wynebu misoedd yn yr ysbyty ac y buasai'r driniaeth yn hir a phoenus.

Ar ôl i'r meddyg ei gadael yn y stafell, teimlodd Coni'r dagrau'n cronni wrth edrych ar Fran, a gafaelodd yn dynn yn ei llaw gan wybod bod yr ergyd fwyaf eto i ddod.

Am y dyddiau nesaf, eisteddodd Coni yn y gadair blastig yn gweddïo am i Fran agor ei llygaid, ond hefyd yn casáu meddwl am yr hyn ddigwyddai wedyn. Sut allai hi ddweud wrth rhywun roedd hi'n ei charu gymaint fod ei gŵr a'i phlentyn wedi marw? Yn y diwedd, ni fu'n rhaid i Coni yngan gair. Wedi deuddeng niwrnod mewn coma agorodd Fran ei llygaid, a phan glywodd lais Coni, trodd ei phen yn araf ac edrych i fyw ei llygaid. Gwelodd Coni'r boen gorfforol yn diflannu, ac yn ei le daeth gwewyr gwahanol, parhaol i gymylu llygaid ei chwaer. Clywodd y griddfan anifeilaidd yn cronni'n dawel yng ngwddf Fran cyn cyrraedd ei gwefusau crin, a dianc allan yn sgrech na allai byth ei hanghofio. Rhedodd y meddyg a'r nyrs i'r drws a gafaelodd Coni'n dynn yn llaw Fran nes i'r nerth adael ei chorff, a nes i'r sgrech gilio.

Bu Fran yn yr ysbyty yn Geneva am dri mis cyn bod y meddygon yn hapus iddi hedfan adref i barhau ei thriniaeth ym Mhrydain. Coni fu'n gyfrifol am drefnu'r angladd, a Coni gariodd ei nai bach i mewn i'r capel am y tro cyntaf a'r tro olaf. Cafodd Louis ei gladdu efo'i dad ym mynwent capel Tanffriddoedd, ei arch fach wen yn torri calonnau pawb oedd wedi ymgynnull ar gyfer y gwasanaeth. Unwaith eto roedd y capel yn llawn, yn garnifal o ddüwch a galar y tro hwn, a'r teulu a'r pentref wedi'u huno gan dristwch. Eisteddodd Mati a Dan y tu ôl i Fran a Coni yn ystod y gwasanaeth: roedd wyneb Mati yn fwgwd dideimlad, a'i modrwy goch yn disgleirio yng nghanol y du.

* * *

'Cofia, cadwa dy fawd o gwmpas y bar bob amser, paid byth â brysio allan o un symudiad i'r llall, a beth bynnag wnei di, cofia wenu!'

Clywodd Coni'r geiriau cyfarwydd wrth iddi eistedd ar ochr y cylch ym mhabell Circo Medrano. Roedd Fran yn sefyll yn y canol yn dal y rhaff ddringo. Er nad oedd eto'n un ar ddeg y bore roedd y gwres yn drwm yn y babell, ac arogl y llwch llif a'r popcorn yn dew. Yn yr entrychion eisteddai Sila ar y trapîs yn tuchan, ei chrys-t pinc golau erbyn hyn yn dywyll gan leithder ei chwys.

'Reit, unwaith eto o'r dechra 'ta,' gwaeddodd Fran.

'Oes raid?' gwaeddodd Sila'n bwdlyd, gan wybod yn iawn beth fyddai'r ateb. 'Dwi bron â thoddi i fyny yn fama, ac ma'r blwmin pryfaid 'ma'n afiach,' ychwanegodd, gan chwifio'i llaw o'i blaen er mwyn pwysleisio'r peth.

'Mi wn i, cariad bach,' meddai Fran, ei thosturi'n cuddio caledwch ei geiriau, 'ond tasat ti 'di codi'n gynt, mi fysat ti 'di cael ymarfer cyn iddi gynhesu cymaint. Ty'd laen, i ni gael gorffen yn reit handi, a gawn ni i gyd fynd am y traeth wedyn am awr neu ddwy cyn y slang.'

Sychodd Sila ei thalcen cyn ailafael yn ei hymarferion yn araf, ac eisteddodd Fran wrth ochr ei chwaer.

'Ma' hi'n altro, tydi?' gofynnodd Fran i Coni'n dawel.

'Ydi, diolch i ti. Ti wastad 'di bod yn un dda am ddysgu ... ma' gen ti fynadd Job!' atebodd Coni gan wylio'i merch yn siglo'n araf uwch ei phen. 'Ma' bob dim yn anoddach iddi hi nag oedd o i mi, bechod.'

Doedd etifeddu ysgwyddau llydan a choesau cryfion ei thad ddim yn llawer o fendith i Sila druan wrth ddysgu'r trapîs, ac ystyriodd Coni annhegwch trefn bywyd. Roedd Danny yn union fel hi – yn gul ond yn gryf, ei wallt a'i lygaid yn dywyll a phob symudiad ganddo'n osgeiddig a thwt – tra oedd Sila druan yn drwsgl a blêr, a'i gwallt yn fop afreolus. Gallai Danny fwyta unrhyw beth roedd o ei awydd, yn union fel Coni, tra byddai Sila druan yn magu pwysau ar ddim. Sawl gwaith roedd Coni wedi sylwi arni'n gwylio Danny'n claddu darn mawr o gacen, a dweud gyda chenfigen, 'dwi 'mond yn gorfod sbio ar gacen grîm a dwi'n rhoi stôn ymlaen!' Chwerthin fyddai Danny, ac estyn am ail ddarn. Doedd 'run o'r ddau yn dangos arwyddion eu bod wedi etifeddu awch eu tad am garu, diolch byth, ond mi oedd Danny wedi etifeddu dawn ei dad efo anifeiliaid, doedd dim amheuaeth am hynny, a Sila druan wedi dyheu am gael perfformio ar y trapîs fel ei mam, ei modryb a'i nain. Pan oedd yn blentyn byddai'n ceisio efelychu ei mam drwy roi hen wisg nofio amdani a sefyll o flaen y drych mawr yn y garafán, y cnawd ar ei chluniau'n crynu wrth iddi wneud ei gorau i sefyll ar flaenau ei thraed, yn gwenu a chodi'i breichiau i dderbyn y gymeradwyaeth ddychmygol. Ar ôl gwthio'i thraed bach i mewn i bar o stiletos ei mam cerddai'n sigledig at ddrws y llofft, heb anghofio cydnabod y band ar y ffordd allan, yn union fel y gwnâi Coni ar ddiwedd pob perfformiad.

O'r diwedd, daeth Sila i lawr y rhaff yn araf ac yn osgeiddig, ei hwyneb yn goch gyda'r ymdrech o reoli ei symudiadau a'i choesau hir yn syth o'i blaen, y cnawd yn dal i grynu. Wedi cyrraedd y cylch, gollyngodd ei hun yn drwm ar y darn carped oedd wedi'i osod wrth waelod y rhaff, a phwyso ymlaen ar ei phengliniau gan duchan. Sylwodd Coni ar y rhychau cochion cyfarwydd ar ei fferau, lle'r oedd bar didrugaredd y trapîs wedi gadael ei farc.

"Di o'm yn deg – ma' Danny'n cael get-awê efo bob dim 'mond am ei fod o'n hogyn,' meddai Sila ar ôl cael ei gwynt ati, a gwenodd Coni wrth gydnabod gwirionedd ei geiriau. "Di o'm yn gorfod bod yn fama bob dydd yn chwysu slecs nes bod bob dim yn brifo. Mae o allan yn mwynhau ei hun ar lan y môr efo blwmin Antonio Canastrelli, ei ffrind bach sbesial, ma' siŵr, 'mond am ei fod o'n mynd i etifeddu'r blwmin eliffantod pan fydd Dad yn rhy hen i'w dangos nhw.' Cododd Sila'n dindrwm, gan wthio'i thraed poenus i mewn i bâr o fflip-fflops blêr a chychwyn allan o'r cylch.

'Wel, fel'na ma' bywyd, Sila bach, waeth i ti heb â chwyno. Dos i gael cawod rŵan yn reit sydyn, wedyn gawn ni fynd i'r traeth. Mi neith yr heli fyd o les i dy draed di,' gwaeddodd Coni wrth i'w merch ddiflannu o dan ochr y babell. Arhosodd Coni i Fran glymu'r rhaff ddringo'n ôl yn daclus, ac wrth iddi godi'i breichiau i gyrraedd y bachyn, gwelodd Coni fymryn o'r cnawd coch ffyrnig oedd yn cuddio o dan siwmper ei chwaer. 'Na, tydi petha ddim yn deg, Sila bach. Ma' bywyd yn bell o fod yn deg,' ychwanegodd yn dawel.

DANNY
1992

Roedd Doug wedi marw rai misoedd cyn i Danny dderbyn y llythyr. Tra oedd hi'n sortio drwy ei eiddo, daeth ei chwaer o hyd i gyfeiriad Danny mewn llyfr nodiadau, a chysylltu'r enw efo lluniau yr oedd hi wedi'u gweld mewn hen albwm. Os oedd Doug wedi cadw'r lluniau, meddyliodd y chwaer, roedd Danny'n haeddu cael gwybod ei fod o wedi marw. Pan sylwodd Danny ar y stampiau o Dde Affrica ar yr amlen, meddyliodd yn syth am wyneb annwyl Doug, ei wên fawr agored a'i lygaid gwyrdd disglair oedd yn llawn direidi; ac er nad oedd yn disgwyl clywed ganddo teimlodd rywbeth tebyg i wefr yn rhedeg trwy ei gorff.

Cariad cyntaf, meddyliodd Danny, gan eistedd i ddarllen y llythyr. Doug oedd ei gariad cyntaf, a hyd yn oed rŵan, flynyddoedd lawer a sawl cariad yn ddiweddarach, roedd rhywbeth yn arbennig am Doug. Cofiodd yr wythnosau o dorcalon a chrio pan ddaeth y tymor hwnnw i ben, a'r aros eiddgar am lythyr efo'r stampiau ecsotig arno. Bu ambell lythyr, ond doedd Doug, fwy na Danny, ddim yn ddyn geiriau. Byddai'n cael ambell bwt o'i hanes gan Chris, gŵr Sila, o bryd i'w gilydd, gan i'r ddau gadw mewn cysylltiad am gyfnod ar ôl i Chris benderfynu dod â'u hact i ben a dychwelyd at Sila.

Bu Doug yn gweithio ar ei ben ei hun wedyn, yn berfformiwr mwy mentrus nag erioed, a chafodd gytundeb da efo syrcas enfawr Ringling Brothers a Barnum and Bailey yn America – yno, fel pob dim arall yn America, roedd yn rhaid i bob camp fod yn fwy, ac i bob gwifren fod yn uwch. Pe byddai adran gyhoeddusrwydd Ringlings eisiau trefnu digwyddiad fyddai'n cipio dychymyg y wasg a sicrhau llun ar dudalen flaen y papurau newydd, Doug fyddai'n cael yr alwad, ac yn aml byddai ei hanes yn cyrraedd y papurau newydd ym Mhrydain. Ar dudalennau'r *Sun* neu'r *Daily Mail*, gwelai Danny hanes Doug yn ail-greu camp enwog Blondin a cherdded y wifren dros y rhaeadr yn Niagra, yn cerdded gwifren ar draws yr afon yn Chicago, dros losgfynydd Masaya yn Nicaragua, dros geunant y Grand Canyon a rhwng tyrau trasig Canolfan Fasnach y Byd yn Efrog Newydd. Gwnaeth Doug y cyfan, ac yn ôl Chris roedd ei fywyd personol yr un mor fentrus, er y byddai Danny yn gwneud ei orau i osgoi manylion anturiaethau carwriaethol ei gyn gariad. Ac wedyn, diflannodd Doug. Er ei fod yn dipyn o seren yn America, pan ddaeth ei gytundeb i ben efo Ringlings gwrthododd ei adnewyddu, heb esgus nac eglurhad. Bu sawl asiant mewn cysylltiad â Chris yn ceisio cael gafael arno, ond doedd gan Chris ddim syniad beth oedd wedi digwydd i'w gyfaill chwaith. 'Wedi cyfarfod rhyw foi, ma' siŵr, a setlo i lawr,' oedd ei ddamcaniaeth, ond doedd Danny ddim mor sicr. Fyddai bywyd mewn tŷ bach twt byth wedi siwtio Doug. Roedd perygl a mentro fel cyffur iddo, a buasai byw heb y wefr yn sicr o'i ladd.

Edrychodd Danny eto ar yr amlen yn ei law, a sylwodd ei fod yn crynu. Roedd ei geg yn sych, a chaeodd ei lygaid er mwyn caniatáu i'w feddwl grwydro, gan oedi yn y gorffennol yn hytrach na chyfarch y presennol.

* * *

'Dwi'n gwbod bo' chdi'n cael affêr efo Doug, 'sti,' meddai Sila wrtho un noson yn ddidaro, fel petai hi'n sôn am be i'w gael i swper. Roedd y ddau ohonyn nhw'n eistedd yn y lorri o flaen giât tu allan i'r tober yn aros i'w tad osod y garafán yn ei lle – gan fod y tober yn wlyb roedd pob cerbyd yn cael ei dynnu i'w le gan dractor, ac eisoes roedd rhychau dyfnion wedi ymddangos yn batrwm yn y mwd.

'Be?' meddai Danny, gan deimlo'i fochau'n cochi'n syth.

'Glywist ti'n iawn. Ma' Chris 'di deud wrtha i bo' chdi a Doug yn gweld eich gilydd, a dwi jyst isio i chdi wybod 'mod i'n OK am y peth,' aeth Sila yn ei blaen.

'Am be ti'n fwydro?' meddai Danny, gan edrych allan drwy ffenest y lorri, yn gweddïo y byddai ei dad yn dod yn ôl efo'r tractor drwy'r glaw a'r gwynt yn reit handi er mwyn arbed ei embaras.

'Deud y gwir, dwi'n meddwl fod yr holl beth yn reit cŵl, cael brawd sy'n hoyw. Dwi 'di ama dy fod di ers tro ond do'n i'm yn licio gofyn, ac wedyn mi ddeudodd Chris 'i fod o 'di dy ddal di a Doug yn snogio yn y garafán un noson pan ddaeth o adra'n gynnar.'

Teimlodd Danny guriad ei galon yn cyflymu wrth sylweddoli nad oedd pwrpas gwadu'r gwir, a bod y foment anochel wedi cyrraedd. Am flynyddoedd roedd o wedi meddwl sut y byddai'n dweud wrth ei deulu, ond doedd eistedd mewn lorri yn aros am dractor i'w tynnu drwy'r mwd ddim yn rhan o'r olygfa yn ei ddychymyg.

'Ti 'di deud wrth Mam a Dad?' gofynnodd Danny'n dawel, a chwarddodd Sila.

'Be *ti'n* feddwl, y llwdwn! Naddo siŵr – dy gyfrinach di ydi hon, a dim fy lle i ydi'i rhannu hi. Ond dwi'n meddwl fod rhaid i chdi ddeud wrthyn nhw'n reit handi. Be tasa rhywun arall 'di dy weld di efo dy dafod i lawr gwddw Doug? 'Sa sgandal o'r fath yn fêl ar fysedd sawl un, a 'sa'n torri calonnau Mam a Dad tasan nhw'n clywed gan rywun arall.'

Edrychodd Danny ar ei chwaer, ac yn nhywyllwch y cab teimlodd guriad cyflym ei galon a'r panig yn codi yn ei frest.

'Ti'n meddwl fyddan nhw'n OK am y peth?' gofynnodd yn dawel ymhen hir a hwyr.

'Byddan siŵr. Deud wrth Mam gynta, a gad iddi hi ddeud wrth Dad. Dyna 'swn i'n neud taswn i'n lesbian,' meddai, cyn ychwanegu'n sydyn, 'Ond dydw i ddim. God, meddylia be 'san nhw'n ddeud taswn i'n hoyw hefyd. *Two for one* go iawn, 'de? Na, mi fydd Mam yn iawn. Ma' hi wastad wedi licio pwffs, tydi, ac eniwe, dwi'n meddwl 'i bod hi'n gwybod yn barod 'sti. Roedd Nain 'di ama, ac mi oedd yn edliw hynny i Mam pan oedd hi'n trio'i weindio hi fyny – deud bod peryg i chdi ddal AIDS a ryw rwtsh – ac mi nath Mam rîli droi arni a deud bod dim bwys ganddi hi os wyt ti'n licio dynion, a bod salwch ofnadwy fel AIDS ddim yn rwbath ddyla hi sôn amdano am nad oedd hi'n dallt dim amdano fo. Oedd Nain ddim yn impresd, 'de.'

Ysgydwodd Danny ei ben. Roedd y cyfan yn mynd o ddrwg i waeth.

'Be? Oedd Nain yn meddwl 'mod i'n hoyw hefyd? Ac yn meddwl fod gen i AIDS? Ffwcinel, ro'n i'n meddwl 'mod i'n cuddio'r cwbwl mor dda ers blynyddoedd, a dach chi i gyd 'di bod yn blydi ama?' gofynnodd Danny'n anghrediniol, gan sychu'i ddagrau efo cefn ei law.

Gafaelodd Sila'n dyner yn ei law arall.

'O, paid â phoeni. Clywed Mam yn deud y stori am Nain wrth Bunny a Bruce wnes i, ac roedd rheiny'n deud 'u bod nhw'n ama hefyd.'

Gollyngodd Danny ei llaw yn sydyn.

'Ffor ffycsêc, dwi 'di bod yn bwnc trafod i bawb felly, ydw? A neb 'di deud dim? Dwi 'di bod yn poeni nes dwi'n sâl am y peth ers blynyddoedd, yn gwneud fy ngora i beidio rhoi unrhyw arwydd i neb, a dach chitha i gyd yn sibrwd tu ôl i 'nghefn i? Wel, diolch Sil, diolch yn fawr iawn.' Poerodd Danny'r geiriau allan yn chwerw a throi yn ôl at y ffenest.

'Wel paid â chael *queenie strop* efo fi am y peth. Dyna 'di'r drafferth efo pwffs, dach chi i gyd mor blydi dramatig. Tasan ni wedi codi'r pwnc 'sat ti 'mond 'di gwadu'r peth, ac mi ddeudodd Bunny wrth Mam am adael llonydd i ti, y bysat ti'n siŵr o ddeud wrthi yn dy amser dy hun, a dyna nath hi. Cwbwl dwi'n ddeud ydi y dylat ti ddeud wrthyn nhw cyn i rywun arall fyrstio dy fybl di.'

Clywodd Danny ei dad yn agosáu ar y tractor.

'OK, OK, ddeuda i wrthi wsos yma,' meddai'n sydyn cyn sychu'i lygaid ac agor drws y cab, am unwaith yn falch o gael dianc i'r mwd a'r glaw.

'Paid a minsio rŵan, Queenie!' gwaeddodd Sila ar ei ôl.

Ni chysgodd Danny y noson honno, er ei bod yn oriau mân y bore arno'n cyrraedd ei wely, ar ôl i bob carafán a lorri gael eu tynnu i'w lle. Wrth iddo orwedd yn effro, gallai deimlo'r garafán yn siglo fymryn yn y gwynt. Roedd o wedi llwyddo i ddweud yn sydyn wrth Doug be roedd Sila wedi'i ddweud, a chafodd ei synnu pan chwarddodd ei gariad yn braf.

'Wel, dyna ni. *Shit or get off the pot* amdani, Danny Boi!' meddai, ond pan welodd y gofid yn llygaid Danny, stopiodd chwerthin a'i gofleidio'n annwyl. 'Mi fydd bob dim yn iawn, paid â phoeni. Ac os ddim, gei di ymuno efo fi ar y wifren.'

Roedd geiriau Doug wedi'i gysuro am sbel, ond wrth iddo orwedd yn ei wely yn nüwch tymhestlog y nos, dychwelodd y gofid. Un peth oedd cael ffrindiau hoyw, ystyriodd, ond peth arall fyddai cael mab hoyw. Wrth gwrs, roedd Sila yn llygad ei lle am eu mam. Roedd dynion hoyw wastad yn cael eu denu ati, a doedd ei dad chwaith erioed wedi rhoi'r argraff ei fod yn anghyfforddus yn eu cwmni. Ond tybed beth fyddai eu hymateb i'r newyddion fod eu hunig fab yn hoyw? Ac i wneud pethau'n waeth, dim ond chwe wythnos o'r tymor teithio oedd ar ôl – cyn hir byddai'n rhaid iddo ffarwelio â Doug.

Roedd y tywydd wedi troi, golau'r dydd wedi dechrau diflannu cyn y sioe gyntaf a bysedd tenau y gwynt i'w teimlo'n gwthio dan waliau llipa'r babell. Cyn hir byddai pawb yn gadael y tober am y tro olaf, pob un yn mynd i gyfeiriad gwahanol. I Ffrainc roedd Chris a Doug yn mynd nesaf, wedyn cytundeb Dolig yn yr Iseldiroedd, ac roedd stumog Danny yn corddi bob tro y meddyliai am hynny. Gwyddai fod ei dad wedi cynnig cytundeb arall iddyn nhw ar gyfer y tymor nesaf, ond nid oedd Chris a Doug wedi'i lofnodi eto, a phob tro y byddai Danny'n crybwyll y pwnc byddai Doug yn dechrau sôn am rywbeth arall. Tybed fyddai ei dad yr un mor barod i gyflogi'r act unwaith y byddai'n gwybod am berthynas Danny a Doug? Trodd drosodd yn ei wely gan gau ei lygaid yn dynn, gwthio'r cyfan allan o'i feddwl i'r bocs gofidiau, a chau'r caead.

Ymhen dim cafodd ei ddeffro gan gri gyfarwydd Jock, wrth i hwnnw guro ar ddrysau carafannau'r gweithwyr. Edrychodd Danny ar y cloc bach oedd ar erchwyn ei wely: chwech o'r gloch y bore. Diwrnod *build up* arall. Suddodd ei galon ymhellach pan glywodd y glaw yn hyrddio yn erbyn ei ffenest.

Nid oedd rhagolygon y tywydd yn dda am yr wythnos. Gan fod y tober mor wlyb a'r ddaear mor feddal roedd peryg y gallai'r gwynt godi pegiau'r babell fawr o'r pridd, felly aethpwyd ati i guro rhes arall o begiau er mwyn atgyfnerthu'r rhai cyntaf. Tynnwyd y lorïau drwy'r mwd er mwyn eu parcio o amgylch y babell yn y gobaith y bydden nhw'n cysgodi rhywfaint arni, ac roedd Jock hyd yn oed wedi clymu rhaffau'r babell iddynt mewn ambell le, yn hytrach na dibynnu'n llwyr ar y pegiau. Ond er hynny roedd pawb yn nerfus, yn cadw llygad barcud ar y baneri oedd yn chwifio'n gandryll oddi ar y prif bolion.

Er gwaetha'r tywydd roedd busnes yn dda, a'r babell yn llawn ar gyfer pob perfformiad. Felly, pan ddaeth Jock draw i ddweud bod rhybudd melyn wedi'i ddatgan am wyntoedd dinistriol ar gyfer y noson ganlynol, mynnodd Dan fod yn rhaid mentro gadael y babell fawr i fyny gan fod pob tocyn wedi'i werthu.

'Dwi ddim am ganslo'r slang. Fedran ni 'mo'u siomi nhw, Jock. A pheth arall, dim ond chwe wythnos sy ar ôl ac ma'r coffrau'n edrych yn reit llwm ar gyfer y gaeaf. P'run bynnag, ma'r bobol tywydd 'na wastad yn ei gael o'n rong... ti'n cofio Michael Fish yn deud na fysa 'na wynt cyn y storm fawr 'na yn '87? Cyfro'u cefnau ma' nhw siŵr,' meddai Dan, ei sylwadau'n lleddfu dim ar amheuon Jock. Roedd degawdau o ofalu am bebyll yn golygu ei fod yn gallu darogan y tywydd heb ddibynnu ar Mr Fish a'i deip, a gwyddai'n iawn fod gwyntoedd mawr ar y ffordd. Erbyn y bore roedd y cymylau'n carlamu wrth i'r gwyntoedd gryfhau, a'r glaw yn parhau i arllwys, a bu Jock a'i weithwyr, pob un yn wlyb at ei groen ac yn fwd i gyd, o amgylch y babell am y canfed tro yn tynhau pob rhaff er mwyn sicrhau fod croen y babell mor dynn â phosib, yn y gobaith na fyddai'r gwynt yn cael gafael ynddi.

Tynnodd Danny ei gôt wlyb a'i fŵts mwdlyd wrth ddrws carafán ei fam, lle'r oedd Coni'n gwylio Jock a'i griw drwy'r ffenest. Ysgydwodd ei phen.

''Di o'm 'di cysgu llawer ers nosweithiau, cradur. Ar adegau fel hyn ma' tentfeistr profiadol fatha Jock yn werth ei gael, ond mi fydda i'n dawelach fy meddwl pan fydd y babell 'na'n wag ar ôl y sioe heno. Ma'r diafol yn y gwynt 'ma. Dwi'n gallu'i deimlo fo, ond mae dy dad yn benderfynol o agor heddiw. Cofia ddeud wrth dy chwaer am fod yn ofalus ar y trapîs heno, mi fydd yn siŵr o deimlo'r cupola'n symud yn y gwynt.'

Edrychodd Danny ar ei fam yn gwgu ar yr olygfa o'i blaen. Sut allai o ychwanegu at boen ei rieni drwy ddweud wrthyn nhw ei fod yn hoyw? 'Gyda llaw, Mam a Dad, mae'r babell yn debygol o chwythu i ffwrdd ac mae 'na siawns go dda y byddwch chi'n colli bob dim, ond dwi'n licio hogia.' Na, dim heddiw.

Yn ystod y sioe, twyllwyd y gynulleidfa gan wên barod y perfformwyr, er i ambell un adael i'r mwgwd lithro pan oedd to'r babell yn crynu uwch eu pennau. Pan oedd yr olaf o'r gynulleidfa wedi gadael, ildiodd Dan i gyngor Jock a chyfaddef y byddai'n gallach gollwng y babell. Rhedodd y perfformwyr yn ôl i'w carafannau er mwyn newid o'u gwisgoedd cyn dychwelyd i'r babell, pob un yn barod i helpu, a gyda Jock yn arwain, dechreuwyd ar y gwaith. Doedd dim amser i wagio popeth yn drefnus – yn hytrach, gollyngwyd popeth i'r llawr mor sydyn â phosib cyn i'r gwynt gael gafael ar y canfas. Rhedodd y perfformwyr i nôl eu hoffer, gan godi ochrau'r babell er mwyn taflu popeth allan yn sydyn. Wrth weithio, gwelodd Danny fod Chris a Doug wrthi'n tynnu'r wifren i lawr ac yn gollwng y platffformau uchel i ganol y cylch. Dechreuodd Danny ddatgysylltu fframiau'r goleuadau oedd yn hongian o amgylch y cylch, a theimlodd y prif bolion yn symud yn araf yn y gwynt wrth iddo ddringo i agor y bolltau oedd yn dal pob ffrâm yn ei lle. Galwodd ar Sila i ddatod y rhaff a gollwng y ffrâm i lawr yn araf i'r cylch, a chyn i Danny gyrraedd yn ôl i'r llawr, roedd pedwarawd o weithwyr wedi cario'r ffrâm allan a'i gosod yng nghefn y lorri cyn dychwelyd i nôl y nesaf. Roedd y babell fawr yn symffoni fyddarol, y gweithwyr yn rhedeg o un lle i'r llall, a tho'r babell yn codi ac yn gostwng fel megin uwch eu pennau. Gyda phob hyrddiad, neidiai'r polion chwarter yn beryglus, ac ymhen deng munud roedd y seddi i gyd wedi eu gollwng yn llanast ar lawr y babell.

'Reit, merched i gyd allan rŵan, reit handi,' gwaeddodd Jock, 'a dwi isio dau ohonoch chi ddynion ar bob un o'r polion chwarter. Cofiwch, ma' nhw'n ffycars peryg yn y gwynt ond pan fydda i'n gweiddi, dwi isio i chi ddatod y rhaffa'n sydyn a gollwng y polion. Dwi isio dau ar bob winsh hefyd, ac unwaith fydd y polion chwarter i lawr, winsiwch fel y diawl. Ma' raid i ni gael y top i lawr yn syth.'

Gwyddai Danny'n iawn fod y munudau nesaf yn dyngedfennol, gan fod peryg i'r gwynt gael gafael yn y babell pan fyddai'r polion chwarter wedi'u gollwng. Tawelodd pawb wrth aros am yr arwydd gan Jock, ond cododd y gwynt eto'n sydyn a dechreuodd y polion neidio. Clywodd Danny rywun yn gweiddi, ac edrychodd draw i weld Doug yn gorwedd yn y mwd yn griddfan ac yn dal ei ben. Roedd un o'r polion wedi ei daro, a llifai ffrwd fechan o waed o'i dalcen. Gollyngodd Danny'r winsh a rhedeg draw ato, a gyda Chris dan un ysgwydd a Danny o dan y llall, cariwyd Doug allan o'r babell a'i ollwng yn swp yn y mwd.

'Danny, lle ddiawl wyt ti? Ty'd yn ôl at y blydi winsh,' clywodd Danny ei dad yn gweiddi, ac edrychodd draw at Chris.

'Mae'n OK,' meddai hwnnw, 'dos yn ôl. Ofala i am Doug.'

Erbyn hyn roedd Doug wedi stopio griddfan, ac er ei fod yn wyn fel y galchen roedd y gwaed wedi arafu. Gwasgodd law Danny, gan sibrwd, 'Dos yn ôl at y winsh. Os welan nhw chdi'n fama fatha Florence Nightingale heb ei lamp, fydd dim rhaid i ti gyhoeddi dim byd!'

Cododd Danny a rhedeg yn ôl i'r babell, heb sylwi ar ei fam yn ei wylio'n bryderus drwy ffenest y garafán.

Gostyngodd y gwynt am ennyd, ac ar floedd Jock gollyngwyd y polion chwarter i gyd, a dechreuodd y winsio. O fewn dau funud roedd to'r babell i lawr. Cwta hanner awr oedd ers i'r gynulleidfa adael y babell, ac roedd y tober yn debycach i faes y gad: yr offer disglair wedi'i daflu i ganol y mwd, y perfformwyr a'r gweithwyr yn fudr a gwlyb, a'r babell liwgar yn garcas blêr yng nghanol y budreddi. Yn raddol, diflannodd y fyddin fwdlyd i'w carafannau, yn edrych ymlaen at noson dda o gwsg gan wybod fod y babell yn ddiogel. Galwodd Danny heibio i garafán Doug a Chris, ac roedd yn falch o weld y claf yn eistedd wrth y bwrdd efo can o lager yn ei law a pizza o'i flaen.

'Oes 'na sleisen ar ôl i Miss Nightingale?' gofynnodd gan wenu.

Prin saith awr yn ddiweddarach roedd y storm a'r gwynt wedi hen basio, a Jock a gweddill y gweithwyr wrthi'n codi'r babell o'r baw yn heulwen braf yr hydref. Erbyn amser cinio roedd popeth wedi'i olchi ac yn ei le unwaith eto, yn barod ar gyfer y gynulleidfa nesaf.

Eisteddai Danny wrth y bwrdd yng ngharafán ei rieni, gan edrych drwy'r ffenest ar y baneri'n hongian yn llipa oddi ar y prif bolion, eu hymylon yn garpiog yn dilyn y gwyntoedd mawr.

'Mi fydd yn rhaid i ni roi fflagia newydd i fyny yn y lle nesa, Mam,' meddai wrth i Coni roi powlen fawr yn llawn lobsgóws poeth o'i flaen. Estynnodd am y pot pupur. 'Bechod 'fyd, a ninnau mor agos at ddiwedd y tymor, ond 'na fo, fedran ni ddim rhoi'r rhacsys yna i fyny eto.' Torrodd dafell o fara oddi ar y dorth cyn ei malu'n ddarnau mân a'i gollwng i mewn i'r lobsgóws.

Safodd Coni â'i chefn ato, ei dwylo'n pwyso'n erbyn y stof, ei hysgwyddau'n dynn.

'Wyt ti mewn cariad efo fo, Danny?' gofynnodd mewn llais tawel, a gollyngodd Danny'r llwy yn ôl i'r bowlen gan achosi i lympiau o'r lobsgóws trwchus dasgu ar y bwrdd. Ceisiodd chwerthin wrth ateb, ond collwyd y sŵn yn ei wddf.

'Efo pwy, Mam?'

Trodd Coni i edrych arno, ei hwyneb yn welw a'i llygaid du'n llawn cwestiynau.

'Efo Doug, siŵr. Wyt ti mewn cariad efo Doug?' gofynnodd eto, ei llais yn uwch y tro hwn. Cerddodd draw yn araf i eistedd yn y gadair gyferbyn â'i mab.

Edrychodd Danny i lawr ar y stremp o lobsgóws ar y lliain bwrdd plastig.

'Sut dach chi'n gwybod, Mam?' gofynnodd ymhen hir a hwyr, ei lais yn crynu gan wybod bod ei gwestiwn hefyd yn gyfaddefiad, a chlywodd ei fam yn anadlu'n ddwfn, yn llyncu'n galed.

'Dwi 'di ama ers tro, a neithiwr, pan gafodd o'i hitio gan y polyn 'na, mi wnaeth dy ymateb di gadarnhau bob dim.' Estynnodd Coni ar draws y bwrdd gan afael yn dynn yn llaw Danny. 'Ond dwi isio i chdi wybod, Danny, 'di o'm bwys gen i pwy ti'n ei garu, dwi'n dy garu di ac mi fydda i'n dy garu di am byth.'

Teimlodd Danny ryddhad yn llifo drwyddo wrth i eiriau olaf ei fam dreiddio i'w ymennydd, a llifodd y dagrau i lawr ei fochau i ymuno â'r lympiau lobsgóws ac ychwanegu at y llanast ar y lliain bwrdd.

'Ond plis bydda'n ofalus,' ychwanegodd Coni. 'Jyst cadwa'n iach, beth bynnag wnei di. Dwi 'di darllen am yr holl hogia ifanc 'na sy 'di marw, a dwi'n ofni drostat ti. Ma' Bunny a Bruce wedi bod mewn cymaint o angladdau'n ddiweddar meddan nhw – hogia ifanc, cryf jyst yn marw, fel'na,' meddai, gan glicio'i bys a'i bawd. 'Bywydau'n cael eu diffodd fel fflam ar gannwyll. Bob tro dwi'n darllen am y peth, mi fydda i'n meddwl am y mamau. Nes i ddarllen am rai mamau sy'n gwrthod derbyn y gwir am eu meibion, yn gwrthod mynd atyn nhw pan oeddan nhw'n sâl ac yn gadael iddyn nhw farw mewn rhyw ysbyty diarth ar ben eu hunain bach. Gormod o gywilydd, ti'n gweld, cywilydd o be oedd eu meibion, ac isio cuddio'r cwbwl. Fedra i ddim dallt sut y gallai unrhyw fam neud hynny. Tasat ti neu Sila'n sâl 'swn i yno efo chi, lle bynnag fysach chi yn y byd. Ond dallta hyn, fydd gen i byth gywilydd ohonat ti na Sila, 'di o'm bwys be wnewch chi. Ond plis, bydda'n ofalus.'

Gwthiodd Danny'r bowlen o'r neilltu a chwilio yn ei boced am hances bapur, cyn chwythu'i drwyn yn uchel.

'Dach chi 'di siarad am hyn efo Dad?' gofynnodd, ac ysgydwodd Coni ei phen cyn ateb.

'Naddo, dim eto. Mi o'n i isio siarad efo chdi gynta. Ond paid ti â phoeni am dy dad, mi fydd bob dim yn iawn ... a dwi'n siŵr bod Sila 'di dallt erbyn hyn hefyd. 'Dan ni ferched yn fwy craff, yn gallu gweld yr arwyddion yn well na dynion ... dynion normal, 'lly.'

Edrychodd Danny drwy'r ffenest eto, a gwelodd ei dad yn y pellter yn eistedd ar drelar y babell efo Jock, y ddau ddyn 'normal' yn sgwrsio ffwl-sbîd gan edrych i fyny at y babell o bryd i'w gilydd.

'Ydi, ma' Sila'n gwybod, ac os rwbath, dwi'n fwy cŵl yn ei golwg hi mwya sydyn,' meddai Danny, gan geisio chwerthin. 'Ond be nath i chi ama 'mod i'n hoyw, Mam? Dwi 'di gwneud fy ngora i guddio'r peth erioed. Dwi 'di trio peidio bod yn camp, a thrio deud y petha iawn pan oedd Nain neu rywun yn holi, neu'n trio 'nghyflwyno fi i ryw hogan ...'

Gwenodd Coni arno'n drist. 'Do, dwi'n gwbod, 'ngwas i, ac ma'n wir ddrwg gen i dy fod di wedi teimlo bod yn rhaid i chdi drio cuddio. Dwi 'di gorfod brathu 'nhafod sawl gwaith efo dy nain, ond ti'n gwybod sut ma' hi. Fedrith hi ddim cadw'i thrwyn allan. Ond dwi'n meddwl 'mod i'n gwybod ers blynyddoedd, 'sti, ers pan oeddat ti'n fychan iawn. Ti wastad 'di bod yn wahanol, yn fwy sensitif. Sila oedd y tomboi, allan yn dilyn ei thad ar hyd y lle fel ci bach, wrth 'i bodd yn dod adra'n fwd i gyd. Ond mi oedd yn well gen ti fod efo fi. Dwi'n cofio pan oeddat ti newydd ddechra siarad, yn ista wrth y bwrdd 'ma, yn union fel rydan ni rŵan, yn fy ngwylio fi'n rhoi fy ngwyneb ymlaen cyn y sioe. Taswn i'n newid trefn y colur roeddat ti'n gweiddi, "Na, Mam, dim hwnna rŵan. Bocha coch gynta," neu "mwy o nipstic, Mam!". Roeddat ti'n chwerthin o waelod dy fol pan o'n i'n rhoi clamp o sws rech fawr ar dy foch di, ac yn mynnu sbio yn y drych er mwyn gweld oedd na hoel "nipstic" ar dy wyneb di. Dwi'n meddwl 'mod i'n gwybod hyd yn oed bryd hynny. Wedyn, wrth i ti dyfu, mi o'n i'n torri 'nghalon wrth dy wylio di'n trio ffitio i mewn, yn trio bod yn fwy fatha dy dad, a'r cwbwl o'n i isio'i wneud oedd gafael ynddat ti'n dynn a deud wrthat ti fod dim rhaid i ti newid, bod dim rhaid i ti ffitio i mewn efo neb arall, dy fod di'n berffaith fel roeddat ti. Ond ro'n i hefyd yn gwybod bod yn rhaid i mi adael llonydd i ti, er mwyn i ti ddod i ddallt y peth dy hun gynta. Mi o'n i'n gobeithio y bysat ti'n deud wrtha i pan oeddat ti'n barod. Ond pan ddaeth Doug a Chris aton ni leni, ro'n i'n gallu gweld y cwbwl mor glir. Tra oedd Sila'n mopio'i phen efo Chris, roeddat ti'n mopio efo Doug. Pan welis i chdi efo fo neithiwr, roedd yn rhaid i mi ofyn i ti.'

Trodd Danny i edrych ar Coni, a'r tro hwn Danny wnaeth estyn am law ei fam.

'Dwi 'di bod isio deud ers dipyn rŵan, ond doedd yr amser byth yn iawn. Am flynyddoedd ro'n i'n meddwl y bysa fo'n pasio, ac y byswn i'n dechra ffansïo genod, ond ddigwyddodd hynny ddim. Ges i sawl crysh ar hogia dros y blynyddoedd, ond pan gyrhaeddodd Doug ... wel, dyna fo. Gath pob amheuaeth ei chwalu'n siwrwd gan Mr Cŵl o Dde Affrica.'

Chwarddodd y ddau.

'Wel,' meddai Coni wrth godi o'i chadair, 'fedra i ddim dadla efo chdi, mae o'n bishyn. Ond rheiny 'di'r gwaetha'n aml iawn, felly gofala di nad ydi o'n torri dy galon di. Paid â setlo'n rhy sydyn a phaid â chymryd unrhyw fistimanars. Ti'n haeddu gwell. Os na fedar dyn fod yn driw i ti, ti'n well hebddo fo.' Gwagiodd weddillion y lobsgóws oer o'r bowlen yn glatsh i'r sinc, a gadawodd i'r tap dŵr oer redeg am chydig cyn troi at y sosban fawr oedd yn ffrwtian yn dawel ar y tân. 'Ma' nhw'n gallu ein codi ni i'r entrychion pan fydd bob dim yn mynd yn iawn, pan mae eu cariad nhw'n llifo i un cyfeiriad, ond wedyn mi allan nhw ein malu ni'n ddarnau mân pan fydd rhywun arall yn camu i mewn, a sathru ar dy galon di.' Gwagiodd ragor o'r lobsgóws poeth o'r sosban i'r bowlen gan ei gario draw i Danny. 'Gwranda di ar rywun sy'n gwybod, a phaid â gwneud yr un camgymeriadau. Gofala am dy galon dy hun gynta, Danny,' meddai'n dyner, cyn plygu i'w gusanu'n ysgafn ar ei foch. Cododd ei llaw i'w anwesu. 'Na, does 'na ddim nipstic heddiw, 'mabi fi.'

* * *

Ddaeth Chris a Doug ddim yn ôl i Syrcas y Brodyr Davies ar ddiwedd eu cytundeb yn yr Iseldiroedd, ond yn hytrach aethant ymlaen i Sbaen am yr haf, a buan iawn y daeth y llythyru i ben. Gyda thymor newydd daeth perfformwyr newydd, ac ymhen dim roedd Danny wedi dechrau llygadu acrobat cyfeillgar o Morocco. Ond parhau wnaeth y llythyru rhwng Sila a Chris, ac ar ddiwedd y tymor yn Sbaen daeth Chris yn ei ôl ar ei ben ei hun, gan ddweud bod yr act wedi dod i ben a bod Doug wedi mynd i America.

Ysgydwodd Danny ei ben er mwyn ceisio gwaredu'r atgofion, a rhwygodd yr amlen yn sydyn. *Shit or get off the pot*, Danny Boi, meddyliodd wrth agor y dudalen a dechau darllen. Pan gyrhaeddodd y frawddeg olaf, aeth yn ôl i'r dechrau a darllen y cyfan eto.

Lisa, chwaer Doug, oedd wedi ysgrifennu'r llythyr. Mae'n debyg bod Doug wedi byw efo'r salwch am dros dair blynedd heb ddweud gair wrth neb, ond yn y diwedd bu'n rhaid iddo stopio perfformio a rhoi'r gorau i deithio. Erbyn iddo ysgrifennu at Lisa, oedd yn dal i fyw yn Ne Affrica, roedd Doug mewn ysbyty arbenigol ar gyrion Efrog Newydd. Gwnaeth Lisa ei gorau i godi'r arian er mwyn hedfan draw ato, ond roedd yn rhy hwyr. Pan ffoniodd yr ysbyty er mwyn dweud wrth Doug ei bod wedi llwyddo i fenthyca'r arian i dalu am ei thocyn awyren, dywedodd y nyrs wrthi fod Doug wedi marw y bore hwnnw, dridiau cyn ei ben-blwydd yn bump ar hugain oed.

MATI
1938

Methai Mati â deall pam nad oedd yn teimlo'n drist, o wybod bod ei thad yn marw yn y stafell nesaf. A dweud y gwir, doedd hi ddim yn teimlo llawer o ddim, heblaw gwacter. Gwrandawodd ar yr adar yn canu yn y berllan gerllaw, ac aroglodd bersawr melys y rhosod oedd yn tyfu o dan ffenest ei stafell wely. Am funud neu ddau ystyriodd ddiffyg cydbwysedd y sefyllfa. Yr haul yn tywynnu a byd natur mor hardd o'i chwmpas, a'i thad yn dioddef munudau olaf poenus ei fywyd ychydig lathenni i ffwrdd. Drwy gau ei llygaid a chanolbwyntio ar arogl y rhosod a thrydar yr adar, gallai berswadio'i hun fod popeth yn iawn. Bod ei theulu yn deulu llawn, normal, hapus. Ond pan glywai ddrws stafell ei thad yn agor ac yn cau, cawsai ei tharo gan wirionedd ei sefyllfa. Yn ôl Doctor Isaac, doedd ei thad ddim yn debygol o weld y bore canlynol, ac wedyn, byddai'n amddifad. Ychydig fisoedd oedd ers ei phen-blwydd yn un ar bymtheg – doedd hi ddim yn ddigon hen i fod yn oedolyn a gwneud ei phenderfyniadau ei hun ynglŷn â gweddill ei bywyd, ond doedd hi ddim yn blentyn chwaith, a gwyddai ei bod yn rhy hen i ganiatáu i Lena neu John Ifan siarad drosti.

Torrwyd ar ei myfyrdod gan gnoc ar ddrws ei stafell a gwelodd wyneb llwyd Lena Griffiths yn edrych arni.

"Sa'n well i chi ddod ato fo rŵan, Mati. Ma'r Mistar yn agosáu at y diwedd, a 'sa'n biti i chi beidio bod yno,' meddai'n sych, cyn ychwanegu, 'chi ydi'i ferch o, wedi'r cwbwl.' Trawyd Mati gan y ffaith fod Lena'n gwisgo marwolaeth a thristwch yn dda; bod galar yn ei siwtio'n well o lawer na hapusrwydd.

Nodiodd Mati arni gan godi'n araf oddi ar y gwely, ond cymerodd ei hamser i dacluso'r cwilt cyn dilyn Lena allan o'r stafell, yn meddwl yn siŵr y câi ei tharo gan don o dristwch rhwng drws ei stafell hi a gwely angau ei thad. Ond ddigwyddodd dim byd. Wrth iddi edrych ar wyneb ei thad, yn felyn fel hen bapur, ei anadl yn drwm a'i berfedd i'w glywed yn mudferwi dan ei groen bregus, parhau wnaeth y teimlad gwag. Sylwodd hi ddim pan ddaeth yr anadlu i ben.

Dridiau yn ddiweddarach roedd y cyfan drosodd, a'i thad wedi'i gladdu'n barchus ym mynwent capel Tanffriddoedd. Daeth trigolion y pentref, teulu a ffrindiau o bell ac agos i gydymdeimlo ac i dalu gwrogaeth i 'Islwyn Davies druan', y dyn fu'n fam ac yn dad i Mati ar ôl iddo golli'i wraig mor ifanc. Yn ogystal â hynny llwyddodd i redeg fferm lwyddiannus, a dod yn un o flaenoriaid mwyaf blaenllaw y capel ac un o hoelion wyth y pentref. Roedd ganddo wastad air o gysur a chyngor doeth i'w gyd-ddyn, ac âi allan o'i ffordd er mwyn helpu eraill.

Wrth sefyll ger y bedd, yn gwylio arch ei thad yn cael ei gollwng yn araf i waelod y twll, teimlodd Mati'n benysgafn am eiliad neu ddwy, a bu'n rhaid iddi afael yn mraich Lena er mwyn sadio'i hun. 'Y beth bach, dan deimlad, ma' siŵr,' sibrydodd sawl un o'r galarwyr, a gwenodd Mati y tu ôl i'w hances. Edrychodd draw a gwelodd Doli, ei ffrind bore oes, yn edrych arni â llygaid llawn tosturi, heb syniad mai rhyddhad, yn hytrach na galar, oedd wedi achosi ei phensgafndod. Tasan nhw ond yn gwybod, meddyliodd Mati, ei gwefusau'n llinell denau wrth i'r arch gyrraedd y pridd llaith ar waelod y bedd.

Roedd popeth yn iawn tra oedd Eleri, ei mam, yn fyw. Wel, roedd pethau'n llawer gwell, o leia. Roedd ysgafnder yn perthyn i'r tŷ: cerddoriaeth i'w chlywed yn aml wrth i'w mam ganu'r caneuon poblogaidd diweddaraf ar y piano, a chwerthin iach yn atseinio o amgylch y cartref. Er bod sawl llais ar strydoedd y pentref yn sibrwd ynglŷn â lwc dda Islwyn yn priodi unig blentyn i ffermwr cefnog, pan fu farw tad Eleri, camodd Islwyn i'r bwlch a gyda chymorth Ifan John, y rheolwr, llwyddodd i gadw'r fferm a'r stad i ffynnu. Roedd yn rhaid i'r rhai mwyaf sinigaidd, hyd yn oed, gyfaddef ei bod yn amlwg fod Islwyn ac Eleri mewn cariad, a phan ddaeth Mati i'r byd ddeng mis ar ôl iddyn nhw briodi, dotiodd pawb at y ferch fach siriol gan ddweud ei bod yr un ffunud â'i mam. Byddai Islwyn yn ei chario o gwmpas y pentref yn wên o glust i glust, gan stopio gydag unrhyw un fyddai'n dangos diddordeb ynddi; y balchder yn disgleirio yn ei lygaid a'r siom o beidio cael mab ac etifedd wedi'i roi o'r neilltu. Gwnaeth ei orau i anghofio'r sibrwd oedd wastad i'w glywed pan fyddai'n pasio, yr edrychiadau awgrymog, y galw enwau didrugaredd. Islwyn Lwcus, Is Fawr, Syr Islwyn: pob un yn cyfeirio at gyfoeth ei wraig.

Yn y cwrdd bore Sul ar ddiwrnod pen-blwydd Mati yn flwydd oed, cyhoeddodd Islwyn i'r byd fod babi arall ar y ffordd, ond byr fu'r dathlu a'r llongyfarchion pan gollwyd y babi ymhen ychydig wythnosau. Ond er gwaetha'r galar doedd neb i'w weld yn poeni'n ormodol, gan feddwl y byddai digon o gyfle eto am fabi arall. Digwyddodd yr un peth eto ymhen ychydig fisoedd, ac eto ychydig wythnosau cyn y Nadolig. Gyda phob profedigaeth dygwyd rhywfaint o hapusrwydd y cartref, a daeth beichiogi a chael babi yn obsesiwn i Eleri. Gwyddai fod cael etifedd mor bwysig i Islwyn: bachgen i ofalu am y stad ac i gario'i enw, ond ychydig wythnosau ar ôl iddi gyhoeddi pob beichiogrwydd byddai ei chorff yn chwarae tric budr arall arni. Dechreuodd guddio yn ei stafell wely am wythnosau ar y tro, er mwyn i'r dagrau beidio llifo ac i'w chorff gryfhau. Gorweddai yno, yn gwrando ar fywyd yn mynd ymlaen o'i chwmpas, ei hwyneb yn llwyd a'i llygaid yn llonydd. Eisteddai Mati fach y tu allan i'r drws, yn aros am wahoddiad i eistedd yng nghesail ei mam ar y gwely mawr, yn dyheu i glywed ei mam yn canu'r caneuon cyfarwydd ac i ymuno yn ei chwerthin.

Gwyddai Eleri fod Islwyn yn poeni'n arw amdani a gallai weld y tristwch yn ei lygaid wrth i'w gofal a'i gonsyrn droi'n chwerw. Dyna pryd y cyflogwyd Lena Griffiths i ofalu am Mati, er bod Edith, y forwyn, yn cadw'r tŷ fel pìn mewn papur, a Blodwen Price yn gofalu am y gegin. Roedd Mati wrth ei bodd yn y gegin efo Blodwen, yn ei gwylio'n coginio ac yn gwrando ar ei straeon am ei phlentyndod. Roedd gan Blodwen ferch fach hefyd, ychydig fisoedd yn hŷn na Mati, ac roedd Gwendolyn, neu Doli fel yr oedd pawb yn ei hadnabod, yn siriol ac yn hwyliog fel ei mam. Yn aml, pan fyddai Eleri'n gaeth i'w gwely, byddai Blod yn arwain y ddwy fach ar bob math o anturiaethau: pysgota am lyffantod yn yr afon, chwarae cuddio yn y fynwent neu hel mwyar duon o'r perthi cyn dychwelyd adre'n blastar o sudd porffor. Roedd Mati'n naturiol dawel ac urddasol a Doli'n llawn bywyd, yn gweld popeth yn her ac yn malio dim am neb. Beth bynnag ddigwyddai, byddai Doli'n taflu'i phen yn ôl ac yn chwerthin – chwerthiniad drwg yn ôl disgrifiad rhai, ond chwerthiniad oedd yn amhosib ei anwybyddu. Lladdwyd tad Doli mewn damwain ar y lein, a weithiau byddai Mati'n teimlo'i bod yn gallu uniaethu â cholled Doli, er bod ei dau riant yn fyw o hyd.

Daeth Mati a Doli'n ffrindiau mawr, yn rhannu eu gobeithion a'u cyfrinachau, ond daeth llawer o'r hwyl i ben gydag ymddangosiad Lena. Clywodd Mati a Doli y ffrae yn y gegin pan fu Lena'n ddigon dewr i geisio rhoi Blodwen yn ei lle.

'O hyn ymlaen, *Mrs* Price, fi fydd yn gofalu am Mati,' datganodd Lena. 'Mae ganddoch chi ddigon i'w wneud yn y gegin 'ma. A pheth arall, dwi'm yn meddwl fod rhedeg o gwmpas y caeau fel cwningod gwyllt yn ymddygiad addas i lêdi,' meddai, gan bwyso ar fwrdd y gegin.

'Felly ma'i dallt hi, ia?' meddai Blod yn chwyrn, a gwyddai Doli a Mati'n iawn fod storm yn agosáu. 'Wel gadewch i mi ddeud wrthach chi, *Miss* Griffiths, dwi'n gwybod yn iawn be sy'n dda i'r hogan fach 'na. Ma' hi a Doli ni fel chwiorydd, a dyn a ŵyr, mae'r gryduras angen chydig o hwyl.' Agorodd Lena ei cheg i'w hateb ond aeth Blod yn ei blaen. 'A rhag ofn nad ydach chi wedi sylwi, dim *lêdi* ydi hi ar hyn o bryd, ond plentyn. Mae'r awyrgylch yn y tŷ 'ma'n ddigon â llethu neb ar adegau, ac yn fy marn i, 'di o'm yn lle i blentyn fod, efo Mrs Davies druan ddim yn codi am wythnosau ar y tro, a'r Mistar yn crwydro o gwmpas y lle fel dafad golledig efo pwysa'r byd ar ei sgwyddau. Does 'na neb yn sbio ar yr hogan fach 'na o un diwrnod i'r llall.'

O'r diwedd, bu'n rhaid i Blod gymryd saib er mwyn llyfu'i gweflau, a manteisiodd Lena ar y cyfle.

'Dyna'n union dwi'n feddwl, Mrs Price. Dydi'r Mistar ddim yn talu i chi am eich *barn*, ac yn bendant tydi o ddim yn talu i chi am eich gallu i ofalu am blant. Mae pawb yn y pentre 'ma'n gwybod bod eich Gwendolyn chi'n rhedeg yn wyllt o gwmpas y lle, a does wybod be ddaw ohoni. Mae'r Mistar a Mrs Davies yn talu i chi goginio, felly o hyn ymlaen dyna'n unig fydd eich dyletswyddau. Gadewch y gofal plant i mi.'

Cyn i Blod gael cyfle i ymateb, trodd Lena ar ei sawdl a cherdded allan o'r gegin, gan gau'r drws yn glep ar ei hôl.

Gofalu am Mati oedd prif ddyletswydd Lena, a gwnaeth hynny gyda llawer iawn o arddeliad ond chydig iawn o deimlad. Gwelodd Mati lai a llai ar ei rhieni, ac wrth i'r misoedd basio, Lena oedd yno i'w thywys. Pan ddaeth yn amser i Mati fynd i'r Cownti Sgŵl, llwyddodd Lena i berswadio Islwyn y buasai'n well i Mati gael ei haddysgu gartref. Felly, ar ddiwrnod cyntaf y tymor ysgol, eisteddodd Mati yn y ffenest i wylio Doli'n gadael y gegin, efo Blod yn gafael yn ei llaw yn dyner, ac yn ymuno efo gweddill plant y pentref oedd yn aros am y bws i'r ysgol fawr. Er nad oedd Mati'n mynd ymhellach na'r parlwr roedd Lena wedi mynnu ei bod yn gwisgo gwisg ysgol ffurfiol, ac erbyn amser cinio ar y diwrnod cyntaf hwnnw, roedd Mati'n casáu'r ffrog binaffor lwyd ac yn casáu Lena'n fwy fyth.

Dair gwaith yr wythnos, yn syth ar ôl i'r gwersi ddod i ben, byddai Madam Mildred, chwaer Lena, yn cyrraedd y tŷ er mwyn rhoi gwersi piano iddi. Hi oedd y ddynes dalaf i Mati ei gweld erioed, ac ychwanegwyd at ei thaldra gan het ddu a edrychai fel pot blodau wedi'i thynnu i lawr yn isel am ei phen. Hyd yn oed efo'r het yn cuddio'r rhan fwyaf o'i thalcen, roedd wyneb Mildred yn hir a chul, gyda gên gadarn a gwddf main, y gwythiennau i'w gweld yn las o dan ei chroen. Byddai'n cyrraedd y tŷ mewn car bach du oedd yn cael ei yrru gan ei gŵr, Herbert, ac ar ôl parcio o flaen y drws ffrynt, neidiai Herbert allan o'r car a rhedeg i agor drws ochr y teithiwr i Mildred. Ei thraed oedd yn ymddangos gyntaf, wedyn byddai'n dad-blygu'i hun fel sarff ddu allan o sedd ffrynt y car, cyn camu'n osgeiddig at y drws. Yno, yn barod i'w agor iddi, byddai Lena, bron yn moesymgrymu wrth i'w chwaer fawr ei phasio'n ddigyfarchiad, gan dynnu'i chôt laes ddu ac eistedd wrth y piano. Sylwodd Mati'n syth ar ei dwylo tenau a'i bysedd hir, esgyrnog, a sylwodd hefyd ar y fodrwy fawr oedd ar ei llaw dde, y garreg goch yn pefrio wrth i'w dwylo gwyn daro'r piano. Dyna'r unig liw oedd yn agos at Madam Mildred – roedd y gweddill ohoni fel darlun du a gwyn – a byddai Mati wrth ei bodd yn gwylio'r fodrwy'n wincio wrth i'r crafangau ddawnsio ar draws y berdoneg.

Byddai Mati'n manteisio ar bob cyfle i ddiflannu i'r gegin at Blod a Doli, gan ymlacio yn y cynhesrwydd a'r croeso oedd yn aros amdani yno bob amser. Gyda'r nos, pan fyddai Lena'n ei gadael yn ei stafell wely i ddarllen neu i wneud ei gwaith cartref, byddai Mati'n dringo allan o ffenest ei llofft, a gafael yn dynn yn sìl y ffenest er mwyn gollwng ei hun yn dawel i lawr ar do'r portsh cefn. Wedyn byddai'n rhedeg fel y gwynt ar draws y cae i ddrws ffrynt bwthyn Blod a Doli. Gwrandawai gyda chwilfrydedd a chenfigen ar straeon Doli am yr ysgol, ei hathrawon a'i chyd-ddisgyblion, a byddai Mati yn ei thro yn dweud hanes Lena a Madam Mildred, gan wneud i'r ddwy arall chwerthin wrth ddynwared Madam Mildred yn cerdded ac eistedd wrth y piano. Dywedodd wrthynt am y fodrwy fawr â'r garreg goch lachar, a dywedodd Blod fod Mildred wedi'i chael yn anrheg gan ei chariad pan oedd y ddau yn astudio yn y Conservatoire yn Birmingham. Rhoddodd y fodrwy i Mildred ar y noson olaf cyn iddo orfod gadael i ymladd yn y Rhyfel Mawr, gan erfyn arni i aros amdano, ond welodd hi mohono eto. Ymhen hir a hwyr cafodd wybod fod y bachgen wedi'i ladd yn y frwydr fawr ar lannau'r Somme, a dychwelodd Mildred i Danffriddoedd efo modrwy ond heb gariad. Teimlodd Mati lwmp o emosiwn yn casglu yn ei gwddf wrth ddychmygu galar Mildred, a llyncodd yn galed wrth wrando ar y stori. Ychydig yn ddiweddarach priodwyd Mildred a Herbert, mab yr ymgymerwr, a dechreuodd roi gwersi piano gan sleifio'r teitl 'Madam' o flaen ei henw cyntaf.

'Mae ganddi reswm am edrych mor sur drwy'r amser felly ... wel, mwy o reswm na sgin ei chwaer hi,' meddai Blod. 'Ail feiolin ydi'r hen Herbert, mae gen i ofn, ond o leia mae Mildred yn gwybod be ydi cariad. Dwi'm yn meddwl fod yr hen Lena 'na 'di cael sws erioed, heb sôn am ddim byd arall!'

Chwarddodd Doli a Mati, gan gochi fymryn wrth feddwl am Mildred neu Lena'n caru.

Gyda phob colled, pellhaodd Islwyn oddi wrth Mati a phawb arall. Dechreuodd ddibynnu mwy a mwy ar Ifan John i redeg y stad, a daeth Lena'n gwbwl gyfrifol am redeg y tŷ. Pan fyddai Mati'n rhedeg ato'n llawn cyffro, er mwyn dweud wrth ei thad am rywbeth yr oedd wedi'i weld yn y cae pan oedd yn chwarae efo Doli, neu pan fyddai'n chwilio am air o gysur a chydig o faldod yn dilyn cerydd gan Lena, troi i ffwrdd fyddai Islwyn, gan ffoi i'w stydi a chau'r drws a'i gloi. Dechreuodd Mati feddwl fod ei thad yn ei chasáu, ei bod yn goffâd byw i'r babanod marw, ac yn ei atgoffa'n ddyddiol o'r plant bach roedd o wedi'u colli. Teimlodd Mati fod ei thad yn ei chosbi am ei bod wedi byw.

Ac felly y bu bywyd ym Mhlas Ffriddoedd am flynyddoedd. Yn araf dechreuodd Eleri wella, a dechreuodd Mati obeithio na fyddai angen Lena arnyn nhw cyn hir. Ond yn ystod y gaeaf ar ôl pen-blwydd Mati'n ddeuddeg oed, sylwodd Mati fod yr hen batrwm wedi dychwelyd. Gwelodd fod yr ychydig liw oedd wedi ymddangos ym mochau ei mam yn prysur ddiflannu eto, a chlywodd sŵn cyfarwydd y chwydu boreol. Wedyn daeth y cyhoeddiad nerfus gan Islwyn fod Eleri'n feichiog eto. Y tro hwn, fel y tro cynt a sawl tro cyn hynny, doedd dim dathlu na dymuno lwc dda. Yn hytrach, bron fel un, dechreuodd pawb yn y tŷ ddal eu gwynt, gan aros am y tristwch oedd bron yn anochel. Ond y tro hwn, ni ddaeth y tristwch ... wel, ddim yn syth, beth bynnag. Pasiodd y cyfnod ansicr cyntaf a daeth y chwydu i ben, a sylwodd Mati fod bol ei mam yn chwyddo. Wrth i'r wythnosau droi'n fisoedd dychwelodd y lliw i fochau Eleri, ac er bod Islwyn yn ffwdanu o'i chwmpas, dechreuodd pawb ymlacio, gan fentro cyffroi ac edrych ymlaen.

Un diwrnod, pan oedd Lena'n ddwfn yn hanes Llywelyn ein Llyw Olaf a Mati'n synfyfyrio drwy'r ffenest, tarfwyd ar y wers gan sŵn anghyfarwydd: sŵn y piano'n cael ei ganu'n uchel, a llais ei mam yn canu nerth esgyrn ei phen. Pan redodd Mati i mewn i'r parlwr, gwelodd ei mam yno, yn wên o glust i glust. Stopiodd ganu pan welodd Mati'n syllu arni.

'Paid ag edrych mor syn, Mati fach! Ty'd yma i eistedd wrth f'ochr i. Dwi'n meddwl fod 'na ddigon o le i ni'n tri,' meddai, gan anwesu ei bol. 'Dim ond jyst gallu cyrraedd y nodau ydw i, sbia!' meddai, gan chwerthin a dal ei breichiau allan dros y bol mawr. Chwarddodd Mati hefyd, a phlygodd Eleri i roi cusan ysgafn ar ei thalcen. 'Mati, druan. Titha wedi diodda hefyd, do? Mewn ffordd, ti 'di diodda mwy na neb, ond mi fydd bob dim yn iawn, gei di weld.' Gafaelodd yn llaw Mati a'i gosod yn ysgafn ar ei bol. 'Ti'n ei deimlo fo?' Am funud doedd Mati ddim yn siŵr at beth roedd ei mam yn cyfeirio, ond wedyn teimlodd rywbeth yn symud, a chododd ei llaw yn sydyn. 'Paid â bod ofn, Mati,' meddai Eleri wrthi gan wenu, 'dy frawd bach sy 'na, ac yn amlwg mae o wrth ei fodd efo cerddoriaeth. Mae o 'di bod yn dawnsio'n ddi-stop ers i mi eistedd wrth y piano. Hei, hwyrach mai pianydd fydd o pan dyfith o i fyny. Be ti'n feddwl?'

Edrychodd Mati arni'n ddifrifol am funud cyn ateb. 'Na, dwi ddim yn meddwl 'chi, Mam. Fydd o byth isio mynd i'r Conservatoire yn Birmingham fatha Madam Mildred.'

Chwarddodd Eleri eto, gan anwesu ei merch ag un llaw a'i bol efo'r llall.

Am y misoedd nesaf roedd Islwyn ar bigau'r drain, a byddai Doctor Isaac yn galw sawl gwaith yr wythnos, er mwyn lleddfu gofidiau Islwyn yn fwy na dim. Fis cyn y dyddiad geni, daeth dau o'r gweision i beintio'r stafell fach yn felyn, yn barod ar gyfer y babi.

'Ma' melyn yn saffach,' eglurodd Eleri wrth Mati, 'er 'mod i'n hollol siŵr mai hogyn bach dwi'n gael tro yma. Ma' Blod a phawb yn deud 'mod i'n cario'n flêr a bod hynny'n siŵr o olygu mai hogyn bach sy 'na. Pan o'n i'n dy gario di ro'n i'n daclus reit, 'mond bol bach twt yn y tu blaen, a sbia arna i rŵan! Dwi fel hocsiad, ond dwi ddim isio rhoi hwdw ar betha drwy beintio'r stafell yn las.'

Cafodd llenni newydd eu hongian ar y ffenestri ac adeiladwyd crud newydd sbon yng nghanol y stafell, rhwng y ddwy ffenest. Wrth waelod y grisiau mawr, parciwyd clamp o goets babi Silver Cross, ac roedd Mati'n gwrando wrth i Lena frolio wrth Edith, y forwyn fach, mai hon oedd y goets babi orau yn y wlad a bod y Mistar wedi talu dros bum punt amdani.

"Sa ti'n teimlo'r sbrings sydd ynddi, Edith, mi fydd y babi newydd yn teimlo'i fod o'n gorwedd ar gwmwl pan fydd o'n mynd am dro yn hon,' ychwanegodd, gan anwesu'r goets yn ysgafn.

Y noson honno, wrth gychwyn am ei gwely, teimlodd Mati'r awydd i deimlo'r sbrings enwog drosti'i hun. Aeth ati i geisio gwthio'r goets, heb sylwi fod rhywun wedi'i pharcio fel bod yr olwyn flaen yn sownd y tu ôl i'r bwced a ddaliai'r ymbaréls a'r ffyn cerdded. Meddyliodd Mati fod y brêc wedi bachu, a rhoddodd bwsh go hegar iddi. Cyn iddi ddeall be oedd wedi digwydd roedd y bwced ar ei ochr a'r holl ymbaréls a ffyn yn rowlio'n swnllyd ar hyd llawr pren y cyntedd. Cyn iddi allu gwneud dim, agorodd drws stydi ei thad a rhuthrodd Islwyn allan. Pan welodd beth oedd wedi digwydd, gafaelodd yn Mati gerfydd ei hysgwyddau a dechrau ei hysgwyd yn frwnt.

'Be sy ar dy ben di'r hogan wirion?' gwaeddodd. 'Paid ti byth â chyffwrdd y goets 'na eto. I dy frawd bach ma' honna, nid tegan i chdi ei malu ydi hi.' Parhaodd i'w hysgwyd nes i lais Eleri dorri ar ei dymer o ben y grisiau.

'Gad lonydd i'r hogan druan, Islwyn,' gwaeddodd, gan afael yn ei bol wrth bwyso dros y grisiau. 'Wnaeth hi ddim drwg, naddo?'

Yn sydyn, gollyngodd ei thad ei afael yn ysgwyddau Mati a chamodd i ffwrdd gan ddal i rythu arni, y gwylltineb candryll yn parhau yn ei lygaid. Eisteddodd yn araf ar y grisiau gan godi'i law i'w dalcen. Ymddangosodd Lena o rywle i wthio Mati i mewn i'r parlwr tra oedd Edith yn codi'r bwced ac yn ailosod yr ymbaréls a'r ffyn.

'Peidiwch â styrbio dim, Mistar,' meddai Lena cyn cau drws y parlwr. 'Mi wna i'n siŵr na chlywch chi ddim siw na miw gan y jadan fach 'ma eto.'

Yn fuan y bore canlynol, deffrowyd Mati gan sŵn cyfarwydd injan car Doctor Isaac. Cododd o'i gwely gan ochneidio, gan feddwl fod ei thad wedi galw arno heb fod angen unwaith eto, ond pan edrychodd allan drwy'r ffenest gwelodd y meddyg yn camu'n frysiog allan o'r car, a Nansi'r fydwraig wrth ei sawdl.

Y tro hwn, roedd ei angen. Pan aeth Mati i lawr i'r gegin gwyddai'n syth fod rhywbeth o'i le, a dywedodd Lena'n swrth wrthi fod ei mam wedi dechrau gwaedu yn ystod y nos. Ceisiodd Blod wenu arni wrth roi ei brecwast iddi, ond gwelodd Mati ei bod hithau'n poeni hefyd, a gwthiodd y plât o'r neilltu heb fwyta fawr ddim. Daeth Edith i'r gegin efo'r neges fod y doctor angen powlenni o ddŵr poeth a thywelion ar unwaith, ac edrychodd Lena a Blod ar ei gilydd heb ddweud gair.

Wrth ddychwelyd i'w stafell wely, oedodd Mati wrth ddrws llofft ei rhieni. Clywai leisiau aneglur y doctor a Nansi, ynghyd â llais arall – llais oedd yn gyfarwydd ac eto'n anghyfarwydd. Llais ei thad yn erfyn ac yn crio, a chyn iddi allu pasio, agorwyd y drws yn wyllt.

Safai ei thad o'i blaen, yn syllu arni. Edrychodd Mati heibio iddo a gwelodd ei mam yn gorwedd ar ei gwely mawr, ei chorff yn llonydd ac yn fach eto, a symudodd ei llygaid i lawr i'r swp gwaedlyd o gynfasau a thywelion oedd wrth ochr y gwely. Safai Doctor Isaac wrth y ffenest fawr, ei gefn at y drws a'i ddwy law yn pwyso yn erbyn y ffrâm, a cherddodd Nansi allan o'r stafell heb ddweud dim, ei hwyneb yn llonydd a llwyd, yn cario'r bwced ddu oedd fel arfer yn cael ei defnyddio ar gyfer glanhau llawr y gegin. Am eiliad meddyliodd Mati tybed pam fod Nansi yn cario'r bwced, ond wedyn sylwodd ar y lliain gwyn oedd yn gorchuddio'r cynnwys – lliain gwyn oedd erbyn hyn yn batrwm o frychni coch. Wedi eiliadau oedd yn teimlo fel oriau, tarfwyd ar yr olygfa dawel.

'Mati,' meddai ei thad, ei lais yn annaturiol o ddigynnwrf. Sylwodd Mati fod ei lygaid yn goch a'i fwstash yn fwy du nag erioed yn erbyn ei groen gwelw. 'Ma' nhw 'di mynd. Ma'r ddau 'di mynd, ac arnat ti mae'r bai. O'th herwydd di, dwi 'di colli popeth.' Syllodd Mati arno heb ddweud gair, gan geisio prosesu'r hyn roedd ei thad yn ei ddweud wrthi. 'Ti'n dallt be dwi'n ddeud? Mae dy fam wedi marw, Mati, ac mae dy frawd bach newydd wedi marw hefyd. Sioc y ffrae 'na neithiwr achosodd hyn. Doedd dy fam ddim yn gryf, ac mi wnaeth yr holl sŵn a'r ypsét ddeud arni. A rŵan, drycha be ti 'di'i neud. Ma'r ddau wedi marw oherwydd dy ffolineb di, a fedra i byth faddau i ti. 'Sa'n well o beth cythraul tasat ti wedi marw cyn cael dy eni!'

Teimlodd Mati bopeth yn troi o'i chwmpas: y waliau, y drysau, y carped a hyd yn oed gwely angau ei mam, wrth iddi ddechrau deall beth oedd wedi digwydd. Llosgodd dagrau yn ei llygaid. Ceisiodd agor ei cheg er mwyn egluro i'w thad nad hi oedd ar fai, mai damwain oedd iddi droi'r bwced dal ymbaréls, ond ddaeth y geiriau ddim allan. Teimlodd ddwylo Lena unwaith eto yn gafael yn ei hysgwydd a'i gwthio tuag at ddrws ei stafell wely. Cyn cau'r drws, edrychodd yn ôl a gwelodd ei thad yn sigo'n swrth i'w liniau, ei gorff yn crynu a phob deigryn yn berwi gydag atgasedd wrth iddo edrych drwyddynt ar ei unig blentyn.

Ar fore angladd ei mam a'i brawd, eisteddai Mati ar ris isaf y grisiau yn tynnu ar yr edau oedd yn hongian o hem ei ffrog ddu, yn gwneud ei gorau i beidio â chrio ac i anwybyddu'r corddi yn ei stumog. Ddwywaith y bore hwnnw bu â'i phen yn y tŷ bach, y chwydu'n troi'n gyfog gwag poenus wrth i weddillion ei brecwast tila ddiflannu i lawr y beipen.

Yn y dyddiau ers marwolaeth ei mam a'i brawd roedd y Plas wedi bod yn fwrlwm, yn orymdaith ddiddiwedd o gydymdeimlad. Bachgen oedd o, bachgen bach o'r enw Eifion. Yn ôl pob sôn roedd ei rhieni eisoes wedi dewis yr enw iddo: enw cadarn ar gyfer bachgen iach, cryf, nid enw ar gyfer corff eiddil fyddai byth yn ffynnu. Bu Mati'n eistedd yn uniongryth yn y parlwr er mwyn derbyn yr ymwelwyr, gan ddweud cyn lleied â phosib. Gwyliodd ei thad yn gwneud y synau cywir, yn chwarae rhan y tad ifanc wedi'i lorio gan alar am ei wraig a'i etifedd newydd-anedig i'r dim. Ond drwy'r cyfan, sylwodd Mati nad oedd ei thad wedi edrych arni o gwbwl. Wrth gwrs, byddai'n edrych i'w chyfeiriad, ond edrych ar ei thalcen neu ar ei chlust oedd o yn hytrach nag i fyw ei llygaid. Unwaith neu ddwy aeth cyn belled â rhoi ei law ar ei hysgwydd neu ar ei phen pan fyddai'n meddwl fod disgwyl iddo wneud hynny, pan oedd rhywun yn gwylio, ond doedd dim cynhesrwydd, dim cysur yn ei ddwylo. Teimlai Mati oerni ei gyffyrddiad yn treiddio i'w hesgyrn. Pan fyddai saib rhwng ymwelwyr byddai'r mwgwd o alar a thristwch yn llithro gan ddatgelu'r atgasedd a'r casineb oedd yn ei lygaid go iawn, ac eisteddai'n fud gan aros am yr ymwelydd nesaf, cyn ailwisgo'r mwgwd unwaith eto. Blod oedd yr unig un i gynnig cysur go iawn i Mati, gan egluro iddi fod Doctor Isaac wedi dweud bod Eifion wedi troi yn y groth ac felly wedi mygu cyn i'w mam allu ei eni, a doedd gan hynny ddim byd o gwbwl i'w wneud â'r digwyddiad efo'r goets a'r ymbaréls y noson cynt. Teimlodd Mati y rhyddhad yn ei tharo fel ton, ac ar yr un pryd daeth y dagrau ... dagrau diddiwedd nes ei bod yn teimlo fel petai'n boddi. Pwysodd yn erbyn Blod a theimlodd ei llaw yn anwesu'i phen, yn union fel y gwnaeth Eleri y diwrnod hapus hwnnw wrth y piano, a gadawodd i'r cyfan lifo allan: yr euogrwydd, y siom, y tristwch a'r hiraeth. Ers hynny, roedd wedi teimlo'n wag.

Clywodd sŵn yr hers yn cyrraedd y tu allan, ac yn sydyn roedd cyntedd tŷ yn bobol i gyd, pawb yn symud yn dawel fel cwr o angylion du. Blod, Doli, Edith, Lena, John Ifan a Madam Mildred yn gyntaf, ac wrth i Lena agor y drws y ffrynt, teimlodd Mati eu llygaid yn troi i'w chyfeiriad. Cododd, a symud yn sigledig i sefyll wrth y drws. Pan ddaeth ei thad allan o'r stydi cerddodd yn araf a chadarn heibio, heb edrych ar unrhyw un. Oedodd am eiliad pan welodd yr hers, cyn rhoi'r arwydd i Herbert gychwyn y daith araf i lawr i gapel Tanffriddoedd.

Teimlai Mati fel petai mewn breuddwyd wrth wrando ar y pregethwr yn dweud pethau hyfryd am ei mam, am ei thad, a hyd yn oed am ei brawd bach, a meddyliodd Mati am eiliad sut y gallai'r pregethwr fod wedi gwybod sut berson fyddai Eifion wedi bod. Gallai fod wedi tyfu i fod yn hen ddyn cas, yn hen fwli llawdrwm, ond rŵan, fyddwn ni byth yn gwybod, meddyliodd, a bydd Eifion Bach yn sant am byth. Torrwyd ar draws ei myfyrdod gan yr organ, wrth i Madam Mildred ddechrau chwarae'r emyn cyntaf, a gwelodd Mati gip ar y garreg goch yn disgleirio yn y pellter.

Ar ôl y gwasanaeth a'r claddu roedd te wedi'i drefnu yn y festri, ac er ei bod yn dyheu am gael mynd adref i'w llofft a chau'r drws ar y byd, eisteddodd Mati wrth y bwrdd mawr tra oedd ei thad yn sgwrsio ac yn diolch i hwn a'r llall am eu caredigrwydd. Edrychodd ar y darn bara brith oedd ar ei phlât gan obeithio nad oedd neb wedi sylwi nad oedd wedi bwyta briwsionyn.

Yn sydyn, teimlodd bresenoldeb wrth ei hochr a daeth yn ymwybodol o rywun yn gafael yn ei llaw. Edrychodd i lawr a gwelodd law hir denau, gyfarwydd. Yn annisgwyl, clywodd ei llais ei hun.

'Madam Mildred, sut fedrwn ni gario mlaen? Fyddan ni byth yr un fath eto?'

Cymerodd Mildred ei hamser cyn ateb, a dechreuodd Mati feddwl nad oedd am siarad.

'Miss Davies,' meddai o'r diwedd, 'rydach chi'n gywir yn hynny o beth. Fydd pethau byth yr un fath, ond mi gewch nerth. Fe ddaw o rywle ac mae'n rhaid i chi fod yn barod i'w dderbyn. Mae'ch tad wedi'i siomi a'i frifo ac mae'n debyg y bydd yn anodd iawn i chi ddirnad ei deimladau, ond mae'n rhaid i chi feddwl am eich dyfodol. Rydach chi'n ifanc, yn gryf, ac mae ganddoch chi fywyd hir o'ch blaen. Peidiwch â gadael i'r golled yma ddifetha'r cyfan. Gwastraff fysa hynny. O hyn ymlaen, meddyliwch amdanoch eich hun. Pan fydd y galar yn taro, ac mae o'n siŵr o wneud, criwch, ac wedyn rhowch gaead ar yr emosiwn. Peidiwch â gadael iddo'ch rheoli a pheidiwch â gwneud unrhyw benderfyniad mawr yn ei sgil. A beth bynnag wnewch chi, peidiwch â setlo am yr ateb cyntaf. Rydach chi'n haeddu gwell.'

Gwrandawodd Mati ar ei geiriau'n ofalus, a theimlodd wres y garreg goch yn cynhesu ei llaw.

Bedair blynedd yn ddiweddarach roedd Mati wedi claddu'i thad hefyd, ei gorff erbyn hyn yn gorwedd efo'i mam a'i brawd. Ond y tro hwn, roedd y teimlad yn wahanol. Doedd y golled ddim yr un fath. Mewn ffordd, collodd ei thad flynyddoedd cyn iddo suddo i bydew iselder yn dilyn marwolaeth ei wraig a'i blentyn. 'Islwyn Davies druan, wedi marw o dor calon,' oedd dadansoddiad sawl un. 'Ddoth o erioed dros y sioc o golli Eleri a'r hogyn.' Ond gwyddai Mati'n iawn fod y canser wedi gafael yn ei thad, wedi manteisio ar ei dristwch, ei siom a'i alar, ac wedi ymgartrefu ynddo. Nid torri wnaeth ei galon ond caledu, yn garreg ddu oedd yn pwmpio gwaed llawn dicter o amgylch ei gorff, gan bydru ei organau. Gwnaeth Mati ymdrech ar ddechrau ei waeledd i dreulio amser efo'i thad, ond gwnaeth Islwyn yn glir nad oedd o eisiau ei chwmni na'i gofal. Felly ymbellhaodd Mati, gan wylio'r dirywiad araf wrth i'w thad wywo.

Y diwrnod ar ôl marwolaeth Islwyn, daeth Mr James W. James

o gwmni cyfreithwyr James a James i'w gweld, a deallodd Mati fod y stad a holl eiddo ac arian ei rhieni erbyn hyn yn eiddo iddi hi. Byddai'r cyfan yn cael ei drosglwyddo i'w henw ymhen blwyddyn, ar ei phen-blwydd yn ddeunaw. Tan hynny, roedd popeth i barhau heb unrhyw newid, efo John Ifan yn rhedeg y stad, Lena i ofalu am Mati a'r tŷ, a Mr James i gadw llygad ar y cyfan. Yn wir, ar yr wyneb ac i rywun oedd yn edrych i mewn o'r tu allan, aeth popeth yn ei flaen heb newid. Ond roedd Mati'n wahanol. Gwyddai fod popeth yn mynd i newid eto, ond wrth edrych ar fedd ei theulu, cofiodd Mati sut y bu i gynhesrwydd y garreg goch lifo drwy ei chorff. 'Ydw,' meddyliodd 'dwi'n haeddu gwell.'

From: Hari_84@fastmail.co.uk
To: Gafyn.Hughes@animalsfirst.co.uk

Helô Gafyn,
Dwi'n sgwennu i adael i chi wybod fy mod i wedi gwneud penderfyniad mawr.

Unwaith y bydd yr ymgyrch nesaf drosodd, dwi am ymfudo i Awstralia. Mae brawd Mam yno ers dros ugain mlynedd rŵan, ac wedi bod yn trio fy mherswadio i fynd yno ers blynyddoedd. Mi oedd Mam a fi wedi trafod y peth lawer gwaith, ond mi oedd Mam braidd yn nerfus am ddechrau bywyd newydd mewn gwlad ddieithr. Rŵan, wrth gwrs, does 'na ddim i'm cadw yma.

Felly, pan fyddaf yn gorffen fy rhan yn yr Ymgyrch, mi fyddaf yn mynd mor fuan â phosib, a hwyrach fod hynny'n beth doeth beth bynnag, rhag ofn y bydd unrhyw ddial.

Gyda lwc, mi fydd yn haws gadael gan wybod fod Dan Davies a'i deulu wedi talu'r pris.

Cofion,
Hari

DANIEL
1939

Daeth y cadarnhad pan oedd Syrcas Bertram Mills yn Wrecsam. Erbyn mis Medi, roedd yn amlwg i bawb y byddai'n rhaid i'r syrcas gau, a phythefnos wedi cyhoeddiad Chamberlain, galwyd cyfarfod gan Mr Bernard a Mr Cyril yn y babell fawr yn syth ar ôl y perfformiad. Roedd pawb yn ofni'r gwaethaf. Yn raddol, llanwodd y cylch ag artistiaid, sawl un heb gael amser i newid ar ôl y sioe. Disgleiriai eu gwisgoedd lliwgar o dan hen gotiau blêr, ac roedd gofid ac ansicrwydd wedi disodli'r gwenau cyhoeddus. Daeth y gweithwyr yno hefyd, i eistedd yn y seddi blaen yn union fel cynulleidfa'n aros am berfformiad, a phan ymddangosodd y ddau frawd drwy'r llenni melfed, distawodd y sibrwd.

Roedd Bertram Mills ei hun, cyn-amaethwr cefnog a sefydlodd ei syrcas mewn ymateb i her gan gyfaill, wedi marw ers tro, a'i feibion, Cyril a Bernard, oedd bellach yn gyfrifol am redeg y sioe: dau ŵr ifanc oedd wedi mwynhau magwraeth fonheddig. Graddiodd un o Brifysgol Caergrawnt a'r llall o Brifysgol Rhydychen ychydig fisoedd cyn etifeddu'r syrcas, ac er bod nifer yn disgwyl iddynt werthu'r cyfan a throi at yrfaoedd mwy addas i'w statws, synnwyd pawb gan eu penderfyniad i barhau efo'r syrcas. Gydag agwedd newydd a ffres, y gwersi a ddysgwyd gan eu tad ynghyd â'r doethineb i gyflogi'r gweithwyr gorau er mwyn gwneud iawn am eu diffyg profiad, aeth y syrcas o nerth i nerth. Arhosai Mr Bernard yn y swyddfa yn Llundain y rhan fwyaf o'r amser er mwyn canolbwyntio ar y busnes, a Mr Cyril oedd yn gyfrifol am yr ochr ymarferol o gyflogi'r artistiaid a chynhyrchu'r sioe. Aeth y brodyr ati i adeiladu ar enw da eu tad, a chyn hir roedd enw Syrcas Bertram Mills yn adnabyddus drwy'r diwydiant, yn denu'r artistiaid gorau ar gyfer eu sioe deithiol ac ar gyfer y sioe fawr oedd yn cael ei chynnal bob Nadolig yn un o neuaddau arddangos anferth Olympia yn Llundain. Safon a chwaeth oedd yn bwysig i Syrcas Bertram Mills. Ond heno, nid adnewyddu cytundebau a chynllunio ar gyfer Olympia oedd ar feddyliau'r ddau frawd, ac roedd yr olwg ddifrifol ar eu hwynebau yn rhagrybudd o'r geiriau oedd i ddilyn.

Safodd Mr Cyril yng nghanol y cylch, ac wedi pesychiad byr aeth ati i gyhoeddi, yn ei Saesneg stacato, crachaidd, fod y syrcas yn mynd i orfod cau ar ddiwedd yr ymweliad â Wrecsam. Eglurodd fod y llywodraeth yn hawlio'r trenau oedd yn cael eu defnyddio i symud y syrcas o un lle i'r llall er mwyn eu defnyddio i symud offer milwrol a thanciau. Heb y trenau, eglurodd, roedd yn amhosib i'r daith barhau. Felly, y bwriad oedd casglu'r anifeiliaid a'r offer ar ôl y perfformiad olaf yn Wrecsam. Wedyn, byddai disgwyl i bawb wneud eu trefniadau eu hunain, eglurodd, a gan nad oedd modd gwybod am faint y buasai'r rhyfel yn parhau, roedd yn amhosib addo unrhyw waith yn y dyfodol agos. Yn olaf, diolchodd i bawb yn gwrtais a dymunodd yn dda i'r criw, er bod ei lais yn crynu wrth i emosiwn y sefyllfa ei dagu, gan geisio'u sicrhau y byddai gwaith ar eu cyfer eto unwaith y byddai Syrcas Bertram Mills yn ailgychwyn. Ar ôl gorffen ei araith, trodd at ei frawd a gadael y cylch.

Pan ddaeth yn amlwg fod y cyfarfod ar ben, dechreuodd pawb wasgaru, yn dawel i ddechrau, ond cynyddodd y trafod wrth i ddifrifoldeb y cyhoeddiad eu taro, pob un yn ystyried y cam nesaf.

Trodd Walter at Daniel wrth wylio cefn y brodyr Mills yn diflannu i dywyllwch y llenni melfed.

'Wel, dyna ni, Daniel bach. Be wnawn ni rŵan? Ti'n meddwl gawn ni fynd i'r fferm efo'r eliffantod?' gofynnodd.

Cymerodd Daniel ei amser cyn ateb.

'Wn i ddim amdanat ti, ond dwi'n mynd i ddeud nos da wrth y genod, ac wedyn dwi'n mynd i molchi a newid cyn tywallt wisgi mawr i mi fy hun. Mae croeso i ti ymuno efo fi ... wel, am y wisgi, beth bynnag. Dwi'n ei chael hi'n haws meddwl pan fydd gen i wydraid o rwbath go gryf yn fy llaw.'

'Ddo' i draw mewn rhyw chwarter awr felly,' meddai Walter gan gerdded i gyfeiriad ei garafán.

Fel roedd Daniel yn cyrraedd y stablau, daeth un o'r gweithwyr heibio gyda neges yn dweud fod y ddau Mr Mills eisiau ei weld yn y swyddfa ar unwaith. Pan gyrhaeddodd Daniel y garafán fawr oedd yn cael ei defnyddio gan y rheolwyr fel swyddfa, cododd y ddau frawd oddi ar eu seddi lledr moethus i'w gyfarch, ac ysgwyd ei law yn gynnes. Cofiodd Daniel am yr unig dro arall iddo fod yn y garafán – y noson y cyrhaeddodd dir Prydain am y tro cyntaf – ac unwaith eto, cafodd ei daro gan foethusrwydd chwaethus y garafán. Y pren tywyll oedd yn gorchuddio'r waliau, y goleuadau cynnes ond cynnil mewn lampau gwydr, a'r carped trwchus dan draed. Yn wahanol i'r arfer, Mr Bernard oedd am siarad y tro hwn, a chamodd Mr Cyril yn ôl fymryn gan syllu'n dawel ar y carped.

'Waeth i ni heb â gwastraffu amser. Fel dach chi'n deall, dwi'n siŵr, mae'r sefyllfa yn Ewrop yn un ddifrifol iawn, ac mae gwneud y penderfyniad i ddod â'r daith i ben yr wythnos hon wedi bod yn un anodd. Ond, yn ogystal, mae Cyril a finnau wedi bod yn poeni braidd am eich sefyllfa chi a'ch brawd, a'r perygl posib sy'n eich wynebu. Mae'n debyg bod unrhyw un o dras Almaenaidd sydd ym Mhrydain ar hyn o bryd yn debygol o gael eu rhoi mewn gwersyll rhyfel, felly y cyngor gorau y medrwn ni ei roi i chi ar hyn o bryd ydi i gadw draw o'r dinasoedd mawr a'r trefi. Ffeindiwch rywle yng nghefn gwlad, ac arhoswch yno nes y bydd pethau'n gwella. Ond wedi dweud hynny, rydach chi'n fwy diogel yma nag yn yr Almaen, credwch neu beidio. Dwi wedi clywed adroddiadau erchyll am yr hyn sy'n digwydd i Iddewon ac i bobol o dras y Sinti yno, felly da chi, cadwch draw a diolchwch eich bod wedi gadael y wlad pan wnaethoch chi. Os oes rhywun yn holi, dwedwch wrthyn nhw mai Hwngariaid ydach chi.' Gyda hynny trodd i edrych ar ei frawd.

Estynnodd Mr Cyril amlen allan o boced ei siaced, a'i rhoi i Daniel.

'Mae 'na waith papur yn yr amlen hon sy'n siŵr o wneud pethau'n haws i chi'ch dau.'

'Wrth gwrs, mi fuasen ni'n ddiolchgar iawn petai modd cadw hyn yn breifat, rhyngom ni'n tri,' ychwanegodd Mr Bernard, gan edrych ychydig yn anesmwyth, a nodiodd Daniel yn araf. 'Mi fydd yr eliffantod yn dychwelyd i'r fferm yn Ascot ar ddiwedd yr wythnos, ac fel arfer byddai croeso i chi ddod efo nhw, ond o dan yr amgylchiadau, mae'n well i chi gadw draw. Unwaith y bydd pethau wedi setlo, cewch ddychwelyd â chroeso, ond tan hynny, mae'n saffach i chi ddod o hyd i rywle arall, rhywle llai amlwg. Cyn gynted ag y bo modd mi fydd Syrcas Bertram Mills yn ailgychwyn, a bydd gwaith i chi a'ch brawd bryd hynny.'

Nodiodd Mr Cyril, ond gadawodd i'w frawd orffen.

'Rydan ni'n ddiolchgar iawn i chi am eich gwaith a'ch ymroddiad i'r anifeiliaid sydd dan eich gofal, a fedrwn ni ond ymddiheuro am y sefyllfa, a dymuno'r gorau i chi'ch dau dros y misoedd nesaf. Beth bynnag fydd y canlyniad, does neb yn wirioneddol fuddugol ar ddiwedd rhyfel.'

Wrth orffen ei frawddeg, cerddodd Mr Bernard at ddrws y swyddfa er mwyn pwysleisio'r ffaith fod y cyfarfod ar ben.

Yn fuan ar ôl ysgwyd dwylo'r brodyr roedd Daniel yn sefyll ger y stablau, a geiriau Mr Bernard yn adleisio yn ei ben. Roedd yr amlen, mwyaf sydyn, yn drwm yn ei law.

'Lle ti 'di bod? Brysia efo'r wisgi 'na!' gwaeddodd Walter o ddrws y garafán.

* * *

Gwrandawodd Daniel ar law'r bore yn glanio'n ysgafn ar y to, a gwnaeth ei orau i berswadio'i hun na fyddai ffarwelio ag eliffantod Bertram Mills mor anodd â gadael eliffantod Adolph Althoff. Y noson honno, byddai staff y syrcas yn cyrraedd o'r fferm yn Ascot er mwyn gyrru'r genod yn ôl adref, ac roedd Daniel yn benderfynol nad oedd am adael iddo'i hun deimlo'r golled y tro hwn. A dweud y gwir, roedd y diwrnod hwn wedi bod yng nghefn ei feddwl o'r dechrau un, ers iddo gyrraedd Prydain. Er ei fod wrth ei fodd efo eliffantod Mills ac wedi mwynhau cael y cyfle i'w hyfforddi dros y flwyddyn ddiwethaf, gwyddai'n iawn ei fod wedi cadw rhywfaint o bellter – yn emosiynol, o leiaf. Roedd o'n ymwybodol o'r dechrau y byddai'n rhaid iddo eu trosglwyddo, ryw ddiwrnod, i ddwylo rhywun arall.

Roedd gadael y genod ym mhencadlys Herr Althoff wedi torri'i galon, a hyd yn oed rŵan deuai lwmp i'w wddf wrth feddwl am yr edrychiad gafodd gan Bella wrth iddo gerdded allan o'r stablau am y tro olaf. Roedd ei llygaid yn sgrechian arno i beidio mynd. Dywedodd wrtho'i hun drosodd a throsodd ar y daith ddiddiwedd o'r Almaen i Brydain ei fod yn gwneud y peth iawn, a gwyddai y byddai Gunther yn gofalu am y genod. Ond er hynny, roedd ei galon yn deilchion. Pan ddaeth y cynnig gan Mills roedd pawb wedi'i gynghori i'w gymryd, a dyna oedd cyngor ei fam hefyd. 'Cer tra medri di, Daniel, a gwna'n siŵr dy fod yn gofalu am dy frawd bach.'

Doedd cyrraedd Prydain ddim wedi bod yn hawdd. Gan fod pencadlys Althoff ger Dusseldorf, penderfynwyd y byddai'n well iddyn nhw deithio drwy'r Iseldiroedd, wedyn ar draws Gwlad Belg ac anelu am arfordir gogleddol Ffrainc, er mwyn dal y cwch dros nos i Brydain. Roedd Herr Althoff wedi bod yn garedig iawn, gan roi llythyr iddo oedd yn egluro fod Daniel a Walter yn gweithio iddo ac yn mynd i Brydain i nôl offer arbenigol gan Syrcas Bertram Mills, ac roedd perchnogion Mills wedi anfon llythyr tebyg oedd yn cadarnhau stori Herr Althoff. Er hynny, roedd nerfau Daniel a Walter yn frau wrth iddynt gychwyn eu taith o brif orsaf Dusseldorf. Hyrddiodd y trên drwy'r tywyllwch a thoddodd y ddinas i ddüwch cefn gwlad, y ddau frawd yn syllu'n fud drwy'r ffenest.

Caeodd Daniel ei lygaid gan obeithio y byddai rhythm ailadroddus y trên yn arwain at gwsg, ond yn hytrach, llanwyd ei feddwl gan gwestiynau di-ri, pob un yn amhosib eu hateb. A oedden nhw'n gwneud y peth iawn yn gadael Herr Althoff? Fyddai'r brodyr Mills gystal cyflogwyr? Be am y genod – fydden nhw'n hiraethu amdano? A beth ddeuai o'i rieni a gweddill y teulu? O'r holl gwestiynau, yr olaf oedd y achosi'r poendod mwyaf iddo, a gwyddai fod Walter yn poeni hefyd.

Yn ddiweddar roedd sefyllfa'r syrcas yn yr Almaen wedi newid. Ar y dechrau roedd Adolph Hitler a'i ddirprwy, Joseph Goebbels, o blaid y diwydiant, yn eu gweld fel adlewyrchiad o natur fentrus y wlad, a byddai lluniau ohonynt yn ymweld â syrcas fawreddog Krone a Busch yn ymddangos yn y papurau newydd yn aml, efo'r perfformwyr yn y cefndir yn wên o glust i glust. Ond erbyn hyn roedd pethau'n wahanol, gydag unrhyw sioe oedd yn cyflogi perfformwyr Iddewig neu o dras Sinti yn cael eu herlid. Manteisiodd nifer ar natur symudol, ddiwreiddiau'r syrcas er mwyn cuddio, ond roedd y rhwyd yn prysur gau. Gwyddai Daniel fod ei chwaer, Gerda, yn gymharol ddiogel gan ei bod erbyn hyn bron yn aelod o'r teulu Althoff ac yn bwriadu priodi Dieter, ond roedd sefyllfa gweddill y teulu'n llai diogel o lawer. Roedd Gerda wedi aros ar sioe Herr Althoff efo Dieter, a Klaus wedi aros yno hefyd, ond yn ei styfnigrwydd – ac er gwaethaf protestiadau Frida – roedd Wilhelm wedi mynnu ailgychwyn Syrcas Vogel gyda Helga, Horst, ac Ingrid yn perfformio'r sioe i gyd.

Ar ôl ychydig wythnosau bu'n rhaid iddo yntau gyfaddef fod pethau wedi newid. Roedd y cyhoedd yn ofni y buasai cefnogi'r Vogels yn eu pardduo yn llygaid y Natsïaid, felly chydig oedd yn mentro allan i eistedd yn y babell fawr. Prin hefyd oedd y llythyrau a dderbyniodd Daniel gan ei fam, gan ei bod yn poeni y byddai'r Natsïaid yn eu darllen er mwyn darganfod lleoliadau'r Sinti, ond drwy ei fodryb Ursula, clywodd Daniel fod Frida, Wilhelm a gweddill y teulu wedi ymuno â syrcas y teulu Blumenfeld, oedd yn ceisio croesi i Ffrainc cyn gynted â phosib. Suddodd calon Daniel wrth glywed hyn. Er bod y Blumenfelds yn deulu o berfformwyr talentog a chyfeillgar, roedden nhw hefyd yn Iddewon balch.

Ar ôl gadael Syrcas Althoff, bu'r brodyr yn teithio am dridiau ar un trên ar ôl y llall, o wlad i wlad, gan ddyheu am gyrraedd Ffrainc a bwrdd y llong. Dechreuodd Daniel sylwi ar ei gyd-deithwyr. Ym mhob gwlad deuai pobol newydd i eistedd o'i gwmpas, yn unigolion, yn deuluoedd, yn griwiau o ffrindiau, yn ifanc a hen. Ond roedd un peth yn eu huno – yr ofn a'r gofid oedd wedi'i naddu ar bob wyneb. Roedd yr ofn i'w weld yn llechu yn llygaid yr ifanc, hyd yn oed, y tu hwnt i'r chwerthin a'r ymffrostio anaeddfed.

Bob tro y byddai'n rhaid newid trên neu groesi ffin, teimlai'r brodyr yn swp sâl wrth i'r swyddogion bori dros lythyrau Althoff a Mills, gan orfoleddu pan fyddai'r llythyrau'n cael eu dychwelyd a'r trên yn gadael yr orsaf unwaith eto, yn gwybod eu bod gam yn nes at ddiwedd y daith. O'r diwedd, wrth i'r nos agosáu ar y trydydd diwrnod, cyrhaeddodd y trên orsaf Dunkirk, ac o fewn dwyawr roedd y ddau frawd yn sefyll ar fwrdd y llong, yn anadlu'n drwm wrth iddi adael y porthladd.

Pwysodd Daniel yn erbyn y ffens ar ochr y llong a chwipiodd y gwynt oer drwy ei wallt. Er mor braf oedd teimlo'r gwynt wedi dyddiau o deithio ar drenau drewllyd, corddai ei stumog wrth i Ffrainc ymbellhau. Caeodd ei lygaid, ac am eiliad gwelodd wyneb ei fam, ei gwên gariadus yn gynnes fel petai'n gwrando ar un o straeon cyfarwydd ei dad. Yr un mor sydyn, diflannodd y ddelwedd pan agorodd ei lygaid, a chwythwyd ei hwyneb i'r tonnau rhewllyd. Teimlodd yr eira'n glanio'n ysgafn ar ei fochau cyn toddi yn ei ddagrau, a rhoddodd ei fraich dros ysgwyddau ei frawd a thynnu ei gorff crynedig i'w gesail.

* * *

Erbyn i Daniel godi ar y bore olaf hwnnw yn Wrecsam roedd y glaw wedi cilio, a phan agorodd hanner uchaf drws y garafán gwelodd fod y tober wedi'i foddi yn haul olaf yr haf. Drwy'r dydd bu'n gweithio, gan geisio peidio â meddwl am yr hyn oedd o'i flaen, ac erbyn amser y sioe roedd popeth wedi'i bacio: ei eiddo fo ac eiddo'r eliffantod. Diolchodd Daniel ei fod wedi mynnu prynu ei garafán a'r lorri yn ystod misoedd cynnar y tymor neu mi fuasai'n ddigartref yn ogystal ag yn ddi-waith.

Ar chwythiad chwiban Meistr y Cylch dechreuodd y gerddoriaeth gyfarwydd, ac wrth iddo'u harwain i mewn i'r cylch am y tro olaf, gwyddai Daniel fod y genod wedi sylwi fod rhywbeth o'i le. Teimlodd ei wên wag yn gwegian wrth iddo gydnabod y gymeradwyaeth ar ddiwedd yr act, ac wrth i'r genod fynd yn syth o'r cylch i'r lorri fawr i gyfeiliant cerddoriaeth siriol y syrcas a chwerthin y plant yn y cefndir. Safodd Daniel a Walter wrth y giât yn gwylio'r lorri fawr yn diflannu i'r pellter.

Ar ôl newid o'i wisg grand a'i rhoi'n ofalus mewn bag yn barod i'w dychwelyd i'r rheolwyr, trawyd Daniel gan don o anobaith. Byddai disgwyl i Walter ac yntau adael y tober erbyn diwedd y diwrnod canlynol. Ond mynd i ble? Doedd dychwelyd i'r Almaen ddim yn opsiwn, ac yn ôl y newyddion ar y radio doedd pethau fawr gwell yn Ffrainc. Doedd dim sôn wedi bod am weddill y teulu ers misoedd, ac er bod Daniel a Walter wedi gwneud eu gorau i berswadio'u hunain fod y diffyg cysylltiad yn golygu fod popeth yn iawn, gwyddai'r ddau y gallai'r gwrthwyneb fod yr un mor wir.

Y noson honno, wrth i'r tober raddol wagio, cafodd Daniel neges delegram o Iwerddon gan Edward Fossett yn holi tybed fyddai diddordeb ganddo mewn ymuno â syrcas y Fossetts am y gaeaf. Rywsut, roedd y newyddion am ddiwedd Syrcas Bertram Mills wedi cyrraedd Iwerddon, a gan eu bod yn chwilio am rywun i ddangos act efo eliffant a dau geffyl yn cyd-berfformio, dyma anfon at Daniel. Er gwaetha'r cyflog tila atebodd Daniel yn syth i ddweud ei fod am dderbyn y cynnig, a holi am swydd i Walter, ond chafodd o ddim ateb na chadarnhad. Edrychodd Daniel ar y bag oedd yn dal ei wisgoedd – y dillad moethus, disglair y byddai'n rhaid eu dychwelyd cyn gadael – a meddyliodd am ei fam a'i chwiorydd, yn eistedd am oriau, weithiau yng ngolau cannwyll, yn gwnïo gwisgoedd ar gyfer y teulu. Frida oedd yn torri'r defnyddiau lliwgar ac yn gwnïo'r cyfan at ei gilydd ac wedyn byddai Gerda, Ingrid a Helga yn mynd ati i'w haddurno'n gywrain gan ddefnyddio secwins a gleiniau o bob lliw. Wedyn deuai'r ffraeo a'r cecru wrth i'r bechgyn gael eu perswadio i drio'r gwisgoedd newydd am y tro cyntaf. 'Paid ti â meiddio bod yn groes,' rhybuddiai Frida, 'a finna a dy chwiorydd wedi bod yn gwnïo nes bod ein bysedd ni'n gignoeth!' Byddai ei chwiorydd yn chwerthin pan fyddai Frida'n mynd ati i dynnu'r gwisgoedd fan hyn a fan draw. 'Safa'n syth wir, Daniel, ti fel sachaid o datws!' Byddai'n gwthio'i ysgwyddau'n ôl a thynnu'r goler yn ei blaen. 'Dyna welliant!' Camai'n ôl i edmygu ei gwaith llaw, gan ddatgan, 'Ti'n werth pris y tocyn ar ben dy hun yn y wisg 'na, Daniel bach. Digon o sioe!' Gwrido wnâi Daniel bob tro, gan wneud llygaid bygythiol ar ei frodyr a'i chwiorydd.

Neidiodd Daniel pan ddaeth cnoc uchel ar ddrws ei garafán, a chododd yn sydyn i'w agor.

'Telegram i chi, Mr Vogel,' meddai'r bachgen a safai ar y stepen. 'Mae'n ddrwg gen i 'mod i heb ddod â fo draw ynghynt, ond ma' petha 'di bod yn wyllt yn y swyddfa 'na heddiw, rhwng bob dim.'

Bachodd Daniel y papur o'i law a'i ddarllen yn awchus.

Message: COME FIRST WEEK IN DECEMBER – (STOP)– ACT WAITING –(STOP)– ONE ELEPHANT AND TWO HORSES –(STOP)– SIX WEEK THEATRE SEASON WAR PERMITTING –(STOP)– PLENTY OF WORK FOR BROTHER –(STOP)
Sender's name: EDWARD FOSSETT

'Ydi'r Edward Fossett 'ma'n dallt mai Almaenwyr ydan ni?' gofynnodd Walter mewn llais isel. Roedd yn sefyll ar stepen carafán ei frawd, yn pwyso dros hanner gwaelod y drws, tra oedd Daniel yn molchi yn y sinc.

'Nac'di siŵr. Cyn belled ag y mae unrhyw un arall yn y cwestiwn, 'dan ni'n dod o Hwngari, iawn?' atebodd Daniel yn swrth cyn gostwng ei ben a thaflu dŵr dros ei wyneb. 'Dwi 'di bod yn meddwl. Unwaith y byddwn ni yn Iwerddon mi fydd yn haws cadw'n pennau i lawr, ac os gawn ni dymor yno, hwyrach y bydd hi'n haws cael Mam a Dad a'r lleill draw,' ychwanegodd, gan ymestyn am y tywel i sychu'i wyneb. Gwyddai wrth ddweud y geiriau fod hynny'n annhebygol, ond nodio'i ateb wnaeth Walter.

'Dos i dy wely rŵan, Walt, ma' gen i chydig o fusnes i'w orffen cyn mynd fory.' Edrychodd Daniel dros ysgwydd ei frawd, gan wenu ar y ferch oedd yn agosáu.

'Iawn,' meddai Walter gan wenu, a throi i gyfarch y ferch oedd yn gweithio yn y swyddfa docynnau. 'Nos da, Daniel ... a nos da, Sadie,' meddai, gan gamu oddi ar y stepen. 'Peidiwch ag aros ar eich traed yn rhy hwyr.'

'Nos da, Walt,' gwaeddodd Sadie ar ei ôl. 'Dwi'm yn bwriadu bod ar fy nhraed o gwbwl!' ychwanegodd gan chwerthin, cyn diflannu i garafán Daniel a chau'r drws uchaf gyda chlep.

* * *

Roedd gadael y tober yn Wrecsam yn brofiad rhyfedd, ac er bod diwedd i bob tymor, a ffarwelio yn rhan anochel o fywyd y syrcas, roedd teimlad gwahanol y tro hwn. Roedd dweud ta-ta wrth y gymysgedd ryfeddaf o bobol a oedd, dros y misoedd diwethaf, wedi dod yn ffrindiau, yn elynion, ac yn gariadon wastad yn anodd. Er y byddai llwybrau nifer o'r artistiaid yn siŵr o groesi eto, ryw dro, ni ellid ail-greu'r union gymysgedd o reolwyr, artistiaid a gweithwyr byth eto. Ond y tro hwn roedd posibilrwydd na fyddai aduniad, mewn gwlad arall nac yng nghysgod pabell arall, ac roedd yr ansicrwydd i'w deimlo ym mhob coflaid ac ym mhob ysgwyd llaw. Gwnaeth pawb eu gorau i wenu a dweud ambell jôc, ond gwyddai Daniel yn iawn fod ei gyd-berfformwyr yn poeni am y dyfodol, yn poeni am allu fforddio bwydo'u plant a'u hanifeiliaid petai'r rhyfel yn parhau am fisoedd neu, Duw a'n helpo, am flynyddoedd. Ac yn union fel Daniel, roedd nifer yn poeni am ffrindiau a theulu. Felly ochneidiodd y brodyr yn ddwfn wrth i Walter yrru'r lorri drwy'r giât gan adael gweddillion Syrcas Bertram Mills yn y pellter.

Estynnodd Daniel am y map.

'Reit 'ta,' meddai ar ôl clirio'i wddf, 'dwi'n meddwl 'sa'n gallach i ni yrru ar draws gwlad i gyrraedd y porthladd.' Cododd ei lais er mwyn i Walter ei glywed dros sŵn yr injan. 'Mi oedd rhywun yn sôn bod yr heddlu'n stopio lorïau ar y prif ffyrdd, a gan fod ganddon ni ddigon o amser, waeth i ni fynd y ffordd hir ddim.' Cododd Daniel ei ben o'r map gan edrych ar yr arwydd oedd yn ei wynebu. 'Dilyna'r arwyddion am y lle yma: Lla ... Llangollen,' meddai, gan geisio dehongli'r enw dieithr a threfn anghyfarwydd y llythrennau. 'Wedyn, dos am Corwen ac wedyn Bala.'

Chwarddodd Walter wrth wrando ar ei frawd yn gwneud ei orau efo'r enwau rhyfedd, ac ymhen dim roedd y ddau'n chwerthin, a'r dagrau'n llifo i lawr eu gruddiau. Am weddill y dydd roedd enw pob pentref a thref yn achosi mwy o chwerthin, wrth iddynt deithio'n ddyfnach i dirwedd gogledd Cymru.

Edrychodd Daniel ar y map unwaith eto cyn i olau'r dydd bylu gormod. 'Beryg y bydd rhaid i ni stopio cyn hir,' meddai, 'ond rydan ni 'di gwneud amser reit dda. Mae 'na le o'r enw Portmadoc yn dod i fyny cyn bo hir, felly drïwn ni barcio yn fanno am y noson. Mi fyddwn ni'n mynd ymhell allan o'n ffordd, ond well i ni fod yn saff. Wedyn, fory, mi awn ni i gyfeiriad y bont fydd yn mynd â ni i ynys o'r enw Anglesey, ac ym mhen pella'r ynys mae'r porthladd – lle o'r enw Holyhead. O fanno mae'r cwch i Iwerddon yn hwylio.'

Nodiodd Walter ei ateb, gan ganolbwyntio ar beidio â tharo'r gwrychoedd wrth lywio'r lorri a'r garafán ar hyd y ffordd gul. Er bod Edward Fossett wedi dweud na fyddai'r cytundeb yn dechrau tan wythnos gyntaf Rhagfyr, roedd Daniel a Walter wedi cytuno y byddai'n syniad da iddynt anelu am Iwerddon yn syth, a chwilio am waith o ryw fath yno i'w cadw tan hynny. Fel yr oedd Walter yn dal i fynnu, byddai'r rhyfel yn siŵr o fod wedi gorffen erbyn hynny.

Dros fynyddoedd a bryniau oedd yn eu hatgoffa o fforestydd

a chefn gwlad yr Almaen, teithiodd y brodyr nes gweld y môr yn y pellter. Teimlodd Daniel ei lygaid yn cau, ond cafodd ei ddeffro'n sydyn gan beswch yr injan. Teimlodd y lorri'n arafu ychydig cyn codi sbîd unwaith eto. 'O, blydi hel,' meddai Walter o dan ei wynt, 'dwi'n meddwl ein bod ni'n rhedeg allan o betrol.'

Sythodd Daniel yn ei sedd, wedi deffro'n llwyr.

'Y blwmin bryniau 'na oedd y drwg. Mae hi'n gythraul o job trio dyfalu faint barith tanc o betrol heb fod yn gyfarwydd efo'r ffyrdd, ac mae'r gêj 'ma mor fympwyol â thin babi,' meddai Walter, wrth i'r injan besychu eto.

'Drycha,' meddai Daniel, gan bwyntio i'r dde, 'mae 'na bentref bach i'w weld lawr yn fanna. Anela amdano fo. Mae o i lawr yr allt, sy'n help!'

Gyda hynny trodd Walter y lorri i gyfeiriad y pentref. Milltir a hanner ymhellach i lawr y lôn, pesychodd y lorri am y tro olaf wrth i'r injan farw ger arwydd y pentref. 'Croeso i Danffriddoedd,' darllenodd Daniel mewn llais gwirion, cyn iddo yntau a Walter ddechrau chwerthin eto.

SILA
1992

Dau ddyn tebyg i Freddie Mercury yn perfformio symudiadau erotig ar y trapîs, dynes dew â cheseiliau blewog yn troelli yn nenfwd y babell gerfydd ei gwallt, dau glown dychrynllyd mewn jîns budron, moto-beics yn hyrddio a chriw yn weldio â'r gwreichion yn neidio fel tân gwyllt o amgylch y cylch. Eisteddai Sila yn gwylio'r cyfan yn gegrwth. Tybed beth fuasai ei thad yn ddweud? Edrychodd o'i chwmpas ar y gynulleidfa enfawr oedd yn mwynhau pob eiliad, ac edrychodd ar ei gŵr, Chris, oedd yn eistedd wrth ei hochr. Suddodd ei chalon pan welodd olwg o gyffro a syndod ar ei wyneb.

Yn y car ar y ffordd adref, eisteddodd Sila'n dawel, yn aros am sylwadau Chris. Gwyddai'n iawn fod Chris wedi mwynhau'r sioe roedden nhw newydd ei gwylio, a gwyddai hefyd ei fod yn ofni ei hymateb, felly pwyllodd cyn dweud dim. Ar ôl teithio tua phedair milltir, teimlai Sila fod yn rhaid iddi dorri'r distawrwydd.

'Mi oedd 'na awyrgylch neis yna, doedd?' meddai, gan ddechrau'n bositif a gwneud ei gorau i gadw'i llais yn ysgafn rhag i Chris deimlo'i bod yn rhy ymosodol. 'A wnest ti sylwi ar y gynulleidfa? Dwi'n siŵr na fysa tri chwarter y rheina ddim yn twllu syrcas go iawn.'

Oedodd Chris cyn ateb, yn amlwg yn dewis ei eiriau'n ofalus.

'Ia, ti'n iawn, mi oeddan nhw'n gynulleidfa wahanol iawn i'r bobol 'sa'n mynd i weld sioe dy rieni. Ond wnest ti sylwi ar y prisiau? Bron i ddwbwl be ma' dy fam a dy dad yn ei godi am sedd yn eu sioe nhw, ac mi oedd y babell 'na'n llawn. Pryd welist ti babell dy dad yn llawn fel'na ddwytha?'

Edrychodd Sila drwy'r ffenest ar oleuadau'r ddinas yn gwibio heibio. 'Mi ddaru ni'n iawn yn Dartford wsos dwytha, do?' cyfarthodd yn ôl yn sydyn, '... ac roedd Ipswich yn iawn ar y penwythnos. Mae'n ddigon hawdd i sioe fel'na werthu pob sedd yng nghanol Llundain, tydi, ond rho di'r sioe yna yn Ipswich neu Amlwch neu Wrecsam, a buan iawn 'sa'r stori'n newid. Dydi pobol go iawn ddim isio gweld petha fel'na nac'dyn? Pwy ond crowd arti-ffarti Llundain sy'n mynd i dalu pres mawr i weld rhywun yn weldio? Diolch byth nad oeddan ni'n ista *ringside* – dwi'n siŵr bo' nhw'n drewi. Welist ti'r olwg flêr ar y perfformwyr 'na? Mi oedd pob un angen sgrwbiad iawn. A phaid â sôn am y miwsig! Mae'n syndod nad ydi pawb yn mynd adra efo dos go dda o *tinnitus* ar ôl ista am ddwyawr yn y ffasiwn sŵn.'

Chwarddodd Chris wrth wrando ar ei wraig. 'Dwi'n deud wrthat ti, Sil, mae 'na le i sioeau fel'na, ac mi gei di weld, fydd 'na fwy a mwy ohonyn nhw'n ymddangos cyn hir. Dwi'm yn deud bod y sioe yn berffaith...'

Daeth ebychiad o'r sedd wrth ei ochr. 'Ha, yn bell o fod!' chwarddodd Sila, ond doedd Chris ddim am ildio.

'... Ac mi oedd 'na lot o betha 'swn i'n eu gwneud yn wahanol. Ti'n iawn, mi oedd y gwisgoedd yn ddiawledig, a 'sa'r rhan fwya ohonyn nhw 'di elwa o gael cawod, ond fel syniad, fel cynhyrchiad, fel ffordd o wneud i'r syrcas apelio at gynulleidfa newydd – cynulleidfa ifanc, cynulleidfa ariannog – ro'n i'n meddwl 'i fod o'n ddiddorol, ac yn rwbath i'w ystyried.' Aeth yn ei flaen cyn i Sila gael cyfle i dorri ar ei draws eto. 'Dwi'm yn deud y dylen ni neud yr un peth, ond mae 'na wersi i'w dysgu, does?'

Ysgydwodd Sila ei phen cyn ateb. 'Wel, o leia 'dan ni'n cytuno ar un peth – na fyddwn ni byth yn gwneud yr un peth. Meddylia be 'sa 'Nhad yn ddeud, taswn i'n troi i fyny i berfformio ar y trapîs heb folchi na rhoi brwsh drwy 'ngwallt, efo pâr o jîns a hen fest bygddu amdanaf. Mi oedd gan ambell un o'r genod 'na heno fwy o wallt o dan eu ceseiliau na sgin i ar fy mhen! 'Sa Dad yn cael ffit binc!'

Yn dilyn eiliad o dawelwch chwarddodd y ddau yn uchel, yn falch o'r esgus i dorri'r tensiwn oedd i'w deimlo yn y car. Penderfynodd Chris beidio ag ymateb eto, ac ymdawelodd y ddau am weddill y siwrnai adref, wedi ymgolli yn eu meddyliau. Un yn gyffrous am y dyfodol, a'r llall yn ei ofni.

* * *

Y dydd Sul canlynol roedd Sila'n brysur yn dechrau pacio'r garafán ar gyfer y daith y noson honno pan ddaeth Chris i mewn. Roedd o wedi bod efo Dan a chriw o'r gweithwyr i'r tober nesa er mwyn marcio'r safle ar gyfer y babell fawr fyddai'n cael ei chodi y bore wedyn, a thaflodd bapur newydd ar y bwrdd cyn mynd i roi'r tegell ar y tân.

'Be sy arnat ti? Ti'm yn arfer prynu papur dydd Sul,' meddai Sila wrth roi'r ceffyl tsieni mawr i orwedd yn ofalus ar glustogau'r soffa. 'Dwi 'di gwneud spag bol i ginio, wedyn mae 'na frechdanau ar gyfer heno, a pheth o'r gacen 'na hefyd os fyddi di awydd darn.' Edrychodd ar y cloc oedd yn dal ar y wal, yn aros i gael ei dynnu i lawr i'w bacio. 'Ro i dân isel dan y sosban rŵan, a geith o gnesu tra ti'n molchi a shafio, a finna'n roi 'ngwyneb ymlaen. Wedyn, 'mond berwi'r pasta fydd angen. Dwi 'di deud wrth Mam y gwna i helpu yn yr offis heddiw achos ma'r bwcings yn dda,' meddai, gan droi ei sylw at y stof.

'Ma' gofyn i heddiw fod yn dda i wneud i fyny am weddill yr wsnos,' atebodd Chris. 'Ond dyna fo, be ti'n ddisgwyl a ninna mor bell allan o'r dre. Wn i ddim be oedd ar ben dy dad yn dod i'r ffasiwn le.'

Cododd Sila gaead y sosban fawr a defnyddio llwy bren i droi'r saws trwchus yn ofalus, gan geisio anwybyddu'r dôn gecrus yn llais ei gŵr.

'Doedd ganddo fawr o ddewis, nag oedd? Mi wyddost ti na chawn ni fynd ar dir y Cyngor efo'r anifeiliaid, felly doedd hi ddim yn bosib i ni ddefnyddio'r parc yng nghanol y dre fel roeddan ni'n arfer wneud. Ti 'di gweld y blwmin protestwyr 'na wrth y giât bob dydd, do? Blydi hwligans ddiawl, yn gweiddi'n gas ar y plant bach sy'n dod i weld y sioe. Fedri di ddim gweld bai ar deuluoedd parchus yn cadw draw. Mi oedd fan hyn yn lle mor dda ar gyfer syrcas ers talwm – dwi'n cofio'r gynulleidfa'n ciwio am y gwelet ti er mwyn cael tocyn, cyn i'r blydi petha hawliau anifeiliaid 'ma godi'u pennau a sbwylio bob dim i pawb,' meddai wrth osod y caead yn ofalus ar sgiw a throi'r fflam i lawr fymryn o dan y sosban.

'Esgus arall,' atebodd Chris gan ochneidio. 'Lle bynnag yr awn ni, mae 'na esgus os di'r busnas yn giami. Rhy bell o'r dre, rhy gynnes, rhy wlyb, rhy oer, dim digon o bosteri, gormod o brotestwyr, bla, bla, blydi bla. Dwi newydd fod yn y car efo dy dad am awr a hanner yn gwrando arno fynta'n siarad shit am yr un peth. Pryd wnewch chi ddallt, dwch, 'di pobol ddim isio gweld hen eliffant yn gwneud tricia!'

Teimlodd Sila'r gwrid yn codi, ond gwnaeth ei gorau i beidio â chodi'i llais.

'Ydyn siŵr. Gei di weld pnawn 'ma – mi fydd 'na gynulleidfa dda, ac mi fyddan nhw i gyd wrth eu boddau,' meddai, gan estyn ei bocs colur siabi oddi ar y silff cyn eistedd wrth y bwrdd i ddechrau ar y broses gyfarwydd. Gosododd y drych o'i blaen, ac aeth ati i beintio, yn benderfynol o beidio ag edrych arno er ei bod yn ymwybodol fod Chris yn dal i sefyll yn y gegin. Gwnaeth ei gorau i ddod â'r sgwrs i ben. "Sa'n well i ti 'i siapio hi neu chei di ddim amser i fwyta,' meddai, gan obeithio y byddai hynny'n rhoi terfyn ar y dadlau, ond doedd Chris ddim wedi gorffen. Cododd y papur newydd a dechrau byseddu'r tudalennau'n wyllt.

'Yli, darllen hwn,' meddai, gan agor y papur o'i blaen.

'Gad o'n fanna. Ga i olwg arno fo wedyn,' atebodd Sila. 'Fedra i ddim darllen a gwneud hyn ar unwaith, na fedraf?' ychwanegodd yn ddiamynedd.

'Reit, mi wna i ei ddarllen o ti 'ta,' atebodd Chris, gan glirio'i wddf cyn dechrau darllen yn uchel. 'The future of the big top: it's all rock music and funky jugglers, not sawdust and sequins, as Nelly the elephant finally says goodbye to the circus.'

Ochneidiodd Sila'n uchel ac yn ddramatig gan barhau i ymbincio, ond parhau i ddarllen wnaeth Chris.

'A new style of circus is taking Britain by storm, and if the capacity audiences in London this week are anything to go by, this exciting, daring and stimulating take on traditional skills is here to stay.' Gollyngodd y papur ar y bwrdd cyn mynd i gyfeiriad y stafell molchi.

Eisteddodd Sila'n llonydd, ei llygaid wedi'u cau'n dynn wrth iddi aros i'r glud gydio ar ei hamrannau ffug, ond treiddiodd geiriau Chris drwy'r tywyllwch.

'Pryd welson ni "capacity audiences" ddwytha? Pryd gafodd Syrcas y Brodyr Davies ei disgrifio fel "stimulating" ac "exciting" ddwytha? Mi ddeuda i wrthat ti: ddim ers degawdau. Ond 'na fo, be dwi'n wybod, 'de? Dwi'n ddim byd ond josser, nac'dw? Dwi ddim yn dod o genedlaethau o berfformwyr syrcas, nac'dw? Dwi'n neb, dim ond hogyn tlawd o slyms Cape Town. Ches i 'mo 'ngeni efo llwch llif yn pwmpio drwy fy ngwythiennau, naddo? Ac wrth gwrs, dach chi deuluoedd syrcas wedi gwneud joban mor dda o ofalu am y dyfodol, yn do? Y gwir amdani ydi eich bod chi wedi bod yn rhy brysur yn ffraeo ymysg eich gilydd am betha dibwys yn lle uno i wynebu'r bygythiad mwya sy 'di wynebu'r diwydiant 'ma erioed. Dwi'n cofio dy dad yn deud bod Cyril a Bernard Mills wedi rhag-weld y byddai 'na wrthwynebiad i'r defnydd o anifeiliaid yn ôl yn y chwedega, ond be ddaru'r teuluoedd syrcas? Cau eu llgada a chwerthin ar eiriau'r jossers, ma' siŵr. Wedi'r cwbwl, be oedd perchnogion y syrcas ora ym Mhrydain yn 'i wybod?' Gostyngodd ei lais ac ychwanegodd, 'Ar adegau fel hyn dwi'n falch nad oes ganddon ni blant. O leia fydd dim rhaid i ni boeni am eu dyfodol nhw, na fydd, am eu hetifeddiaeth? Mi geith y blydi lot farw efo ni felly, a dyna fydd yn digwydd, gei di weld.' Erbyn hyn roedd ei eiriau'n drwch o falais.

Yn hollol, meddyliodd Sila, ond ddywedodd hi ddim gair. Pan glywodd ddrws y stafell molchi'n cau, agorodd ei llygaid i edrych ar ei delwedd yn y drych. Gwyddai fod Chris yn dweud y gwir, a disgleiriai'r dagrau yn ei llygaid er gwaetha'r masgara trwm. Gwyddai na allai guddio y tu ôl i'r *eyeliner*, y *foundation* a'r blyshyr. Ond be arall allai hi ei wneud? Dyma oedd ei bywyd. Dim ond y minlliw oedd i'w ychwanegu ar ôl bwyta'r spag bol, a gwisgo'r wig oedd yn eistedd yn fawreddog ar y pen polystyren, ac mi fyddai'n barod unwaith eto i wynebu'r gynulleidfa. Yn union fel y gwnaeth ei mam a'i nain. Dau funud o flaen y drych a byddai'r cyfan yn barod, a byddai Sila'n serennu yn nenfwd y babell, gyda Norman a Glyn yn chwarae'n uwch nag arfer er mwyn boddi rhegfeydd a bygythiadau milain y protestwyr. Bechod nad oedd modd boddi pob bygythiad, meddyliodd, cyn taflu'r colur yn ôl i'r bocs a'i gau.

* * *

Fel pob dydd Sul arall, diflannodd y diwrnod yn sydyn. Sioe brysur, tynnu'r babell i lawr, a symud i'r lle nesaf. Diolch byth, cadwodd y glaw draw ac felly bu'r cyfan yn ddigon diffwdan. Doedd dim angen tynnu'r lorïau oddi ar y tober efo tractor, nac aros i gael eu tynnu i'w lle gan yr un tractor ar y tober newydd. Erbyn hanner awr wedi hanner nos roedd Sila a Chris yn y gwely'n gynnes, y ddau'n gorwedd yn llonydd yn y tywyllwch fel mae cyplau'n wneud weithiau, y naill yn gwybod yn iawn fod y llall yn effro a'r ddau yr un mor amharod i ddweud yr hyn oedd ar eu meddyliau. Y tro hwn, Chris ildiodd.

'Sil, dwi'n sori am be ddeudis i amser cinio,' meddai'n dawel.

Agorodd Sila ei llygaid ond ni symudodd, ac ymhen ychydig eiliadau atebodd.

'Dwi'n sori hefyd. Mi wn i dy fod ti'n poeni am y dyfodol, a dwi ddim yn wirion 'sti, dwi'n gwybod bod petha'n newid, ond 'di o'm yn beth hawdd i'w glywed.'

Symudodd Chris wrth ei hochr a llithrodd ei fraich o amgylch ei chanol. Teimlodd ei hun yn cael ei thynnu'n nes ato, ei anadl yn gynnes ar ei gwddf.

'Dwi'n gwybod hynny, a'r peth olaf dwi isio'i wneud ydi dy frifo di, ond dwi yn poeni, Sil – poeni ein bod ni'n mynd i gael ein gadael ar ôl a chael ein sathru yn y mwd efo pob syrcas arall, ac wedyn be wnawn ni? Mae'n wahanol i dy rieni, ma' nhw wedi cael eu gyrfaoedd, ma' nhw 'di bod yn ddigon lwcus i gael byw eu bywydau yn y byd ma' nhw'n ei garu, ond fyddan nhw ddim yn gallu teithio am byth. Beth bynnag fydd tynged y syrcas draddodiadol, ma' nhw'n heneiddio. Gyda lwc mi fyddan nhw wedi hen orffen teithio cyn i betha newid yn ormodol, ond 'dan ni'n ifanc, tydan? Dwi jyst ofn ein bod ni'n colli cyfle, Sil, cyfle i greu rwbath newydd. I fod yno ar y dechrau, yn rhan o draddodiad newydd, neu o leia i fod yn rhan o'r newidiadau, a gobeithio gwneud ceiniog neu ddwy ar yr un pryd.' Siaradai Chris yn dawel ac yn bwyllog, gyda holl falais y prynhawn wedi diflannu.

'Ti'n iawn, dwi'n gwybod hynny,' atebodd Sila, 'a chwarae teg, ma' Mam wastad wedi deud bod yn rhaid i ni fentro i ffwrdd oddi wrth Syrcas y Brodyr Davies ryw dro, a pheidio teimlo'n gaeth yma. Ond gan fod Danny wedi mynd yn barod, mae'n anodd, tydi? Ma' nhw'n dibynnu gymaint arnat ti a fi. A wir rŵan, dwi ddim yn meddwl fod Prydain yn barod am syrcas fel yr un welson ni'r noson o'r blaen, ddim eto, beth bynnag.'

'Dwi'n cytuno,' atebodd Chris, 'rwbath yn y canol sydd angen, rwbath sydd â blas modern iddo ond sy'n dal yn cynnwys rhai o'r elfennau traddodiadol, y petha ma'r cyhoedd yn disgwyl eu gweld. Ond mae angen gwneud y petha hynny'n well, ac efo llai o anifeiliaid. Rwbath tebyg i'r sioe sgîn Anti Rita yn Sbaen.' Cusanodd wddf ei wraig yn ysgafn, a theimlodd Sila ei law yn gwasgu ei bron yn dyner. 'A ti'n iawn, nid mewn syrcas ma' lle fests budr a dyngarîs. Mae angen gwisgoedd neis o hyd, a genod secsi ar y trapîs.'

Cusanodd Chris ei gwddf eto, ac er gwaetha'i thristwch, gwenodd Sila yn y tywyllwch cyn troi i wynebu ei gŵr.

* * *

'Ma' Rita a Beti yn galw fory, i fod,' meddai Coni wrth Sila tra oedd y ddwy yn eistedd yng ngharafán Sila, yn gwnïo secwins ar wisg newydd i Chris. Roedd Sila eisoes wedi gwnïo'r trowsus sidan coch at ei gilydd ac wedi darlunio'r patrwm cymhleth mewn sialc i lawr ochr y goes, yn barod ar gyfer yr addurniadau. A'r trowsus wedi'i osod ar draws eu gliniau, eisteddai'r ddwy yn dilyn y patrwm yn ofalus efo'r secwins arian: Coni yn gweithio o dop y goes a Sila'n dechrau o'r gwaelod, eu nodwyddau chwim yn bradychu blynyddoedd o brofiad. 'Ma' nhw 'di bod yn y Tŵr yn Blackpool ddechra'r wythnos, mi fuon nhw'n gweld y Robert Brothers yn ochrau Manceinion echdoe, ac ma' nhw mynd i syrcas Gerry Cottle yn Coventry heddiw cyn landio yma fory. Wedyn mi fyddan nhw'n galw yn yr Hippodrome yn Great Yarmouth cyn hedfan yn ôl ar gyfer y penwythnos,' ychwanegodd, gan dynnu'r edau'n dynn. ''Sat ti'n meddwl y bysa'n well iddyn nhw aros adra, bysat? Ma'r ddwy yn eu hwythdegau. Ond *never say die*, 'de? Gobeithio fydd gen i hanner eu hegni nhw pan fydda i yn eu hoed nhw.'

'Mae'n anodd credu bod blwyddyn ers iddyn nhw fod yma ddwytha,' atebodd Sila, ei chalon yn plymio eto wrth feddwl beth fyddai ymateb Chris i'w hymweliad. Cododd secwin arall ar flaen ei nodwydd o'r soser oedd wrth ei hochr, a gwyliodd y ddisgen fechan ddisglair yn llithro'n gyflym i lawr yr edau gan landio'n dwt yn ei lle ar y defnydd.

'Roedd Dad yn deud bod Rita'n awyddus i weld y Tŵr leni am fod 'na drŵp da o acrobats yno o Moscow fysa'n berffaith ar gyfer Syrcas Rivoli, felly dwi'm yn synnu iddyn nhw fynd i fanno gynta. A chwarae teg, mae Anti Rita wastad 'di bod yn driw iawn i ni – lle bynnag fyddwn ni, ma' hi a Beti'n siŵr o landio bob tymor.'

'Ti'n iawn,' meddai Coni, 'ond cofia, dwi'n ama'n gryf ei bod hi â'i llygad arnat ti a Chris – dwi'n gwybod yn iawn y bysa Chris wrth ei fodd yn mynd i weithio iddi. Gofala di na chei di dy adael ar ôl yn fama.' Teimlodd Sila'n anesmwytho wrth ei hochr felly newidiodd Coni y pwnc yn reit handi. 'Dwi wastad yn falch o weld Rita, ond 'sa'n dda gen i tasa hi'n gadael y blwmin Beti surbwch 'na yn Sbaen,' meddai. 'Mi oedd pawb yn deud, pan oedd Beti'n dangos y llewod, bod y gynulleidfa'n fwy o'i hofn hi na'r llewod! Er, dwi'n synnu eu bod nhw'n dal i ddŵad yma ar ôl i dy daid farw,' ychwanegodd, gan wincio'n ddireidus ar ei merch. 'Ti'n gwybod bod 'na hanes yn fanna, dwyt, rhwng dy Daid a Rita?'

Ochneidiodd Sila. 'Dach chi'n deud hyn bob blwyddyn, Mam, ond dwi'm yn coelio gair. Mae'n amlwg i bawb na fysa gan Rita ddiddordeb yn Taid druan.'

'Doedd hi ddim wastad yn lesbian, nagoedd,' meddai Coni, gan geisio gwneud i'w stori ddal dŵr. 'Mi ddeudodd dy nain wrtha i ryw dro mai noson yn y gwely efo dy daid nath ei throi hi, a dyna pam na fyddai Rita druan yn cael fawr o groeso gan yr hen Mati. Cofia, mi oedd dy nain yn hen sguthan ar adegau, ac mi oedd 'na lot o bobol oedd ddim yn cael croeso ganddi.' Cododd Coni ei phen ac oedi am eiliad, cyn parhau. 'Doedd hi ddim yn licio Beti chwaith. Yn ôl dy nain, ar deulu Beti oedd y bai fod teulu dy daid wedi marw yn y camps adeg y rhyfel, ond wn i ddim oes 'na wirionedd yn y stori honno. Wedi'r cwbwl, roedd dy daid wastad yn annwyl iawn efo Beti, ac mi ddeudodd o wrtha i ryw dro, pan ddeudis i fod Beti'n beth sych, mai'r rhyfel oedd wedi deud arni. "Sgin ti'm syniad, Coni, be ma'r hogan 'na 'di'i weld," medda fo. "Fysat titha ddim yn gwenu rhyw lawer chwaith tasat ti wedi gweld hanner yr erchylltra ma' hi wedi'i weld. Mi gollodd Beti bawb a phob dim yn yr uffern 'na. Dim ond hi ddaeth allan yn fyw, a diolch byth ei bod hi 'di cyfarfod Rita. Ma' Rita'n hogan iawn."' Tynnodd Coni ar y sidan a gwthiodd ei nodwydd drwy'r defnydd. 'Ac mi ddyla fo wybod, am wn i,' ychwanegodd gan chwerthin.

* * *

Fel y disgwyl, roedd Chris wedi'i gyffroi gan y newyddion fod Rita a Beti yn y gynulleidfa. 'Mae ganddyn nhw sioe lyfli, 'sti,' meddai Chris pan ddywedodd Sila wrtho, ei lygaid yn pefrio. 'Ma' pawb yn siarad am Syrcas Rivoli ar y Cyfandir. Ma' hi a Beti a'r bois 'na sy'n rheoli iddyn nhw wedi'i dallt hi. Mi gawson nhw wared o'r anifeiliaid – dim ond ambell geffyl a chŵn sy ar ôl – ac ma' nhw wedi mynd *to town* ar y cynhyrchu. Yn ôl pob sôn, ma' nhw 'di gwario ffortiwn ar oleuadau sy cystal â'r rhai gei di mewn cyngherddau pop, ac wedi comisiynu cerddoriaeth yn arbennig ar gyfer y sioe. A 'sa'n werth i ti weld y gêr sy ganddyn nhw, Sil – ma' pob dim yn lyfli. 'Di'r babell ddim mwy na hon sy gan dy dad, ond pan ti'n mynd i mewn iddi mae'r llawr wedi'i orchuddio gan garped coch. Does dim rhaid camu drwy fwd na phyllau dŵr yn fanno, o nagoes, ma' bob dim yn berffaith. Llathenni o felfed ym mhobman, lampau crisial a'r staff mewn lifrai smart.'

'Neis iawn,' meddai Sila'n dawel. 'Mi fysan ni i gyd yn licio sioe fel'na, ond be am y rhaglen? Os nad oes ganddyn nhw anifeiliaid, be sy'n denu'r cyhoedd?'

'Dyna lle ma' nhw'n glyfar. Ma' bob dim yn edrych yn draddodiadol ac yn berffaith, ond ar yr un pryd ma' bob dim yn fodern. Mae ganddyn nhw wisgoedd hardd, a'r cwbwl yn fersiynau modern o'r gwisgoedd traddodiadol ... plu a secwins, ond denim a lledr hefyd. 'Swn i'm yn licio meddwl faint ma' nhw wedi'i wario ar y sioe dros y ddeng mlynedd ddwytha, ond mae o 'di talu ar 'i ganfed iddyn nhw. Ma' pob sedd wedi'i gwerthu ym mhob man, ac ma' nhw'n cael tobers reit yng nghanol y trefi a'r dinasoedd ar hyd a lled Sbaen. Mae pob cyngor tref isio Syrcas Rivoli yng nghanol eu trefi, ar y parciau gorau. A be sy'n ddiddorol, mae'r sioe mor dda, tydi'r gynulleidfa ddim yn sylwi fod 'na ddim eliffantod a theigrod.'

'Hy,' meddai Sila, 'mae'n anodd gen i gredu hynny ...'

Torrwyd ar ei thraws gan gnoc uchel ar y drws, a gwyddai'n iawn pwy oedd yno.

Cyn iddi allu codi roedd Chris wedi agor y drws.

'Anti Rita!' gwaeddodd, 'Anti Beti, dewch i mewn a steddwch i lawr. Mae'n fendigedig eich gweld chi eto,' meddai'n orfoleddus, ei frwdfrydedd yn ymylu ar lyfu tin, yn nhyb Sila. 'Sil, sbia pwy sy 'ma!' gwaeddodd, a chododd Sila oddi ar y soffa i gyfarch y ddwy.

Ers pan oedd yn blentyn, roedd Sila wastad wedi teimlo cymysgedd o hapusrwydd ac ofn bob tro y byddai Rita a Beti'n galw. Roedd Rita'n dal i fod yn ddynes dlos, ac er ei bod dros ei phedwar ugain oed roedd hi'n smart ac yn osgeiddig, ei gwên gynnes wastad yn cael ei adlewyrchu yn nisgleirdeb ei llygaid gwyrdd. Heddiw, fel pob tro arall, roedd wedi'i gwisgo'n chwaethus, mewn côt wlân o liw gwyrddlas tanbaid, trowsus a siwmper cashmir lliw hufen moethus, ac esgidiau sodlau uchel, yn union yr un lliw â'r gôt. Gwisgai golur ysgafn ac yn ei gwallt gwyn roedd atgof o wawr goch ei hieuenctid. Aroglodd Sila ei phersawr drudfawr cyfarwydd wrth ei chofleidio.

Un dra gwahanol, ar y llaw arall, oedd Beti, a gwnâi'r ddwy bâr annisgwyl. Dynes fach, eiddil oedd hi, ei llygaid tywyll yn neidio o un peth i'r llall, ei gwallt yn dal mewn bob du disymud. Roedd ei cheg fach wastad wedi'i chau'n dynn nes bod ei gwefusau wedi diflannu, bron. Nid oedd arlliw o golur yn agos i'w gruddiau, a gwisgai ei lifrai arferol o flows wen, trowsus a siaced ddu ac esgidiau fflat du. Ystyriodd Sila pa mor eiddil oedd hi, ei chorff fel petai'n boddi yn ei dillad, ac er ei bod yn adnabod Anti Beti erioed, doedd 'na byth gynhesrwydd yn ei choflaid.

Eisteddodd y ddwy ar y soffa wrth i Sila baratoi'r paneidiau te, er i Rita fynnu eu bod eisoes wedi cael un yng ngharafán ei mam.

'O, Sila bach,' meddai Rita yn llawn brwdfrydedd, 'ti fel angel ar y trapîs 'na. A Chris, dwi wrth fy modd efo dy act ar y wifren uchel. Mae dy wylio di, Sila, yr un fath un union â gwylio dy fam ugain mlynedd yn ôl, a dwi'n ddigon hen i gofio gweld dy nain wrthi hefyd! Mam dy fam dwi'n feddwl, wrth gwrs – mi oedd hitha yr un fath, graduras, fel angel. Fedrwn i ddim deud hynny am dy nain arall, cofia ... mi oedd yr hen Mati yn bell o fod yn angylaidd. Ond er ei bod hi wastad yn edrych i lawr ei thrwyn arnon ni, ma' gen i hiraeth mawr amdani hi a dy daid. O, mi oedd Daniel yn *gentleman* go iawn, ac ma'r rheiny'n betha prin yn y busnes 'ma, coeliwch chi fi.' Chwiliodd yn ei bag llaw am hances i sychu corneli ei llygaid, gan gymryd gofal i beidio a smyjo'r masgara. 'Mi oedd dy daid a finna'n ffrindia mawr, wyddost ti, ers pan oeddan ni'n ifanc ... yn fengach nag ydach chi rŵan. A hyd yn oed BB: *Before Beti*!' ychwanegodd, gan daflu'i phen yn ôl a chwerthin yn uchel. Dim ond eistedd yn dawel wnaeth Beti, heb fath o wên ar ei gwefusau tila.

Gosododd Sila'r mygiau te ar y bwrdd coffi isel, ynghyd â phlataid o fisgedi, cyn eistedd wrth ochr Rita ar y soffa. Safai Chris gerllaw, ac roedd Sila'n sicr iddi deimlo'r cyffro'n tasgu ohono wrth iddo holi Rita a Beti am Syrcas Rivoli.

'O, 'dan ni 'di bod yn lwcus,' atebodd Rita. 'Ma' pawb yn gwirioni efo'r sioe lle bynnag awn ni, a dwi'n gweld yr un wynebau'n dod yn ôl dro ar ôl tro, i gyd yn deud eu bod nhw wedi mwynhau gymaint y tro cynta, mi oedd raid iddyn nhw ddod i weld y sioe eto.' Roedd yn ddigon hawdd dweud bod Rita'n cael y llwyddiant yn anodd i'w ddirnad. 'A dim ond dau geffyl a chwe chi sydd ganddon ni! 'Dan ni 'di gwerthu'r anifeiliaid eraill i gyd. Taswn i ond yn gwybod, pan o'n i'n talu miloedd i gadw eliffantod a theigrod a Duw a ŵyr be arall, 'swn i 'di cael gwared ohonyn nhw flynyddoedd yn ôl!' ychwanegodd gan chwerthin, ac unwaith eto daeth yr hances allan i sychu'r dagrau anweledig. ''Dan ni 'di profi bod 'na fywyd ar ôl i syrcas heb yr anifeiliaid gwyllt, ac a deud y gwir 'dan ni wedi gwneud mwy o bres dros y pedair neu bum mlynedd ddwytha 'ma nag yn y ddegawd cyn hynny. Welis i ddim torfeydd fel hyn ers jyst ar ôl y rhyfel, pan oedd pawb eisiau gweld Beti Blu, Brenhines Ffau'r Llewod, y ferch ifanc a'r cathod mawr wnaeth orchfygu Hitler ... ond mae'r dyddiau hynny wedi hen fynd, tydyn Bet?'

'Ydyn siŵr, ma' hynny bron i hanner canrif yn ôl, a diolch byth bod y rhai oedd yno yn dechrau anghofio,' atebodd Beti, pob gair yn drwch o acen Almaenig wedi'i lliwio rywfaint gan rhythmau'r Sbaeneg. 'Ond y peth ydi, Rita, fysa fo ddim wedi gweithio flynyddoedd yn ôl. Rŵan ma' pobol yn fodlon symud ymlaen, ac mae'r cyhoedd yn fwy soffistigedig nag erioed,' meddai, gan edrych allan ar babell Syrcas y Brodyr Davies. 'Ma' nhw'n gweld cymaint mewn ffilmiau ac ar y teledu bob dydd, wnân nhw ddim crwydro milltiroedd a thalu i weld sioe geiniog-a-dimai mewn tent ddrafftiog pan fedran nhw eistedd adra yn gynnes neis ar y soffa yn gwylio'r bocs yn y gornel am lot llai o arian. Cyn hir fydd 'na ddim anifeiliaid i'w gweld yn unlle, ac mi fyddan nhw i gyd yn trio'n copïo ni. Ond ni oedd y cyntaf,' pwysleisiodd. Llithrai'r geiriau allan o'r hafn dywyll rhwng ei gwefusau. 'Ydi, mae'n neis gweld dy dad, Sila, efo'r anifeiliaid i gyd o hyd, ond sbiwch lle ydach chi. Milltiroedd allan o'r dref, yn chwarae i gynulleidfa o chwe deg chwech o bobol. Mi gyfrais i nhw tra oedd y clowns diawledig 'na ymlaen. Fel mae Rita'n deud, 'dan ni'n llawn bob nos, a does 'na byth angen codi cachu eliffant cyn rhoi'r carped i lawr yn y cylch.'

Chwarddodd Sila yn llawer rhy uchel, er nad oedd yn siŵr ai jôc oedd y cyfeiriad at y baw eliffant. Wedi'r cyfan, doedd Beti ddim yn enwog am ei ffraethineb. Ond gobeithiai y gallai, rywsut, rwystro'r frawddeg nesaf oedd yn barod i lithro allan rhwng y gwefusau sgarlad; y frawddeg y gwyddai Sila oedd ar flaen tafod Beti a'r frawddeg yr oedd Chris yn dyheu i'w chlywed.

'A dach chi 'ch dau yn haeddu gwell. Mae gan Rita gytundeb yn ei bag i chi efo Syrcas Rivoli. Dim ond ei lofnodi sydd angen,' meddai. Pan sylwodd ar yr olwg betrusgar ar wyneb Sila, ychwanegodd, 'Paid â phoeni am dy dad, Sila. Mi geith Rita air efo dy fam, ac mi fydd popeth yn iawn.'

Edrychodd Sila ar Chris mewn syndod, a gwelodd y wên fawr ar ei wyneb. Gwyddai fod yr amser wedi dod.

DILYS
1984

Dwi'n comiwtio leni. Dyna dwi'n hoffi 'i ddeud wrth y ddwy arall, a dwi'n gwybod yn iawn eu bod nhw'n rowlio'u llgada ac yn chwerthin tu ôl i 'nghefn i, ond felly dwi'n sbio ar betha. Dwi'n comiwtio i 'ngwaith bob dydd, yn union fel y genod ifanc 'na dwi'n 'u gweld weithia'n brysio heibio'r syrcas ar eu ffordd i ddal y bỳs neu'r trên i'r offis. Weithia mi fydda i'n dal Sila bach yn edrych arnyn nhw'n eiddigeddus, yn dychmygu'r bywyd y bysa hi'n gallu'i fyw, oni bai iddi gael ei geni i'r byd gwahanol 'ma. Ond dyna ni, mi fedrwn ni i gyd freuddwydio.

Ma'r tair ohonan ni'n reit falch ein bod ni'n comiwtio, yn enwedig ers i ni weld y stablau roeddan ni i fod yn aros ynddyn nhw. Dach chi'n gweld, ma' Mr Dan a ninna'n perfformio yn Syrcas y Tŵr yn Blackpool leni, ac yn wreiddiol mi oeddan ni i gyd ... wel, Maggie, Jên, Ned a finna, i fod i aros yn y stablau o dan y syrcas, yng nghrombil yr adeilad. Ond pan welodd Mr Dan y stablau mi benderfynodd yn syth nad oedd y lle'n ddigon da i ni, a diolch byth, mi ffeindiodd Mrs Mati le arall i ni. Ma' raid i mi ddeud bod fan hyn yn hyfryd. Jyst y peth. 'Dan ni ar fferm jyst y tu allan i Blackpool, efo hen ddigon o le i ni gael pori yn yr awyr iach yn y bore cyn neidio i'r lorri tua amser cinio ar gyfer y comiwt i mewn i'r dre. Chwarae teg, mae 'na le parcio wedi'i gadw i ni wrth ddrws cefn y syrcas, felly mi fyddwn ni'n cyrraedd mewn steil, ac yn aml mae 'na growd o blant yn hel wrth y drws, pob un isio gweld sêr y sioe yn cyrraedd. Ned fydd yn agor drws cefn y lorri ac yn gollwng y ramp i lawr efo Mr Dan, ac mi fydda i'n trio codi fy nhrwnc a cherdded yn neis, yn lle 'mod i'n codi cywilydd ar Mr Dan. Weithiau, os fydd 'na growd reit dda, a gan mai fi 'di'r olaf i ddod allan, mi fydda i'n stopio ar y pafin a chodi 'nghoes cyn mynd mewn i dywyllwch yr adeilad, ac mi fydd y bobol yn dotio! 'Ty'd yn dy flaen, Gina Lollobrigida!' fydd Mr Dan yn weiddi wedyn wrth chwerthin, a chau'r drws mawr ar fy ôl tra bydd Ned yn cloi drws y lorri.

Cofiwch, 'dan ni'n dal i ddefnyddio'r stablau yn yr adeilad, ond dim ond tra mae'r sioeau mlaen. Mae hynny'n hen ddigon, wir – 'swn i ddim 'di lecio bod yno am y tymor. Mae 'na geffylau o ryw syrcas o Hwngari yno hefyd, a dydyn nhw ddim wedi gweld gola dydd ers iddyn nhw gyrraedd, craduriaid. Dwi 'di clywed Mr Dan yn deud wrth berchennog y ceffylau y dylai o fynd â nhw allan ar y traeth weithia, er mwyn iddyn nhw gael awyr iach a rhedeg dipyn, ond dydi o ddim wedi gwrando. Mae o'n rhy ddiog, yn 'i lordio hi o gwmpas y lle ac yn gweiddi ar ei weithwyr. Diolch byth, mae Mr Dan mor wahanol.

Ond ew, mae'r act yn mynd i lawr yn dda yma, a phawb yn canmol! Mae'r gwisgoedd a'r miwsig newydd 'di gwneud byd o wahaniaeth, ac ma' Jên, hyd yn oed, i weld wedi codi sbîd ryw chydig. Dwi wrth fy modd yn mynd i mewn i'r cylch drwy'r llenni melfed 'na, a gan fod y syrcas yng ngwaelod y Tŵr, rhwng y pedair coes, mae'r gynulleidfa'n agos at y cylch – mor agos, mi allwn i gyffwrdd y bobol yn y seddi blaen efo 'nhrwnc – ac mae clywed cannoedd yn cymeradwyo pan 'dan ni'n cyrraedd yn hyfryd.

Mae'r syrcas ei hun yn odidog, pob cornel wedi'i haddurno'n grand, y nenfwd yn aur i gyd a'r bwâu rhwng coesau'r Tŵr yn disgleirio o dan y goleuadau llachar. Ar ddiwedd y sioe mae'r cylch yn suddo ac yn llenwi efo dŵr ar gyfer y finale ... er, mi glywais i rywun yn deud bod y dŵr yn dechra drewi erbyn diwedd y tymor gan fod yr hogia'n piso yn y tanc. Ond wn i ddim am hynny, cofiwch. Beth bynnag, drewdod neu beidio, mae'r cyhoedd wrth eu boddau efo ni yma, ac er nad o'n i'n siŵr i ddechra, dwi'n meddwl fod y genod sy'n ein marchogaeth ni wedi ychwanegu rwbath at y perfformiad hefyd. Ond biti garw am yr holl drafferth gefn llwyfan.

Mae'n rhyfedd, tydi, sut mae petha'n gweithio allan? Mi wyddwn yn iawn nad oedd Mr Dan isio dod yma o gwbwl, ac mi glywais i o sawl gwaith yn erfyn ar ei fam i beidio â derbyn y cytundeb. Ond wrth gwrs, roedd Mrs Mati'n gwybod yn well. Fel arfer, ata i roedd Dan yn dod i gwyno am ei fam, ac mi ddalltis i'n syth mai poeni oedd o am ei fod o'n nabod ei hun yn rhy dda. Gan fod Coni'n mynd i'r Eidal a fynta yn Blackpool heb wraig na mam i gadw llygad arno fo, mi wyddai'n iawn y bysa fo'n mynd i grwydro. Chwara teg, mae Dan yn ddigon o ddyn i gydnabod ei wendidau, ond yn anffodus ddim cweit yn ddigon o ddyn i beidio ag ildio iddyn nhw. Pan ddaeth y tair dawnswraig draw ar y diwrnod cynta hwnnw a chyflwyno'u hunain, ro'n i'n gwybod yn iawn be fysa'n digwydd. Ar ddechra'r tymor roedd o'n gweld isio Coni a'r plant, ac yn aml mi fyddai'n deud eu hanes wrth Ned, yn adrodd yn ôl ar ôl bob galwad ffôn, ei straeon yn drwch o hiraeth. Ond yn raddol, tawodd yr adroddiadau a phrin oedd y galwadau tramor. Taswn i'n hogan sy'n betio, 'swn i 'di betio fy nghyflog ar Mona. Er bod y ddwy arall yn genod tlws ac yn betha digon clên, ro'n i'n gwybod yn iawn nad oeddan nhw'n ffitio 'teip' Mr Dan. Dwi 'di gweld dwsinau o genod dros y blynyddoedd yn mynd a dod, rhai yn para'n hirach na'r lleill, ambell un o gwmpas y lle am fisoedd, eraill wedyn 'mond yno am howdi-dŵ sydyn. Dwi 'di colli cownt o faint o genod sy 'di torri'u calonnau wrthan ni'n tair ar ôl i Mr Dan gael digon ar eu cwmni a symud ymlaen at y nesa, neu pan mae Coni druan yn dechra amau. Y genod a gafodd eu gwrthod! Felly dwi'n ystyried fy hun yn dipyn o arbenigwraig ar y pwnc, a dwi'n gallu deud yn syth pa un sy'n mynd i landio yng ngwely Mr Dan. Taswn i'n mynd ar y rhaglen deledu *Mastermind*, dyna fysa fy mhwnc arbenigol. 'The Fancy Women of Daniel Davies'! Fel arfer, 'di o'm yn mynd am y rhai digywilydd, y rhai sy'n amlwg yn chwilio am hwyl neu sydd isio joban yn y syrcas; mae'n well ganddo fo fynd am y rhai tawel, y rhai sy'n cynnig chydig o sialens iddo fel carwr, a dyna'n union oedd Mona. Sialens.

Wrth i'r wythnosau fynd heibio, mi sylwais ar y patrwm cyfarwydd: sut y byddai Mr Dan yn cymryd chydig gwell gofal o'i edrychiad, sut y byddai'n oedi chydig yn rhy hir wrth helpu Mona i eistedd ar fy sgwyddau, a sut y byddai'n sgwrsio fymryn yn hirach efo hi na'r ddwy arall. Sylwais hefyd ar sut roedd Mona'n syllu arno pan oedd Dan wrth ei waith, a sut y byddai'n galw heibio'r stablau yn amlach na'r ddwy arall, yn aml pan wyddai fod Ned wrthi'n brysur yn sgubo'r lorri neu wedi piciad am baned. Ond wedi deud hynny, doedd Mona ddim yn gwneud petha'n hawdd iddo fo. Roedd hi'n amlwg yn gwneud ei gorau i beidio â chael ei hudo gan Mr Dan. Mynnai sôn am Coni a'i holi am y plant, fel tasa hi'n gwneud ei gorau i atgoffa Dan ac i atgoffa'i hun ei fod o'n ddyn priod, ond mi oedd y graduras wedi syrthio amdano fo. Ymhen dau fis mi oedd yn amlwg fod 'na rwbath yn mynd ymlaen rhwng y ddau. Wel, yn amlwg i mi, beth bynnag. Roedd y ddau'n reit ofalus a chydig o'r cwmni oedd yn gwybod ar y dechra, a gan fod Dan yn aros ar y fferm efo ni yn hytrach nag efo gweddill yr artistiaid, mi oedd cadw'r gyfrinach yn haws. Dim ond Ned a ni'n tair oedd yno i weld Mona'n cau llenni'r garafán yn y nos ac yn agor y drws y bore wedyn, ond ar ôl chydig wythnosau roedd Helen ac Alison wedi sylwi bod 'na rwbath yn mynd ymlaen. Wedi hynny, wrth gwrs, mi ledaenodd y stori fel slecs drwy'r cwmni i gyd.

Dyn a ŵyr sut, ond ymhen dim daeth Mati i glywed am yr hyn oedd yn digwydd, ac mi landiodd ar y fferm un bore tra oedd Dan a Mona yn dal yn y gwely. Canodd gorn y Merc arian y tu allan i'r garafán, ac eisteddodd yno, yn aros i Dan faglu allan wrth gau balog ei drowsus, a'i grys agored yn chwythu yn awel y bore. Chydig o arwyddion allanol sydd 'na pan fydd Mati wedi gwylltio, ond yn amlwg, y bore hwnnw, doedd hi ddim am wrando ar esgusodion ei mab. Dechreuodd ar fersiwn newydd o'r bregeth roedd hi wedi'i chyflwyno iddo sawl gwaith o'r blaen, efo Maggie, Jên a finnau fel diaconiaid yn y sêt fawr. Er nad ydi hi'n or-hoff o'i merch yng nghyfraith, dydi Mati ddim yn ddynes ffôl, ac mi atgoffodd Dan am ei wraig ac am y peryg y byddai'n colli nabod ar ei blant petai Coni'n clywed am yr hyn oedd yn digwydd.

'Be sydd ar dy ben di, dŵad, y lembo gwirion! Fedri di ddim byw heb dy damaid am chydig fisoedd, hyd yn oed? Ti'n gwybod yn iawn na neith Coni roi i fyny efo hyn eto, yn dwyt? Ac wedyn be? Ma' hi wedi cau ei llygaid ar lot fawr o dy fistimanars di dros y blynyddoedd, ac ma' hi 'di maddau llawer iawn mwy i ti nag y byswn i'n ei faddau tasat ti'n ŵr i mi. Ond dwi'n gwybod ei bod hi 'di cael digon. Mi wyddost ti'n iawn nad ydw i'n rhy ffond ohoni, ond dwi, hyd yn oed, yn gallu gweld ei bod hi'n haeddu gwell na hyn. Ti'm yn sylweddoli mor lwcus wyt ti, nagwyt? Tra mae dy wraig yn yr Eidal yn gweithio'n galed ac yn magu dy blant di, mi wyt ti a Miss Kiss Me Quick yn fan'cw yn parêdio i fyny ac i lawr y Golden Mile fel Romeo a blydi Juliet! Ti wir yn meddwl na fydd Coni'n clywed am hyn? Hwyrach ei bod hi ym mhen arall Ewrop, ond ti'n gwybod yn iawn sut mae stori'n lledaenu yn y busnas 'ma. Wel, dallta di hyn, 'ngwas i. Dwi 'di dŵad yma bora 'ma i wneud yn siŵr fod hyn yn stopio. Ar unwaith. Be ti'n feddwl ma'r math yma o beth yn 'i wneud i enw da Syrcas y Brodyr Davies? Ti'n gwybod sut ma' sgandals fel hyn yn cyrraedd clustiau'r cyfarwyddwyr yn ogystal â'r artistiaid, ac wyt ti wir yn meddwl y bydd syrcasau'n fodlon dy gyflogi di a'r genod gan wybod dy fod ti'n debygol o achosi trwbwl a chysgu efo hanner y blydi cast? Nac'dyn siŵr. O'r diwedd, ma'r diwydiant wedi dechrau clywed petha da am eliffantod Syrcas y Brodyr Davies, felly dwi ddim am sefyll yn ôl a dy wylio di'n chwalu'r cwbwl, 'mond am dy fod ti'n methu cadw dy ddwylo oddi ar ryw hen hwran o'r corws. Felly, gwranda di arna i 'ngwas i ...'

Ond cyn i Mati orffen ei brawddeg, agorodd drws y garafán. Roedd Dan wedi aros yn dawel drwy'r bregeth, ei ben i lawr ac yn syllu ar ei draed noeth, ond pan welodd fod Mona wedi ymddangos daeth panig i'w lygaid. Dechreuodd gerdded at ddrws y garafán gan geisio troi Mona yn ôl i mewn. Ysgydwodd Mona ei law oddi ar ei braich a cherddodd draw at Mati, gan ddal ei llaw allan o'i blaen.

'Mrs Davies, dwi'n cymryd, ia? Mona 'di'r enw. Mona Jones. Fel dach chi'n gweld, dwi ddim yn hen, ac mi alla i eich sicrhau chi, dwi ddim yn hwren chwaith,' meddai, gan sefyll o flaen Mati. 'Dwi 'di eistedd yn y garafán 'na'n gwrando arnoch chi'n siarad efo Dan fel petai o'n hogyn yn ei arddegau, ond dwi angen i chi wybod bod Dan a finna'n caru'n gilydd, a 'dan ni am wneud bywyd efo'n gilydd. Dwi'n gwybod am Coni ac mae o'n bwriadu ei gadael hi er mwyn bod efo fi. Wrth gwrs, dydi hynny ddim yn ddelfrydol o ran y plant, ond mi weithiwn ni rwbath allan.'

Syllodd Mati arni'n gegrwth, gan anwybyddu'r llaw oedd yn dal i aros i gael ei hysgwyd. Safodd Dan yn fud, wedi'i hoelio i'r llawr, gan edrych o un i'r llall wrth geisio cael ei geg i weithio. Ond cyn i'w ymennydd gyfleu'r geiriau i'w geg, atebodd Mati.

'Wel, *Miss* Jones, mae'n ddrwg iawn gen i wthio pìn i'ch swigan fach ramantus chi, ond dach chi'n bell o fod y gynta i ddeud rwbath fel'na wrtha i. Dwi'm yn ama'ch bod chi'n coelio pob gair dach chi newydd 'i ddeud, ond gadewch i mi wneud rwbath yn glir i chi rŵan. Tydi Dan ddim yn mynd i adael Coni, a fyddwch chi ddim yn rhan o'i fywyd o pan fydd y tymor wedi dod i ben. Pan fydd Dan yn gyrru ar y draffordd o Blackpool ar ddiwedd y tymor, mi fydd o wedi anghofio amdanoch chi cyn i'r Tŵr ddiflannu o'r golwg. Felly, os oes ganddoch chi owns o hunan-barch, cadwch draw, a gwnewch yn siŵr mai dim ond ar gefn yr eliffant fyddwch chi am weddill y tymor.'

Trodd Mati a dechrau cerdded yn ôl at y Merc, heb edrych yn ôl ar Dan na Mona.

'Dan, deud wrthi! Deud wrth dy fam be ddeudist ti wrtha i. Ti am adael Coni, yn dwyt?' gwaeddodd Mona, ac am y tro cyntaf roedd yr emosiwn i'w glywed yn ei llais, ei hunanhyder a'i hosgo wedi'u chwalu'n ddeilchion gan eiriau Mati. 'Plis, Dan, jyst deud wrthi dy fod ti'n fy ngharu i rŵan,' meddai eto, ac erbyn hyn roedd y dagrau'n llifo i lawr ei bochau wrth iddi sylweddoli gwirionedd ei sefyllfa.

Edrychodd Dan arni, yn amlwg yn chwilio am rywbeth i'w ddeud.

'Ty'd i mewn, Mona. Paid ag ypsetio ...' dechreuodd, gan geisio gafael yn ei llaw, 'ma'n well peidio gwneud penderfyniadau mawr, pwysig fel hyn heb feddwl am bob dim gynta,' meddai'n grynedig, wrth i Mati gau drws y car.

'Be ti'n feddwl?' atebodd Mona'n dawel, ei llais erbyn hyn yn ôl o dan ei rheolaeth. 'Ro'n i'n meddwl ein bod ni wedi gwneud y penderfyniad mawr,' meddai, gan sychu'r dagrau gyda chefn ei llaw. 'Ond dwi'n gweld rŵan, dwi'n gweld pa mor hurt dwi 'di bod. Fedra i ddim credu 'mod i 'di cael fy nhwyllo gan Dan Davies! "Bydd yn ofalus o Dan Dau Goc" – dyna ddeudodd pawb ar ddechrau'r tymor, ond na, mi o'n i'n meddwl 'mod i'n gwybod yn well. Ro'n i'n meddwl mai fi fysa'r ddynes i ddofi Dan Davies a gwneud iddo altro'i ffordd. Wel, am hurt o'n i! Ti byth am newid, nag wyt? Fel hyn fyddi di am weddill dy oes, fel hen gi randi yn chwilio am rywun newydd rownd pob cornel. Wrth gwrs, dwi'n gweld rŵan, ma' gen ti ddwy fistras yn barod does? Dy bidlen a dy fam, a dwi'n gwybod pa un di'r fwya effeithiol. Wel, dallta, dyna'r dagrau olaf dwi am eu gwastraffu arnat ti,' meddai, yn poeri'r geiriau allan. Cerddodd heibio Dan, gan ei wthio oddi ar risiau'r garafán.

Edrychodd Mati allan drwy ffenest ei char, a phan edrychodd Dan arni, ysgydwodd ei phen arno'n ddigalon cyn tanio'r injan.

Y tu ôl iddo, agorodd Mona ddrws y garafán eto, gan gamu allan efo'i bag yn ei llaw. Cerddodd at Dan, gan sefyll mor agos ato fel y llanwyd ei ffroenau â'i harogl, yn gymysgedd o bersawr a nwyd y bore.

'O hyn allan, cadwa draw,' gorchmynnodd, cyn ei daro'n sydyn ar draws ei wyneb â chledr ei llaw. Taflwyd Dan yn ei ôl yn erbyn y garafán gan rym y slap, a chododd ei law at ei foch wrth deimlo'r gwres yn treiddio i'r croen.

Cerddodd Mona i ffwrdd i gyfeiriad buarth y fferm heb edrych yn ôl, ei hysgwyddau'n syth a'i chamau'n bendant. Erbyn hyn roedd Mati wedi troi'r Merc i gyfeiriad y giât, a gyrrodd yn araf y tu ôl i Mona am chydig droedfeddi, cyn tynnu allan i'w phasio. Arafodd y car ac agorodd ffenest y gyrrwr.

'Miss Jones,' meddai Mati. 'Neidiwch i mewn. Dwi'n mynd i gyfeiriad y Golden Mile.'

Cododd Mona ei gên gan edrych ar Mati am funud, cyn camu rownd ac agor y drws arall, taflu ei bag i'r sedd gefn a llithro i sedd y teithiwr. Ychydig lathenni i ffwrdd, safai Dan yn droednoeth yn y cae, yn gwylio'i fam a'i fistres yn gyrru i ffwrdd i'r pellter.

Dros yr wythnosau nesaf, setlodd petha unwaith eto. Cadwodd Mona draw heblaw am amser y sioe, ac roedd Mati yn ymwelydd rheolaidd gefn llwyfan gan fod Syrcas y Brodyr Davies yn teithio gerllaw. Bu digon o sibrwd a sbecian o fewn y cwmni am sbel, ond ymhen dim tawelodd y tafodau prysur nes y daeth stori newydd i'w diddori. Fel y gwnâi bob tro, symudodd Mr Dan yn ei flaen heb edrych yn ôl, yn codi hwyl ac yn chwerthin efo pawb, heb sylwi ar y llygaid oedd yn ei wylio o dywyllwch y stablau.

Dwi'n cofio bod yr haf hwnnw'n un siomedig o ran tywydd, ond er gwaetha hynny roedd Syrcas y Tŵr yn mwynhau busnes ardderchog. Dechreuodd y cwmni ymlacio a mwynhau'r tymor. Rhwng perfformiadau, pan fyddai'r haul yn ymddangos, byddai Mr Dan a Ned yn ein harwain allan o'r drws mawr ac ar draws y prom i'r traeth, ac wrth gwrs, roedd Bertie Bartlett wedi gwneud yn siŵr fod y wasg leol yn gwybod. Dyna lle oeddan ni, y tair ohonan ni, ar dudalen flaen y papur lleol dro ar ôl tro. 'Blackpool Beach Belles' oedd y pennawd un wythnos, 'Circus Beauties Cooling Down' yr wythnos ganlynol – a do, mi ddaru Miss Blackpool ymddangos ar gyfer tynnu llun. Diolch byth, chafodd hi 'mo'i hudo'n ôl i'r stablau y flwyddyn honno.

Mi o'n i wrth fy modd ar y traeth, unwaith y dois i arfer efo teimlad y tywod o dan fy nhraed, ac er bod Magi a fi braidd yn nerfus o'r tonnau, roedd oerni'r dŵr yn fendigedig. Roedd Jên wrth ei bodd yn y môr, heb owns o ofn y tonnau, a byddai'n nofio ymhellach na neb gan gymryd arni nad oedd yn clywed galwadau Mr Dan pan oedd yn amser troi am adra. Byddai yntau wedyn yn gorfod tynnu'i grys a rhedeg i'r môr er mwyn ei harwain i'r lan, gan sicrhau cymeradwyaeth gan y dyrfa pan fyddai Jên, o'r diwedd, yn cyrraedd y lan efo Mr Dan fel Tarzan gwlyb ar ei hysgwyddau. Sylwais fwy nag unwaith fod 'na un person yn y pellter oedd ddim yn gwenu na chymeradwyo. Dim ond eistedd a syllu'n dawel fyddai Mona.

Rŵan, dwi ddim yn un am frolio, ond mi o'n i'n gwybod be oedd wedi digwydd cyn neb. Yn bendant, mi o'n i'n gwybod o flaen Mr Dan. Mae'n ddigon posib 'mod i'n gwybod cyn i Mona sylweddoli, hyd yn oed. Dach chi'n gweld, pan 'dan ni'r genod yn gweithio efo'n gilydd mae 'na rwbath rhyfedd yn digwydd i ni, fel tasa'n clociau mewnol ni'n cydredeg, ac o fewn ychydig wythnosau yn ystod yr haf hwnnw yn Blackpool, roedd Alison, Helen a Mona yn cael eu poenau misol o fewn dyddiau i'w gilydd, fel roedd clociau Magi, Jên a finna wedi'u huno pan ddaethon ni at ein gilydd gynta. Mi oedd Mr Dan yn rhybuddio Ned i fod yn wyliadwrus pan oeddan ni'n mynd drwy'r cyfnodau hynny, gan fod Jên, yn enwedig, yn mynd braidd yn flin. Felly, mi oedd yn rhaid i Alison fod yn ofalus am chydig ddyddiau rhag i Jên drio'i thaflu i ffwrdd. Dyna sut wnes i sylwi, ym mis Awst. Pan oedd Alison a Helen yn cwyno am boenau a ballu, doedd dim yn bod ar Mona. Digwyddodd yr un peth eto ym mis Medi, ac erbyn hynny ro'n i 'di dechra sylwi fod Mona'n fwy gofalus pan oedd hi'n eistedd ar fy sgwyddau, ac mi allwn ddeud ei bod wedi magu rhywfaint o bwysau. Wedyn, un diwrnod tua diwedd Medi, pan oedd y tywydd wedi oeri a'r tripiau i'r traeth wedi dod i ben, daeth Mona draw i'r stablau rhwng perfformiadau.

'Dan,' medda hi'n dawel, 'dwi 'di dod i ddeud wrthat ti 'mod i'n gadael ddiwedd yr wsnos. Dwi newydd fod yn siarad efo Mr Bartlett ac mae o 'di cytuno 'mod i'n cael gadael ac y bydd Sonia'n cymryd fy lle i farchogaeth Dilys tan ddiwedd y tymor.'

Edrychodd Dan arni mewn syndod. 'O, Mona bach, o'n i'n meddwl dy fod di wedi dod atat dy hun yn iawn. Nes i rioed feddwl fod gen ti deimladau tuag ata i o hyd. Paid â gwneud dim byd yn fyrbwyll – dim ond dau fis sydd ar ôl o'r tymor. Fedri di aros tan hynny?' meddai, yn amlwg wedi'i blesio wrth feddwl fod Mona'n parhau i hiraethu amdano. Cerddodd ati ac anwesu ei boch yn dyner. 'Os ti isio, fedrwn ni ailgychwyn petha rŵan ... ma' Mam yn ddigon pell i ffwrdd efo'r sioe ac mi gawn ni ddau fis bach neis efo'n gilydd. Haf Bach Mihangel ...' ychwanegodd, gan geisio'i chusanu, ond camodd Mona oddi wrtho, ei llygaid yn llawn atgasedd tywyll.

'Cadwa dy fysedd budron oddi arna i, Dan,' meddai'n gadarn gan saethu pob gair fel bwled. 'Blydi typical! Ti wir yn meddwl 'mod i'n gadael am dy fod di wedi torri 'nghalon i? 'Mod i 'di gwirioni cymaint efo Mr Dan Dau Goc Davies na fedra i ddim diodda bod yn yr un adeilad â chdi, hyd yn oed? Wel, paid â fflatro dy hun, Dan bach, mae'r llong honno 'di hen suddo,' meddai gan wenu'n sbeitlyd.

'Wel, pam wyt ti'n mynd 'ta?' gofynnodd Dan yn bwdlyd, cyn ychwanegu, 'dim bod ots gen i, cofia. Ma' genod fatha chdi yn ddigon hawdd i'w ffeindio.'

'Wel, ti'n anghywir, a deud y gwir, Dan. Ti'n gweld, ar hyn o bryd dwi'n reit unigryw. Does neb arall cweit fatha fi yn y byd, hyd y gwn i, beth bynnag. Ti'n gweld, diolch i ti, dwi 'di newid a fydda i byth yr un fath eto, achos dwi'n cario dy fabi di, Dan. Y tu mewn i mi mae un o epil yr enwog Dan Davies yn tyfu. Dwi 'di ama ers tro, ac wedi bod at y meddyg er mwyn gwneud yn siŵr. Dwi'n mynd i gael dy fabi di, Dan,' ychwanegodd yn dawel, a cherddodd yn araf tuag ata i.

Syllodd Dan arni, ei wyneb yn gymysgedd o dynerwch a phanig.

'O, Mona, dwi mor sori,' meddai'n sydyn, 'ond paid â phoeni. Dala i am bob dim. Ofynna i i Mr Bartlett ydi o'n gwybod am glinig i chdi gael 'i neud o'n breifat, a dwi'n siŵr y gwneith o adael i ti gael diwrnod neu ddau o wyliau wedyn er mwyn cael dy gefn atat ar ôl y driniaeth. Geith y Sonia 'na gymryd dy le di yn y sioe, ac mewn dim mi fyddi di'n ôl, yn ddim gwaeth. Mewn chydig wythnosa mi fydd o i gyd wedi'i sortio.'

'Wedi'i sortio?' gofynnodd Mona. 'Dim ond problem isio'i sortio 'di hyn ia, Dan?' Gwelodd hi a finna'r dryswch yn croesi'i wyneb. 'Fel cael pynctsiar ar y lorri, neu fel pan mae Jên yn chwarae i fyny yn y sioe? Dim ond problem fach y gall yr enwog Dan Davies ei datrys mewn dim, ia?' holodd Mona, gan anwesu fy nhrwnc yn ysgafn. 'Wel, Dan, dwi ddim isio dy bres na dy help di. Ti 'di gwneud hen ddigon,' atebodd Mona cyn camu tuag ato fo a syllu i fyw ei lygaid, ei llaw erbyn hyn yn rhwbio'i bol. 'Ti'n gweld, dwi 'di penderfynu 'mod i'n mynd i gadw'r babi 'ma. Dwi am ei fagu a'i garu o. Nid bai y plentyn ydi hyn. Nid ar y babi bach diniwed 'ma mae'r bai fod ei dad yn fochyn di-asgwrn-cefn. Felly dwi'n gadael ddiwedd yr wythnos, a dwi'n mynd â dy blentyn di efo fi, a weli di byth mohona i eto. Fydd y plentyn 'ma'n gwybod dim amdanat ti na dy deulu gwenwynig.' Cerddodd Mona allan heb ddweud gair arall.

Am weddill yr wythnos bu Dan yn dawel, ac ar ôl y sioe ar y nos Wener, pan oedd Dan wedi mynd efo Ned i agor cefn y lorri, daeth Mona draw i ffarwelio. Anwesodd drwnc Magi gyntaf, wedyn Jên ac yn olaf daeth ata i. Erbyn hynny roedd ei bochau'n wlyb a'i llygaid yn pefrio, ond rhoddodd ei dwy law yn fy erbyn ac anwesodd fi'n dyner. Codais flaen fy nhrwnc a theimlais ei bol yn ysgafn, a gwenodd Mona arna i'n annwyl cyn dweud, 'hwyl fawr, Dilys,' yn sydyn pan glywodd sŵn sgwrsio Ned a Mr Dan yn agosáu.

Pan agorwyd y drws mawr y noson honno, teimlais wynt gaeafol yn chwythu o gwmpas fy nghoesau, ac er bod tyrfa fechan wedi ymgynnull, mynd yn dawel am gefn y lorri wnes i. Ond oedais am eiliad er mwyn edrych ar y bylbiau di-ri oedd erbyn hyn yn siglo yn y gwynt ac yn boddi'r promenâd mewn golau amryliw, di-chwaeth. Roedd merch ifanc yn sefyll ar gornel y stryd, yn amlwg yn aros am lifft, ei chês wrth ei hochr a'i chôt erbyn hyn yn tynnu'n dynn ar draws ei stumog. Safodd yn stond, ei chefn tuag at y lorri, ac mae'n debyg y byddai'r rhai hynny sylwodd ar ei dagrau wrth basio yn beio'r gwynt oedd erbyn hyn yn hyrddio o'r môr nes bod y sbwriel o amgylch ei thraed yn chwyrlïo. Un arall o fisitors Blackpool yn cychwyn am adra, wedi gorfwyta'r India-roc ac wedi bod ar un reid yn ormod yn y ffair. Pan edrychais ar Mr Dan, gwelais ei fod o hefyd yn syllu ar y ferch, a'r goleuadau'n disgleirio yn ei lygaid dagreuol yntau, ond roedd y lorri wedi hen gychwyn ar hyd y Golden Mile pan ddaeth y Merc arian heibio a stopio ar y gornel.

DANIEL
1952

'Mati,' meddai Daniel, 'dyma Rita. Rita, dyma Mati, fy ngwraig.'

Gwenodd Rita arnynt yn gynnes.

'O, Mati, mae'n hyfryd cael dy gyfarfod di o'r diwedd! Dwi mor falch fod Daniel 'di ffeindio merch sy'n gallu cadw trefn arno fo!' meddai Rita gan gusanu Mati'n gynnes ar bob boch.

Gwnaeth Mati ei gorau i ymateb gyda'r un brwdfrydedd, ond doedd dim amheuaeth, roedd Rita Rivoli yn ferch a hanner. Er bod Daniel wedi'i disgrifio iddi sawl gwaith, doedd ei eiriau ddim wedi gwneud cyfiawnder â'r ferch a safai o'i blaen y noson honno tu allan i'r babell fawr yng nghanol Seville. Gyda cholur y sioe yn pwysleisio'i phrydferthwch, roedd yn anodd i Mati beidio â chael ei tharo'n fud ganddi. Roedd o leiaf droedfedd a hanner yn dalach na Mati, hyd yn oed heb ei sodlau uchel, ac er ei bod yn gwisgo hen gôt wlân dros ei gwisg, gwyddai Mati fod ganddi gorff siapus. Erbyn hyn roedd Rita yn eu tywys ar hyd rhes hir o lorïau, pob un efo Circo Rivoli wedi'i beintio mewn llythrennau bras ar yr ochrau, i gyfeiriad prif fynedfa'r syrcas. Cododd ei llaw er mwyn tynnu sylw un o'r tywyswyr oedd yn sefyll gerllaw, a brysiodd y bachgen draw, yn amlwg yn awyddus i blesio.

'Reit, ewch chi efo Juan rŵan – dwi 'di cadw seddi i chi yn y rhes flaen, felly mwynhewch y sioe. Rwbath dach chi isio, gofynnwch i Juan, ac mi gawn ni swper a gwydraid o rwbath neis yn y garafán wedyn. Dwi'n gwybod fod Beti'n ysu i gael sgwrs efo ti, Daniel. Mi wneith ddaioni i chi gael siarad.'

Sylwodd Mati'n syth ar yr ansicrwydd a groesodd wyneb ei gŵr, a theimlodd ei gorff yn sythu am chydig eiliadau. Gwasgodd ei law, a gwenodd yntau arni'n annwyl wrth i'r ddau eistedd yn eu seddi. Dechreuodd y band chwarae'r gerddoriaeth agoriadol.

Doedd dim amheuaeth fod Circo Rivoli yn syrcas hyfryd – pob act o safon uchel, perfformwyr o bedwar ban byd ac anifeiliaid di-ri, a Rita'n rheoli'r cyfan fel Meistres y Cylch gan newid ei gwisg rhwng pob act, pob gwisg yn fwy rhywiol a thrawiadol na'r un flaenorol. Dechreuodd y noson mewn côt gynffon o secwins du, sanau ffishnet du, a het sidan uchel oedd yn eistedd yn nhonnau copr ei gwallt. Nesaf daeth ffrog hir goch a menig at ei phenelinau, wedyn trowsus a siaced borffor o ddefnydd moethus.

'Ma' hi fel Marlene Dietrich,' meddai Mati wrth Dan, ei llais yn gymysgedd o edmygedd a chenfigen, ond chlywodd Daniel mohoni. Eisteddai'n gwylio'r cyfan ond yn sylwi ar ddim, ei feddwl ar rywbeth llawer mwy difrifol.

Yn ystod yr egwyl daeth bachgen arall draw efo potel o siampên a phlataid o fwydydd. 'Tapas,' meddai wrth gyflwyno'r plât, ond doedd Mati ddim cweit yn siŵr ai dyna oedd enw'r bwyd neu enw'r bachgen, felly gwenodd arno a nodio'i phen. Tra oedden nhw'n bwyta, a gweddill y gynulleidfa'n gwledda ar fwydydd syrcas mwy traddodiadol fel popcorn a chandi-fflos, adeiladwyd cawell mawr yn y cylch ar gyfer uchafbwynt y sioe: Beti Blu, Brenhines Ffau'r Llewod.

Beti oedd seren Circo Rivoli a hi oedd yn agor ail hanner y

sioe. Pan dywyllwyd y goleuadau, a phan glywyd nodau dramatig cyntaf y band, llonyddodd y gynulleidfa. Yn raddol, daeth y llewod i mewn i'r cylch. Sylwodd Mati fod twnnel o fariau dur yn rhedeg o ddrws y cawell mawr, drwy'r llenni melfed ac allan i gefn y llwyfan, ac yn araf daeth y llewod ar hyd y twnnel i mewn i oleuni'r cylch, pob un yn arogli'r awyr yn amheus wrth gerdded o amgylch y cawell gan oedi o bryd i'w gilydd er mwyn rhythu'n fygythiol ar y gynulleidfa. Wedi i'r degfed llew, y mwyaf ohonynt i gyd, gyrraedd y cylch, symudodd y golau at ddrws y cawell, a gyda Rita'n cyhoeddi'n ddramatig, daeth Beti Blu i mewn i'r sbotolau.

Merch fechan oedd Beti, ond er hynny mynnai sylw'r gynulleidfa wrth gamu'n hyderus i ganol y cathod mawr. Roedd ei bob o wallt du'n disgleirio yn y golau, a gwisgai drowsus gwyn tyn â'r godre wedi'u gwthio i mewn i bar o fŵts lledr coch, blows wen gyda sgarff sidan coch wedi'i rwymo o amgylch ei gwddf, a menig lledr coch. Erbyn hyn roedd y gynulleidfa'n hollol dawel, a phan gyhoeddodd Rita ei henw, safodd Beti yn ddi-wên yng nghanol y cawell, yn union fel petai'n hudo'r gynulleidfa yn ogystal â'r llewod, oedd erbyn hyn yn eistedd yn dwt ar stolion o amgylch y cylch. Wrth symud chydig ar ei chwip, rheolai Beti'r llewod, gan eu harwain yn ddi-lol drwy berfformiad gosgeiddig. Ambell dro byddai un neu ddau yn rhuo'n uchel, fel petaent yn atgoffa'r gynulleidfa o'r perygl, ond byddai Beti'n eu tawelu drwy rwbio mwng neu drwy dynnu cynffon yn chwareus. Drwy'r cyfan siaradai'n ddistaw efo'r cathod, ei gwefusau sgarlad prin yn symud, ond ei geiriau'n amlwg yn sicrhau ac yn cysuro wrth i'r llewod berfformio. I orffen yr act, daliodd gylch o dân uwch ei phen a neidiodd y llewod drwy'r fflamau ac yn syth allan drwy'r twnnel dur heb oedi dim, gan adael y llew mwyaf yn y cylch. Un dyn bach ar ôl.

Eisteddodd y llew ar y stôl uchaf a cherddodd Beti draw ato, gan daflu'i chwip i'r llawr a sefyll yn ddramatig o flaen y llew.

Distawodd y gerddoriaeth, heblaw am furmur y drymiau, a gyda phob llygad yn y babell wedi'u hoelio arni, gafaelodd Beti ym mhawennau blaen y llew. Gydag un symudiad sydyn, tynnodd yr anifail ar ei hysgwyddau. Bron fel un, cododd y gynulleidfa ar ei thraed gan gymeradwyo'n gandryll wrth i Beti gerdded yn araf o amgylch y cawell, y llew anferth yn gorwedd ar draws ei hysgwyddau eiddil, cyn dychwelyd i ganol y cylch. Eto, gydag urddas, plygodd yn ei blaen gan ryddhau pawennau'r llew, a neidiodd hwnnw i ffwrdd yn dwt cyn rhedeg allan o'r cawell ar hyd y twnnel. Gadawyd Beti yng nghanol y cylch, unwaith eto'n fychan yn oerni'r goleuadau gwyn, yn derbyn gorfoledd y gynulleidfa'n ddi-wên, cyn diflannu i'r tywyllwch.

Gyda nodyn olaf y band yn atseinio yn eu pennau, cafodd Daniel a Mati eu harwain i gefn y babell lle'r oedd Rita'n pwyso yn erbyn un o'r polion ochr wrth ddiosg ei hesgidiau arian. Gwthiodd ei thraed i mewn i hen glocsiau, a thynnu ei dresin-gown yn dynnach o'i hamgylch. Gwenodd pan welodd Dan a Mati yn agosáu ac aeth i'w cyfarfod.

'Wel, be dach chi'n feddwl? Ddaru chi fwynhau?' gofynnodd, gan afael yn dynn ym mraich Mati. Chawson nhw ddim cyfle i'w hateb. 'Mati bach, ty'd efo fi i'r garafán. Daniel, mae Beti draw yn fan'cw, yli, wrth ymyl y llewod. Mi ddaw hi â chdi i'r garafán pan fydd swper yn barod. Gewch chi siarad cyn bwyta.' Gyda hynny, tynnodd Mati i gyfeiriad y garafán fwyaf a welodd Mati erioed.

Gwyliodd Daniel nhw'n mynd, ei wraig yn trotian er mwyn cadw i fyny â chamau breision Rita, a gwenodd am eiliad cyn troi i'r cyfeiriad arall. Gwelodd gewyll teithiol y llewod yr ochr draw i'r stablau, a Beti'n sefyll yn unionsyth gerllaw. Er na allai weld ei hwyneb, gwyddai Daniel ei bod yn syllu arno ac yn aros amdano, ei dwylo wedi'u gwthio i bocedi ei chôt fawr. Diflannodd ei wên wrth iddo gerdded tuag ati.

* * *

Safodd Mati yng nghanol lolfa carafán Rita, ac am rai eiliadau fe'i trawyd yn fud gan foethusrwydd y stafell. Edrychodd ar y llenni trwchus, teimlodd y carped meddal dan ei thraed a llygadodd y lampau oedd wedi'u gosod yma a thraw o amgylch y stafell, eu golau cynnes yn groesawgar. Edrychodd ar y darlun olew mawr o Rita a'i chwiorydd oedd yn hongian mewn ffrâm euraidd ar un o'r waliau, ac aroglodd y berth o rosod pinc golau oedd mewn potyn crisial ar y bwrdd ger y soffa ledr frown tywyll. Daeth llais Rita o ben arall y garafán.

'Mati, ty'd drwadd i ti gael gweld y wagan yn iawn.'

Mentrodd Mati i gyfeiriad y llais ar hyd coridor cul, a'r tu hwnt i rai o'r drysau cilagored cafodd gip ar stafell molchi oedd â bàth maint llawn ynddi, a stafell arall oedd yn llawn o wisgoedd crand Rita, y raciau'n gorlifo â sidan a les, pob hangyr yn rhaeadr disglair o secwins a *diamanté*. Daeth o hyd i Rita yn eistedd wrth glamp o ddrych, a band llydan yn dal ei gwallt yn ôl wrth iddi dynnu'i cholur.

'Ty'd, ista ar y gwely tra dwi'n gwneud hyn,' meddai wrth ei hadlewyrchiad. 'Ma' Raoul wrthi'n coginio yn y wagan goginio drws nesa ac mi fydd swper yn barod mewn ryw hanner awr,' meddai, gan agor potyn gwydr ac arllwys rhywfaint o'r cynnwys i gledr ei llaw. Aeth ati wedyn i rwbio'r stwff hufennog ar ei hwyneb, a sylwodd Mati fod düwch ei llygaid, sgarlad ei gwefusau a phinc ei gruddiau erbyn hyn yn smonach llwyr.

Cliriodd Mati ei gwddf cyn mentro gofyn, 'Pwy 'di Raoul?'

'Efaill Juan. Mae tri brawd yma efo ni, ac ew, ma' nhw'n betha bach handi, clyfar, er na chawson nhw ddiwrnod o ysgol. Mi oeddan nhw'n byw mewn pentref shanti tlawd tu allan i Madrid, ac un diwrnod daeth eu tad â nhw i'r sioe a gofyn i ni eu cymryd nhw. Doedd o ddim yn medru fforddio'u cadw nhw gan fod pump arall ganddo fo adra. 'Sa'n well tasa'r lembo 'di rhoi cwlwm ynddi, bysa? Babis oeddan nhw, bechod: Raoul a Juan yn dair ar ddeg a Nino'n ddeuddeg. Mi fedra i 'u gweld nhw rŵan, y tri phâr o lygaid mawr tywyll, trist yn syllu arna i heb ddeud gair, tra oedd eu tad yn ceisio setlo ar delerau, yr un fath yn union â ffermwr yn gwerthu defaid ar ddiwrnod mart. Ma' hynny bedair blynedd yn ôl rŵan, a fedrwn i ddim eu gyrru nhw adra efo'r ffasiwn ddyn, felly yma ma' nhw 'di bod ers hynny. Chlywson ni ddim siw na miw gan y sglyfath tad wedyn. Ma' Juan yn handi o gwmpas y lle i neud hyn a'r llall yn y swyddfa, ac ma' Raoul yn fy helpu yn y garafán, yn gwneud bwyd a llnau a ballu. Mae Nino wedyn yn addoli Beti ac fel cysgod iddi, felly mae o'n ei helpu hi efo'r llewod,' eglurodd Rita.

Eisteddodd Mati ar y gwely yn ei gwylio'n sychu'r llanast oddi ar ei hwyneb efo wadin gwyn.

'Ma' raid bod dipyn o waith llnau ar garafán fel hon,' meddai ymhen hir a hwyr, pan sylwodd fod Rita wedi tawelu. 'Dystio a llnau carpedi a ballu. O'n i'n meddwl bod gen i a Dan garafán neis, ond mae hi'n dila iawn o'i chymharu efo hon,' meddai, gan edrych o'i chwmpas yn edmygus. 'Sgin Beti stafell wely fel hyn hefyd?' gofynnodd, gan anwesu'r defnydd sidan gwyrdd golau oedd yn gorchuddio'r gwely.

Chwarddodd Rita'n uchel gan dynnu'r band gwallt, a throi i edrych arni.

'Nagoes siŵr! Fan hyn ma' Beti'n cysgu, efo fi! A deud y gwir, ti'n eistedd ar ochr Beti o'r gwely,' meddai gan droi yn ôl at y drych a dechrau brwsio'i gwallt yn sydyn.

Cododd Mati ar unwaith a theimlo'i hun yn gwrido.

'O, sori,' meddai, 'do'n i ddim yn sylweddoli eich bod chi'n ... ym ... yn ...'

'Lesbians, Mati. Lesbians. Dyna ydan ni, a fedra i ddim credu na ddeudodd Daniel wrthat ti!' Rhoddodd chwistrelliad o bersawr y tu ôl i'w chlustiau. 'Paid â phoeni siŵr. Dwi 'di hen arfer efo pobol yn synnu. Ma' Beti a fi efo'n gilydd ers jyst ar ôl i'r rhyfel ddod i ben, a tydi ddiawl o bwys gen i be ma' unrhyw un yn 'i feddwl. Os ddysgon ni rwbath yn ystod y blydi rhyfel 'na, wel, pwysigrwydd byw dy fywyd go iawn tra medri di ydi hynny. Am flynyddoedd ro'n i'n cuddio'r gwir a dim ond Daniel oedd yn gwybod. Chwarae teg, mae'n ymddangos ei fod o wedi cadw'i addewid i ddeud dim wrth neb.' Gwenodd eto, gan godi oddi wrth y drych a chychwyn at y drws. 'Ty'd, mae'n amser am aperitif bach dwi'n meddwl ... mae 'na olwg fel tasat ti angen un go gryf arnat ti,' ychwanegodd, gan chwerthin wrth arwain y ffordd yn ôl i'r lolfa. Llyncodd Mati'n galed cyn ei dilyn.

* * *

Roedd dwy lamp Tungsten bob ochr i gewyll y llewod, a safodd Daniel a Beti'n dawel yn eu golau am rai munudau, yn gwylio llanc yn defnyddio fforch hir i godi darnau o gig amrwd allan o ferfa cyn gwthio'r cig rhwng y bariau. Rhwygai'r pawennau brwdfrydig y cig oddi ar y fforch, a gwrandawodd Daniel ar y cnawd yn cael ei rwygo'n eiddgar a'r esgyrn yn cracio a chrensian. Sylwodd fod y llew mawr, seren yr act, mewn cawell ar ei ben ei hun, yn gwylio'r cig yn agosáu, y poer yn diferu o'i weflau.

'Nino, gwna'n siŵr fod Mustafa'n cael y darn mawr 'na,' meddai Beti, a nodiodd y bachgen ei ateb. 'Dim ond Mustafa sydd ar ôl o gathod Tada,' meddai Beti, a phasiodd rhai eiliadau cyn i Daniel sylweddoli ei bod yn siarad efo fo. 'Roedd Tada wedi gweld fod petha'n mynd i fod yn ddrwg arnon ni, felly cyn i'r Natsïaid gyrraedd mi rannodd yr anifeiliaid rhwng syrcasau eraill, yn y gobaith y bydden nhw'n cael gofal drwy'r cyfnod tywyll, ac y buasai'n gallu eu casglu'n ôl ac ailsefydlu'r sioe wedi'r rhyfel. Roedd gan Mam hen ewythr a modryb oedd wedi ymddeol i fyw yng nghanol nunlle, felly mi aeth â'r llewod atyn nhw. Gan fod Yncl Hubert wedi arfer hyfforddi anifeiliaid, mi oedd o'n falch o gael helpu. Wrth gwrs, aeth y misoedd yn flynyddoedd a bu farw Yncl Hubert cyn diwedd y rhyfel. Chydig fisoedd wedyn bu farw ei wraig a gadawyd y llewod yno, i farw. Doedd y cymdogion agosaf ddim yn gwybod be i'w wneud efo dwsin o lewod, felly roedd yn haws cau ochrau'r cewyll ac anghofio amdanyn nhw. Wedi'r cwbwl, mi oedd 'na lot o betha ofnadwy'n digwydd bryd hynny ... roedd gan bawb hen ddigon ar eu platiau, felly fedra i ddim gweld bai arnyn nhw.'

'Y ffasiwn greulondeb,' meddai Daniel yn dawel. 'Wyddwn i ddim y gallai pobol fod mor greulon.'

'Sgin ti ddim syniad be 'di creulondeb, Daniel. Sgin ti ddim syniad o gwbwl be ma' dyn yn gallu'i wneud i'w gyd-ddyn, coelia di fi,' meddai Beti'n uchel, a chododd ei llaw i'w rwystro rhag dweud mwy. Safodd yn dawel am rai eiliadau cyn parhau. 'Erbyn i mi fynd yn ôl i chwilio am y llewod roedd y cewyll wedi bod ar gau am fisoedd, ac anghofia i byth y drewdod a'r olygfa pan godais ochr y wagan. Cyrff, neu ddarnau o gyrff, un ar ddeg o lewod hardd yn pydru mewn troedfeddi o gachu, pob modfedd o'r llawr yn garped byw o gynrhon a phryfaid. Mae'n rhyfedd sut y gall arogl dy gyffwrdd di, ond pan agorais y cawell 'na mi ges i 'ngharjo'n ôl i'r camp, yn ôl i ganol y budreddi, y pydru a'r marwolaethau.' Oedodd am ennyd. 'Ro'n i'n meddwl fod y llewod i gyd wedi marw, ac ar fin gollwng yr ochr yn ôl i lawr, pan sylwais ar Mustafa. Roedd o'n gorwedd yng nghornel bella'r cawell, wedi'i wahanu oddi wrth weddill y llewod, ac mi sylwais fod ei lygaid yn symud. Rhedais i'r ffynnon a llenwi bwced efo dŵr, a defnyddio hwnnw i geisio golchi dipyn ar ei wyneb. Roedd ei fwng o wedi caledu i mewn i'r baw, a doedd ganddo 'mo'r nerth i godi'i ben, ond roedd o'n syllu arna i efo un llygad. Yn araf daeth ei dafod allan i lyfu diferyn o ddŵr, ac mi sylwais fod 'na bothelli mawr gwyn yn gorchuddio'i dafod a'i wefusau. Ymhen hir a hwyr mi lwyddais i'w symud – doedd o ddim yn drwm. Cradur, roedd o fel trio codi llond sach o esgyrn, ond rywsut neu'i gilydd mi lwyddais i'w gael o i mewn i'r cawell bach roedd Tada wedi'i adael ar ôl. O leia roedd hwnnw'n sych ac yn lân.'

'Roeddat ti'n mentro'n arw, Beti. Be tasa fo wedi troi arnat ti?'

Ysgydwodd Beti ei phen yn anobeithiol. 'Doedd ganddo 'mo'r nerth i yfed llymaid bach o ddŵr, Daniel, heb sôn am fy mrifo fi. Mi gymerodd bron i fis o ofal cyn iddo fod yn ddigon cryf i sefyll, a chwe mis arall i'w gael o i ddechrau edrych fel y dylai. Ond ti'n gweld, mi oedd gen i reswm arall dros fod angen cael Mustafa allan. Rheswm da iawn. Roedd Tada wedi cuddio holl arian y teulu o dan lawr y cawell. Gwyddai'n iawn na fyddai unrhyw Natsi'n ddigon gwirion i fentro i mewn i'r cawell, felly roedd o'n guddfan berffaith. Mi fu'n rhaid i mi ddefnyddio hen raw i glirio'r holl faw a'r carthion er mwyn gallu codi'r bordiau pren, ond fel y deudodd Tada, dyna lle roedd y cwbwl. Mi ffeindiais i ddau focs haearn y diwrnod hwnnw o dan lawr y cawell, ac ynddyn nhw roedd ugain mil Deutschmark, mewn arian parod.'

'Ma' hynny'n ffortiwn, Beti. Sut ar y ddaear ...'

Torrodd Beti ar ei draws. 'Sut oedd gan deulu fel y Blumenfelds gymaint o arian, dyna ti'n feddwl, yndê? Wel, ti'n gweld, Daniel, roedd fy nghyndeidiau wedi bod yn rhedeg syrcasau ers yr ail ganrif ar bymtheg, a'r teulu wastad wedi gwneud bywoliaeth fach neis. Mi oeddan ni'n gwneud y rhan fwya o'r sioe ein hunain, cofia – roedd 'na lot ohonon ni ac mi oedd ganddon ni stoc dda o anifeiliaid. Ond roedd Tada'n dipyn o ddyn busnes, ac am flynyddoedd mi oedd o wedi bod yn rhoi benthyg arian i deuluoedd syrcas eraill, ac yn codi llog ar y benthyciadau. 'Sat ti'n synnu faint o sioeau fysa 'di mynd i'r gwellt heblaw am Tada a'i fenthyciadau. Krone, Busch, Sarrasani a hyd yn oed yr Althoffs. Fuon nhw i gyd yn sefyll yng ngharafán Ernst Blumenfeld yn eu tro, yn gofyn am arian ... ond fysan nhw ddim yn fodlon cyfadda hynny, cofia. O, na, mi oeddan nhw i gyd yn barod iawn i anghofio unwaith roedd y ddyled wedi'i thalu.'

'Wedi i ti ddeud,' meddai Daniel, rhyw gloch yn atseinio'n dawel yn y pellter, 'mae gen o gof o 'Nhad yn deud bod Ernst Blumenfeld yn un da efo arian.'

'A diolch i Dduw am hynny, Daniel. Dyna'r unig beth oedd gen i ar ôl. Mi o'n i 'di colli pawb a phob dim arall. Cyn y rhyfel roedd 'na dros gant o'r Blumenfelds yn gweithio mewn syrcasau gwahanol yn yr Almaen ac yn Ffrainc. Erbyn diwedd y rhyfel, dim ond un oedd ar ôl. Fi. Felly dyna lle o'n i, ar ben fy hun bach yng nghanol nunlle efo llew hanner marw a llond bocs o arian.'

* * *

'Ers faint dach chi ...' dechreuodd Mati holi, wedi magu hyder erbyn iddi orffen yr ail wydraid o win, ond er hynny methodd ddarganfod y geiriau iawn i orffen ei chwestiwn.

'Ers pryd ma' Beti a fi efo'n gilydd? Dyna ti'n drio'i ofyn?' gofynnodd Rita gan wenu. 'Ers bron i chwe blynedd erbyn hyn,' atebodd. 'Mi oeddan ni'n nabod ein gilydd ers cyn y rhyfel ... mi o'n i a'n chwiorydd 'di gwneud ambell joban i syrcas Ernst Blumenfeld o bryd i'w gilydd, a dwi'n cofio sylwi ar y ferch ifanc, dlos oedd yn dangos y llewod. Roedd y Beti honno'n dra gwahanol i'r fersiwn sydd ganddon ni heddiw, coelia di fi. Mi oedd 'na ysgafnder yn perthyn iddi bryd hynny, ac anghofia i byth y wên oedd ganddi – gwên oedd yn goleuo'r cylch i gyd. A deud y gwir, dwi'n meddwl 'mod i 'di syrthio mewn cariad efo hi bryd hynny. Ond wedyn mi ddaeth y blydi rhyfel, yn do, a sbwylio'r cwbwl.'

'Mi sbwyliodd y rhyfel bob dim i gymaint,' atebodd Mati, 'a dwi'n ystyried fy hun yn lwcus iawn na chollais i neb agos. Mewn ffordd braidd yn od, ma' raid i mi fod yn ddiolchgar i'r rhyfel. Oni bai bod Daniel yn gorfod cuddio a chwilio am waith, mae'n debyg na fysa fo erioed wedi cyrraedd Tanffriddoedd a 'swn i byth wedi'i gyfarfod o,' ychwanegodd Mati, gan fyseddu coes y gwydr gwin gwag.

'Ma'n dda gwybod bod 'na rwbath da 'di dod allan ohono fo, am wn i,' meddai Rita gan godi ac estyn am y botel. 'Wedyn, pan ddaeth y rhyfel i ben, mi o'n i a'r genod yn gweithio yn Ffrainc. Mi oedd cefnder i Mam wedi dechra sioe fach, un o'r rhai cyntaf i fentro allan ar daith ar ôl i betha ddechrau setlo, ond wrth gwrs roedd arian yn brin, felly mi oedd o'n amser digon anodd. Dwi'n cofio f'ewythr yn deud un diwrnod ei fod o wedi mynd i'r pentref nesa a chael sgwrs efo hen foi lleol, a bod hwnnw 'di deud wrtho am ferch ifanc o deulu syrcas oedd yn byw allan yng nghanol nunlle, chydig filltiroedd y tu allan i'r pentref. Yn ôl yr hen foi, mi oedd hi'n byw ar ei phen ei hun efo neb ond llew yn gwmni!' Pefriai llygaid Rita wrth iddi adrodd y stori. 'Wrth gwrs, ar ôl clywed hynny roedd yn rhaid i f'ewythr drio dod o hyd i'r ferch a gweld be oedd ei hanes, a phan ddaeth o'n ôl a deud mai merch 'fenga Ernst Blumenfeld oedd hi, mi gofiais inna am y ferch ifanc efo'r wên, a mynnu ei fod o'n mynd â fi draw i'w chyfarfod. Ia, Beti oedd hi, ond roedd hi wedi newid cymaint. Dim ond cysgod o'r ferch ifanc ro'n i'n ei chofio oedd ar ôl. Roedd hi'n fwy eiddil nag erioed, ei llygaid wedi suddo i'w phen a'i breichiau a'i choesau yn ddim mwy nag esgyrn. Ond roedd yn amlwg i mi fod Beti angen y syrcas. Roedd hi angen cwmni pobol oedd yn ei dallt, pobol o'r un anian, er mwyn iddi gael dechrau mendio. Felly, wedi lot fawr o siarad mi lwyddais i'w pherswadio i ymuno efo ni, hi a Mustafa. Mi fuon ni'n ffrindiau am chwe mis cyn i unrhyw beth mwy na hynny ddigwydd. Mi o'n i'n gwybod y byddai camamseru petha'n achosi iddi bellhau, felly mi oedd yn rhaid i mi fod yn amyneddgar a gadael iddi hi gymryd y cam cyntaf. A dyna ddigwyddodd yn y pen draw, a sbia arnon ni rŵan, fel hen Siôn a Siân ... neu Siân a

Siân, am wn i! Cyfoeth y Blumenfelds sydd wedi ariannu Circo Rivoli i gyd. Yn gyntaf mi brynodd y llewod, wedyn mi benderfynon ni agor y sioe. Roedd fy chwiorydd wedi cael cariadon ac isio gadael yr act i setlo i lawr, felly doedd gen i fawr i'w golli. A dyna, Mati bach, sut rwyt ti'n ista mewn carafán grand yng nghanol Sbaen yn yfed y gwin gorau.' Cododd Rita ei gwydryn, bron fel llwncdestun, cyn gwagio'r gwin mewn un cegaid. 'Ond yn ôl be dwi 'di'i glywed, o dy boced di ddaeth yr arian i sefydlu Syrcas y Brodyr Davies hefyd, yndê? Chwarae teg, ma'r hen Daniel di hitio'r jacpot efo chdi!' meddai wedyn, gan roi'r gwydryn gwag ar y bwrdd bach wrth ei hochr.

Gwenodd Mati. 'Ia, gen i mae'r pres, ond mi wnaeth Daniel fy achub inna hefyd, mewn ffordd. Mi fuon ni yn Iwerddon drwy gydol y rhyfel, ac wedyn pan ddaeth y cwbwl i ben, mi brynais yr offer iddo er mwyn sefydlu ein sioe ein hunain. Ond be mae o isio go iawn ydi eliffantod, felly dyna sy nesa ar fy rhestr siopa.'

'Mae Daniel a finna 'di gwneud yn dda felly, yn do?' atebodd Rita, 'Wedi ffeindio dwy dda i ofalu amdanon ni.'

'Ydi Beti'n well erbyn hyn?' gofynnodd Mati'n dawel, gan benderfynu anwybyddu'r hyn ddywedodd Rita am ei statws ariannol.

'Ydi, gwell o lawer, diolch byth. Gadael Ffrainc oedd y peth gora wnaethon ni, ac mi oedd hi'n benderfynol nad oedd hi am ddychwelyd i'r Almaen, felly Sbaen oedd y lle amlwg. Mi wnaeth agor y sioe ddaioni iddi hefyd – rhoi rwbath iddi ganolbwyntio arno fo. A'r llewod, wrth gwrs. Dwi wastad yn deud 'mod i'n ei rhannu hi efo llond cawell o lewod!' meddai gan chwerthin. 'Ond mae 'na ran fawr o Beti sy dal wedi torri, a weithia fydda i'n meddwl na wneith hi byth fendio'n gyfan gwbwl. Dwi'n ei charu hi gymaint, dwi jyst isio helpu, ti'n dallt? Ond mae 'na rai llefydd nad ydi Beti'n barod i fynd iddyn nhw eto, llefydd tywyll iawn.'

* * *

'Ti'n cerdded yn union fel dy dad,' meddai Beti gan wasgu'i breichiau o'i hamgylch ei hun, fel petai'n teimlo'r oerni er gwaethaf tynerwch y noson. Erbyn hyn roedd Mustafa wedi hen orffen ei swper, a gorweddai'r llew ar ei ochr yn anadlu'n drwm ac yn fodlon.

Pan atebodd Daniel, gallai glywed y pryder yn ei lais ei hun, yn ofni'r ateb ond yn gwybod bod yn rhaid iddo ofyn y cwestiwn. 'Be ddigwyddodd iddyn nhw, Beti? Be ddigwyddodd i 'nheulu fi?'

Gallai deimlo fod Beti'n edrych arno, ond gwrthododd edrych yn ôl arni. Doedd o ddim am iddi weld yr ofn yn ei lygaid, a'r euogrwydd.

'Mi fu dy deulu di efo ni am ddwy flynedd cyn iddi fynd yn amhosib i ni deithio. Roedd Tada wedi mynd â ni i Ffrainc, gan feddwl y bydden ni'n fwy diogel yno, ac mi oedd o'n iawn, roedd petha'n well o lawer yno. A deud y gwir, ar adegau roedd yn hawdd anghofio fod 'na ryfel ymlaen. Ond mi newidiodd hynny gydag amser. Mi ddechreuon ni glywed am deuluoedd cyfan oedd wedi diflannu, ac er i ni wneud ein gorau i guddio, mi ddaethon nhw ar ein holau ni, yng nghanol y nos. Dwi'n cofio'r gweiddi, a'r crio, ac er nad o'n i'n dallt be oedd yn digwydd, dwi'n cofio'r ofn. Hyd yn ddiweddar, ro'n i'n ail-fyw'r noson honno yn fy mreuddwydion yn aml, nes y byddwn yn deffro fy hun, yn gweiddi ac yn gwingo. Deuddeg oed o'n i pan ddaeth y milwyr a'n taflu ni i gefn lorri. Ar ôl treulio oriau yn y tywyllwch oer, mi gawson ni ein trosglwyddo i drên am daith hir arall.

'Dwi'n cofio Mam yn crio wrth i mi a 'mrodyr a'm chwiorydd ei chofleidio, pob un ohonon ni ofn colli gafael a chael ein llyncu i ganol tywyllwch swnllyd y trên wrth i fwy a mwy o bobol ddiarth gael eu lluchio i mewn. Wedyn, cyrraedd uffern – y Zigeunerlager, gwersyll y sipsiwn. Dyna lle oedd y Roma, y Sinti a'r teuluoedd syrcas a pherfformwyr o bob math yn cael eu rhoi. Dwi 'di dod i ddallt ers hynny fod y lle yn rhan o wersyll Auschwitz-Birkenau, ond doedd yr enw yn golygu dim bryd hynny. Wna i byth anghofio'r bore cyntaf hwnnw ... pawb yn ceisio dallt be oedd yn digwydd, a phawb yn ofni'r gwaethaf. Pob un ohonon ni'n gorfod tynnu ein dillad, a'r cywilydd o sefyll yn noeth yng nghanol dieithriaid. Hen ddynion, merched ifanc, hen wragedd, bechgyn a phlant. I gyd yn noeth, a'r milwyr yn chwerthin ac yn pwyntio. Roedd ambell un yn ceisio cwffio'n ôl, eu hunan-barch yn gwrthod caniatáu iddyn nhw ildio'n dawel, ond doedd dim pwynt. Byddai'r milwyr yn eu curo efo handlen eu gynnau, wedyn yn eu cicio'n ddidrugaredd yn y mwd. Wedyn, cafodd ein pennau eu heillio fel bod pawb yn edrych yr un fath. Yr unig wahaniaeth rhyngddon ni oedd y rhifau gafodd eu crafu i'n breichiau ni, pob un yn dechrau efo'r lythyren Z. Yr un nodwydd fudr oedd yn cael ei defnyddio i farcio pawb felly roedd breichiau llawer yn chwyddo ac yn boenus ar ôl cael gwenwyn.' Wrth iddi siarad, cododd Beti lawes ei chrys i ddangos y rhifau du, blêr oedd yn dal yn amlwg ar ei chroen gwyn. 'Ond dim ond y dechra oedd hynny. Fuon ni yno am chydig ddyddiau cyn i ni weld dy deulu di. Mi oedd 'na gymaint ohonon ni wedi cyrraedd ar yr un pryd – cannoedd os nad miloedd – a phawb yn edrych yr un fath, felly roedd hi bron yn amhosib dod o hyd i bobol. Wedyn, mi gawson ni aros efo'n gilydd, ond dyna'r unig beth oedd yn dda am y lle. Bob dydd roedd cannoedd o bobol yn dal i gyrraedd, felly roedd yr amodau yn mynd yn waeth ac yn waeth, efo bwyd yn brin a salwch yn drwch. Os oedd y dynion yn rhy wan i weithio roeddan nhw'n cael eu curo gan y milwyr, ac mi fyddai'r tadau'n dod yn ôl aton ni ar ddiwedd y diwrnod gwaith yn rhy wan i gerdded, ac yn friwiau drostynt. Roedd pobol yn marw, mwy a mwy bob dydd, a'r cyrff yn cael eu gadael yng nghorneli'r siediau. Mi ddechreuodd rai drio cuddio'r cyrff er mwyn dwyn eu dognau bwyd, ond yn fuan iawn roedd y drewdod yn gwneud hynny'n amhosib. O fewn y flwyddyn gyntaf bu farw 'Nhad, tri o fy mrodyr a dwy chwaer.' Ynganodd Beti y frawddeg yn araf ac yn dawel, ei llais yn llyfn ac yn ddiemosiwn. 'Ar ddiwrnod fy mhen-blwydd mi ges i fy nhreisio gan dri o'r SS. Doedden nhw fawr hŷn na phlant – pymtheg oed, ffor'na – tri o hogia milain, brwnt. Mi ddaliodd un fy mreichiau, un arall fy nghoesau, tra oedd y trydydd wrthi. Roeddan nhw'n chwerthin wrth fy rhwygo a 'nifetha fi am byth.'

Teimlodd Daniel ei ddagrau tawel yn llifo wrth wrando ar Beti. Gwyddai y dylai geisio ei chysuro, ond sut? Safodd yn dawel am rai munudau, ofn siarad rhag i'r emosiwn ei dagu. 'Ond be am y Vogels, Beti?' meddai'n dawel, ei geg yn sych a'i lais yn crynu. 'Be am Mam a 'Nhad?'

'Dy fam aeth gyntaf,' meddai Beti'n ofalus, a chaeodd Daniel ei lygaid, fel petai cau ei lygaid yn mynd i rwystro'i geiriau rhag treiddio i'w ymennydd. 'Tua chwe mis ar ôl cyrraedd, mi aeth llawer ohonon ni'n sâl efo'r diciáu, a dyna laddodd dy fam. Doedd 'na ddim meddygon go iawn yno, ti'n gweld, a dim moddion na chyffuriau, ac er i ni i gyd wneud ein gorau iddi, mi aeth Frida druan, efo dy chwaer, Ingrid, yn gafael yn ei llaw a dy dad yn sychu'i thalcen.' Sylwodd Beti ar ysgwyddau llydan Daniel yn crynu. 'Mi oedd yn fendith, 'sti. Ar adegau ro'n i'n reit genfigennus o'r rhai oedd yn marw. O leia roedd yr hunllef drosodd iddyn nhw. Doedden nhw ddim yn gorfod gweld y dioddef a'r creulondeb, bob dydd yn waeth na'r un cynt. Un noson daeth trên i mewn i'r gwersyll yn llawn plant, tua thri chant ohonyn nhw, ond ddaru'r SS ddim hyd yn oed trafferthu eu cofrestru nhw, dim ond eu harwain yn syth o'r trên i'r siambr nwy. Fedra i byth anghofio'u hwynebau nhw. Lot yn crio, i gyd yn ofnus ac ar goll ac yn trio dallt be oedd yn digwydd iddyn nhw. Yng nghefn y criw roedd merch fach tua saith oed yn cario doli glwt fudr. Roedd ganddi'r gwallt coch tlysaf i mi ei weld erioed, ac wrth iddi basio drws ein sied ni, mi edrychodd i fyw fy llygaid. Dau lygad mawr glas, a brychni haul ar draws ei thrwyn bach. Mi driais i wenu arni er 'mod i'n crio, ond cerddodd ymlaen gan siglo'r ddoli glwt gerfydd ei throed. Wrth gyrraedd drws y siambr mi stopiodd hi am eiliad ac edrych yn ôl arna i, a gwenu. Gwen fach swil, ond goleuodd ei llygaid glas jyst am eiliad, cyn diflannu i dywyllwch y nwy.'

'Be am fy nhad ac Ingrid a Horst?' holodd Daniel yn ddiamynedd, ei geg yn sych. 'Be ddigwyddodd iddyn nhw?'

'Ti'n cofio fi'n deud nad oedd 'na ddoctoriaid yn y gwersyll?' Nodiodd Daniel ond aeth Beti yn ei blaen heb edrych arno. 'Wel, doedd hynny ddim cweit yn wir. Mi oedd 'na un meddyg oedd yn gyfrifol am y Zigeunerlager, ac mi oedd ganddo fo ryddid i wneud beth bynnag roedd o isio yno. Dr Josef Mengele oedd ei enw.' Teimlodd Daniel y cyfog yn codi. 'Fo oedd meddyg y gwersyll ond mi oedd o hefyd yn dewis rhai carcharorion ar gyfer "triniaethau arbennig". Ar y pryd doedd ganddon ni ddim syniad be oedd o'n ei wneud, ac mi oedd llawer o rieni yn meddwl fod y plant yn mynd i elwa drwy gael eu dewis ganddo. Ond wrth gwrs, y gwir oedd fod y plant yn diflannu am byth. Dyna'n union ddigwyddodd i Horst ac Ingrid. Roedd 'na sôn fod ganddo fo ysbyty arbennig ar ochr arall y gwersyll, ac ar ôl chydig ddyddiau roedd dy dad yn benderfynol o ddarganfod be oedd wedi digwydd i'r plant, felly, yn hwyr un noson, llwyddodd i ddianc o'r sied a chyrraedd ysbyty Mengele. Ond aeth o ddim pellach. Cafodd ei ddarganfod gan y milwyr, a'i guro am ddyddiau. Mi oedden ni i gyd yn meddwl fod dy dad wedi'i ladd ond ar ôl tua wythnos mi gafodd ei gario'n ôl i'r sied. Prin yr oeddan ni'n ei nabod o, gan fod ei wyneb wedi'i falu'n llwyr. Roedd o'n methu agor ei lygaid gan eu bod nhw wedi chwyddo cymaint, roedd ei ddannedd wedi'u curo allan a'i glust dde wedi'i rhwygo i ffwrdd a'r briw yn ferw o bryfed. Roedd ei fraich a'i ddwy goes wedi'u torri mewn sawl lle. Mi eisteddodd Mam efo fo drwy'r nos wedi iddyn nhw ddod â fo yn ôl, yn gafael yn ei law ac yn sibrwd yn dawel yn ei glust, straeon am y syrcas a'i chymeriadau, ond ddeffrodd o ddim. Bu dy dad farw wrth i'r haul wawrio y bore wedyn, Daniel, a welson ni 'mo Ingrid a Horst eto.'

Gwrandawodd Daniel yn dawel, wedi'i fygu gan erchylltra ei geiriau. Gwyddai'n iawn pwy oedd Dr Mengele. 'Todesengel' oedd ffugenw Mengele yn y papurau newydd Almaenig yn dilyn y rhyfel. Angel Marwolaeth. Dyna oedd o'n cael ei alw, ac wrth gwrs byddai efeilliaid o dras Sinti fel Ingrid a Horst wedi bod yn ddelfrydol ar gyfer ei arbrofion. Meddyliodd Daniel am ei frawd bach – y babi siriol, tew oedd wedi llenwi'r drôr yng ngharafán ei rieni, y plentyn hapus a thrwsgl a fynnai ddilyn ei frodyr o amgylch y tober, a'i lygaid mawr yn gwenu, un yn las a'r llall yn ddu. Teimlodd Daniel y casineb a'r gwylltineb yn berwi yn ei wythiennau, a theimlodd yr euogrwydd yn corddi. Edrychodd ar Beti am y tro cyntaf ers iddi ddechrau dweud ei stori.

'Cymera dy amser i brosesu'r hyn dwi wedi'i ddeud wrthat ti, ond plis, paid â gadael i hyn dy ddiffinio di am byth.'

'Ond dwi'n teimlo mor euog, Beti,' mynnodd Daniel. 'Mi ddylwn i fod wedi aros efo nhw, a hwyrach 'swn i wedi gallu rhwystro Mengele ...'

Torrodd Beti ar ei draws, ei llais yn gadarn.

'Pa! Paid â meiddio gwastraffu eiliad yn teimlo'n euog. Ma' raid i ti ddod o hyd i ffordd o symud ymlaen, neu mi fyddan nhw wedi dy ddinistrio dithau. Mae o fyny i ti a Walter a'r ddau arall i wneud yn siŵr eich bod chi'n byw'r bywydau llawnaf posib. Dyna dwi'n trio'i wneud yn fama efo Rita. 'Di o'm yn hawdd pan mae'r wynebau, y delweddau, y lleisiau a'r arogleuon mor fyw ag erioed, ond mae'n dod yn haws o fis i fis. Dwi'n dysgu byw efo'r gorffennol, ddim o'i herwydd o. Dyna sy raid i ti wneud hefyd, Daniel. Mae Mati i weld yn ferch hyfryd. Gwna'n siŵr fod dy fywyd efo hi yn un hapus. Mae Gerda a Klaus i weld yn dod yn eu blaenau'n iawn efo'r Althoffs. Wnei di byth anghofio dy rieni a dy frawd a dy chwaer, ond er eu mwyn nhw, mae'n rhaid i ti symud ymlaen.' Edrychodd Beti draw at y bachgen ifanc a nodiodd arno, yr arwydd i gau ochrau'r cewyll. 'Mae'n debyg bod dros ugain mil o Sinti a Roma wedi cael eu llofruddio yn Auschwitz, Daniel. Paid ag ychwanegu dy hun i'r rhestr honno. Dwi ddim cweit yn siŵr pam ges i fyw, ond rywsut dwi'n dal yma. Ro'n i ymysg y miloedd gafodd eu hanfon o'r Zigeunerlager i wersyll Ravensbrück, a dyna lle o'n i pan ddaeth y Fyddin Goch i'n rhyddhau ni ... wel, i agor y giatiau a'n hachub. Dwi'm yn meddwl y ca i byth ryddid go iawn eto,' meddai'n dawel, gan rwbio'r tatŵ ar ei braich. 'Mi fydd y Zigeunerlager efo fi am byth.'

Cododd Beti ei breichiau a chofleidio Daniel yn dynn. Teimlodd yntau ei chorff tila'n crynu ac yn ochneidio, a sylweddolodd ei bod yn crio. Bu'r ddau yn sefyll yno heb symud am funudau lawer, y llewod yn gynulleidfa iddynt, cyn i Nino ollwng yr ochrau i lawr.

'Ty'd, Daniel,' meddai Beti wrth sychu'i llygaid gyda hances wen. 'Mae Rita a Mati'n aros amdanon ni. Ni 'di'r rhai lwcus, cofia hynny.' Gafaelodd yn ei fraich a'i arwain at y garafán.

From: Gafyn.Hughes@animalsfirst.co.uk
To: Hari_84@fastmail.co.uk

Helô Hari,
Gair sydyn i ddymuno pob lwc i ti fory. Dwi'n siŵr dy fod yn teimlo'n gyffrous iawn heno ond cofia gadw at y cynllun ac mi fydd popeth yn iawn yn y diwedd. Ti'n gwybod y bydd y Mudiad yn cadw llygad barcud arnat ti tra byddi di yno, a dwi'n gwybod y gallwn ddibynnu arnat ti. Ymhen ychydig wythnosau bydd y cyfan drosodd, ac mi fyddi di'n cychwyn dy fywyd newydd yn Awstralia – ac mi fydd yr eliffant hefyd yn cychwyn ar ei bywyd newydd di-boen.
    Pob lwc,
    Gafyn

DANNY
2018

Mae tost yn gymaint llai o drafferth na blydi *croissant*, meddyliodd Danny wrth edrych ar y briwsion bras oedd yn gorchuddio'r bwrdd o'i flaen a'r llawr o'i gwmpas. Canolbwyntiodd ar daenu'r jam yn ofalus ar y darn *croissant* olaf ar ei blât a'i godi'n araf at ei geg, ond er ei ofal gwelodd ragor o friwsion yn syrthio'n gawod. Dyna un o'r rhesymau ei fod yn dod i'r caffi i gael brecwast bob dydd. Ar ôl ysgwyd y briwsion oddi ar ei siwmper a theimlo'n euog am eiliad y byddai'n rhaid i rywun arall eu glanhau, eisteddodd yn ôl yn ei gadair ac edrych i fyny i gyfeiriad ffenest y fflat gyferbyn ... y fflat oedd wedi bod yn gartref iddo fo a Sasha ers bron i ddegawd.

Gan deimlo gwres y gwanwyn ar ei wyneb, gwyliodd berchennog y caffi'n cario'r byrddau allan a'u gosod, ynghyd â'r cadeiriau, mewn rhesi twt ar y palmant. Byddai Madame Blodyn yn cyrraedd toc i eistedd wrth ei bwrdd arferol, a byddai Danny, fel pob diwrnod arall, yn cael cysur o'i phresenoldeb diwyro. Câi'r ffenestri hir eu hagor mewn ychydig wythnosau, ystyriodd, wrth i Baris groesawu haf arall.

Roedd o wastad yn ffeindio'r wythnosau cyntaf ar ôl i dymor y syrcas ddod i ben yn anodd. Wrth adael y fflat i ddod i'r caffi roedd popeth yn ymddangos yn ddinewid: sŵn y teledu byddarol wrth iddo basio drws ffrynt Madame Rosa ac arogl persawr Sandrine yn parhau i godi cyfog arno ychydig ymhellach i lawr y coridor, er bod Sandrine ei hun ar ei gwyliau ... ond roedd rhywbeth ar goll. Doedd sŵn y syrcas ddim yno rhagor – murmur tawel oedd i'w glywed yn y fflatiau a fyddai'n atgoffa pawb fod amser sioe yn agosáu ac, yn ôl Sasha, y rheswm gwreiddiol am dueddiad ei nain i droi sain y teledu mor uchel. Ers iddi roi'r gorau i berfformio, roedd Madame Rosa yn casáu clywed murmur y sioe yn edliw ei hieuenctid iddi a'i hatgoffa fod ei dyddiau o ddisgleirio yn y cylch wedi dod i ben. Wrth gwrs, erbyn hyn roedd byddardod henaint yn golygu bod yn rhaid iddi gael y sain yn uchel, ond gallai Danny ddeall yr awydd i geisio boddi'r gwir.

Ers pythefnos roedd cylch y Cirque de Paris yn dawel, y seddi'n wag a'r chandeliers crisial yn dywyll. Roedd y perfformwyr i gyd, gan gynnwys y blwmin acrobatiaid o Rwsia, wedi mynd ymlaen i'r cytundeb nesaf. Roedd Sandrine a Babette wedi mynd ar wyliau i Florida a Sasha eisoes yn canolbwyntio ar y cynhyrchiad nesaf. Cyn hir byddai pabell hyfryd Cirque Arlette yn cael ei chodi, a chriw newydd o berfformwyr yn cyrraedd. Byd felly oedd byd y syrcas, y cylch cyfrin wastad yn troi, wynebau newydd yn ymddangos ac eraill yn ffarwelio.

Meddyliodd Danny unwaith eto am ei rieni, ac anesmwythodd. Gwyddai y byddai'n rhaid iddo fynd draw i Brydain cyn hir. Roedd ei fam yn swnio'n isel iawn pan siaradodd efo hi y noson cynt ... clywodd y cwynion arferol am y tywydd gwael, prinder cynulleidfaoedd, amharodrwydd ei dad i wrando arni, amharodrwydd Anti Fran i wrando arni, amharodrwydd y staff i wrando arni, ond yn fwy na dim, y protestwyr oedd yn ei phoeni. Yn amlwg roedd pethau'n gwaethygu, ac yn ôl ei fam, nifer y protestwyr yn cynyddu ym mhob tref. Ers talwm roedd ambell ardal yn waeth na'i gilydd, a phan fydden nhw'n ymweld â thref neu ddinas oedd â phrifysgol neu goleg go fawr byddai criw o ryw hanner dwsin o fyfyrwyr penboeth wastad yn hel wrth giât y tober efo rhyw blacard tila neu faner. Ond bellach roedd pethau'n wahanol. Dechreuodd ei fam ffilmio'r protestwyr yn ddyddiol ac anfon y fideos ato, ac roedd eu gwylio'n codi ofn ar Danny. Degau o brotestwyr, i gyd â balaclafas du yn cuddio'u hwynebau, yn gweiddi'r un neges, drosodd a throsodd am oriau bob dydd.

'Dilys deserves freedom!'

'Don't make Dilys dance!'

Pan ddangosodd y fideos i Sasha cafodd yntau fraw, yn amlwg yn gweld yr hyn oedd yn digwydd ym Mhrydain yn rhagflas o sut fyddai pethau yn Ffrainc cyn hir. Roedd yn amlwg nad ychydig o fyfyrwyr oedd y tu ôl i'r protestio erbyn hyn – yn hytrach, roedd hon yn fyddin fygythiol gyda strategaeth a chynllun manwl ar gyfer ei hymosodiadau. Teimlodd Danny'n sâl wrth feddwl mai ei rieni oedd eu targed.

* * *

'Dwi 'di bod yn codi llaw arnat ti ers un hanner awr,' meddai Sasha pan gerddodd Danny i mewn i'r fflat.

'Be ti'n feddwl?' holodd Danny, gan dynnu'i siaced a'i hongian ar gefn y drws. Roedd ei bartner yn eistedd wrth y ffenest yn ei ddillad isaf, paned o goffi o'i flaen a briwsion *croissant* yn gorchuddio'r bwrdd a'r carped. Blwmin typical, meddyliodd. Roedd o'n mynd allan i fwyta er mwyn peidio â gwneud llanast, ond byddai'n gorfod glanhau ar ôl Sasha beth bynnag.

'Ro'n i'n dy weld di'n syllu i fyny o'r caffi, ac yn codi llaw arnat ti, ond wnest ti ddim fy nghydnabod i. Ro'n i'n teimlo'n reit hurt, a deud y gwir, yn sefyll ar y balconi yn fy nhrôns yn codi llaw fel idiot, a tithau ddim hyd yn oed yn fy ngweld i. Mi nath yr hen wreigan 'na efo'r blodyn ar ei het ddaeth i eistedd tu allan pan oeddat ti'n gadael godi llaw yn ôl yn reit hapus! Meddwl bod ei lwc hi 'di troi hwyrach!'

'Tasa hi ond yn gwybod bod gen ti ddim diddordeb, 'de? Bechod. Cofia, 'swn i ddim yn synnu tasat ti ...'

'O, Danny, plis paid â dechra!' meddai Sasha mewn llais cwynfanllyd, a gwyliodd Danny wrth i gawod arall o friwsion syrthio pan gododd o'i gadair. 'Dwi 'di deud wrthat ti filoedd o weithiau. Sgin i ddim diddordeb mewn unrhyw un arall.' Cerddodd at Danny a'i gusanu'n nwydus.

Blasodd Danny felyster ei frecwast ar dafod ei gymar.

'Dos, wir, ti angen shêf! Ma' dy ên di fel *sandpaper*,' meddai, gan rwbio'i wyneb er mwyn cuddio'i wên. Rhoddodd slap i ben ôl Sasha wrth iddo gerdded i ffwrdd. 'Pryd wyt ti'n mynd i Madrid at Chris a Sila?' gofynnodd, wrth i Sasha ddiflannu i'r stafell wely.

'Ymhen pythefnos. Pam? Ti am ddod efo fi? Ti'n gwybod 'sa Sila wrth ei bodd yn dy weld di,' gwaeddodd Sasha, wrth i sŵn y gawod foddi ei lais.

Cerddodd Danny i mewn i'r stafell wely gan blygu er mwyn codi trôns a chrys Sasha oddi ar y llawr a'u gollwng i mewn i'r fasged olchi. Meddyliodd am ei chwaer wrth ysgwyd y cwilt a'i osod yn dwt ar y gwely, cyn ysgwyd y clustogau a'u gosod yn ôl yn eu lle. Roedd yn rhyfedd meddwl bod Sasha wedi dod yn gymaint o ffrindiau efo hi a Chris. Wrth gwrs, roedd budd masnachol i'r berthynas hefyd, a gwyddai fod Sila'n dibynnu ar gymorth Sasha i lwyfannu cynhyrchiad newydd Circo Rivoli. Er bod ganddi hi a Chris syniadau da ar gyfer y sioe, roedd angen cymorth Sasha i'w gwireddu.

Clywodd sŵn y dŵr yn tewi ac ymhen munud neu ddau camodd Sasha i mewn i'r stafell, yn sychu'i wallt gyda thywel gwyn. Eisteddodd Danny ar gornel y gwely gan edrych ar gorff noeth ei gymar, ei goesau'n dal yn gyhyrog wedi blynyddoedd o berfformio ar y wifren a'r blew trwchus tywyll ar ei frest yn dechrau britho wrth iddo agosáu at ei ben-blwydd yn hanner cant.

'Dwi'n meddwl y bysa'n well i mi fynd i weld Mam a Dad, 'sti,' meddai Danny ymhen hir a hwyr. 'Dydi petha ddim yn swnio'n dda, a dwi'n meddwl 'sa Mam yn gwerthfawrogi chydig o gefnogaeth. Dwi'n poeni am y busnes protestio 'ma. Mae petha 'di gwaethygu cymaint y tymor yma, ac ma' Dad yn rhy styfnig o lawer i wrando.'

'Ti'n meddwl neith o wrando arnat ti?'

Chwarddodd Danny cyn ateb.

'Nac'dw siŵr! Dwi'n gwybod na neith o ddim gwrando arna i, ond dwi angen bod yno yn gefn i Mam.'

Cerddodd Sasha draw ac eistedd ar lin Danny, gan ei wynebu.

'Iawn. Wrth gwrs, ma' raid i ti fynd, ond ty'd i Madrid efo fi gynta, cyn mynd at dy rieni. Dwi 'di addo bod yma i helpu Arlette ar ddechra'r tymor, ond unwaith mae Cirque Arlette wedi agor mi fedra inna ddod draw am chydig ddyddiau. Dwi ddim wedi gweld dy rieni ers tro, a pwy a ŵyr, ella gwneith dy dad wrando arna i?'

Pwysodd Danny ymlaen i gusanu'r blew llaith ar frest Sasha.

'Paid â thwyllo dy hun – neith Dad ddim gwrando ar neb. Cyn belled ag y mae Dilys yn y cwestiwn, waeth i ti siarad efo'r wal ddim. Ti'n ei nabod o'n ddigon da erbyn hyn.'

Cododd Sasha a cherdded draw at y cwpwrdd dillad, a meddyliodd Danny unwaith eto am ddyddiau cynnar eu perthynas. Roedd gan Sasha rywbeth arbennig fel perfformiwr, doedd dim dwywaith am hynny, a byddai'r gynulleidfa'n ei addoli wrth iddo ddawnsio a neidio'n osgeiddig ar hyd y wifren, ei wallt du hir a'i lygaid tanbaid yn hudo pob un. I ddechrau, roedd Danny'n gyndyn o gydnabod eu carwriaeth yn gyhoeddus, yn ofni y byddai'r cyfan yn chwalu petai'n buddsoddi gormod ynddi, ond dros y blynyddoedd roedd eu perthynas wedi cryfhau, er gwaethaf amheuon Danny. Daeth Sasha i Brydain gan wneud tymor efo Syrcas y Brodyr Davies, er ei fod yn cael cynigion o bedwar ban byd, a phan ddaeth y cynnig i'r ddau fynd am dymor i berfformio efo syrcas fawr y teulu Togni yn yr Eidal, ei fam ddaru ddarbwyllo Danny i'w dderbyn.

'Paid â meddwl bod pob dyn yr un fath, Danny ... dydyn nhw i gyd ddim fatha dy dad, 'sti, a weithia ma' raid i ti fentro. Pwy a ŵyr be ddigwyddith yn y dyfodol? Ond 'swn i'n deud bod Sasha'n un o'r rhai da, felly paid â'i golli o oherwydd ymddygiad dy dad,' meddai Coni.

O fewn ychydig wythnosau roedd Sasha'n dawnsio ar ei wifren o dan oleuadau lliwgar syrcas y teulu Togni, a Danny'n cyflwyno wyth o'u ceffylau Arabaidd. Am ddeng mlynedd bu'r ddau yn crwydro syrcasau gorau Ewrop, gan ddychwelyd i Baris bob gaeaf, a phan ddaeth dyddiau perfformio Sasha i ben, daeth y fflat uwchben y Cirque de Paris yn gartref iddynt.

'Gyda llaw, faint o'r gloch mae dy fam yn ein disgwyl ni heddiw?' gofynnodd Danny gan blygu'n ôl i edrych ar y cloc bychan oedd ar erchwyn y gwely.

'Amser cinio ddeudodd hi, ond ti'n nabod Arlette cystal â dwi'n nabod dy dad. Gall hynny olygu rwbath,' meddai, gan ysgwyd ei ben yn ddiamynedd, a chamu i drôns glân.

'Dda 'mod i 'di cael brecwast go lew felly,' atebodd Danny cyn codi'r tywel gwlyb oedd erbyn hyn ar lawr y stafell wely.

* * *

'Bonjour mes chêries,' meddai Arlette pan agorodd ddrws ei fflat. 'Maddeuwch yr olwg sy arna i,' ychwanegodd, gan sychu'i thalcen yn ysgafn â thywel lliw lelog golau. 'Dwi newydd orffen sesiwn efo Henri, a dwi wastad yn chwysu efo Henri.' Gwenodd cyn plygu draw ar gyfer *la bise*, y cusanu sy'n rhan annatod o gyfarchiad y

Ffrancwyr, ac edrychodd Danny draw at Sasha. Cododd hwnnw ei aeliau cyn dilyn ei fam, a chaeodd Danny'r drws ffrynt mawr ar ei ôl cyn dilyn y cwmwl o Chanel No. 5.

Wrth gyrraedd y lolfa foethus, sylwodd Danny fod Arlette yn ei dillad ymarfer corff: trowsus llac mewn lelog golau, esgidiau ymarfer a thop lycra byr o'r un lliw, oedd yn gorffen jyst o dan ei bronnau llawn gan ddatgelu tua chwe modfedd o'i stumog oedd yn llyfn fel bol merch yn ei hugeiniau. Sylwodd ar gyhyrau tyn ei breichiau wrth iddi agor potel o ddŵr cyn llyncu'r cynnwys yn awchus. Ceisiodd Danny fanteisio ar y cyfle i edrych yn ofalus ar ei hwyneb, gan wneud ei orau i weld a oedd creithiau gweladwy ar ôl ei thriniaeth harddwch ddiweddaraf, ond doedd dim i'w weld ar y croen llyfn. Gwyddai fod Arlette yn diflannu bob mis Hydref am chydig wythnosau, gan ddweud wrth bawb ei bod yn mynd i'r Swistir er mwyn cal 'tyc bach fan hyn a fan draw', ac er ei bod yn agosáu at ei phen-blwydd yn saith deg pump, roedd ei chroen yn gwbwl ddi-grych a ffres.

Eisteddodd Danny wrth ochr Sasha ar y soffa fawr lliw hufen, a chlywodd sŵn pesychiad o ochr arall y stafell. Edrychodd draw a gweld dyn ifanc Du, trawiadol o ddeniadol, yn sefyll wrth y drws. 'O, Henri, nes i ddim sylwi arnat ti yn fanna,' meddai Arlette, cyn mynd draw ato a gafael yn ei law er mwyn ei dywys i mewn i'r stafell. 'Gad i mi dy gyflwyno i ddau ffrind arbennig iawn: dyma Sasha a Danny.'

Cododd y ddau oddi ar y soffa ar yr un pryd, a theimlodd Danny law fawr Henri yn cau'n dynn am ei law ei hun wrth iddo'i hysgwyd. Gwenodd Henri'n swil, cyn troi at Arlette.

'Wela i di 'mhellach ymlaen, ia?' gofynnodd, cyn iddi ei arwain at y drws a sibrwd ei hateb yn dawel yn ei glust.

Edrychodd Danny draw at Sasha wrth i Arlette gau'r drws ffrynt a dychwelyd i'r lolfa dan wenu.

'Pwy yn union ydi Henri, Mam?' gofynnodd Sasha'n swrth, 'a

phaid â deud mai dim ond dy hyfforddwr di ydi o! Mae'n ddigon hawdd gweld bod 'na fwy iddi na hynny.'

'O, twt lol, Sash bach, paid â bod fel'na. Ma' Henri'n hogyn lyfli, a 'dan ni'n cael lot o hwyl. Be fedra i neud os ydi dynion yn methu cadw draw? A ddylet ti ei weld o'n iawn ... mae o'n fendigedig, cofia. Bob dim fel y dyla fo fod, dim byd wedi rhinclo na chrebachu, fel stalwyn ifanc, cryf ym mlodau'i ddyddiau.' Oedodd. 'Ac mae ganddo fo egni fel stalwyn hefyd.' Dywedodd y frawddeg olaf gydag edrychiad o bleser pur ar ei hwyneb, a winciodd yn ddireidus ar Danny.

'O, Mam, plis! Dwi ddim isio gwybod. A be 'di'r busnes "ffrindiau arbennig" 'ma?' atebodd Sasha, yn amlwg yn ceisio peidio colli'i dymer. 'Pam na ddeudist ti 'mod i'n fab i ti?'

'Wel, ia, ma' hynny'n chydig o broblem,' meddai Arlette, gan droi i edrych allan drwy'r ffenest fawr oedd yn wynebu'r parc gyferbyn. 'Ti'n gweld, pan ofynnodd Henri faint oedd fy oed i, mi ofynnais iddo fo geisio dyfalu. Roedd o'n meddwl 'mod i yng nghanol fy mhumdegau, a nes i ddim ei gywiro fo. Felly petai o'n gwybod 'mod i'n fam i ddyn canol oed, mi fysa hynny'n sbwylio petha braidd, yn bysa? Felly taw pia hi!' meddai, cyn cychwyn am ddrws y lolfa. 'Reit ta, cawod sydyn ac mi fydda i efo chi. Mae Sylvie a Nora yn aros i ni alw amdanyn nhw ar y ffordd, ac mae'r bwyty'n cadw'r bwrdd arferol i ni ar gyfer dau o'r gloch,' meddai, cyn ychwanegu, 'mae bore efo Henri wedi codi archwaeth arna i.'

Roedd peidio chwerthin yn amhosib. Edrychodd Danny draw at Sasha.

'Blydi hel, dyn canol oed!' meddai hwnnw, gan ysgwyd ei ben.

* * *

Roedd hyn fel cael cinio efo'r Beverley Sisters, meddyliodd Danny wrth edrych ar Arlette, Sylvie a Nora. Roedd y tair tua'r un oed, er nad oedd 'run ohonynt yn hoffi cyfaddef hynny, ond edrychai pob un o'r menywod o leiaf ugain mlynedd yn iau. Tair o gyn wragedd Serge Roudier, a thair ffrind mynwesol. Arlette oedd y wraig gyntaf, a phan oedd Babette yn flwydd oed daeth adref a darganfod Serge yn y gwely efo Sylvie. Blwyddyn a hanner yn ddiweddarach, roedd Serge wedi gadael Sylvie a phriodi Nora, gwraig rhif tri. Wedyn, pan oedd pawb yn dechrau meddwl fod Nora wedi llwyddo i'w ddofi, cododd yr hen gi ei ben eto. Dyna pryd y daeth Tamara o Felarws i'w hudo.

'Pan ti'n meddwl am y peth, mae'n gwneud synnwyr llwyr,' meddai Arlette wrth geisio egluro'r cyfeillgarwch rhyfedd i Danny un tro. 'Ma'r tair ohonon ni tua'r un oed, ac mae ganddon ni i gyd un peth yn gyffredin, sef profiad o Serge Roudier. Wrth gwrs, roedd 'na amser pan na allwn i edrych ar Sylvie heb fod isio rhoi slap iddi a rhwygo'i gwallt o'r gwreiddiau, ond mae'r genfigen yn pylu ar ôl dipyn, a ti'n dechrau sylweddoli fod bywyd yn rhy fyr i ddal dig. Yr un fath wedyn pan wnaeth y sglyfath adael Nora druan. 'Dan ni'n tair yn gallu uniaethu a chefnogi'n gilydd, a'r hyn sy'n gwneud ein cyfeillgarwch yn gryfach byth ydi gwybod bod Serge yn casáu'r ffaith ein bod ni'n ffrindiau!' meddai gan chwerthin. 'Wrth gwrs, roedden ni i gyd yn ffrindiau cyn i blwmin Serge Roudier ddod a chwalu'r cwbwl – yn ddawnswyr ifanc yn y Moulin Rouge efo'n gilydd. Genod ifanc diniwed oedden ni pan ddaru ni gyrraedd Paris, a sbia arnon ni rŵan!' chwarddodd. 'Roedd y Moulin yn addysg ... ddysgon ni bob math o betha yn fanno. Pwysigrwydd bod yn brydlon, rhoi ymdrech cant y cant ym mhob perfformiad ac wrth gwrs, pwysigrwydd edrych yn dda. Roedden ni'n cael ein pwyso bob wythnos, a dyn a helpo unrhyw un oedd yn rhoi owns ymlaen! Mi ddysgon ni lot o sgiliau bywyd yn y Moulin hefyd, dim jyst sut i gerdded mewn sodlau uchel efo coron bum troedfedd o blu pinc ar dy ben.' Oedodd am eiliad er mwyn tanio sigarét efo leitar aur. 'Yn y Moulin ddaru ni i gyd ddysgu am ddynion. Cofia, mi oedd ambell ast ymysg y genod, ond ar y cyfan mi oedden ni i gyd yn ffrindiau, ac yno i wrando a chysuro pan fyddai un ohonon ni wedi torri'i chalon. Byddai dynion crand o bob math yn mynd yno bryd hynny: sêr Hollywood, cantorion pop a hyd yn oed ambell aelod o deuluoedd brenhinol Ewrop, ond 'di o'm bwys faint o arian sydd ganddyn nhw, ma' nhw i gyd yr un fath yn y diwedd ... ac mi oedden nhw i gyd eisiau noson neu ddwy efo un o'r genod Can Can enwog.' Chwythodd gwmwl o fwg cyn ymestyn am y blwch llwch marmor. 'A dyna lle oedd Serge Roudier yn mynd i chwilio am gariadon hefyd. Mae o'n licio genod tal efo coesau hir, ti'n gweld, a chei di'm dewis gwell nag yng nghorws y Moulin Rouge. Mi sylwon ni fod ganddo batrwm, ac os oedden ni'n clywed bod Serge wedi ailddechrau mynd i'r Moulin, mi oedden ni'n gwybod ei fod o'n diflasu ar beth bynnag oedd ganddo adra ar y pryd ... er, mi aeth o *downmarket* braidd i chwilio am y Tamara 'na. Yn y Lido oedd hi'n dawnsio,' meddai gan droi ei thrwyn. 'Dwi'n gallu ei ddarllen o fel llyfr erbyn hyn, Danny bach. Bechod 'swn i wedi'i ddallt o'n gynt.'

Heddiw, eisteddai'r merched ar y *banquette* yn trafod y fwydlen er bod pawb yn gwybod yn iawn y byddai'r tair yn archebu potel o siampên rhyngddynt a salad syml bob un, heb y dresin. Wrth iddynt gyrraedd y bwyty roedd y perchennog wedi bod yn hofran wrth y drws yn barod i'w cyfarch, a safai un arall o'r staff gerllaw, i dderbyn eu cotiau ffwr. Cyfarchodd y merched nhw gyda gwên mor lydan ag yr oedd crwyn tyn eu hwynebau'n ei ganiatáu. Minc llaes oedd gan Arlette, siaced fer o ffwr cwningen oedd gan Sylvie a chôt tri chwarter o ffwr tywyll oedd dewis Nora, a meddyliodd Danny tybed beth fyddai gan Bunny a Bruce i'w ddweud am steil o'r fath. Gwisgai Arlette siwt werdd lachar, blows wen a bŵts sodlau uchel o ledr meddal lliw hufen. Ffrog goch ac esgidiau uchel du oedd gan Sylvie amdani, a Nora mewn trowsus du a blows oren. Roedd fel petai'n eistedd o flaen set o oleuadau traffig, meddyliodd Danny'n dawel.

Erbyn hanner awr wedi pedwar dim ond y pump ohonynt oedd ar ôl yn y bwyty. O'u cwmpas roedd y staff wrthi'n dawel yn aildrefnu ac yn gosod y byrddau ar gyfer swper, gan gadw un llygad ar Arlette rhag ofn y byddai'n galw am y bil. Diflannodd y pelydrau olaf o oleuni o'r awyr y tu allan, ac roedd lampau wedi'u cynnau o amgylch y bwyty, pob un yn creu pwll o oleuni cynnes a chysgodion tywyll. Roedd y drydedd botel siampên yn wag erbyn hyn, a'r sgwrs o amgylch y bwrdd wedi dilyn y patrwm arferol. Ychydig o holi cyffredinol yn gyntaf: hanes hwn a'r llall, un yn torri ar draws y llall ac yn gofyn cwestiwn arall cyn clywed yr ateb blaenorol. Wedyn cwestiynau am rieni Danny, sut oedd y busnes, ac am y sefyllfa efo'r anifeiliaid ym Mhrydain. Fel arfer, cododd Sylvie fwganod am y dyfodol yn Ffrainc. 'Fyddan nhw ddim yn hapus nes y bydd pob syrcas yn y byd yn rhedeg heb anifeiliaid,' meddai, gan ysgwyd ei phen yn drist.

Y cynlluniau ar gyfer tymor newydd Cirque Arlette oedd y pwnc nesaf dan sylw, a phawb yn cytuno fod y rhestr artistiaid yn addawol. 'Dwi wedi edrych ar bob un yn ofalus a does 'na neb plaen na thew yn eu mysg,' meddai Arlette yn falch. 'Dwi 'di hen syrffedu ar fynd i sioeau a gweld genod blonegog wedi gwthio'u hunain i wisgoedd sy'n lot rhy fach iddyn nhw,' meddai, 'ac mae hynny'n f'atgoffa fi, Sasha. Mae'n rhaid i ti ddeud wrth Babette am fynd ar ddeiet pan ddaw hi adra. Mae'n gas gen i ddeud hyn am fy merch fy hun, ond roedd hi'n edrych yn ddiawledig yn y sioe leni, ac wrth gwrs, mae'n sicr o fod yn fwy byth ar ôl rhai wythnosau yn Florida. Ma' nhw'n bwyta cymaint yn America, does dim rhyfedd fod yr Yanks i gyd yn enfawr. A waeth i mi heb â thrio siarad efo hi. Bechod, mae ganddi wyneb tlws iawn, tasa hi jyst yn peidio bwyta cymaint,' meddai, gan ochneidio. 'Ond dyna fo, mae o yn y genynnau. Tynnu ar ôl nain Serge mae hi. Dwi 'di gweld lluniau, ac mi oedd honno'n dipyn o lwmpan.' Gwenodd Danny wrtho'i hun, a theimlodd Sasha'n ei gicio'n ysgafn o dan y bwrdd.

Erbyn i'r diferion olaf gael eu harllwys o'r botel siampên, yn ôl eu harfer, roedd y tair wedi dechrau siarad am Serge. Unwaith eto, cafodd Danny ei syfrdanu. Tair dynes gref, yn eistedd yn trafod y dyn oedd wedi torri'u calonnau, ac yn gwneud hynny gyda dagrau yn eu llygaid. Roedd y cariad yn amlwg yn dal yn llosgi, er na fyddai 'run ohonynt yn fodlon cyfaddef hynny wrth y lleill.

'Mi ges i sioc pan welais i dy dad yn yr Ŵyl ym Monte Carlo,' meddai Nora wrth Sasha. 'Mi o'n i'n ei weld o wedi heneiddio'n ofnadwy. Ac mi oedd *hi* yno, wrth gwrs, yn blaster o golur a sgert at ei thin. Mae'n anodd peidio â theimlo trueni tuag ato, wedi landio'i hun efo hen darten fel'na. Dwi'n siŵr 'i fod o ar y Viagra ddydd a nos i drio bodloni'r jadan,' meddai'n chwerw, a nodiodd y ddwy arall yn gytûn. 'Dim ond mater o amser ydi o cyn y bydd y drolop yn ei adael, a waeth iddo fo heb â meddwl y bydd croeso iddo fo'n ôl acw. O, na, mae'r dyddiau hynny wedi hen basio. Geith un ohonoch chi ei gymryd o, â chroeso,' meddai, gan lyncu'r gegaid olaf o siampên.

'Be sy'n gwneud i ti feddwl mod *i* isio fo?' meddai Sylvie, ychydig yn rhy frysiog, gan edrych ar Arlette a Nora.

'A *dwi* 'di hen symud ymlaen, ac wedi cael y model diweddaraf,' meddai Arlette, gan edrych ar ei horiawr Rolex chwaethus. 'Sasha, gofyn am y bil, wnei di plis?' meddai. 'Mi fydd Henri'n galw tua wyth, a dwi isio newid cyn hynny.'

Edrychodd Sylvie ar Nora gan godi'i haeliau, ac wrth iddo wneud arwydd ar y perchennog, teimlodd Sasha ei ffôn yn crynu yn ei boced. Camodd allan o'r bwyty er mwyn siarad, tra oedd Arlette yn talu a'r ddwy arall yn fflyrtio efo'r bachgen oedd yn gofalu am y cotiau.

Edrychodd Danny drwy'r ffenest a gweld golwg drwblus ar wyneb ei gariad, a gwyddai'n syth fod rhywbeth o'i le. Gwisgodd ei gôt yn sydyn, a sylweddolodd fod ei ffôn wedi bod yn ei phoced drwy'r prynhawn. Edrychodd ar y sgrin: roedd o wedi colli pedair galwad gan ei fam, a thair gan Sila. Beth petai rhywbeth o'i le adref? Roedd ar fin gwthio'r botwm i ffonio'i chwaer pan ddaeth Sasha'n ôl i mewn i'r bwyty.

'Danny, dwi newydd siarad efo Sila. Mae 'na rwbath wedi digwydd i dy dad,' meddai'n ddifrifol.

Teimlodd Danny ei goesau'n dechrau crynu.

'Be? Be sy'n bod efo Dad? Ydi o'n OK?'

'Does 'na ddim byd yn bod efo'i iechyd o,' meddai Sasha, 'ond mae o 'di cael ei arestio!'

MATI
1939

Eisteddodd Mati ar y garreg fawr lyfn oedd ar ben Ynys Bell. Wel, doedd hi ddim yn ynys, nac yn bell, ond dyna oedd Mati a'i mam wedi enwi'r bryncyn oedd i'w weld o ffenest llofft Mati ym Mhlas Ffriddoedd. Pan oedd Mati yn methu â chysgu, byddai ei mam yn eistedd yn y gadair ger ffenest ei llofft efo Mati ar ei glin, yn creu straeon cyffrous am holl anturiaethau'r tylwyth teg oedd yn byw ar Ynys Bell, nes y byddai Mati'n cysgu. Erbyn hyn, gwyddai Mati'n iawn nad oedd tylwyth teg yn bodoli ar Ynys Bell, ond byddai'n parhau i freuddwydio am fyw bywyd tebyg – bywyd ffantasi yn llawn antur, bywyd gwahanol i weddill trigolion pentref Tanffriddoedd. Teimlodd oerni'r garreg drwy ei dillad, a gwyddai y byddai Lena'n siŵr o ddweud y drefn wrthi am eistedd ar y graig oer, ond nid oedd Mati'n malio taten. O fewn yr wythnos byddai'n ddeunaw oed, yn oedolyn, ac felly ni fyddai'n rhaid iddi wrando ar unrhyw gerydd gan Lena.

Edrychodd o'i chwmpas ar yr aceri o dir oedd yn amgylchynu Ynys Bell. Roedd Fferm Plas Ffriddoedd yn y pellter a phentref

Tanffriddoedd ymhellach byth. A hi oedd yn berchen ar y cyfan. Wel, nid y pentref i gyd erbyn hyn, ond rhannau sylweddol ohono. Yn ôl ei mam, bu i'r pentref ddatblygu'n raddol ar dir y teulu, a thros y blynyddoedd, ar gyfnodau pan oedd arian yn brin, roedd gwahanol aelodau o'r teulu wedi gwerthu rhai o adeiladau'r pentref i'r trigolion. Ond y teulu Davies oedd yn parhau i fod yn berchnogion ar nifer o'r bythynnod a'r holl dir. Neu, i fod yn fanwl gywir, Mati oedd y perchennog gan mai Mati oedd y teulu Davies erbyn hyn. Yr unig un oedd ar ôl. Llyncodd Mati'n galed wrth feddwl am hynny, ac estynnodd ddarn o daffi triog Blodwen allan o'i phoced.

Er iddi golli'i thad dros flwyddyn yn ôl, doedd pethau ddim wedi newid rhyw lawer yn Mhlas Ffriddoedd. Roedd Blodwen ac Edith yn parhau i fod yn y gegin, ac Ifan John yn dal i wneud joban dda o redeg y fferm. Roedd Lena Griffiths yn dal yno hefyd, yn 'rhedeg y tŷ', medda hi, ond pwy a ŵyr beth oedd hynny'n ei olygu. Busnesu, mwy na thebyg, meddyliodd Mati. Bu farw Madam Mildred ychydig fisoedd ar ôl ei thad, gan adael Lena'n fwy chwerw nag erioed. Mewn ffordd ryfedd roedd Mati wedi galaru mwy am Mildred nag y gwnaeth am ei thad. Teimlai fod Mildred wedi ei deall yn well na neb, ac yn yr un modd teimlai Mati ei bod yn deall Mildred. Ambell dro, yn ystod y gwersi piano yn dilyn marwolaeth ei mam, byddai'n adrodd straeon am ei bywyd yn y Conservatoire, a gwelai Mati fflach o'r Mildred ifanc, yn llawn gobaith a breuddwydion, cyn i fywyd ei thwyllo a'i hanfon adref i Danffriddoedd ac i ddwylo oer yr ymgymerwr. Pan glywodd Mati am salwch Mildred aeth draw i ymweld, a chafodd fraw – roedd gwely wedi'i osod yn y parlwr canol ac ynddo, mewn corff chwyddedig, gorweddai Mildred; pob modfedd o'r croen llac, llwyd a arferai lynu i'w hesgyrn wedi'i dynnu'n dynn, ac roedd iddi wrid annaturiol o binc, fel potel ddŵr poeth rwber wedi'i gorlenwi.

'Peidiwch â disgwyl llawer o sgwrs,' rhybuddiodd Lena'n swta wrth arwain Mati at wely ei chwaer, 'tydi hi ddim wedi deud llawer ers dyddiau. Mae'r Iôr yn aros amdani rŵan,' ychwanegodd, cyn gadael y stafell a chau'r drws yn dawel.

Eisteddodd Mati ger y gwely, gan wneud ei gorau i beidio ag edrych ar ei chyn-athrawes. ond yn sydyn clywodd ei llais cyfarwydd, yn syndod o gryf.

'Mati fach, diolch am alw,' meddai. 'Rydach chi 'di cael hen ddigon o alar acw, heb ddod yma i chwilio am fwy.' Dechreuodd besychu'n frwnt ac estynnodd Mati hances o'i phoced a phlygu ymlaen i sychu'r poer oedd yn hongian o'i gwefusau pinc, tew. Wedi i'r peswch basio, dechreuodd siarad eto. 'Peidiwch â gadael i'r lle 'ma eich mygu, Mati.' Er bod ei llygaid bron â chau oherwydd y chwydd, gwelodd Mati'r fflach gyfarwydd. 'Y munud y cewch chi'r cyfle, ewch o 'ma. Mae gan y byd lawer iawn mwy i'w gynnig, ond mae'n rhaid i chi fentro.'

Suddodd ei phen i'r gobennydd a boddwyd ei llygaid gan y cnawd. Nodiodd Mati ei hateb, yn ofni siarad rhag i'w llais fradychu ei theimladau, a chododd yn araf o'r gadair.

'Mati, peidiwch ag anghofio, ewch o 'ma i fyw,' mynnodd Mildred gan ddal ei llaw allan, ei bysedd esgyrnog erbyn hyn yn sosejys tew.

Gafaelodd Mati'n dynn ynddi a theimlo cynhesrwydd ar gledr ei llaw. Edrychodd eto ar Mildred, a gweld ei bod erbyn hyn yn cysgu'n drwm. Cerddodd yn dawel allan o'r stafell oer. Ar ôl iddi gau'r drws yn araf rhag gwneud sŵn, safodd yn y pasej am eiliad gan adael i'r dagrau lifo ychydig cyn agor ei llaw. Gwyddai'n iawn beth oedd ynddi. Y fodrwy efo'r garreg goch. Y fodrwy goch fyddai'n dawnsio ar hyd nodau du a gwyn y piano.

Gwthiodd Mati'r fodrwy ar ei bys, ac roedd yn ffitio'n berffaith. Daliodd ei llaw i fyny i edmygu'r garreg, a dyna pryd y teimlodd bresenoldeb Lena wrth ddrws y gegin.

'Lena, mae Mildred newydd roi'r fodrwy 'ma i mi. Gobeithio nad oes ots ganddoch chi?'

'Hmm,' meddai Lena'n sych gan fynd heibio iddi i gyfeiriad y drws ffrynt. 'Mi ddwedodd wrtha i ei bod yn bwriadu ei rhoi i chi. Dyn a ŵyr pam, ond dyna ni, i'r pant y rhed y dŵr, am wn i.' Agorodd y drws ffrynt. 'Diolch i chi am alw,' meddai'n sych, a chamodd Mati allan ar y palmant.

Ymhen deuddydd roedd Madam Mildred wedi marw, a chladdwyd hi wedi angladd digon tila, o gofio bod Herbert, ei gŵr, yn ymgymerwr.

'Sala'i hesgid, wraig y crydd,' meddai Blod wrth adael y fynwent.

Erbyn hyn roedd Mati wedi hen arfer â galar a cholled, ac aeth bywyd yn ei flaen. Ond er ei bod yn ymddangos ar yr wyneb fel nad oedd dim wedi newid, teimlai Mati'n wahanol. Roedd pethau *wedi* newid.

Teimlodd y newid yn fuan ar ôl angladd ei thad. Ar y dechrau perswadiodd ei hun ei bod yn dychmygu'r cyfan, ond na, roedd pobol wedi newid. Roedd trigolion Tanffriddoedd yn ymateb yn wahanol iddi y dyddiau yma. Dechreuodd deimlo fod pawb yn cadw draw, yn ymbellhau oddi wrthi er eu bod yn ei hadnabod ers pan oedd yn fabi bach. Roedd hyd yn oed Doli, ei ffrind pennaf erioed, i weld yn wahanol, fel petai'n ei gwylio gydag eiddigedd. Pan fyddai Mati'n dweud yn ddiniwed ei bod yn hoffi ryw ffrog yn un o gylchgronau Doli, yn aml byddai Doli'n ymateb gan wgu: 'Wel, gordra un 'ta. Mae gen ti ddigon o fodd i'w cael nhw i anfon un i ti o America,' neu, 'O, dwi'm yn siŵr ydi hi'n ddigon crand i Ledi Plas Ffriddoedd.' Gwenu'n ôl fyddai Mati, gan obeithio nad oedd Doli'n gweld y dolur yn ei llygaid.

Blodwen oedd yr unig un nad oedd wedi newid. 'Ofn ma' nhw Mati,' eglurodd ryw fore pan oedd Mati'n bwyta'i brecwast ac yn ceisio egluro'r newid a deimlai. 'Chdi sy pia'u tai nhw, a chdi sy'n talu'u cyfloga nhw, Mati,' meddai Blodwen yn garedig. 'Mae'n gyfrifoldeb mawr ar sgwyddau mor ifanc. Ond mi ddoi di i arfer – sgin ti'm llawer o ddewis,' ochneidiodd. 'Ti'n berchen ar fywydau'r rhan fwya o drigolion Tanffriddoedd.'

Meddyliodd am eiriau Blodwen. Wrth gwrs, roedd y cyfan yn gwneud synnwyr. Sylweddolodd fod y pentrefwyr yn ymateb iddi hi yn union fel ag yr oedden nhw wedi ymateb i'w mam ac wedyn i'w thad, gyda ffug-barch a phryder. Wrth eistedd ar ben Ynys Bell, teimlodd Mati unigrwydd y cyfrifoldeb yn ei gorchuddio fel clogyn trwm, ac edrychodd ar garreg goch ei modrwy.

Llyncodd y darn olaf o daffi a chodi'n sydyn, gan benderfynu cerdded ychydig ymhellach cyn troi am adref. Cychwynnodd i lawr ochr bellaf y bryn, i gyfeiriad y ffordd, a dyna lle gwelodd y garafán. Blwmin sipsiwn, meddyliodd wrth gerdded tuag ati, ond stopiodd yn sydyn pan glywodd leisiau yn y pellter. Symudodd yn araf, gan gadw'n isel yng nghysgod y coed er mwyn ceisio gwrando ar y sgwrs. Er ei bod yn gallu'u clywed yn iawn, nid oedd yn deall gair. Jyrmans, meddyliodd mewn panig, cyn atgoffa'i hun nad oedd Hitler yn anfon ei filwyr i ymladd gyda lorri a charafán, a sleifiodd yn nes gan ddal ei gwynt rhag i'r dieithriaid ei chlywed.

Erbyn iddi gyrraedd y ddwy goeden olaf cyn y ffordd fawr clywodd sŵn dŵr, ac wedyn chwerthin a gweiddi. Symudodd ei phen yn araf gan bipio heibio i fonyn y goeden, a theimlodd ei hun yn gwrido. O'i blaen roedd dau ddyn ifanc, chydig yn hŷn na hi, un ar ben ysgol yn arllwys dŵr o bwced ar ben y llall. Roedd y ddau yn eu dillad isaf, ond roedd gan yr un oedd ar yr ysgol dywel pygddu dros ei ysgwyddau. Gwagiai'r dŵr yn araf wrth i'r dyn arall rwbio'i gorff efo darn bach o sebon, a theimlodd Mati ei llygaid yn cael eu denu at gyhyrau'r llanc wrth iddo ymolchi. Sylwodd ar ei ysgwyddau llydan, ei gluniau cryf a sut roedd ei drôns gwlyb yn glynu i'w gorff. Teimlodd wres yn meddiannu ei chorff, a throdd yn sydyn gan redeg, ar goesau sigledig, yn ôl am Ynys Bell. Pan oedd yn sicr fod digon o bellter rhyngddi hi a'r ymwelwyr newydd, arafodd. Gan duchan, pwysodd yn erbyn hen dderwen fawr.

Meddyliodd am yr hyn yr oedd newydd ei weld, a phenderfynu nad oedd am ddweud wrth unrhyw un am yr ymwelwyr. Cyn hir byddai pawb yn Nhanffriddoedd yn gwybod am y ddau ddyn ifanc dieithr, ond am y tro, penderfynodd Mati eu cadw'n gyfrinach. Gwenodd wrth feddwl am yr un oedd yn ymolchi, a theimlodd y gwres yn codi eto yn ei chorff. Dechreuodd gerdded am adref, ond newidiodd gyfeiriad a throi yn ôl am y garafán a'r dieithriaid.

'Paid â bod mor wirion, Mati,' dwrdiodd ei hun yn uchel. 'Sgin yr hogia 'ma ddim hawl i fod ar dy dir di. Dos yn ôl i'w wynebu nhw.' Cyn diwedd yr wythnos byddai'n oedolyn, a dyma'i chyfle i ymddwyn fel un.

Erbyn iddi gyrraedd y garafán roedd y dyn wedi gorffen ymolchi, ac wrthi'n sychu'i hun. Clywodd Mati'n agosáu, ac edrychodd i'w chyfeiriad gan symud ei dywel llwydaidd yn reddfol i guddio'i noethni. Cerddodd Mati tuag ato, ond stopiodd ychydig lathenni oddi wrtho pan sylweddolodd fod y dŵr sebonllyd wedi dechrau cronni o amgylch ei hesgidiau lledr duon.

'Helô,' meddai'n betrusgar, a chochodd ei bochau. Syllodd i fyw ei lygaid brown, gan wneud yn siŵr nad oedd ei llygaid ei hun yn crwydro. 'My name is Miss Matilda Davies, and this is my land.' Wrth glywed y geiriau anghyfarwydd yn gadael ei gwefusau, daliodd ei llaw allan i gyfarch y dieithryn yn swyddogol, fel y byddai ei thad wedi'i wneud.

Gwenodd y dyn ifanc arni, a theimlodd Mati'r gwrid yn dyfnhau. Goleuodd ei wyneb yn llwyr wrth i'r wên lydan gyrraedd ei lygaid, a chamodd ymlaen. Wrth iddo estyn am ei llaw gollyngodd y tywel i'r baw.

'Hello,' cyfarchodd yntau, gan afael yn ei llaw a'i siglo'n gadarn. 'I am Daniel, Daniel Vogel, and I am here on your land with my brother, Walter,' meddai, gan barhau i afael yn dynn yn ei llaw er bod y siglo wedi peidio. 'We go to Ireland, but my wagon is damaged.' Wrth iddo egluro, daeth Mati'n ymwybodol fod y brawd wedi dod allan o'r garafán, erbyn hyn wedi'i wisgo mewn hen drowsus blêr yr olwg a chrys rhinclog. 'This is Walter Vogel, my brother,' meddai'r llall, gan amneidio ato, 'and this beautiful lady is landowner, Walter,' meddai Daniel gan hanner moesymgrymu.

Am eiliad trawyd Mati gan wallgofrwydd ei sefyllfa, yn sefyll mewn pwll o fwd â dieithryn hanner noeth yn ffug-foesymgrymu o'i blaen, ond cliriodd ei gwddf er mwyn parhau.

'Helô, Mr Vogel. I am sorry to hear from your brother that you have a mechanical problem, but I must insist that you get off my land very soon. Maybe I can suggest that you engage the services of Mr Meirion Cae Canol in order to repair said lorry,' meddai, yn ymfalchïo ychydig yn ei Saesneg crand.

'Thank you. You are most helpful, Miss Matilda Davies,' atebodd Daniel, 'and we will move as soon as is possible. Perhaps when Mr Cae Canol has repaired,' meddai, a gwenodd eto wrth i lygaid Mati ddilyn diferyn o ddŵr a syrthiodd o'i wallt du trwchus a rowlio i lawr ei frest lydan. Sylwodd Daniel ar hyn, a chamodd yn nes ati.

Aroglodd Mati'r sebon, a chymryd cam yn ôl. Pwysai Walter yn dawel yn erbyn y garafán, yn amlwg wedi arfer gadael i'w frawd wneud y siarad.

'Now I will wish you luck and a speedy journey to Ireland,' meddai Mati, cyn troi a cherdded yn ôl i gyfeiriad Ynys Bell. Teimlai lygaid tywyll Daniel yn treiddio i'w chefn wrth iddi gerdded, a gwnaeth ei gorau i beidio ag edrych yn ôl. Pan gyrhaeddodd gysgod y coed mentrodd gip slei i gyfeiriad y garafán, ac fel yr oedd wedi amau, roedd Daniel yn sefyll yno'n gwenu arni. Cerddodd Mati ymlaen, ond teimlodd y gwres yn dychwelyd.

* * *

'Mae 'nghefnder, Trebor, wedi addo dŵad â phâr o neilons i mi y tro nesa bydd o'n galw, ac os fydd o 'di bod mewn pryd dwi am eu gwisgo nhw i dy barti pen-blwydd,' meddai Doli'n gynhyrfus, a gwenodd Mati cyn ei hateb. Trebor eto, meddyliodd. Ers dyddiau ei phlentyndod roedd Doli wedi addoli ei chefnder a weithiai yn nociau Lerpwl ac a oedd yn siarad Saesneg efo acen ryfedd. Erbyn hyn roedd gan Trebor swydd dda yn y swyddfa yno, ac oherwydd ei *dropped arches* ni fu'n rhaid iddo fynd i gwffio. Doedd gan Doli ddim syniad beth oedd *dropped arches*, ac er iddi syllu arno'n ofalus, ni allai weld unrhyw anaf nac arwydd o anhwylder. Beth bynnag oedd y cyflwr a drawodd ei chefnder, roedd Doli'n reit falch gan fod Trebor erbyn hyn yn medru cael pob math o anrhegion iddi gan y milwyr a'r llongwyr fyddai'n cyrraedd y porthladd. Siocled, cylchgronau'n llawn lluniau o sêr mawr Hollywood, ac wrth gwrs, sanau a dillad isaf – pethau oedd yn amhosib i'w cael yn siopau swanc Porthmadog, heb sôn am yn unig siop Tanffriddoedd. Ychydig iawn o ddanteithion oedd wedi croesi cownter siop Sulwen Stores ers rhai misoedd.

Roedd Doli wastad wedi bod yn un am freuddwydio, yn amsugno'n awchus bob manylyn o'r cylchgronau am sêr y ffilmiau. Jean Harlow, Joan Crawford, Merle Oberon, a'i ffefryn, Mae West; a phan fyddai un o'i ffilmiau yn cyrraedd sinema'r Coliseum byddai Doli ar flaen y rhes yn barod i brynu tocyn.

Roedd Mati a Doli'n sgwrsio yn y parlwr ffrynt ym Mhlas Ffriddoedd, y ddwy yn torri hen bapurau newydd i wneud addurniadau ar gyfer y parti, ac un o ganeuon Vera Lynn yn chwarae ar y gramoffon yn y gornel. Roedd yn well gan Mati ganeuon Nelson Eddy ond doedd Lena ddim yn caniatáu iddi ddod â'r recordiau i'r tŷ. 'Be fasa'ch tad druan yn ei ddeud, Mati, petai'n meddwl eich bod yn llenwi'r Plas efo llais rhyw Ianc? Mi fasa'r Mistar yn troi yn ei fedd,' meddai gan ysgwyd ei phen yn ddifrifol pan soniodd Mati am y canwr. Gawn ni weld am hynny, meddyliodd Mati wrth i Vera ganu am adar a chlogwyni gwynion yn y cefndir. Byddai nodau peraidd Nelson Eddy'n atseinio o amgylch y lle cyn hir.

Gwyddai Mati fod llawer o bobol y pentref yn meddwl ei bod yn ffôl yn ystyried cael parti pen-blwydd, a chymaint o fechgyn yr ardal i ffwrdd yn y rhyfel, ond i Mati, roedd hynny'n fwy fyth o reswm i ddathlu. Pwy a ŵyr beth oedd o'u blaenau? Gwyddai Mati'n well na neb fod profedigaeth yn gallu curo ar unrhyw ddrws ar unrhyw adeg, felly credai fod yn rhaid dathlu a mwynhau pan ddeuai'r cyfle. Meddyliodd am y canfed tro am y llanc gwallt tywyll oedd wedi ymddangos ar ei thir y bore hwnnw, a gwenodd wrth feddwl am ymateb Doli petai'n gwybod amdano.

'Ti'n edrych mlaen at y parti 'ma'n fwy na fi dwi'n meddwl, Dol. Dwi'm hyd yn oed wedi meddwl yn iawn be i wisgo,' meddai Mati.

'O, dwi'n siŵr 'sa Madam Chanel yn fwy na pharod i neud rwbath i ti tasat ti ond yn gofyn,' saethodd Doli'n ôl, ychydig yn rhy sydyn.

'Wel, dwi'm yn siŵr pwy 'di'r Madam 'ma ti'n sôn amdani, Doli, ond dwi'm yn meddwl y basa gan unrhyw un ddigon o ddefnydd i wneud hances boced heb sôn am ffrog y dyddia yma,' atebodd Mati, er ei bod yn gwybod yn iawn pwy oedd Coco Chanel. 'Dwi 'di gofyn i Lena altro un o hen ffrogiau Mam i mi, ond dwn i'm sut olwg fydd arna i. Damia'r blwmin Hitler 'na am sbwylio bob dim,' meddai, gan daflu'r papur newydd o'r neilltu, ei dwylo'n inc du i gyd. 'Be ti am 'i roi amdanat, Doli, heblaw'r neilons 'ma gan Trebor?'

'Dim byd!' atebodd Doli gan neidio ar ei thraed a chodi'i sgert yn ddigywilydd, 'dim ond neilons a gwên, Mati!' meddai, gan droi yn ei hunfan. 'Sa hynny'n codi calonnau'r hogia'n fwy na Vera blydi Lynn!' Chwarddodd y ddwy'n uchel.

* * *

Y bore canlynol, clywodd Mati sŵn chwerthin yn dod o'r gegin a phan agorodd y drws cafodd ei synnu pan welodd Daniel Vogel yn eistedd yno, yn amlwg yn diddanu Blod gyda stori ddramatig, a phlataid o fara menyn a chwpan fawr o de o'i flaen ar y bwrdd.

'O, Mati, bore da,' meddai Blod, wedi ei dychryn fymryn gan ei phresenoldeb wrth y drws. 'Ma'r dyn 'ma wedi dod i holi am y ffordd i Cae Canol. Mae ei lorri wedi torri i lawr ac mae o a'i frawd ar y ffordd i Iwerddon,' baglodd Blod dros ei geiriau.

'Hello again, Miss Matilda Davies,' meddai Daniel, gan godi oddi wrth y bwrdd a throi tuag ati, y wên unwaith eto'n disgleirio yn nhywyllwch ei lygaid. 'It's very nice for me to see you again. I come for directions, but Mrs Price is very kind and give me food.' Edrychodd Mati ar Blod, oedd erbyn hyn yn edrych tua'r llawr.

'Wyddwn i ddim eich bod chi wedi cwrdd,' meddai Blod yn y diwedd, gan hel y tywelion glân oedd yn sychu wrth y lle tân, yn ffwdan i gyd.

'Mr Vogel and I met when I was out walking, Blod,' meddai Mati. 'Perhaps you can go and see what Edith is doing in the parlwr ffrynt, and I will give Mr Vogel directions to Cae Canol,' ychwanegodd gan edrych tuag at ddrws y gegin.

'Reit you are,' meddai Blod, yn amlwg yn falch o gael esgus i adael y stafell, a phrysurodd allan gan gau'r drws ar ei hôl.

Erbyn hyn roedd Daniel yn brysur yn bwyta'r bara ac yn yfed y te, ac er gwaetha'r hyder a'r ymffrost, am eiliad gwelodd Mati fachgen ifanc oedd yn falch o'r croeso. Estynnodd ddarn o bapur a phensil o'r cwpwrdd ac aeth i eistedd ar ben arall y bwrdd.

'I'll draw you a map to show you where Cae Canol is. It's easier that trying to give directions,' meddai.

'Thank you, you are very kind,' meddai Daniel. 'Can I ask you, what is that language you speak with Mrs Price?' gofynnodd, gan lowcio cegaid o'r te.

'It's Welsh, Mr Vogel. You are in Wales, and we speak Welsh in Wales. Or Cymraeg, as we call it,' meddai Mati, gan barhau i lunio'r map. 'And what language do you speak with your brother, Mr Vogel?' gofynnodd. Am y tro cyntaf gwelodd lygedyn o ansicrwydd yn croesi'i lygaid cyn iddo ateb.

'Hungarian. We are from Hungary,' meddai, cyn gwthio'r frechdan olaf i'w geg a chodi'n frysiog oddi wrth y bwrdd.

'Follow this map and you will find Mei Cae Canol,' meddai Mati, gan ddal y papur. Daeth Daniel draw, ond yn hytrach na chymryd y papur, edrychodd ar ei llaw am eiliad cyn gafael ynddi.

'This ring, it's very pretty,' meddai, gan edrych yn ofalus ar y fodrwy goch, a theimlodd Mati'r gwres unwaith eto'n twymo'i gwythiennau cyn cipio'i llaw yn ôl. Syrthiodd y map yn araf i'r llawr. Wedi ychydig eiliadau, plygodd Daniel i'w godi a cherddodd tuag at y drws.

'Oh, Mr Vogel,' meddai Mati'n fyrbwyll, 'on Friday evening, I am having a small party for my birthday. If you and your brother are still here, perhaps you would like to join us?'

Gwenodd Daniel arni o'r drws, ac unwaith eto gwelodd Mati'r bachgen oedd yn ceisio bod yn ddyn.

* * *

Gan nad oedd garej na mecanic go iawn i'w gael yn Nhanffriddoedd byddai'r trigolion yn troi at Mei Cae Canol pan oedd angen rhywfaint o wybodaeth fecanyddol. Diléit mawr Mei oedd peiriannau o bob math, ac erbyn iddo gyrraedd ei benblwydd yn wyth oed gallai dynnu injan yn ddarnau a'i hailadeiladu mewn bore. Roedd Mei ychydig flynyddoedd yn hŷn na Mati, a gwyddai fod Doli eisoes wedi cymryd ffansi ato.

'Ti'm yn meddwl fod Mei Cae Canol yn debyg i Clark Gable?' gofynnodd Doli pan oedd hi a Mati ar y bws yn ôl i Danffriddoedd ar ôl bod yn gweld *Gone With the Wind* am y trydydd tro yn y Coliseum. 'Mae o 'di tyfu mwstásh rŵan, 'sti, ac ew, mae o 'di gwneud gwahaniaeth iddo fo. Mi fasa fo'n debycach byth tasa ganddo fo wallt tywyll, a tasa fo'n colli chydig o bwysau,' ychwanegodd, a gwenodd Mati gan droi i edrych drwy'r ffenest.

Doedd Mei ddim byd tebyg i Clark Gable heddiw, meddyliodd Mati wrth iddi agosáu at y garafán. Safodd am eiliad yn ei wylio'n gweithio dan fonet y lorri, ei dafod yn hongian yn llipa allan o gornel ei geg wrth iddo ganolbwyntio.

Torrwyd ar ei myfyrdodau gan sŵn chwerthin cyfarwydd yn dod o ochr draw'r garafán, a gwelodd fod Daniel yn sgwrsio'n dawel efo Doli, a eisteddai'n dwt ar foncyff coeden yn edrych i fyny arno, ac yn chwerthin yn blentynnaidd wrth wrando. Gwyliodd Mati'n gegrwth wrth i'w ffrind sgwrsio'n braf efo'r dyn dieithr, gan wenu'n ddireidus ar ddiwedd pob brawddeg. Am y tro cyntaf sylwodd Mati ar wallt euraidd ei ffrind a sut yr oedd wedi'i drefnu'n ofalus, a sylwodd hefyd sut roedd bronnau Doli'n llenwi'r ffrog werdd dlos a wisgai. Yn amlwg, roedd yr holl oriau yn y Coliseum wedi talu'u ffordd. Taflodd Doli ei phen yn ôl wrth chwerthin, gan rwbio'i thafod ar hyd ei dannedd uchaf ar ddiwedd pob brawddeg, yn union fel y gwnaeth Marlene Dietrich wrth hudo James Stewart yn y ffilm *Destry Rides Again*. Dechreuodd Mati deimlo'n anaeddfed a phlaen i gymharu â'i ffrind, ac edrychodd i lawr ar ei ffrog frethyn lwyd a'i hesgidiau du. Cyn iddi gael amser i fynd draw clywodd lais Mei, yn amlwg yn meddwl y byddai'r bechgyn yn ei ddeall yn well petai'n gweiddi.

'Big spanner I want!' galwodd, gan geisio dangos efo'i ddwylo. 'I ask my Ewythr Ifan to borrow me it,' ychwanegodd, gan ollwng y bonet yn swnllyd. 'Ty'd yn dy flaen, Doli,' gwaeddodd, gan sychu'i ddwylo ar goes ei drowsus. 'Now I must go home. Time to godro with Doli.'

Cychwynnodd y ddau am adref, gyda Doli yn gwneud ei gorau i gerdded fel Marlene er gwaetha'r dirwedd anwastad. Unwaith y diflannodd Mei a Doli i'r pellter, trodd Daniel at Walter gan ddweud rhywbeth a wnaeth i'r ddau chwerthin. Synnodd Mati wrth sylweddoli ei bod yn genfigennus o Doli.

* * *

Cynhaliwyd y parti ym mharlwr mawr Plas Ffriddoedd – y stafell a ddefnyddiwyd yn y gorffennol ar gyfer cynnal ciniawau a dawnsfeydd mawreddog – ac wrth edrych ar y gwesteion yn sefyllian ar gyrion y stafell, teimlai Mati y dylai fod wedi gwrando ar Lena. Doedd parti ddim yn syniad da. Y bore hwnnw, galwodd James W. James heibio efo'r gwaith papur iddi ei lofnodi, ac wrth wneud hynny teimlodd Mati'r cyfrifoldeb yn mygu unrhyw gyffro am gyrraedd ei phen-blwydd yn ddeunaw. Gwyddai fod popeth bellach ar ei hysgwyddau hi.

Galwodd Doli heibio ddiwedd y pnawn gyda cherdyn pen-blwydd ac anrheg iddi, a chafodd ei chyffwrdd pan rwygodd y papur brown a gweld record newydd Nelson Eddy. Agorodd Doli ei bag a dechrau tynnu pob math o geriach allan ohono, gan eu gosod ar y bwrdd ger y ffenest.

'Ty'd, Mati bach, dwi am wneud dy wallt di a rhoi dipyn o bowdwr ar dy wyneb di ar gyfer y parti 'ma. Mae'n hen bryd i ti ddechra gwneud y mwya ohonat ti dy hun, neu chei di byth ŵr. Ti'm isio bod yn hen ferch sur fel Lena pan fyddi di'n hŷn, nagoes? Erbyn i mi orffen efo chdi, mi fyddi di fel Jeanette MacDonald!'

meddai, gan gyfeirio at yr actores fyddai'n perfformio'n aml efo Nelson Eddy.

Tra oedd Doli'n troi ei gwallt o amgylch rolers anferthol, daeth Lena i mewn gan wgu wrth glywed llais yr Americanwr yn dod o'r gramoffon, ond ddywedodd hi ddim gair. Yn hytrach, cyflwynodd ei gwisg i Mati.

'Dyma chi, Miss Mati,' meddai, gan ddal y ffrog felfed las allan iddi. 'Dwi wedi gwneud fy ngorau efo hi. Gobeithio y cewch chi'ch plesio. Mae Blodwen ac Edith wedi dechrau gosod y brechdanau a ballu allan ar y bwrdd mawr yn y parlwr, ac mae'r garddwyr wedi cael hwyl ar osod y blodau. Lwcus i ni gael haf hwyr leni, neu fasa 'na ddim blodyn i'w gael,' meddai, cyn gadael y stafell.

'Brysia, tria'r ffrog amdanat,' meddai Doli, yn gyffro i gyd, 'ac os oes angen newid rwbath, mi fydd amser.' Tynnodd y ffrog felfed oddi ar yr hanger.

Camodd Mati i ochr y ffenest cyn tynnu ei ffrog a rhoi'r greadigaeth las amdani. Wrth ei thynnu dros ei phen, fe'i trawyd gan arogl persawr ei mam, oedd wedi glynu i'r melfed. Llwyddodd i rwystro'r dagrau, ac edrychodd ar Doli.

'Mae'r lliw yn dy siwtio di,' meddai Doli, wrth gerdded o'i chwmpas, 'ond mae angen tynnu'r wast i mewn, ac mi rown ni binnau i godi'r hem 'na ryw fodfedd neu ddwy. Mae gen ti goesau sy'n haeddu cael eu gweld.'

Safai Mati wrth ddrws y parlwr mawr yn y ffrog las, yn ceisio peidio anadlu'n rhy drwm gan fod y wast yn dynn, ac yn ymwybodol iawn fod sawl un yn edrych ar ei choesau gan fod Doli wedi codi mymryn yn ormod ar yr hem. Cerddodd o amgylch y gwesteion, gan wybod yn iawn fod y rhan fwyaf yno er mwyn gwneud argraff dda arni, a theimlodd y parchusrwydd ffug a'r cyfarchion ffals bron fel ergydion.

Cyrhaeddodd Doli, yn edrych yn debycach nag erioed i Mae

West yn ei ffrog ddydd Sul goch oedd wedi'i haddasu'n arbennig ar gyfer yr achlysur a sgidiau coch i gyd-fynd â hi. Pan welodd hi Mati'n edrych draw, winciodd arni a chodi chydig ar ei sgert, a sylwodd Mati ei bod yn gwisgo pâr newydd o neilons. Mae'n rhaid bod Trebor wedi galw, meddyliodd Mati wrth wenu ar ei ffrind.

'Be ti'n feddwl o'r sgidia?' gofynnodd Doli'n eiddgar. 'Sgidia cnebrwn Mam oeddan nhw, ond dwi 'di'u peintio nhw'n goch i fatshio'r ffrog. Mae gan Carmen Miranda rai tebyg,' ychwanegodd. 'Cyn belled nad ydi hi'n bwrw mi fyddan nhw'n iawn,' meddai gan chwerthin. Wrth ei hochr safai Mei Cae Canol yn anghyfforddus yn ei siwt ddydd Sul, a sylwodd Mati ar y diferion chwys oedd yn casglu yn ei fwstásh cochlyd tila. Clark Gable, o ddiawl, meddyliodd.

'Dos i nôl gwydraid o lemonêd bob un i Mati a finna, plis Mei,' meddai Doli'n awdurdodol, a phan oedd Mei wedi troi'i gefn, agorodd Doli ei bag llaw gan sibrwd yng nghlust Mati. 'Sbia, dim neilons oedd yr unig beth ddoth Trebor efo fo.' Gwelodd Mati botel fawr o fodca'n gorwedd yn y bag. 'Ma' hon 'di dod yr holl ffordd o Rwsia, medda Trebor. Capten llong wedi'i rhoi hi iddo'n bresant, a 'di Trebor ddim yn yfed sbirits, felly mi feddyliodd am dy barti pen-blwydd di.' Pan ddychwelodd Mei efo'r ddiod, trodd Doli ei chefn yn gyfrwys ar weddill y gwesteion gan arllwys jochiaid go dda o'r hylif i mewn i'r gwydrau. 'Iechyd da, pen-blwydd hapus a thwll tin i Hitler,' meddai, gan godi'i gwydr a chwerthin.

Cymerodd Mati gegaid sidêt o'i diod. Tagodd wrth i'r alcohol gyrraedd ei gwddf, a chwarddodd Doli'n uchel.

'Down ddy hatsh, Miss Mati,' meddai. 'Lwc owt, mae Errol Flynn wedi cyrraedd,' ychwanegodd, gan nodio tuag at y drws. 'Ac ewadd, mae o'n bishyn.'

Mewn un symudiad slic, llwyddodd Doli i sythu'i gwallt efo un llaw a thynnu blaen ei ffrog i lawr chydig efo'r llall, a phan glywodd Mati'r stafell yn tawelu, gwyddai pwy oedd wedi cyrraedd. Edrychodd draw a gwelodd Daniel a Walter Vogel yn cerdded i mewn, y ddau'n syllu mewn syndod ar y stafell, tra oedd pawb yn y stafell yn syllu arnyn nhw. Nodiodd Daniel i'w chyfeiriad.

'Mmm, Errol Flynn,' meddai Mati o dan ei gwynt, 'dyna be 'swn i'n alw'n seren.'

Roedd Mati ar ei hail 'lemonêd' pan sylwodd fod Geraldo a'i Gerddorfa wedi cymryd lle Nelson Eddy ar y gramoffon, ac o ganlyniad roedd y rhan fwyaf o'i gwesteion yn dawnsio, y cwrw cartref a'r poteli cudd o sieri a brandi wedi lleddfu eu pryderon a chodi'u hyder. Doli oedd yn hawlio sylw pawb, fel Ginger Rogers yng nghanol y parlwr, a Mei Cae Canol druan yn gwneud ei orau i efelychu Fred Astaire, ei dafod allan unwaith eto wrth symud yn drwsgl o un droed i'r llall. Gwenodd Mati wrth weld Doli'n mwynhau, a sylwodd ar Daniel a Walter Vogel yn gwylio'r cyfan o ochr arall y stafell, llygaid y ddau wedi'u hoelio ar goesau addawol Doli. Roedd hyd yn oed Lena'n gwenu wrth wylio'r dawnswyr. Roedd pawb, meddyliodd Mati, yn mwynhau ei pharti ... pawb heblaw hi.

Lloriwyd hi gan don o anobaith. Bu bron iddi â chwerthin wrth feddwl am eironi ei sefyllfa: digon o arian i bara iddi am oes, arian fyddai'n ei galluogi i wneud unrhyw beth, i fynd i unrhyw le, ond a oedd hefyd yn ei chaethiwo yn y Plas, a thraddodiad teuluol a disgwyliadau'r pentrefwyr yn gadwyni trwm arni. Roedd pob person yn y stafell yn disgwyl rhywbeth ganddi. Rhoddodd ei diod ar fwrdd cyfagos a sleifio allan o'r parlwr, drwy'r gegin wag ac allan drwy'r drws cefn i oerni'r nos. Eisteddodd ar yr hen fainc a gwelodd siâp cyfarwydd Ynys Bell yn ddu yn erbyn goleuni hufennog y lleuad. Rhoddodd ei phen i lawr, ac unwaith eto aroglodd bersawr ei mam. Methodd atal y dagrau y tro hwn. Edrychodd i gyfeiriad y fynwent wrth grio'n dawel, ond pan glywodd y drws cefn yn cau, sychodd ei hwyneb yn sydyn a chodi. Cyn iddi gyrraedd y drws daeth llais Doli o'r cyfeiriad arall.

'O, Mati be ti'n neud yn fama? Ma' pawb yn holi amdanat ti,' meddai, ac ymddangosodd allan o'r tywyllwch gyda siaced orau Mei Cae Canol dros ei hysgwyddau.

'Dim ond isio munud neu ddau i gael chydig o awyr iach, Dol,' atebodd, gan afael ym mraich ei ffrind.

'Mae Mei am fynd i'r rhyfel, 'sti,' meddai Doli'n dawel. 'Mae o newydd ddeud wrtha i, felly dwi 'di penderfynu 'mod i am fod yn gariad iddo fo, cariad go iawn. Mae o'n beth digon clên, a dwi ddim isio iddo fo fynd i gwffio heb fod wedi cael cwmni dynes, os ti'n dallt be dwi'n feddwl.'

Doedd Mati ddim yn hollol siŵr sut i ymateb, a thra oedd hi'n gwrando ar ei ffrind sylwodd fod rywun yn ysmygu yr ochr draw i ffenest y gegin.

''Swn i byth yn madda i mi fy hun tasa fo'n marw yn y rhyfel a rioed 'di cael y cyfle, felly dwi 'di penderfynu mai dyma fydd fy rhan i yn y *war effort*,' ychwanegodd gan wenu, ond gwyddai Mati'n iawn ei bod yn defnyddio'r hiwmor i guddio'i gofid.

''Sa'n well i ti fynd i chwilio amdano fo felly, bysa?' meddai Mati, gan wasgu llaw ei ffrind. 'Dwi am aros allan am funud neu ddau, yli. Ddo i i mewn ar dy ôl di rŵan.'

Cychwynnodd Doli am y drws, ei sodlau'n clip clopian ar y cerrig. Cerddodd Mati'n araf tuag at y ffenest i gyfeiriad y mwg cyfarwydd.

'Mr Vogel, how are you enjoying the party?' meddai, a gwelodd Daniel yn troi'n sydyn, yn amlwg heb ei chlywed yn agosáu.

'It's a very nice party, Miss Matilda Davies, thank you,' meddai'n gwrtais, 'and your friend is a very good dancer, no?' meddai, gan edrych tuag at y drws cefn. 'But I notice that you do not dance, and it is your party. Now you are out here alone and looking sad.'

Roedd hwn yn un powld, ystyriodd Mati, gan geisio anwybyddu'r gwres rhyfedd a deimlai eto.

'But you are also on your own, Mr Vogel, and looking sad. What are you thinking about?' gofynnodd, gan synnu at ei beiddgarwch ei hun.

'I was thinking about my family in ... umm, Hungary,' meddai, 'and hoping that they are safe.'

'Do they work in a circus, too?' holodd Mati, gan eistedd wrth ochr Daniel ar y wal isel.

'Yes, all my family for many generations, they all are circus. But what about you? Where are your mother and father? You are very young to be the boss here?' gofynnodd, ei lais yn gymysgedd o chwilfrydedd a direidi.

'Over there,' pwyntiodd Mati, a chododd Daniel yn sydyn oddi ar y wal, gan edrych i'r tywyllwch, 'in the cemetery. They are both dead,' ychwanegodd Mati, 'and that is why, unfortunately, I am a young boss. I have no choice. My life is planned out for me, like a recipe for a cake.'

Edrychodd Daniel arni, y dryswch yn amlwg yn ei lygaid.

'What cake? But you can always decide what the cake will be, no? We all have a choice?'

'Well, I don't!' atebodd Mati'n siarp, a theimlodd y dagrau'n cronni eto. 'I wanted to leave this place, see the world, or some of it, anyway. A friend once told me that I should meet different, interesting people, see different places, but now this can't happen. I have to be Miss Mati Davies of Plas Ffriddoedd forever.' Er mawr gywilydd iddi, teimlodd y dagrau'n llifo eto.

Gafaelodd Daniel yn ei llaw yn dyner cyn siarad eto.

'No, Miss Matilda Davies. This is not true. You can be whatever you want to be. It is exciting sometimes not to know what is around the corner. My brother and I do not know what will happen in Ireland, but that is life. This war makes everyone see that life is short. Don't waste it, Miss Matilda Davies.'

'You can call me Mati, and I will call you Daniel. I am so jealous of your life, your freedom. You can go anywhere you like, and you have to answer to no one.'

'But your life can be like this too Miss ... Mati,' meddai Daniel. 'Come with me and Walter to Ireland. You can ride the elephant in the circus ring!' meddai, ei lygaid tywyll yn dawnsio.

Chwarddodd Mati. 'Yes, like Sabu in the film,' meddai.

'I do not know Sabu, but I know that you must change your life. You must be happy,' meddai Daniel, yn ddifrifol eto.

Edrychodd Mati arno, a chyn iddi sylwi beth oedd yn digwydd, cusanodd wefusau Daniel yn galed. Am eiliad ymgollodd yng ngwres y gusan, ond tynnodd yn ôl yn sydyn mewn cywilydd, ei bochau ar dân.

'You are a very sweet cake, Miss Matilda Davies,' meddai Daniel o'r diwedd, cyn pwyso drosodd a'i chusanu eto. Y tro hwn, roedd y gusan yn araf ac yn fwyn.

'I must go now, Daniel, back to my guests,' meddai Mati pan ddaeth y gusan i ben, gan gychwyn yn sigledig am y drws cefn. Safodd am funud neu ddau yn nhywyllwch y gegin, gan flasu'r gusan ar ei gwefusau.

Pan ddychwelodd i'r parlwr mawr roedd y dawnsio'n parhau er bod hanner y gwesteion wedi troi am adref. Aeth Mati draw at Lena, gan ddweud wrthi fod ganddi gur pen a'i bod am fynd i'w gwely. Gofynnodd tybed fyddai Lena'n fodlon gwneud yn siŵr fod pawb yn gadael yn iawn.

'Peidiwch â phoeni dim, Miss Mati,' meddai Lena, 'ga' i wared arnyn nhw'n reit handi. Geith y gramoffon 'na dewi i ddechrau,' meddai, yn amlwg wrth ei bodd â'r cyfrifoldeb. 'Buan iawn y gwnân nhw gychwyn am adra wedyn.'

Gwenodd Mati ei diolch a cherdded at y drws, yn ymwybodol iawn fod Daniel yn ôl yn y stafell ac yn ei gwylio. Llwyddodd i adael y parlwr heb edrych arno, ac wrth orwedd ar ei gwely, teimlodd wefr ei gusan unwaith eto wrth i gwsg ei tharo. Breuddwydiodd am eliffantod a chacennau.

Y bore canlynol cododd Mati'n gynnar. Gorweddodd yn llonydd am rai munudau, yn meddwl eto am y penderfyniad oedd wedi dod iddi yn ei chwsg, a gwyddai fod yn rhaid iddi wneud rhywbeth ynglŷn â'r peth yn reit handi, cyn i'w hyder ddiflannu. Penderfynodd ysgrifennu llythyr at Daniel i egluro'n union beth roedd hi'n bwriadu ei wneud – roedd hi'n adnabod ei hun yn ddigon da, a gwyddai y buasai'n cael traed oer wrth drio dweud y cyfan wrtho, felly gwell fyddai rhoi'r cyfan i lawr ar bapur. Hyd yn oed wrth ei ysgrifennu, gwyddai Mati fod ei chynllun yn un gwallgof.

Gwisgodd yn sydyn ac aeth i lawr y grisiau, gan benderfynu mynd allan drwy'r drws cefn. Gwthiodd yr amlen i boced ei chôt. Roedd Blodwen eisoes yn y gegin, a'r sosban uwd yn mudferwi ar y stof.

'Bore da, Mati. Wnest ti fwynhau'r parti?' gofynnodd. 'Do'n i ddim yn disgwyl i ti fod wedi codi cweit mor fuan heddiw,' ychwanegodd gan wenu. 'Ma' Doli'n dal i gysgu, debyg?' gofynnodd wedyn, gan estyn am lwy bren a throi at yr uwd.

'Be dach chi'n feddwl, Blod? 'Di Doli ddim yma. Dwi ddim wedi'i gweld hi ers neithiwr. Roedd gen i gur pen felly mi es i am fy ngwely, a phan o'n i'n gadael roedd Doli yn dawnsio'r tango,' meddai Mati. Fel yr oedd y geiriau'n dod allan, cofiodd am yr hyn roedd Doli wedi'i ddweud wrthi wrth y drws cefn, felly ychwanegodd yn sydyn, 'Ond bosib iawn ei bod hi wedi cysgu yn un o'r llofftydd sbâr. Mae hi'n gwneud hynny weithiau, tydi? Mi ddaw i lawr cyn hir, dwi'n siŵr,' meddai, gan wneud ei gorau i dawelu meddwl Blod.

'Debyg dy fod yn iawn, Mati. Ti'n ei nabod hi'n well na fi y dyddia yma,' atebodd Blod. 'Dyn a ŵyr lle ma'r ferch 'na'n cael ei hyfdra. Rŵan 'ta, gymri di uwd, Mati?' gofynnodd, gan estyn powlen.

'Dim rŵan diolch, Blod,' atebodd Mati, gan gau ei chôt. 'Dwi am fynd am dro. Ma' sbarion y cur pen hwnnw'n dal gen i felly dwi'n meddwl y gwneith chydig o awyr iach fyd o ddaioni i mi,' meddai wrth gau'r drws. Roedd y *war effort* wedi dechrau felly, ystyriodd gan wenu.

Yn hytrach na mynd i ben Ynys Bell, anelodd Mati i gyfeiriad y garafán. Gwyddai, os na roddai'r llythyr i Daniel yn syth, y buasai'n sicr o newid ei meddwl cyn cinio. Erbyn iddi gyrraedd y garafán roedd hi'n tuchan, felly arhosodd am funud cyn curo'r drws er mwyn cael ei gwynt ati. Am eiliad meddyliodd iddi glywed sŵn chwerthin, a gwrandawodd yn astud. Oedodd am eiliad, cyn curo'n gadarn. Arhosodd am ychydig eiliadau ond ddaeth dim symudiad felly curodd eto, a'r tro hwn, gwelodd y llenni'n symud.

Ymhen munud neu ddau, agorwyd y drws fymryn a daeth wyneb gwelw Walter i'r golwg. Sylwodd Mati ei fod yn ei fest, ei drowsus yn rhydd o amgylch ei ganol a dim ond un o'r bresys dros ei ysgwydd.

'Good morning, Walter,' meddai gan wenu'n nerfus. 'I would like to speak to Daniel please?'

Edrychodd Walter yn sydyn i mewn i'r garafán.

'It is not possible, Miss Matilda. Daniel is still sleeping,' meddai, yn amlwg yn palu celwydd.

'Very well. Please give him this letter, and ask him to call at my house as soon as possible. It's very important that I speak with him this morning.'

Nodiodd Walter gan agor y drws ychydig mwy er mwyn cymryd y llythyr.

'I will tell him,' meddai, a dechreuodd gau'r drws. Am eiliad, cafodd Mati gipolwg i mewn i'r garafán a daliwyd ei llygaid gan liw cyfarwydd. Edrychodd eto, a gwelodd bâr o esgidiau coch llachar yn gorwedd tu mewn i'r drws. Sgidiau fel rhai Carmen Miranda.

Ar ôl dychwelyd i'r Plas, teimlai Mati ei stumog yn corddi wrth feddwl tybed a oedd Daniel wedi darllen y llythyr. Eisteddodd wrth ffenest ei stafell wely, yn aros iddo ymddangos, gan wneud ei gorau i beidio â meddwl am Doli a pherswadio'i hun mai Walter oedd wedi cael cwmni Mae West Tanffriddoedd y noson cynt.

Ymhen hir a hwyr gwelodd Daniel yn rhedeg ar draws y caeau. Erbyn iddo gyrraedd giât yr ardd gefn roedd Mati yn y drws yn aros amdano. Gwenodd wrth agosáu, gan chwifio'r llythyr yn ei law.

'Miss Mati, you will be Sabu!' meddai, a chwarddodd Mati'n uchel.

Circus Winter Quarters,
Lucan,
Dublin.
Ireland

Annwyl Doli,

Gobeithio dy fod di a dy fam yn cadw'n iawn, a bod bywyd yn Nhanffriddoedd yn parhau'n ddidrafferth er gwaetha'r rhyfel ofnadwy 'ma.

Dwi wedi bwriadu sgwennu ers tro, Doli, a maddeua i mi am beidio â gwneud tan rŵan. Ti'n gweld, mi oeddwn i eisiau egluro wrthat ti wyneb yn wyneb cyn i mi adael, ond mi wyddwn y buaswn yn newid fy meddwl petawn i'n clywed fy hun yn ceisio egluro fy nheimladau.

Doeddwn i ddim yn medru derbyn mai bywyd fel 'Miss Davies, Plas' oedd yr unig beth oedd o 'mlaen i, Doli. Ti'n gwybod 'mod i wastad wedi bod eisiau profi bywyd ac eisiau antur, a phan landiodd Daniel a Walter yn Nhanffriddoedd, mi oeddwn i'n teimlo eu bod nhw wedi cyrraedd ar yr amser iawn, ac yn cynnig rhyw fath o ddihangfa. Mae'n rhaid mentro weithiau, yn does, Doli?

Mae bywyd yn wahanol iawn yma yn y syrcas, ond mae pawb wedi bod yn glên iawn ac mae Iwerddon yn wlad hardd ac yn debyg i Gymru mewn sawl ffordd. Mae Daniel a Walter wedi dechrau dysgu Cymraeg, cofia, ac maen nhw'n gwneud yn reit dda, chwarae teg iddyn nhw.

Fel ti'n gwybod erbyn hyn, mae'n siŵr, dwi wedi gadael cyfarwyddiadau i Ifan John ynglŷn â rhedeg y Plas, a plis eglura i dy fam nad oes yn rhaid iddi boeni, mi fydd ei chyflog yn parhau'n wythnosol. Dwi hyd yn oed wedi cadw'r hen Lena ymlaen, i gadw'r tŷ'n dwt a ballu. Dwi'n siŵr ei bod wrth ei bodd yn cael ei lordio hi o gwmpas y lle rŵan, tydi?

A beth amdanat ti, Doli? Wyt ti'n gweithio? Wyt ti'n dal yn

canlyn efo Mei Cae Canol? Plis ysgrifenna'n ôl pan gei di gyfle, mi fuaswn wrth fy modd yn clywed dy holl newyddion.

Unwaith eto, maddeua i mi am adael heb ddweud dim, a gobeithio dy fod yn deall fy rhesymau dros wneud hynny.

O, ac un peth arall: mae Daniel a finnau wedi dyweddïo, ac mi fyddwn yn priodi unwaith y bydd y daith theatrau drosodd, ar ôl y Nadolig. Oherwydd y rhyfel a theimladau pobol tuag at unrhyw un o dramor y dyddiau yma, dwi am gadw'r enw Davies, ac mae Daniel am ddefnyddio'r enw hefyd. Felly Mr a Mrs Daniel Davies fyddwn ni cyn hir! Cyffrous, yndê? Gobeithio dy fod yn hapus drostaf.

Gan obeithio y cei di a dy fam Nadolig heddychlon, Doli, ac y bydd 1940 yn flwyddyn dda i ni i gyd.

Cofion cynhesaf atat.

Dy ffrind,

Mati.

2 Rhes y Pant,
Tanffriddoedd,
Sir Feirionnydd.

Annwyl Mati,

Diolch yn fawr iawn am dy lythyr, mi o'n i'n falch o'i dderbyn.

Wrth gwrs 'mod i'n dallt yn iawn pam dy fod wedi gadael, ond mi fysa'n neis petaen ni wedi cael ffarwelio'n iawn cyn i ti fynd. Ta waeth, mi fyddaf yma pan ddoi di adref, mae'n siŵr. Wedi'r cyfan, dwi ddim yn debygol o redeg i ffwrdd efo'r syrcas, nac'dw?

Ti'n iawn, mae Lena Pritchard fel brenhines yn y Plas erbyn hyn, ac yn edrych i lawr ei thrwyn ar bawb, ond mae hi ac Ifan John yn cadw llygad barcud ar y lle felly does dim rhaid iti boeni am ddim byd. Gyda llaw, mae Mam yn diolch i ti am bopeth. Mae'n cadw'n reit dda, oni bai am y cric'mala yn ei phengliniau, ond dwi'n meddwl ei bod yn hiraethu am gegin y Plas.

Llongyfarchiadau i ti a Daniel ar eich dyweddïad. Bechod na fasach chi'n priodi yn Nhanffriddoedd.

Mae gen innau newyddion i ti hefyd. Dwi'n mynd i gael babi! Dwi wedi mynd tua 3 mis rŵan, ac yn ôl Dr Isaac mi fydd yn cyrraedd tua diwedd Ebrill. Mae pobol Tanffriddoedd wedi bod yn dweud petha digon cas, fel y medri ddychmygu dwi'n siŵr, ond chwarae teg, mae Mam wedi bod yn ffeind iawn am y peth. Er y bysa'n well petawn i wedi priodi, fedra i ddim aros i fod yn fam. Pwy feddyliai 'de, Mati? Chdi'n byw mewn syrcas a finna'n mynd i gael babi! Dwi wedi ysgrifennu at Mei i ddweud wrtho ond gan ei fod i ffwrdd yn cwffio, dwi ddim yn siŵr ydi o wedi cael y llythyr. Ches i fawr o groeso yn Cae Canol, felly diolch am Mam.

Reit, dyna'r holl newyddion am rŵan, dwi'n meddwl. Gofala amdanat dy hun, Mati, a sgwenna'n ôl pan gei di gyfle.

Dy ffrind (tew!),
Doli

2 Rhes y Pant,
Tanffriddoedd,
Sir Feirionnydd.

Annwyl Mati,

Wn i ddim wyt ti'n derbyn fy llythyrau, gan nad ydw i wedi cael ateb gen ti ers tro rŵan, ond dwi'n gobeithio dy fod yn cadw'n iawn. Dwi'n cymryd dy fod wedi priodi erbyn hyn, a dwi'n dymuno pob hapusrwydd i ti a Daniel.

Meddwl y buaset yn licio gwybod bod Edgar Meirion wedi cyrraedd! Ydw, cofia, dwi'n fam, ac mae Ned (dyna ydan ni'n ei alw fo) yn ddigon o sioe, er 'mod i bron â marw yn rhoi genedigaeth iddo fo. Llabwst o fabi, bron i ddeuddeg pwys! Ond mae o'n werth ei weld, a mop o wallt du ganddo, fatha fy nghefnder Trebor, medda Mam (er bod Trebor yn fwy brown erbyn hyn). Gobeithio nad ydi o wedi etifeddu'r 'dropped arches' hefyd! Mae o'n fabi bach da, yn cysgu drwy'r nos, ac yn bwyta'n dda. Gobeithio gei di ddod adra i gyfarfod Ned yn fuan.

Dwi ddim wedi clywed gan Mei o gwbwl, er 'mod i wedi sgwennu i ddweud bod Ned wedi cyrraedd. Mae rhai yn dweud bod ei fam yn cael llythyrau ganddo'n rheolaidd. Dydi hi ddim wedi dod yn agos at Ned bach, bechod. Mae pobol y pentref yn well erbyn hyn ac mae ambell un wedi bod yn garedig iawn.

Well i mi fynd, dwi'n gallu clywed Ned yn styrio yn ei got, eisiau bwyd, beryg!

Plis sgwenna'n ôl pan gei di gyfle, a gobeithio geith Ned gyfarfod ei Fodryb Mati cyn hir.

Cofion,
Doli x

From: Hari_84@fastmail.co.uk
To: Gafyn.Hughes@animalsfirst.co.uk

Helô Gafyn,

Dwi ddim yn siŵr ydan ni'n gwneud y peth iawn, a gobeithio y gwneith hwn dy gyrraedd mewn pryd i roi stop ar y cynllun ar gyfer bore fory?? Dwi wedi bod yma am ychydig wythnosau rŵan, a dwi'n dechrau amau ai'r hyn 'dan ni'n ei gynllunio ydi'r peth gorau i'r eliffant. Oni bai am fod mewn caethiwed yn y lle cyntaf a'r holl gwestiynau am gadw anifail fel hyn yn gaeth, dwi'n meddwl bod Dan Davies a'i griw wir yn caru'r eliffant, a dwi'n meddwl fod yn well gadael llonydd iddyn nhw am y tro, a meddwl am gynllun arall i helpu'r eliffant. Cynllun fasa'n golygu ei bod yn gorfod stopio perfformio, ond sydd ddim yn golygu ei bod yn gadael gofal y teulu.

Be ti'n feddwl? Plis gad i fi wybod, a sori am daflu hyn atat ar y munud olaf fel hyn.

Hari

From: Gafyn.Hughes@animalsfirst.co.uk
To: Hari_84@fastmail.co.uk

Helô Hari,

Mae'n naturiol i ti fod yn nerfus ond plis cofia am yr eliffant druan. Efallai fod Dan Davies yn ddigon annwyl, ond dydi eliffant ddim i fod i fyw y math yna o fywyd, ac mae Dan Davies a'i deulu wedi gwneud arian mawr drwy fanteisio ar greaduriaid diniwed fel Dilys. Mae'n anodd rhesymu efo pobol fel Davies, yn arbennig pan mae elw ariannol yn y cwestiwn, a dwi ddim yn meddwl y byddai'n cytuno â dy syniadau di.

Fel y gwyddost, mae misoedd o waith wedi mynd i mewn i'r ymgyrch, ac nid oes modd newid y trefniadau rŵan. Bydd Aleksander yn cyrraedd Tanffriddoedd bore fory am hanner awr wedi pump, fel y trefnwyd eisoes. Y cwbwl sydd raid i ti ei wneud ydi dangos y ffordd iddo i'r sied, ac wedyn tynnu'r camerâu o'r sied pan fydd o wedi gorffen.

Ymhen tair wythnos cei ddiflannu, a fydd dim rhaid i ti weld Dan Davies eto.

Bydd yn gryf, Hari, a paid ag ildio. Rydym yn gwneud hyn dros y creaduriaid sy'n methu ymladd eu hunain. Cofia hynny.

Gafyn

22

Y TEULU
2018

'Fedra i'm credu bo' chdi di'n mynd â phaneidiau o de allan iddyn nhw, Coni,' meddai Fran, gan ysgwyd ei phen. 'Be ddeudodd Dan?'

'Chwythu ffiws, fel 'sat ti'n ddisgwyl,' atebodd Coni. 'Ond dim ond gwneud eu gwaith ma' nhw 'de, ac mae'r tri bach yna 'di bod yn ista'n fanna ers peth cynta bora 'ma, yn rhynnu.' Plygodd i edrych drwy'r ffenest a gwelodd fod y tri yn parhau i eistedd ger y giât, eu camerâu'n segur ar y wal wrth eu hochrau. 'Dwn i'm be ma' nhw'n feddwl sy'n mynd i ddigwydd yma heddiw chwaith,' ychwanegodd, gan edrych i gyfeiriad y stablau. 'Mae'r drwg 'di digwydd rŵan, ac ma' Dan wedi bod â Dilys allan atyn nhw i gael tynnu'i llun hi ddoe, i drio dangos iddyn nhw fod 'na ddim byd yn bod efo hi, ond dyn a ŵyr be fyddan nhw wedi'i roi yn y papur heddiw. Mwy o glwyddau, beryg,' meddai gan ochneidio, a meddyliodd eto am yr hyn oedd wedi digwydd.

Bunny a Bruce oedd y cyntaf i ffonio. Neu Bunny, i fod yn fanwl gywir.

'Darling,' meddai, ei lais yn anarferol o ddifrifol pan atebodd

Coni'r ffôn, 'wyt ti a Dan yn iawn? Dach chi 'di gweld y papurau newydd?'

'Bore da, Bunny, 'dan ni'n tshiampion diolch, a naddo wir, sgin i'm amser i ddarllen papur. Dwi yn y bocs offis bore 'ma, ac ma' ganddon ni ddwy sioe pnawn 'ma. Be sy mor bwysig?' atebodd Coni, braidd yn flin efo Bunny am ffonio ar amser mor anghyfleus. Gwthiodd y ffôn o dan ei gên er mwyn gallu gorffen sychu'r llestri brecwast oedd ger y sinc. Edrychodd ar y cloc – roedd ganddi ddeng munud cyn i'r swyddfa docynnau agor.

'Mae dwy dudalen ganol y *Daily News* yn llawn o hanes Dilys. Mae 'na luniau o bob math – ohonat ti a Dan a'r plant, ac ma' nhw hyd yn oed yn sôn am Fran a'r ddamwain! Ond y peth gwaetha, Coni, ydi'r fideo ...'

'Am be ti'n sôn, Bunny?' gofynnodd Coni, gan roi'r lliain sychu llestri i lawr a gafael yn y ffôn yn iawn. 'Fideo o be?'

'Fideo o Dan a Dilys,' atebodd Bunny. 'Ac ma' nhw'n deud petha diawledig amdano fo. Mi fydd angen twrna da arnat ti, Coni. Cer i nôl copi o'r papur, a wna i dy ffonio'n ôl wedyn.' Rhoddodd y ffôn i lawr heb ddweud mwy.

Teimlai Coni'n sigledig wrth gerdded at ddrws y garafán, a phan welodd Ned yn cerdded heibio gofynnodd iddo bicio draw i'r siop bapur oedd dros y ffordd i'r tober er mwyn prynu copi o'r *Daily News*. Aeth Coni ati'n reddfol i roi'r tegell ar y tân, a sylwodd fod ei dwylo'n crynu wrth iddi roi'r bag te yn y gwpan. Cyn i'r tegell ferwi roedd Ned yn ei ôl, efo'r papur yn ei law.

'Mae 'na lot o bobol wrth y giât, Coni,' meddai Ned. 'Rossers, a phobol papur newydd oedd yn holi am Dilys wrth i mi fynd heibio.' Roedd ei fochau llawn yn goch wrth iddo ddweud ei stori. 'Ond ddeudis i ddim byd, dim ond "no comment" wrth fynd heibio. Dwi 'di clywed pobol yn deud hynny ar y niws ar y teli,' meddai.

'Diolch, Ned,' meddai Coni, gan gymryd y papur. ''Sa'n well i ti fynd i ddeud wrth Dan am ddod yma, dwi'n meddwl,' ychwanegodd cyn agor y papur.

Trodd yn syth at dudalennau canol y papur, a theimlodd ei chalon yn suddo wrth i'r geiriau breision du ymddangos: 'Circus Elephant Horror'. Edrychodd ar y lluniau: rhai yn hen luniau o Dan, lluniau o Dilys, Magi a Jên, lluniau ohoni hi ei hun a hyd yn oed lluniau o Danny a Sila. Ond, yn waeth na'r lleill i gyd, roedd llun mawr yng nghanol y dudalen. Llun oedd yn amlwg wedi ei dynnu'n ddiweddar; llun o Dilys yn Nhanffriddoedd a rhywun yn ei churo â rhaw. Teimlai Coni'n sâl wrth chwilio am ei ffôn er mwyn gwylio'r fideo. Daeth Dan drwy'r drws, gyda golwg bryderus ar ei wyneb, yn amlwg wedi cael hanner y stori gan Ned.

'Be ddiawl sy 'di digwydd, Con?' gofynnodd yn syth. 'Ti'n wyn fel y galchen ac ma' hi fel ffair tu allan i'r giât 'na. Mi ddeudodd Ned ...' Stopiodd pan welodd y papur newydd ar y bwrdd. 'Pwy ffwc 'di hwnna'n curo Dilys?' gofynnodd, ei wyneb yn llwyd.

'Mae 'na fideo hefyd – dwi'n trio'i ffeindio fo,' meddai Coni, gan ganolbwyntio ar ei ffôn symudol.

Aeth Dan draw ati, ac edrychodd dros ei hysgwydd wrth i'r fideo ymddangos ar y sgrin fechan. Syllodd y ddau'n fud ar y ffilm ddu a gwyn herciog. Gwelsant Dilys yn sefyll yn y sied fawr yn Nhanffriddoedd, a pherson mewn hwdi tywyll yn cerdded ati ac yn ei churo'n ddidrugaredd efo rhaw. Dechreuodd Dan anadlu'n drwm wrth wylio'r fideo.

'Ffycar brwnt, ond pwy ydi o?' meddai dan ei wynt. Wedyn daeth yr ysgrifen ar y sgrin.

'Circus boss Dan Davies kicks elephant!'

'Be ddiawl ...?' ebychodd Dan. Yng ngolygfa nesaf y fideo roedd Dilys yn y babell stablau efo Dan yn sefyll o'i blaen, yn gwisgo'i ddillad gorau. Daeth Dilys ato i'w gyfarch fel y byddai'n wneud bob tro, a chododd ei thrwnc a'i rwbio yn erbyn coes Dan.

Cododd Dan ei goes er mwyn arbed ei drowsus rhag y llwch oddi ar ei thrwnc. Daeth y fideo i ben.

'Cic?' meddai Dan yn uchel. 'Cic? Mi gân nhw weld be 'di blydi cic pan ga i afael arnyn nhw!' meddai'n filain. 'Nos Lun dwytha gafodd hwnna'i ffilmio, 'de? Mi o'n i'n gwisgo'r dillad yna y noson aethon ni allan am y pryd bwyd 'na. Pwy ddiawl oedd yn ffilmio? Y cwbwl nes i oedd codi fy nghoes, ac ma' nhw'n deud 'mod i wedi'i chicio hi? A pwy ddiawl oedd yn ei churo efo rhaw? Coni, be ffwc sy 'di digwydd?' gofynnodd, y gofid yn amlwg yn ei lais. 'Sgwn i welodd Angie neu Ned rywun yn hongian o gwmpas? Mi a' i i'w holi nhw rŵan,' meddai, gan droi i agor drws y garafán yn wyllt. Ond cyn iddo gamu allan daeth wyneb yn wyneb â dau heddwas oedd yn sefyll ar y stepen.

'Mr Dan Davies?' meddai un. Nodiodd Dan ei ateb. 'We are arresting you on charges of animal cruelty. Please come with us.'

Edrychodd Dan yn wyllt ar Coni, ond cyn iddo allu dweud dim, gafaelodd y ddau heddwas yn ei freichiau a'i hebrwng allan at y car oedd wedi'i barcio o flaen y garafán. Edrychodd Coni ar ei gŵr yn cael ei wthio i gefn y car, ac ar yr haid o newyddiadurwyr eiddgar ger y giât, yr holl gamerâu'n clician.

* * *

Caeodd Sila ei llygaid wrth i'r awyren gyflymu a gadael y ddaear, ac ochneidiodd wrth feddwl am yr hyn oedd yn aros amdani ym Mhrydain. Agorodd ei llygaid pan deimlodd yr awyren yn setlo, ac edrych allan jyst mewn pryd i weld y cymylau'n diffodd goleuadau Madrid. Rhwbiodd y fodrwy carreg goch a wisgai ar ei llaw chwith, gan feddwl eto am ei rhieni. Pan ffoniodd ei mam yn gynharach i ddweud bod ei thad wedi cael ei arestio, meddyliodd Sila'n syth ei fod o wedi colli'i limpin o'r diwedd efo'r protestwyr ac wedi rhoi cweir iawn i un ohonyn nhw, ond ni ddychmygodd erioed y buasai ei thad yn cael ei arestio am roi cweir i Dilys. Ar ôl ceisio cysuro'i mam ac addo y byddai yno cyn hir, aeth Sila'n syth ar-lein i edrych ar wefan y *Daily News*. 'Blydi hel,' meddai'n uchel wrth ddarllen yr erthygl yn sydyn, cyn clicio ar y linc i wylio'r fideo. Teimlodd y dagrau'n pigo'i llygaid wrth wylio'r person mewn du yn curo Dilys, ac wedyn gwelodd ddelwedd gyfarwydd ei thad yn y stablau, a Dilys yn amlwg yn falch o'i weld ac yn ei gyfarch fel arfer. Daeth gwên chwerw i'w hwyneb wrth weld yr hyn roedd y papur yn ei honni oedd yn gic, ac ochneidiodd mewn rhyddhad, gan wybod y byddai unrhyw gyfreithiwr yn gallu dadlau yn erbyn tystiolaeth mor wan. Ond pwy oedd y person arall, y person oedd yn curo Dilys, ac o ble roedd o wedi dod? Er bod y dystiolaeth yn erbyn ei thad yn dila, gwyddai Sila fod y niwed wedi'i wneud, a bod cyhoeddusrwydd fel hyn yn gadael ei farc. Hon fyddai'r ergyd olaf i Syrcas y Brodyr Davies.

Edrychodd ar y troli o ddanteithion oedd yn agosáu ar hyd rhodfa gul yr awyren, ac er y buasai gwydraid mawr o win gwyn sych wedi mynd i lawr yn dda, gwrthododd y demtasiwn. Caeodd ei llygaid unwaith eto a phwyso'n ôl yn ei sedd. Sawl gwaith roedd hi, Danny a Chris wedi erfyn ar ei rhieni i roi'r gorau i deithio, neu o leiaf i geisio dod o hyd i gartref parhaol i Dilys mewn parc saffari neu mewn sw? Yr un hen ddadl fyddai'n cael ei hyrddio tuag atynt bob tro: 'Tydi Syrcas y Brodyr Davies byth yn mynd i deithio heb eliffant. Dyna ma'r plantos isio'i weld. Waeth gen i am eich sioeau mawr crand chi, efo'u goleuadau clyfar a'u dawnswyr. Ma' pobol yn disgwyl gweld anifeiliaid mewn syrcas go iawn, a dyna fydd Syrcas y Brodyr Davies yn ei gynnig, tra dwi'n dal ar dir y byw, beth bynnag.' Ond gwyddai Sila hefyd nad oedd ei ddadl yn dal dŵr. Cofiodd am yr holl syrcasau mawr oedd wedi cau'n ddiweddar, neu oedd wedi gorfod newid eu harlwy er mwyn plesio cynulleidfa fodern. Benneweis yn Denmarc, Schumann yn Sweden, Merano yn Norwy, i gyd wedi mynd. Sioeau mawr oedd wedi diddanu cenedlaethau wedi diflannu am byth, a gwyddai'n iawn y byddai sawl enw mawr arall yn ymuno â nhw cyn hir. Roedd Chris wedi rhag-weld y newid flynyddoedd yn ôl, a gwyddai Sila'n iawn fod hynny'n ychwanegu at styfnigrwydd ei thad. Y ffaith fod Chris, josser o Dde Affrica, wedi rhag-weld yr hyn fyddai'n digwydd i'w ddiwydiant o, ac wedi llwyddo i newid ac i esblygu mewn pryd. Ond yn fwy na hynny, roedd Chris wedi mynd â hi efo fo, a dyna oedd problem fawr Dan Davies. Roedd ei ddau blentyn wedi gadael, a doedd 'run ohonyn nhw am ddychwelyd i gymryd ei le, i barhau â'r frwydr a chadw enw Syrcas y Brodyr Davies yn fyw.

Meddyliodd Sila am ei phenderfyniad hi a Chris i dderbyn cynnig Rita a Beti, a mynd i Sbaen i weithio yn Circo Rivoli. Cofiai'r siom ar wyneb ei thad, er iddo drio'i orau i'w guddio. Gwyddai Sila'n iawn fod Coni wedi ei baratoi ar gyfer y diwrnod hwnnw, a gwyddai fod Beti wedi trafod efo fo hefyd, ond roedd yr ergyd yn un drom. Wylodd Sila yr holl ffordd o'r tober olaf i Portsmouth ac wedyn am y rhan fwyaf o'r fordaith i Bilbao, yr euogrwydd yn ei chnoi pan feddyliai am wyneb ei thad, ei wên yn cael ei boddi gan dristwch ei lygaid. Ond teimlai hefyd ei bod wedi gwneud y penderfyniad iawn. Pan ddeffrodd Chris hi wrth iddyn nhw gyrraedd tober cyntaf Circo Rivoli yng nghanol dinas Madrid, a phan welodd y sioe yn ei holl ogoniant a'r cyffro ar wyneb Chris, gwenodd ei rhyddhad.

Wrth gwrs, doedd Sila a Chris erioed wedi disgwyl y bydden nhw'n rhan o Circo Rivoli bron i ddeng mlynedd ar hugain yn ddiweddarach, heb sôn am fod yn gyfarwyddwyr ar y cwmni, ond dyna oedd wedi digwydd.

'Sila, ma' Beti a fi'n mynd yn rhy hen i wneud hyn i gyd ein hunain,' meddai Rita wrthi hanner ffordd drwy eu hail dymor efo Circo Rivoli, 'felly 'dan ni wedi penderfynu mai hon fydd ein blwyddyn olaf o deithio.'

Edrychodd Sila arni mewn syndod. Rywsut, roedd hi wedi dychmygu y byddai Rita'n parhau wrth y llyw am byth, ond wrth gwrs roedd hi'n wyth deg chwech mlwydd oed, a welai neb fai arnyn nhw am ymddeol.

'O, wel, dach chi'n haeddu ymlacio rŵan, Anti Rita,' atebodd Sila. 'Biti garw hefyd, a chitha 'di creu sioe mor llwyddiannus. Mi fydd yn golled fawr i bobol Sbaen,' ychwanegodd, gan geisio peidio â dangos ei siom.

Gwenodd Rita arni. 'Na, Sila, ti'm 'di dallt be dwi'n drio'i ddeud. Beti a fi sydd wedi penderfynu peidio teithio, nid y sioe. Mi fydd Circo Rivoli yn parhau, a gyda lwc mi fyddi di a Chris yn ei rhedeg hi, efo Nino a Juan. Ma'r hogia'n wych efo'r ffigyrau a ballu, ac iddyn nhw mae'r diolch am lot o'r syniadau newydd, ond ma' nhw angen rhywun sy'n dallt be ydi syrcas go iawn, er mwyn cadw'r safon. Rhywun sy'n gwybod be 'di be ond sydd hefyd yn agored i syniadau newydd. Raul oedd y mwyaf artistig ond coginio oedd ei gariad mawr o erioed, ac mi oedd Beti a finna'n falch o allu ei helpu o i agor bwyty. Chwarae teg iddo fo, mae o'n gwneud yn dda iawn, felly mae angen rhywun i ddangos i'r ddau arall be ydi sioe. Mi wyt ti a Chris yn gyfuniad perffaith. Mae o'n ffynnu ar newid ac ar sialensau newydd, a titha wedyn yn hogan syrcas go iawn.' Arafodd Rita am eiliad, a sylwodd Sila fod ei llygaid gleision yn wlypach nag arfer. 'Mae Beti a fi 'di bod yn trafod ers misoedd, a fedrwn ni ddim meddwl am neb gwell i gymryd drosodd, os fysach chi'n fodlon ystyried y peth? Fydd gan Chris ddiddordeb, ti'n meddwl?' gofynnodd, ei llais yn llawn amheuaeth.

Chwarddodd Sila cyn ateb. 'Diddordeb? Dach chi'n gall? Dyna ydi ei freuddwyd o wedi bod erioed. Mi driodd gael Dad i weld bod angen newid ond wnaeth hwnnw ddim gwrando. Mae o wedi bod yn edmygu Circo Rivoli ers blynyddoedd, cyn dod yma i weithio, hyd yn oed, ond yn bwysicach na hynny, dach chi wedi gofyn am ei farn o ac wedi gwrando arno fo o'r dechra un.

Dach chi erioed wedi gwneud iddo deimlo fel josser.' Daeth cryndod i'w llais wrth i fawredd y cynnig ei tharo. 'Diolch, Anti Rita, mi wnawn ni ein gorau i gadw Circo Rivoli fel rydach chi wedi'i sefydlu hi ... ond oes raid i chi a Beti roi'r gorau i deithio? Pam na fedrwch chi barhau i deithio fel arfer, ond gadael y gwaith i ni?' gofynnodd, gan wybod y buasai'n hiraethu amdanynt.

'Na 'nghariad i. 'Sa hynny ddim yn deg arnoch chi na'r hogia. Chi fydd cyfarwyddwyr newydd Circo Rivoli, a'r peth olaf fyddwch chi ei angen fydd dwy hen *has been* fel ni'n edrych dros eich sgwyddau chi. A pheth arall, dydi iechyd Beti ddim fel y dyla fo fod. Mi neith ddaioni iddi gael chydig o lonydd. Mae'r ddwy ohonon ni wedi bod yn teithio erioed, cofia, felly mi fydd yn neis i ni gael profi bywyd flatties am faint bynnag o amser sydd ganddon ni ar ôl. 'Dan ni 'di ffeindio tŷ ger y môr, tua hanner milltir tu allan i Barcelona, a 'dan ni am setlo yn fanno. Ond cofia, mi fydda i'n dod yn ôl o bryd i'w gilydd i wneud yn siŵr fod petha'n iawn, ac os gwela i bâr o jîns yn agos at y cylch 'na, mi fydda i'n cymryd y cwbwl yn ôl!' meddai gan chwerthin. Cydiodd yn nwylo Sila. ''Dan ni 'di trafod hyn efo Nino a Juan yn barod, ac ma' nhw'n hapus. Mae'r gwaith papur i gyd wedi'i wneud felly gofynna i dy dwrna gymryd golwg ar y cytundeb. Wedyn, os dach chi'n hapus efo'r telerau, mi gawn ni i gyd lofnodi. Rŵan, dos i ddeud wrth Chris, mi wn i dy fod yn ysu i fynd.'

Flwyddyn ar ôl iddyn nhw symud i mewn i'r tŷ ger y môr bu farw Beti Blu, ac union dri mis wedyn bu Rita hithau farw, ond aeth Circo Rivoli o nerth i nerth, er cof amdanynt. Dwy sioe deithiol, un sioe barhaol yng nghanol Madrid, sioe arall barhaol yn Barcelona a swyddfeydd a chartrefi moethus ar gyrion Seville. Roedd Rita yn llygad ei lle pan welodd y byddai cyfuno gallu busnes naturiol Nino a Juan a gallu cynhyrchu Chris a Sila yn gweithio'n dda, a byddai Sasha wastad yn gymorth mawr hefyd pan oedden nhw'n rhoi cynhyrchiad newydd at ei gilydd. Erbyn hyn roedd Circo Rivoli yn enwog drwy'r byd – y newydd a'r traddodiadol yn asio'n berffaith, a Sila'n gwneud yn siŵr nad oedd pâr o jîns yn agos i'r sioe.

* * *

Cododd yr awyren o faes awyr Charles de Gaulle ar amser, a throdd Danny'r bysedd ar ei oriawr yn ôl, yn barod ar gyfer glanio ym Mhrydain. Ymhen tua awr a hanner byddai'n cyrraedd maes awyr Manceinion, ac os fyddai ei hawyren hithau'n gadael Madrid ar amser, dylai Sila fod yno'n aros amdano. Gwthiodd y botwm yn ôl i'w le a gwelodd y bys eiliadau'n dechrau symud unwaith eto, a meddyliodd am yr awr yr oedd yn ei cholli wrth deithio – awr a fyddai'n teimlo fel degawdau pan fyddai'n cyrraedd y tober heno. Beth oedd yn aros amdanynt, tybed? Pan oedd yn y tacsi ar ôl gadael y bwyty, llwyddodd Danny i gael gafael ar ei fam, a chafodd ei synnu pan ddechreuodd Coni grio ar glywed ei lais. Eglurodd fod yr heddlu wedi mynd â'i dad i ffwrdd a bod mwy o heddlu wedi dod wedyn, gan ddweud nad oedden nhw i agor y sioe eto heb eu caniatâd nhw. Dywedodd hefyd fod degau o newyddiadurwyr efo camerâu o bob math wedi amgylchynu'r syrcas. Am y tro cyntaf, meddyliodd Danny fod ei fam yn swnio'n hen ac yn fregus. Pan gyrhaeddodd y fflat, estynnodd Danny ei i-pad er mwyn edrych ar yr erthygl yn y *Daily News*, a sylwodd fod sawl papur arall hefyd wedi dechrau rhoi sylw i'r stori. Ffoniodd Sila, a phenderfynodd y ddau fod angen iddyn nhw fynd adref. Erbyn i Danny roi'r ffôn i lawr roedd Sasha wedi bwcio sedd iddo ar awyren y noson honno.

Pwysodd Danny yn erbyn ffenest yr awyren, gan fwynhau oerni'r gwydr ar ei foch. Tybed fyddai hyn yn ddigon i wneud i'w dad wrando, ystyriodd. Roedd Sila eisoes wedi ffonio Andrew James, cyfreithiwr y teulu, ac roedd yntau ar ei ffordd draw i wneud yn siŵr fod Dan yn cael chwarae teg – wedi'r cyfan, roedd o yn ei chwedegau hwyr, ac nid bob diwrnod mae rhywun yn cael ei arestio. Unwaith eto trawyd Danny gan yr euogrwydd cyfarwydd a deimlai bob tro y byddai'n caniatáu iddo'i hun feddwl am ei rieni. Gwyddai eu bod yn rhygnu ymlaen am nad oedd neb yno i gymryd drosodd ganddyn nhw. Byddai enw Syrcas y Brodyr Davies yn cael ei anghofio mewn dim petai ei dad yn ymddeol, ac fel yr unig fab, lle Danny oedd cymryd yr awenau. Ond gwyddai Danny'n iawn na fyddai ei dad byth yn gallu ildio i'r newidiadau fyddai'n anochel os oedd y syrcas i barhau. Ond rŵan, fyddai ganddo ddewis?

Gwylltiodd wrth gofio dagrau ei fam, a dychmygodd hi ac Anti Fran yng ngharafán racs ei rieni, ofn agor y drws rhag i gamerâu y *paparazzi* eu dal. Y Chwiorydd Esperanza yn cuddio mewn ofn, y ddwy yn cuddio'u creithiau. Er bod Coni wedi brwydro i gadw'i gyrfa ar ôl priodi, gwyddai Danny'n iawn ei bod wedi gorfod dewis yn y diwedd. Gyrfa neu ŵr. Petai wedi dewis ei gyrfa, byddai hynny'n golygu ei bod yn caniatáu i Dan fyw fel hwrgi. Y tymor hwnnw yn yr Eidal efo Medrano oedd yr olaf, pan oedd ei dad yn Blackpool efo'r genod. Digwyddodd rhywbeth yr haf hwnnw a newidiodd bopeth. Ni fu Coni'n gweithio i ffwrdd ar ôl hynny, a chofiai Danny y ffraeo a'r dadlau am wythnosau pan ddaethon nhw adref o'r Eidal. Byddai Sila ac yntau'n eistedd ym mhabell yr eliffantod, yn gwrando arnynt.

'Ma' Dad 'di bod yn shagio un o'r dawnswyr yn Blackpool,' eglurodd Sila un diwrnod pan oedd y ffraeo ar ei waethaf, 'ac yn ôl Mam roedd Nain yn gwybod a nath hi ddim byd am y peth,' ychwanegodd.

'Sut ti'n gwybod hynna?' gofynnodd Danny, gan anwesu trwnc Dilys.

'Mi glywais i Mam yn deud wrth Anti Fran, ac roedd Anti Fran am roi cweir i Nain ond ddeudodd Mam wrthi am beidio,' eglurodd Sila. 'Meddylia, Anti Fran yn cwffio efo Nain! Y cwbwl 'sa raid i Nain neud fysa bygwth rhoi'r tegell ar y stof a 'sa Anti Fran yn cael sterics ac yn rhedeg i ffwrdd! Am ffwcin deulu sgynnon ni, Danny bach.'

Ochneidiodd Danny wrth wrando ar ei chwaer yn dadansoddi'r teulu. Taid oedd yn claddu'i ben yn y tywod, nain roedd pawb yn ei chasáu, modryb oedd bron â colli'i phwyll, tad oedd yn methu cadw'i bidlen yn ei drowsus a mam oedd yn eu casáu nhw i gyd!

'Y munud dwi'n cael y cyfle i adael, dwi'n mynd, Sila,' cyhoeddodd Danny. '*Fuck this for a game of soldiers*, ac os oes gen ti owns o synnwyr cyffredin mi wnei ditha'r un peth yn union. Gad iddyn nhw sortio'u llanast eu hunain.'

A dyna'n union roedd Danny wedi'i wneud. Tan rŵan.

* * *

Pan drodd Danny ei ffôn ymlaen ar ôl glanio ym Manceinion cafodd neges gan Sila yn dweud ei bod yn aros amdano yn y car, a phan agorodd y drysau awtomatig gwelodd ei chwaer yn y man parcio dros dro. O fewn deng munud i lanio, roedd ar y ffordd i'r tober, efo'i chwaer yn rhegi wrth ei ochr wrth geisio dod i arfer â gyrru ar ochr chwith o'r ffordd.

'Hwyrach geith Mam weld y blodau leni,' meddai Sila. Roedd ei thrwyn bron yn erbyn y windsgrin er bod y weipars yn brwydro'n ffyrnig yn erbyn y glaw trwm. 'Sbia ar y blwmin glaw 'ma. Typical,' meddai o dan ei gwynt, wrth arafu i graffu ar arwydd ffordd. 'Diolch byth nad ydyn nhw'n rhy bell o'r maes awyr. Ma' siŵr y bydd Andrew wedi cyrraedd o'n blaenau ni, ac mi ddeudodd y bysa fo'n mynd yn syth i orsaf yr heddlu er mwyn gwneud yn siŵr fod Dad yn iawn.'

'Pa flodau, Sil?' atebodd Danny ymhen hir a hwyr.

'Y blodau ym Mhlas Ffriddoedd, siŵr iawn. Ma' hi wastad yn plannu bylbs a hadau yn y gerddi bob gaeaf, ond dydi hi byth yn eu gweld nhw yn eu blodau gan ei bod wastad ar daith erbyn hynny. Dwi 'di meddwl erioed bod 'na rwbath yn drist am hynny. Ma' pawb yn deud bod y gerddi'n werth eu gweld a bod rhosod y Plas yn well na nunlle arall am fod Dad yn rhoi tail eliffant ar y tir bob gaeaf,' eglurodd Sila. 'Os na fyddan nhw'n cael cario mlaen efo'r daith leni, mi geith Mam weld y gerddi ar eu gorau am unwaith.'

'Dwi'm yn meddwl y bydd hynny'n llawer o gysur iddi 'sti, Sil. "Peidiwch â phoeni am golli'ch bywoliaeth, a bod eich gŵr yn y carchar, mi gewch chi weld y rhosod *in full bloom*!" meddai Danny, gan ddynwared rhywun yn lleisio hysbyseb ar y teledu. '"Dewch i erddi enwog Plas Tanffriddoedd, yr unig ardd yng Nghymru lle mae'r geraniums yn blodeuo drwy garedigrwydd cachu Dilys, yr Eliffant Olaf!"' Chwarddodd y ddau braidd yn rhy uchel.

'Yn y pen draw, hwyrach fod hyn yn fendith 'sti, Danny,' meddai Sila ar ôl i'r chwerthin bylu. 'Ma' Chris wastad wedi deud na neith Dad wrando nes bydd ganddo ddim dewis arall – a rŵan, does dim dewis. Mi fydd raid iddyn nhw roi'r gorau i'r sioe. Gân nhw werthu'r offer sy'n werth rwbath, ac ymlacio chydig. Sbia be ddigwyddodd i Beti a Rita. Prin flwyddyn gafodd Beti druan ar ôl iddi setlo, ac mi oedd hi wedi mynd, ac mi aeth Rita'n fuan ar ei hôl hi. Chawson nhw ddim cyfle i fwynhau bywyd ar ôl gadael y syrcas,' meddai Sila, 'a dwi ddim isio i hynny fod yn wir am Mam a Dad. Ma' nhw 'di gweithio'n galed ar hyd eu hoes, mae'n amser iddyn nhw gael gorffwys a mwynhau.'

'Ti'n iawn, Sil,' meddai Danny, wrth i bosteri carpiog, gwlyb, Syrcas y Brodyr Davies ddechrau ymddangos ar bolion teligraff ar ochr y ffordd. 'Ond weithia, mi fydda i'n meddwl mai'r sioe a'r anifeiliaid sy'n eu cadw nhw i fynd ... jyst gobeithio na fydd ymddeol yn eu lladd nhw,' ychwanegodd yn dawel, wrth i siâp y babell lom ymddangos allan o'r niwl. 'Dyma ni,' meddai, 'pabell ein breuddwydion.'

* * *

'Mae Andrew newydd ffonio,' meddai Coni wrth i Sila a Danny helpu'u hunain i'r brechdanau roedd Fran wedi'u rhoi ar y bwrdd, 'ac ma' nhw ar eu ffordd adra. Mae'r heddlu wedi derbyn nad oedd Dan yn cicio Dilys yn y fideo felly ma' nhw 'di gadael iddo fo ddod adra, ond mi fydd 'na ymchwiliad pellach i drio ffeindio allan pwy oedd y person yn yr hwdi.'

Llyncodd Danny cyn holi, 'A does ganddoch chi ddim syniad pwy 'di'r boi yn yr hwdi? Dach chi 'di holi'r gweithwyr?'

'Do, siŵr iawn,' atebodd Coni'n siarp. 'Welodd Ned ddim byd, medda fo, ond does na'm golwg o Angie, yr hogan newydd. Dydi Ned ddim wedi'i gweld hi ers diwedd pnawn ddoe, ac mae hynny'n gwneud i rywun feddwl fod ganddi rwbath i'w wneud efo'r peth. Anodd gen i gredu hefyd, cofia – mi oedd yn beth bach dawel iawn ac i weld wrth ei bodd efo Dilys.'

'Mae o'n uffar o gyd-ddigwyddiad, tydi?' meddai Sila, 'yr hogan 'ma'n diflannu jyst fel ma'r stori'n hitio'r papur newydd? Lle gawsoch chi afael arni?'

'Wel, troi i fyny yn Nhanffriddoedd nath hi, yn deud ei bod hi'n chwilio am waith, a'i bod isio gweithio efo anifeiliaid. Ac mi wyddoch chi sut un ydi'ch tad, yn teimlo trueni dros bawb, yn arbennig genod ifanc, tlws,' atebodd Coni.

'Hy!' meddai Fran yn sydyn o'i chadair yn y gornel. 'Neith o byth ddysgu,' poerodd yn chwerw.

Anwybyddodd Coni ei chwaer, ac edrychodd i gyfeiriad y drws.

'Shwsh! Mae 'na gar newydd gyrraedd. Andrew a Dan, ma'

siŵr,' meddai, gan godi a cherdded i'r gegin er mwyn rhoi'r tegell yn ôl ar y tân.

Roedd Dan ac Andrew wedi tynnu'u cotiau ac eistedd erbyn i'r te gael ei dywallt. Cododd Danny a Sila'n syth a chofleidio'u tad yn gynnes, ond ddywedodd Dan fawr ddim, dim ond eistedd ar y soffa'n dawel, yn syllu ar y carped. Fel arfer, eisteddodd Fran yn dawel yn y gornel, ac wrth i Coni gynnig y bisgedi, eglurodd Andrew y sefyllfa.

'Mae'n debyg y bydd yn rhaid i Mr Davies ymddangos o flaen ei well, mae gen i ofn, ac mi fydd yr heddlu'n dod â thîm arbenigol efo nhw fory er mwyn symud Dilys i rywle diogel. Bydd yn rhaid iddi aros yno nes bydd yr achos drosodd.'

'Ond pam?' gofynnodd Coni, oedd erbyn hyn yn eistedd wrth ochr Dan ar y soffa. 'Ma' nhw 'di derbyn na wnaeth Dan ei chicio hi, tydyn? Pam mynd â Dilys o 'ma felly? Ac i lle ma' nhw am fynd â hi? Hwn ydi'i chartref hi, ei lle diogel hi.'

'Nes y byddan nhw wedi penderfynu'n iawn be ddigwyddodd, mi fydd Dilys yn cael ei chadw mewn lleoliad addas, ond y broblem fwyaf ydi bod Dilys yn eiddo i chi, ac felly chi sy'n gyfrifol am ei gofal. Yn llygad y gyfraith, chi felly oedd yn gyfrifol am adael i rywun ddod i mewn i'r sied yn Nhanffriddoedd a'i churo. Rŵan, mi ges i air efo'r ditectif ar y ffordd allan ac mi ddwedodd o, yn answyddogol, eu bod nhw'n meddwl fod hon yn joban broffesiynol, ac mai un o'r mudiadau amddiffyn anifeiliaid sydd y tu ôl i'r peth, ond nes y byddan nhw'n gallu profi hynny, mae'n ddrwg gen i ddeud, Mr Davies sy'n gyfrifol.'

'Mae'r peth yn hollol hurt,' meddai Coni'n flin, gan edrych o'i chwmpas o un i'r llall, ''Sa'n well iddyn nhw ganolbwyntio ar ffeindio'r cythraul dorrodd i mewn i Danffriddoedd – fo 'di'r un creulon, nid Dan.'

'Ond nath o ddim torri i mewn.' Daeth llais Fran o'r gornel, a throdd pawb i edrych arni. 'Dwi'n cofio rŵan. Mi o'n i 'di deffro'n gynnar ryw fore, ac mi glywais leisiau'n sibrwd y tu allan. Mi es i edrych drwy'r ffenest, gan feddwl gofyn i bwy bynnag oedd yno danio'r gas i mi,' eglurodd, gan dynnu'i chardigan yn dynnach amdani. 'Ond pan godais y llen mi welis i'r hogan newydd 'na, Angie, yn cerdded ar draws yr iard i gyfeiriad y sied, efo rhyw foi mewn hwdi du. Nes i ddim cymryd llawer o sylw, a deud y gwir, a gymris i mai gweithiwr newydd oedd o. Ro'n i 'di anghofio am y peth tan rŵan.'

'Yr ast fach anniolchgar,' meddai Coni, gan godi oddi ar y soffa, 'a hitha'n edrych mor ddiniwad, yn fflicio'i blwmin ffrinj bob dau funud. Faint o weithia dwi 'di deud y dylan ni fod yn gofyn am eirda pan 'dan ni'n cyflogi pobol?' meddai, gan gerdded yn ôl ac ymlaen.

O'r diwedd, cododd Dan ei ben.

'Wel, waeth i ti heb â phregethu, Con. Fyddwn ni ddim angen cyflogi neb eto, na fyddan?' meddai, ei lais yn isel. 'Ma' Syrcas y Brodyr Davies yn cau, a hynny am byth. Dach chi'n hapus rŵan?' gofynnodd Dan, gan edrych ar bob aelod o'i deulu yn eu tro. 'Dach chi i gyd 'di cael yr hyn dach chi wedi bod isio ers blynyddoedd, yn do? Llongyfarchiadau i chi i gyd. Mi fydd Dilys yn mynd fory ac wedyn mi fydd y cwbwl drosodd. Fedrwn ni ddim cario mlaen ar ôl hyn.'

Sylwodd Danny fod dagrau'n disgleirio yn llygaid ei dad, ac am y tro cyntaf erioed, gwelodd hen ddyn bregus yn eistedd ar y soffa, yn hytrach na'r penteulu.

Cododd Dan, a cheisiodd Coni afael yn ei law ond ysgydwodd hi i ffwrdd.

'Dwi'n mynd i weld Dilys,' meddai, gan gerdded allan o'r garafán a chau'r drws yn dawel ar ei ôl.

Cododd Sila i ddilyn ei thad, ond gafaelodd Danny yn ei braich.

'Gad iddo fynd, Sil,' meddai.

Aeth Sila at y ffenest i wylio'i thad yn cerdded yn araf ar draws y tober, ei gerddediad cyfarwydd erbyn hyn yn arafach, y cawr yr oedd wedi'i addoli am flynyddoedd yn eiddil a sigledig.

Cyrhaeddodd Dan y stablau, ac fe'i synnwyd pan welodd ddau heddwas yn sefyll ger y babell, un bob ochr i'r fynedfa, a chamodd un o'i flaen er mwyn ei rwystro rhag mynd ymhellach.

'Mae'n ddrwg gen i, syr,' meddai'r heddwas yn nerfus, 'ond chewch chi ddim mynd i mewn i'r babell.' Edrychodd Dan i fyw llygaid yr heddwas, ac am unwaith, ildiodd, yn rhy flinedig i ymladd. Gwelodd Ned yn sefyll yng nghysgod y babell.

'Gwna'n siŵr ei bod hi'n gynnes, wnei di, Ned?' gofynnodd. 'Ma' hi'n hen noson fudur.' Nodiodd Ned ei ateb. 'Diolch, Ned, diolch am bob dim,' meddai Dan, a throdd yn ôl am y garafán. Ond cyn iddo ddechrau cerdded clywodd sŵn cyfarwydd yn dod o'r stablau. Sŵn Dilys yn trwmpedu, y sŵn yr oedd wedi'i glywed bob dydd am dros hanner can mlynedd. Roedd Dilys wedi clywed ei lais.

DILYS
2020

Mae Audrey am fod yn nain eto, medda hi, am y pedwerydd tro. Ma' Liam, ei mab fenga hi, wedi cael rhyw hogan i drwbwl ac felly mae 'na epil arall ar y ffordd i ymuno efo'r fflyd sy yno'n barod. Chwerthin nath Audrey wrth ddeud wrtha i bore 'ma.

'Wel, 'na fo, 'de Dilys? Ma'r petha 'ma'n digwydd, yn tydyn? Ma' Liam 'di bod yn beth bach cariadus erioed, ac mae o a Georgina i weld 'di gwirioni. O, ac mi fydd yn neis cael babi arall yn y teulu. Mae'n anodd credu bod Aria Louise yn ddyflwydd yn barod, tydi? Newydd gael ei geni oedd hi pan ddest ti yma, yndê, Dilys? Tydi'r blynyddoedd 'ma'n fflio heibio!'

Ydyn wir, Audrey bach, meddyliais wrth ei gwylio'n fforchio'r gwellt budur i'r ferfa, yr allweddau'n janglo o amgylch ei gwddw wrth iddi fustachu. Dwy flynedd. Nes i rioed feddwl y byswn i'n setlo yma, ond setlo wnes i yn y diwedd. Ydi, ma' bywyd yn fama'n wahanol iawn, ond 'di petha ddim yn ddrwg arna i. Yr unigrwydd ydi'r peth gwaetha, ac mi fydda i'n hiraethu'n reit aml – hiraethu am Dan a'r teulu, wrth gwrs, hiraethu am Danffriddoedd, a hiraethu am y bywyd. Y teithio, y sioe, ond yn fwy na dim, y gwmnïaeth. Ers talwm mi oedd 'na wastad rywun o gwmpas i gadw cwmni i mi. Jên a Magi am flynyddoedd, wrth gwrs, Ned neu un arall o'r gweithwyr, neu jyst aelodau o'r cyhoedd oedd isio fy nghyfarfod. Ond prin 'di'r sgwrs yn fama heblaw am yr hen Audrey, a dwi'n hiraethu am glywed pobol yn siarad Cymraeg. Weithiau mi fydd 'na ambell deulu o ymwelwyr yn siarad Cymraeg ac mae hynny'n neis, ac mi ofynnodd Dan i Audrey diwnio'r radio i Radio Cymru er mwyn i mi gael clywed yr iaith, felly ma' hynny'n lyfli, er bod chwith garw ar ôl Hywel Gwynfryn. Ond dydi petha ddim yr un fath yn fama.

Mi oedd gen i fwy o hiraeth am Jên nag am Magi, a bod yn onest, a dwi'n dal yn ei cholli hi. Dwi'n gwybod nad oedd y sbarc direidus 'na yn Jên, yn wahanol i Magi, ond mi oedd hi'n hogan neis. Ei chalon hi aeth â hi yn y diwedd, ar noson o haf pan oedd y syrcas yn Llandudno. Mi o'n i wedi'i chlywed hi'n griddfan yn ystod y nos, ac mi feddylis 'i bod hi wedi cael cramp yn ei choes neu dwtsh o gamdreuliad, ond wedyn mi sylwais fod ei hanadlu wedi stopio. Codais a mynd draw ati, ond mi oedd hi wedi mynd. Ned wnaeth ei ffendio hi y bore wedyn. Graduras ... ond cofiwch, ma' Llandudno ar noson o haf yn lle neis i fynd, os mai mynd sydd raid. Roedd y teulu i gyd yn ypsét iawn, wrth gwrs, ac mi aethon nhw â hi ar gefn trelar yn ôl i Danffriddoedd i'w chladdu'n barchus. Mi ddeudodd Dan wedyn ei fod o am blannu coeden 'fala ar ei bedd, sy'n hynod o addas o gofio pa mor hoff oedd hi o 'fala. Ond fel y gallwch fentro, mi oedd 'na dipyn mwy o ddrama pan ddaeth dyddiau'r hen Magi i ben. Am unwaith wnes i ddim gweld bai arni hi. Ar Momo oedd y bai am y cwbwl.

Mohamed oedd ei enw iawn, ond Momo roedd pawb yn ei alw, ac mi oedd o wedi bod yn gweithio i Mr Dan ers tua dwy flynedd cyn i betha fynd yn flêr. Mi oedd pawb wrth eu boddau efo fo – roedd Momo y math o berson fyddai'n cael ei alw'n 'chwa o awyr iach' ... wel, ar yr wyneb, o leia. Mi fydda fo wastad yn chwibanu, yn canu ac yn llawn hwyl, ac wrth 'i fodd yn deud wrth unrhyw un fyddai'n fodlon gwrando ei fod o wedi'i fagu 'yng nghysgod Mynyddoedd Atlas ar strydoedd llychlyd Marrakesh'. Ond doedd Magi erioed wedi cymryd ato, ac yn fuan iawn daeth yn amlwg fod 'na ochr arall i Momo, ochr filain a maleisus roedd o'n ei chuddio dan ei wên. Mi oeddan ni'n gweld y cwbwl, wrth gwrs: ei driciau cas oedd yn cael y gweithwyr eraill i drybini, ei sylwadau brwnt a'i dueddiad i fwlio'r rhai mwy diniwed, fel Ned druan. Dro ar ôl tro byddai Ned yn cael ei geryddu am rwbath roedd Momo wedi'i neud, ond mi oedd Ned yn rhy llwfr i droi arno a'i roi yn ei le. Mi oedd Momo yn lecio dangos ei hun hefyd, yn arbennig pan oedd o'n trio hudo merched i'w garafán, ac yn aml mi fydda fo'n dod â'i ddarpar gariadon i'n gweld ni i'r babell stablau. Er mwyn profi ei fod o'n dipyn o foi roedd o'n aml yn defnyddio ffon neu chwip pan nad oedd angen, neu hyd yn oed yn ein procio ni efo fforch. Rŵan, un o'r petha cynta fyddai pawb yn 'i ddysgu pan fyddan nhw'n dechrau gweithio yn y stablau oedd bod yn gas gan Magi i unrhyw un gerdded y tu ôl iddi'n annisgwyl. Am ryw reswm mi oedd hynny wastad yn ei dychryn, a byddai'n ymateb yn flin. Tasa rhywun yn cerdded heibio ac wedyn yn mynd o'i chwmpas hi i'r cefn mi oedd hi'n iawn, ond pan oedd hi'n synhwyro bod rhywun y tu ôl iddi a hitha heb eu gweld nhw, gwae nhw. A dyna oedd Momo yn lecio'i wneud, dim ond er mwyn ei gwylltio a'i dychryn.

Y noson honno roedd Momo wedi bod yn dangos ei hun i ddarpar gariad ar ôl y sioe, ac mi brociodd Magi efo'i fforch wrth fynd heibio. Cododd Magi ei thrwnc a chwythu llwyth o fwd a baw i'w wyneb, a chwarddodd y ferch gan neidio allan o'r ffordd. Er i Momo wenu'n ôl fel petai'n mwynhau'r jôc, mi allen ni ddeud ei fod o wedi gwylltio. Yn hwyrach y noson honno, pan oedd pawb wedi setlo, daeth Momo yn ôl i'r babell, ond yn hytrach na dod i mewn trwy'r tu blaen, mi sleifiodd yn ddistaw o dan yr ochrau gan fynd y tu ôl i Magi druan. Cyn iddi ddallt be oedd yn digwydd, gwthiodd Momo ei fforch yn ddwfn i mewn i gnawd ei phen ôl. Trodd Magi'n wyllt, a dyna lle oedd Momo'n chwerthin. 'Pwy sy'n chwerthin rŵan, yr hen ast?' meddai, gan godi'r fforch eto. Yr eiliad honno mi welis i'r atgasedd yn fflachio yn llygaid Magi wrth iddi droi, ac ar yr un pryd baglodd Momo, gan ollwng y fforch er mwyn arbed ei hun. Gwelodd Magi ei chyfle, a tra oedd Momo'n trio codi, trodd ei phen ôl tuag ato fo gan ei wasgu yn erbyn un o bolion y babell. Gwnaeth ei orau i wthio Magi i ffwrdd, ond gan ei fod o wedi gollwng y fforch, doedd ganddo ddim gobaith. Dwi'n siŵr i mi glywed sŵn ei asennau'n torri wrth i Magi ddal i wthio. O'r diwedd, dechreuodd Magi symud, a syrthiodd Momo i'r llawr gan riddfan yn uchel. Ond yn hytrach na thrio dianc, aeth i afael yn y fforch eto. Sylwodd Magi, ac estyn ei thrwnc i dynnu Momo ar hyd y llawr tuag ati. Erbyn hyn roedd Momo'n sgrechian ond doedd dim am rwystro Magi rhag gorffen yr hyn roedd hi wedi'i ddechrau. Ciciodd y diawl yn galed efo'i choes flaen, cyn tynnu ei gorff diymadferth yn ôl eto a sathru arno'n ddidrugaredd. Ymhen llai na munud roedd y cwbwl drosodd. Safodd Magi yno'n tuchan, ei hanadl yn gymylau gwyn a chorff llipa Momo yn swp gwaedlyd yn y baw.

Bu pobol o bob math yn crwydro o gwmpas y syrcas am ddyddiau wedyn. Dynion ambiwlans i ddechrau, ar ôl i Ned glywed y stŵr a dod i weld be oedd yn digwydd, wedyn yr heddlu a swyddogion diogelwch y Cyngor, milfeddygon a swyddogion yr RSPCA. Y diwrnod wedyn mi aethon nhw â Magi druan i ffwrdd. Edrychodd hi arna i wrth adael y babell, ac mi oedd y llygaid oedd wastad mor ddireidus erbyn hyn yn byllau du, gwag. Safodd Ned wrth fy ochr, gan rwbio fy nhrwnc yn ysgafn wrth i Dan arwain Magi allan o'r babell am y tro olaf.

'Y blydi Momo 'na,' meddai Ned, ei geg yn crynu. 'Mi ddeudis i wrtho ganwaith am beidio mynd y tu ôl iddi.'

Yn y diwedd mi ffeindiodd yr heddlu na fu Momo erioed yn agos at strydoedd llychlyd Marrakesh na Mynyddoedd Atlas. Yn hytrach, roedd o wedi'i eni a'i fagu mewn fflat uwchben siop cebábs ar un o strydoedd cefn Bradford, ac mi oedd ganddo fo wraig a thri o blant yno, yn aros am ei gyflog wythnosol.

Ac felly fu hi. Dim ond fi oedd ar ôl, ac mi ddeudodd rhywun mai fi oedd yr olaf yn y wlad. Meddyliwch, o'r holl eliffantod oedd yn perfformio ym Mhrydain, fi oedd yr olaf ... ac wrth gwrs, doedd hi ddim yn hir nes i hynny ddechrau ymddangos ar y posteri. 'Dewch i weld Dilys, yr Eliffant Olaf!' Ond wnaeth hynny ddim para'n hir.

* * *

Mae'n rhyfedd, tydi, ond fi oedd yr unig un i nabod Angie bach pan ddechreuodd hi weithio yma, a fi oedd yr unig un i gofio 'mod i wedi'i gweld hi o'r blaen. Doedd hi ddim llawer mwy na babi bryd hynny, wrth gwrs, ond mi wyddoch chi mor dda mae eliffantod yn cofio.

Aeth Coni erioed i ffwrdd am gyfnodau hir ar ôl y tymor hwnnw pan oedd hi yn yr Eidal a ninna yn Blackpool, ac er bod cryn ffraeo wedi bod pan ddaeth y ddau ynghyd ar ddiwedd y tymor, setlodd pawb i lawr yn y pen draw. Dwi'n cofio Sila a Danny bach yn y babell efo ni'n tair, yn cuddio ac yn gwrando ar y ffraeo – Coni'n gweiddi ar Dan, Dan yn gweiddi ar Coni a Mati'n gweiddi ar bawb – ond yn y diwedd distawodd y gweiddi ac aeth bob dim yn ôl i drefn. Mi gawson ni gynigion o bob cyfeiriad ar ôl ein llwyddiant yn Blackpool. Tymor hyfryd yn Syrcas Belle Vue ym Manceinion y gaeaf hwnnw, haf braf yn syrcas yr Hippodrome yn Great Yarmouth wedyn cyn gaeaf oer yn y

Kelvin Hall yn Glasgow. Dan a ni'n tair, wrth gwrs, a Coni ar y trapîs. Yr haf canlynol mi oeddan ni i gyd yn ôl yn y sioe deuluol, ac roedd pawb i weld yn dod ymlaen yn iawn. Cychwyn y tymor yng ngogledd Lloegr, wedyn taith drwy ogledd Cymru yn ystod yr haf, wedyn i lawr i drefi mawr y de. Ddechrau Medi, yr wythnos gynta ar ôl i'r plantos fynd yn ôl i'r ysgol, roedd y tywydd yn fendigedig a safai'r sioe ar gae hyfryd jyst tu allan i Aberystwyth. Dyna lle gwelis i Angie.

Nos Sadwrn oedd hi, dwi'n gwybod hynny gan nad oedd Dan o gwmpas – roedd o a'r gweithwyr wedi cychwyn yn syth ar ddiwedd y sioe i farcio'r tober yn Aberaeron, y dref nesaf ar y daith, er mwyn sbario gorfod mynd yn y bore. Nabod ei phersawr wnes i gynta, a'r munud y gwnes i arogli Shalimar gan Guerlain, mi o'n i'n syth yn ôl yn Blackpool.

'Helô, Dilys, ti'n fy nghofio fi?' meddai'r llais, ac mi o'n i'n gwybod yn iawn pwy oedd hi. Er ei bod hi wedi colli cryn dipyn o bwysau ac wedi lliwio'i gwallt, doedd dim amheuaeth mai Mona oedd yn sefyll o 'mlaen i, ei gwên yr un mor gynnes ag erioed er ei bod hi'n edrych o'i chwmpas yn anesmwyth. Mi o'n i'n falch o'i gweld hi, a chodais fy nhrwnc a thrwmpedu'n dawel. Rhwbiodd ei llaw ar fy wyneb yn ysgafn, yn union fel y byddai'n gwneud cyn yr act yn Blackpool. Sylwais fod coets babi ganddi, ac ar ôl chydig plygodd Mona dros y goets, gan godi plentyn bychan allan.

'Dilys, dyma fy merch, Angharad,' meddai'n falch, gan ddal y ferch fach i fyny. Edrychais arni: merch fach dlws tua deunaw mis oed efo mop o wallt du a gwên fach siriol. Mi wyddwn yn syth mai Dan oedd ei thad, hyd yn oed cyn i mi sylwi ar ei llygaid. Roedd un yn ddu fel glo, a'r llall yn las fel y môr. Estynnodd Angharad ei breichiau bychan tuag ata i, a theimlais ei llaw fach feddal yn cyffwrdd fy nghroen rhychiog. Ar ôl ychydig funudau, rhoddodd Mona'r plentyn yn ôl yn y goets ac estyn tri afal mawr allan o'r bag oedd yn hongian ar yr handlen. Daeth Magi a Jên draw yn syth, a chwarddodd Angharad wrth wylio'i mam yn rhannu'r ffrwythau rhwng y tair ceg binc.

'Wel, wel, wel. Sbiwch pwy sydd wedi troi i fyny,' meddai llais cras, a throdd Mona i edrych.

Safai Mati o'i blaen, ei breichiau wedi'u croesi a charreg goch ei modrwy'n fflachio yng ngolau noeth y babell. Erbyn hyn roedd aelodau olaf y gynulleidfa wedi gadael, a Ned wrthi'n dawel yn llenwi'r rhwydi bwyd ar gyfer y bore.

'Helô, Mrs Davies,' atebodd Mona, gan dynnu'r goets yn nes ati. Syllodd Angharad ar y garreg goch. 'Llongyfarchiadau ar y sioe, mi wnaethon ei mwynhau'n arw, ac mi oedd yn neis gweld Dilys a'r genod eto,' meddai, gan wenu'n nerfus.

'Os mai dod yma i sniffian o gwmpas Dan wyt ti, wel, 'di o'm yma, a tasa fo yma mi fyswn i'n gwneud yn siŵr ei fod o'n cadw'n ddigon pell oddi wrthat ti. Bechod nad o'n i yn Blackpool i wneud yr un peth.'

'Ylwch, dwi'm isio dim gan Dan, na ganddoch chi, a dwi'm isio achosi trwbwl i neb ...'

'Dwi'n falch o glywed hynny. Dwi'n meddwl dy fod ti wedi cael hen ddigon ganddon ni'n barod,' torrodd Mati ar ei thraws, 'ond rŵan mae'n amser dod â'r aduniad hyfryd 'ma efo Dilys i ben – 'dan ni angen cau'r stablau.' Cododd Mati ei breichiau gan geisio'u harwain i gyfeiriad y fynedfa, ond wnaeth Mona ddim symud.

'Mi o'n i wedi dod yma heno er mwyn i Dan gael gweld ei ferch, ac i chi gael gweld eich wyres,' meddai Mona, ei llais yn gadarn ac yn gryf. Edrychodd Mati i fyw ei llygaid, heb edrych unwaith i gyfeiriad y goets. 'Ond mi ddylwn i fod wedi gwybod yn well. Ydi'r ffaith fod yr hogan fach ddiniwed yma'n ferch i'ch mab yn golygu rwbath i chi?' Parhaodd Mati i edrych arni'n oeraidd. Gwenodd Mona. 'Dyna'r cadarnhad ro'n i'i angen. Mae'n well o lawer iddi hi dyfu i fyny heb eich nabod chi na gweddill eich teulu gwenwynig. Dwi ond yn gobeithio nad ydi Angharad bach wedi etifeddu owns o chwerwder a chasineb ei nain, na diffyg asgwrn cefn ei thad.'

'Fel ro'n i'n deud,' meddai Mati'n dawel, 'mae'n amser i ti fynd, neu mae'n beryg i Ned dy sgubo di i ffwrdd efo gweddill y baw.' Cerddodd yn ei blaen heb edrych ar Mona na'r plentyn yn y goets.

'Mati Davies, edrychwch ar yr hogan fach 'ma rŵan, neu welwch chi byth mohoni eto,' gwaeddodd Mona ar ei hôl, ond cerdded yn ei blaen wnaeth Mati.

Trodd Mona i edrych arna i a'r genod, a chododd ei llaw cyn troi a gwthio'r goets allan o'r babell. Dyna pryd y gwnes i sylwi ar Coni'n sefyll yng nghornel bellaf y babell, yn gwrando ac yn gwylio.

* * *

Dim ond am tua pythefnos roeddan ni wedi bod yn Nhanffriddoedd pan wnaeth Angie ymddangos gynta – y pythefnos euraidd hwnnw pan oedd pawb yn falch o gael seibiant o fywyd teithiol a chyn i'r awydd i grwydro daro eto. Mi ymddangosodd rhyw fore, wrth ddrws y sied fawr. Dwi'n cofio'i gweld hi'n sefyll yno yn syllu arna i cyn i Ned ddod heibio a mynd â hi i garafán Dan a Coni. O bell, mi gymerais mai hogan yn ei harddegau oedd hi gan ei bod hi'n fychan ac yn denau, ond pan ddaeth Dan â hi i mewn yn ddiweddarach yr un bore, mi sylweddolais ei bod yn hŷn na hynny, yn ei hugeiniau hwyr neu ei thridegau cynnar, ac er ei bod hi'n denau, roedd awgrym o nerth a chryfder yn ei symudiadau. Roedd hi'n swil ar y dechrau, gan ateb Dan efo dim mwy na gair neu ddau, ei gwallt du yn hongian fel llen ar draws ei llygad dde, ond mi sylwais ar y tebygrwydd yn syth wrth iddi ddilyn Dan o gwmpas y sied. Roedd hi'n cerdded yr un fath yn union â'i thad.

Yn raddol, wrth i'r wythnosau basio, daeth Angie i ddallt y drefn. Gweithiodd yn galed, gan helpu Ned i ofalu am y ceffylau a'r anifeiliaid eraill yn ogystal â gofalu amdana i. Roedd Ned wrth ei fodd yn dangos i staff newydd sut yr oedd petha'n gweithio, a gwenais yn ddistaw bach wrth ei wylio'n sgwario o gwmpas y sied gan bwyntio'n bwysig at hyn a'r llall, ac Angie'n ei ddilyn yn eiddgar. Ond dro ar ôl tro ro'n i'n cael y teimlad ei bod hi'n syllu arna i, yr un llygad du bob amser yn fy nilyn. Sylwais hefyd sut y byddai hi'n gwylio Dan pan fyddai o'n dod i mewn i'r stablau, yr un llygad yn datgelu dim, ac yntau'n gwybod dim chwaith. Gyda'r nos, pan fyddai Ned wedi noswylio, byddai Angie'n sleifio'n ôl i'r sied ac yn eistedd ar y byrnau gwair wrth fy ochr. Roedd hi'n gyndyn o siarad i ddechrau, fel mae pawb, yn teimlo embaras wrth siarad efo eliffant, ond yn raddol mi wnaeth hi ymlacio, a llifodd y sgwrs unochrog. Eglurodd fod ei mam wedi deud wrthi amdana i, chwarae teg iddi, ac wedi dangos lluniau iddi ohoni'n perfformio efo ni yn Syrcas y Tŵr, ond bod ei mam wedi marw tua blwyddyn ynghynt, ar ôl anwybyddu lwmp yn ei brest am fisoedd nes roedd hi'n rhy hwyr. Daeth y dagrau wrth iddi ddeud ei stori, ac am eiliad taflodd y cudyn gwallt i'r ochr er mwyn sychu'i dagrau. Dyna pryd y gwelais ei llygad dde gudd, yn las fel y môr. Tra oedd hi'n gwagio tŷ ei mam, eglurodd, daeth ar draws llythyr gan Mati Davies, a dyna sut y deallodd mai Dan Davies oedd ei thad. Tra oedd Angie'n blentyn, ac wedyn yn oedolyn ifanc chwilfrydig, gwrthododd Mona ddeud wrthi pwy oedd ei thad, a chadwodd y gyfrinach tan y diwedd un. A dyna pam, medda hi, y daeth hi yno i weithio: er mwyn penderfynu oedd hi isio dod i adnabod ei thad. Ond er mor annwyl roedd hi'n ymddangos, mewn gwirionedd roedd hi wedi dod yno i'w ddinistrio.

Mi fu'n sydyn yn gosod y camera, ac oni bai am sŵn yr ysgol yn crafu yn erbyn wal y sied, fyswn i byth wedi sylwi ar y bocs bach du roedd Angie wedi'i osod yn ofalus yn y nenfwd. Am ddyddiau wedyn mi fu hi ar bigau'r drain, yn neidio bob tro y byddai sŵn car neu dryc yn cyrraedd y buarth, ac yn edrych ar ei ffôn drwy gydol y dydd, yn amlwg yn aros am ymwelydd neu am neges.

Chydig ddyddiau wedyn ddaeth yr ymwelydd, yn gynnar un bore, cyn iddi wawrio a phan o'n i newydd godi. Daeth Angie â fo at ddrws y sied gan sibrwd yn ei glust a phwyntio at y rhaw. Safodd y dieithryn am funud yn edrych arna i, cyn tynnu ei hwd du yn isel dros ei wyneb, codi'r rhaw a cherdded tuag ata i. Rhedodd Angie allan o'r sied, a theimlais yr ergyd gynta'n llosgi fy nghnawd. Cadwais fy llygaid ar gau, ond ro'n i'n clywed boi yr hwdi'n tuchan wrth fy nghuro, ac am funud mi ges i fy nghludo'n ôl i'r dyddiau hynny ar y llong, flynyddoedd lawer yn ôl. Pan agorais fy llygaid roedd y boi wedi mynd ac roedd Angie yn sefyll o 'mlaen â'i bochau'n wlyb. Cododd ei llaw a rhwbio fy nhrwnc yn ysgafn.

'Sori Dilys,' meddai, 'dwi mor sori.'

Welais i 'mo'r boi hwdi eto, diolch byth, ac mi o'n i'n reit falch pan ddechreuodd y tymor. Cofiwch, wrth adael Plas Ffriddoedd am y tober cyntaf, feddyliais i rioed mai hwnnw fyddai'r tro olaf i mi weld y lle. Ond felly oedd hi. Dair wythnos yn ddiweddarach, chwalwyd fy mywyd yn ddarnau.

Ro'n i'n gwybod bod rwbath ar fin digwydd pan ddaeth Angie i mewn i'r stablau yn gynnar un bore Sadwrn, cyn i neb arall godi. Yng ngolau llwyd y bore gaeafol mi welais i hi'n gollwng bag trwm wrth fynedfa'r babell, ac aeth i nôl yr ysgol oedd wedi'i gadael gerllaw. Ymhen dau funud roedd hi wedi datgysylltu bocs du arall oedd wedi'i osod yn nho'r babell. Rhoddodd y camera yn ei bag yn ofalus cyn dod draw ata i. Sylwais yn syth fod ei ffrinj wedi'i stwffio i mewn i gap gwlân, a syllodd arna i efo'i llygaid yn pefrio, y glas yn fwy tanbaid nag erioed a'r du yn ddwys a dwfn.

'Ta ta, Dilys,' medda hi, gan godi'i llaw i'm anwesu. 'Ma' raid i mi adael rŵan ond dwi'n gwybod y byddi'n iawn yn y diwedd. Dwi'n gobeithio bod hyn i gyd wedi bod yn werth yr ymdrech ...

a bod yn onest, dwi'n dechra amau hynny erbyn hyn,' meddai gan wenu'n drist. 'Ond ma' raid iddo fo ddysgu'i wers.'

Cerddodd at y fynedfa, gan stopio i godi'i bag. Trodd i sbio arna i, a chododd ei llaw, yn union fel y gwnaeth ei mam ers talwm.

* * *

A dyna sut y gwnes i landio yn fama. I ddechrau, mi ges i fy ngyrru i le crand iawn, rhyw stablau ceffylau mawreddog y tu allan i Gaer, ac mi fues i yno am fisoedd lawer tra oedd y heddlu'n paratoi ar gyfer yr achos llys. Roedd o'n lle digon braf, ond doedd neb yno'n sgwrsio efo fi. Daeth hanner dwsin o filfeddygon i edrych arna i, gwneud nodiadau di-ri a gadael heb ddeud llawer, ac un tro daeth rhyw ddynes ac eistedd ar gadair drwy'r dydd yn syllu arna i, heb yngan gair. Doedd gen i ddim syniad be oedd yn bod ar y jolpan, felly mi es i draw ati. Codais fy nghoes flaen dde a 'nghoes ôl chwith i drio gwneud iddi wenu, fel roeddan ni'n wneud ar ddiwedd yr act ers talwm, ond wenodd hi ddim, dim ond gwgu a sgwennu rwbath yn ei llyfr nodiadau.

Dirwy gafodd Dan yn y diwedd. Mi wnaeth yr achos llys bara am ddyddiau. Methodd yr heddlu â darganfod pwy oedd y dyn yn yr hwdi, a ddaethon nhw ddim o hyd i Angie chwaith. Yn ystod yr achos roedd 'na lembo o'r enw Gafyn yn gwneud pob math o honiadau yn erbyn Dan, a'r milfeddygon sych yn cyflwyno'u hadroddiadau. Dwi'n falch o ddeud fod pob milfeddyg wedi deud 'mod i'n 'dda iawn am fy oed', beth bynnag mae hynny'n ei olygu, ac mi ddeudodd y jolpan nad oedd hi'n gallu gweld unrhyw arwydd 'mod i'n diodda o niwed seicolegol yn sgil oes o gaethiwed a pherfformio. As if!

Ar ddiwedd yr achos mi ges i fy symud i fama, a dyma lle fydda i rŵan. Dyma ydi adra. Parc saffari ydi o, meddan nhw, ddim yn bell o Lerpwl, ac fel y deudis i, dwi 'di setlo'n iawn. Mae Dan a

Coni'n galw mor aml ag y medran nhw, pan fydd y sioe yn ddigon agos.

Mae'r sioe yn dal i fynd, dach chi'n gweld, o ydi, hyd yn oed heb 'Dilys yr Eliffant Olaf'. Syrcas Cymru ydi'i henw hi rŵan, ac mae ganddyn nhw babell newydd swanc a phob math o geriach modern. Danny a Sila sy'n rhedeg y sioe, efo help Chris a Sasha. Mae'r pedwar yn rhannu'u hamser rhwng sioe y teulu a'r sioeau tramor, a'r munud mae'r tywydd yn cnesu, ma' Dan a Coni'n mynd ar y lôn efo nhw.

Fel y gallwch chi fentro, does 'na'm anifail yn agos at Syrcas Cymru. Erbyn hyn mae cantorion a dawnswyr wedi cymryd lle yr eliffantod a'r ceffylau, ond er hynny, mae'n gwneud yn dda. 'Chwedlau Cymru' ydi'r thema, ac mae'r babell newydd yn llawn ar gyfer pob perfformiad. Ysgwyd ei ben mae Dan wrth siarad am y sioe. 'Pwy 'sa'n meddwl y bysa'r cyhoedd isio clywed am y blwmin Mabinogi mewn pabell syrcas?' medda fo, yn amlwg yn methu dallt y syniad. 'Ond ma'r babell yn llawn bob dydd a'r seddi'n gwerthu wythnosau o flaen llaw – a dim jyst pobol Steddfod sy'n dŵad, 'sti. 'Sat ti ddim yn credu, ond mae pobol o bob math yn lecio gwylio acrobats yn perfformio i gyfeiliant corau meibion, a jyglo i sŵn cerdd dant. Dyn a ŵyr be fysa Nhad a 'nhaid yn ddeud tasan nhw'n fyw,' meddai Dan, a phan gododd ei law i anwesu fy nhrwnc, mi aroglais yr afal oedd cuddio yn ei boced.

Galwch heibio i wefan
Gwasg Carreg Gwalch
i weld ein casgliad o lyfrau amrywiol

carreg-gwalch.cymru

CEFNOGWCH EICH SIOP LYFRAU LEOL

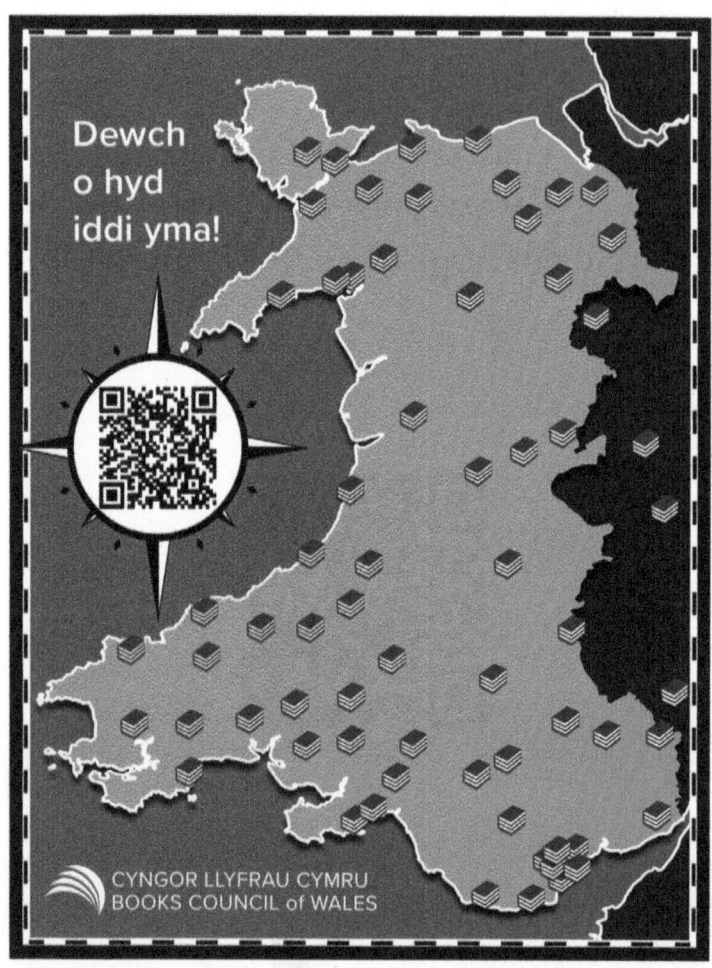